Volker Mattheis

Heimliche Herrschaft

Band 1

AF191223

Volker Mattheis

Heimliche Herrschaft
Die Welt im Verborgenen

4. Auflage

Fantasy für Kinder und Jugendliche

Impressum

Bibliografische Information der Deutschen National-bibliothek: Die Deutsche Nationalbibliothek verzeichnet diese Publikation in der Deutschen Nationalbibliografie; detaillierte bibliografische Daten sind im Internet über http://dnb.dnb.de abrufbar.

Die automatisierte Analyse des Werkes, um daraus Informationen insbesondere über Muster, Trends und Korrelationen gemäß §44b UrhG („Text und Data Mining") zu gewinnen, ist untersagt.

© 2025 Volker Mattheis

Verlag: BoD · Books on Demand GmbH, Überseering 33, 22297 Hamburg, bod@bod.de

Druck: Libri Plureos GmbH, Friedensallee 273, 22763 Hamburg

ISBN: 978-3-8192-0867-6

DER WETTBEWERB

Ein Geräusch riss Simon aus seinem Schlaf. Verwirrt schlug er die Augen auf und benötigte ein paar Sekunden, um vollends zu erwachen.

»Oh nein, nicht jetzt«, murmelte er schlaftrunken.

Müde griff er zum Wecker auf seiner Nachtkonsole und stieß dabei den danebenstehenden Bilderhalter um, der polternd zu Boden fiel. Leise schimpfte Simon vor sich hin.

Ein Blick auf die Leuchtziffern der Uhr verriet ihm, dass bis zum Frühstück noch viel Zeit war. Erleichtert ließ er sich in sein Kissen zurückfallen. Erneut drang von draußen ein Rascheln durch sein Fenster. Wahrscheinlich eine Maus, die sich im Garten über das Gemüse hermachte.

In wenigen Stunden begann der letzte Schultag vor den Sommerferien. Ab morgen würde er das Wort Schule für sechs Wochen aus seinem Wortschatz streichen. Bei diesem Gedanken grinste er breit in sein Kissen.

Draußen begannen einige Amseln ihr morgendliches Lied, und ein erstes zartes Glimmen am Horizont ließ den beginnenden Tag erahnen.

Er richtete sich noch einmal auf, um den Bilderhalter zu betrachten, der zum Glück heil geblieben war.

Dieser rahmenlose Bilderhalter enthielt den Nachweis über die glücklichsten Stunden seines bisherigen Lebens.

Noch heute machte sein Herz einen Hüpfer, wenn er den Text las.

Gewinner des Schriftsteller-Nachwuchspreises

war dort in goldenen Buchstaben zu lesen. Ganz unten stand in dicken blauen Lettern sein Name: Simon Keller.

Mit seinen dreizehn Jahren war Simon eigentlich ein ganz normaler Jugendlicher. Er besuchte die örtliche Realschule mit mehr oder weniger Erfolg, sehr zum Leidwesen seiner Mutter. Denn sie war überzeugt, dass seine Noten deutlich besser sein könnten, wenn er nur mehr arbeiten würde.

Sein Bruder Martin, der drei Jahre älter war, pflegte zu behaupten, dass Simon in Wirklichkeit mehr weniger Erfolg in der Schule hatte.

Die beiden Jungs hassten sich von Herzen, was ihre Mutter immer wieder zur Verzweiflung brachte. Sie arbeitete mit großer Leidenschaft als freiberufliche Hebamme.

Mittlerweile waren die Jungs ihr über den Kopf gewachsen, worauf sie ihre Mutter immer wieder gerne aufmerksam machten. Das aschblonde Haar und die braunen Augen hatte die kleine und zierliche Frau ihren Söhnen vererbt.

Sie liebte vegetarisches Essen, doch zu ihrem Bedauern konnte sie sich damit bei ihren drei Männern nur selten durchsetzen.

Vor einiger Zeit entwickelte Simon eine Leidenschaft für alles, was mit Drachen, Elfen und Orks zu tun hatte. Er verschlang sämtliche Bücher und Filme, die auf dem Markt erhältlich waren, sodass es bald keine mehr gab, die er nicht gesehen oder gelesen hatte. Ohne lange nachzudenken, war er in der Lage, alle Dialoge seiner Lieblingsfilme wiederzugeben, und wenn man ihn fragte, ob er ein Nerd sei, widersprach er nicht, sondern grinste nur in sich hinein.

Sein ganzes Zimmer, wenn auch nicht der mit Kleidungsstücken übersäte Fußboden, gab Zeugnis seiner Begeisterung. Alle Wände waren behängt mit Postern seiner Filmhelden, und neben seinem Bett stand, bis zum Bersten vollgestopft, ein Bücherregal mit Fantasy-Romanen.

Er hatte mit niemandem darüber, noch nicht einmal mit seinen beiden Freunden, aber in seinen geheimsten Träumen stellte er sich vor, in solch einer Welt zu leben.

Um wie vieles interessanter und spannender waren diese Geschichten als sein eigener Alltag. *Seine* aufregendsten Erlebnisse waren Klassenarbeiten oder die Diskussionen mit den Eltern über seine Noten.

Das war auch der Grund, weshalb er begonnen hatte, eigene Fantasy-Geschichten zu schreiben. Hier war er der Schöpfer seiner Welt.

Und so war es nicht verwunderlich, dass er sich mit Feuereifer an die Arbeit machte, als die überregionale Tageszeitung der Stadt einen Wettbewerb für junge Nachwuchsschriftsteller ausschrieb. Die beste Fantasy-Geschichte sollte mit einem Preisgeld von fünfhundert Euro belohnt werden.

Simon musste nicht lange darüber nachdenken, was man sich dafür alles kaufen konnte, doch weit mehr als das Geld spornte ihn an, dass die Geschichte des Siegers in der Zeitung veröffentlicht werden sollte. Das wäre der erste Schritt auf dem Weg, ein bekannter Schriftsteller zu werden.

In den folgenden Wochen verwand er alle freie Zeit, um seine Abenteuer auf Papier zu bringen. Oft genug ermahnten ihn seine Eltern, die Hausaufgaben nicht zu vernachlässigen.

Seine Mutter, die der Meinung war, dass nur ein ausgeruhter Geist auch fleißig lernen konnte, achtete streng darauf, dass er an den Schultagen spätestens um zweiundzwanzig Uhr im Bett lag und das Licht in seinem Zimmer löschte.

Doch wenn im übrigen Haus die Lichter ausgingen, stand er heimlich auf, um noch einige Zeilen zu Papier zu bringen.

In seiner Fantasie sah er sich dann schon als berühmter Schriftsteller Autogramme verteilen und durch die Welt reisen, um aus seinen Büchern vorzulesen.

Mehr als einmal fielen ihm deshalb im Schulunterricht die Augen zu. Zu seinem Glück taten seine beiden Freunde Nico und Boris, mit denen er sich die Schulbank teilte, ihr Bestes, um ihn wachzuhalten. Das bewahrte ihn vor einigen Einträgen ins Klassenbuch, nicht zu reden von den unangenehmen Gesprächen, die er mit seinen Eltern hätte führen müssen.

Zwei Tage vor Einsendeschluss fasste er sich ein Herz und gab sein vollendetes Werk persönlich in der Zentrale der Tageszeitung ab. Noch heute fragte er sich, woher er den Mut dazu genommen hatte.

Es folgte eine Zeit nervenzerreißenden Wartens und sein anfänglicher Optimismus wich immer größer werdenden Selbstzweifeln.

Dann, nach scheinbar endlos langen Wochen, lag endlich der sehnlichst erwartete Brief der Tageszeitung auf seinem Schreibtisch. In dem Schreiben wurde er eingeladen, mit allen anderen Teilnehmern an der Preisverleihung teilzunehmen.

Als Simon sich dann einen Tag vor seinem dreizehnten Geburtstag zusammen mit seinen Eltern auf den Weg zur Redaktion machte, hatte er das Gefühl, seine Eingeweide würden sich verknoten. Beim Anblick der vielen

Mitbewerber, von denen die meisten mehrere Jahre älter waren als er, schwanden seine Hoffnungen ganz dahin.

Nach der Vergabe des dritten und zweiten Preises überlegte er schon, wie er seinen Freunden beibringen könnte, dass er sich für einen Schriftsteller gehalten hatte. Er hoffte nur noch, dass sich niemand über seine Geschichte lustig machte. Dank Boris hatte die halbe Schule von Simons Teilnahme an dem Wettbewerb erfahren, und er wagte nicht, sich die Hänseleien auszumalen, die er erdulden müsste, wenn sein Werk öffentlich verrissen wurde.

Völlig in zermürbenden Gedanken versunken, bekam er gar nicht mit, dass sein Name aufgerufen wurde. Erst der spitze Schrei seiner Mutter, die eine Hand vor den Mund gepresst hielt und abwechselnd ihren Mann und dann Simon fassungslos anstarrte, holte ihn wieder in die Wirklichkeit zurück.

Unter viel Händeschütteln und Schulterklopfen wurde ihm eine Urkunde und ein Scheck überreicht. Wie betäubt nahm er beides entgegen. Die Tatsache, dass der Gewinner des Nachwuchswettbewerbs erst dreizehn Jahre alt war, hob der Chefredakteur besonders hervor. Er bot ihm an, sich in ein paar Jahren bei der Zeitung zu bewerben. Es wurden die üblichen Fotos gemacht, und sehr zu Simons Verdruss mussten seine Eltern etwas von ihm erzählen.

Dann bat man ihn, ein Kapitel seines Werkes vorzulesen. Mit vor Aufregung zitternder Stimme begann er. Als er dann den Applaus hörte und in die beeindruckten Gesichter blickte, fiel alle Anspannung endlich von ihm ab. Strahlend sah er zu seinen Eltern.

Anschließend schloss ihn seine Mutter voller Stolz in ihre Arme, und sein Vater hatte ihm anerkennend auf die Schulter geklopft. Ein schöneres Geburtstagsgeschenk hätte sich Simon nicht vorstellen können.

Wie er schon erwartet hatte, versuchte seine Mutter ihn zu überreden, das Preisgeld auf sein Sparbuch einzuzahlen. In diesem Fall setzte er sich aber durch, wenn auch mithilfe seines Vaters, der Simons Meinung teilte, dass er sich den Gewinn selbst erarbeitet hatte und somit über die Verwendung des Geldes bestimmen sollte. Nur widerwillig hatte seine Mutter sich durchgerungen, dem zuzustimmen. Doch er war überzeugt, dass das letzte Wort darüber noch nicht gesprochen war.

Am darauffolgenden Samstag veröffentlichte die Zeitung auf den Seiten der Kultur ein großes Foto von Simon mit einem kleinen Lebenslauf. In dicken Lettern folgte als Nächstes die Überschrift und dann begann sie – seine Geschichte.

Am Frühstückstisch wurde erst einmal die Zeitung herumgereicht. Martin wollte wissen, wer denn der fremde Junge auf dem Bild sei, woraufhin die Mutter sie ihm wieder wegnahm.

»Wie konntet ihr mir einen zweiten Bruder verheimlichen?«, heuchelte er Entrüstung. »Der auf dem Foto sieht viel besser aus als dieser Gnom da.« Dabei deutete er auf Simon.

Nach dem Frühstück wurde abgestimmt, wer vorlas. Die Wahl fiel auf seinen Vater, und alle hörten gespannt zu. Simon hatte während der gesamten Wochen niemanden auch nur eine Zeile lesen lassen, deshalb waren alle darauf gespannt, die Geschichte endlich kennenzulernen. Selbst für ihn war es eigenartig, sie vorgelesen zu bekommen.

Am Ende umarmte ihn seine Mutter zu seinem Entsetzen noch einmal und sein Bruder meinte anerkennend: »Du weißt ja, nach deiner ersten Million wird brüderlich geteilt.«

»Aber nur, wenn du mir die Schuhe dafür putzt«, hatte Simon entrüstet erwidert.

»So viel Geld kannst du gar nicht verdienen«, lehnte Martin daraufhin entschieden ab.

Noch am selben Morgen meldeten sich auch Nico und Boris, seine beiden Freunde. Boris Spaltmann, mit seinem braunen, immer verstrubbelten Haar, hasste Mathematik ebenso wie Simon. Sein Vater hatte ihn und die Mutter gleich nach der Geburt verlassen, da ein Kind nicht in seine Lebensplanung passte. Er wohnte mit seiner Mutter in einer kleinen Zweizimmerwohnung, und da sie im Schichtdienst arbeitete, war er oft allein.

Boris' große Begeisterung waren Computerspiele. Nur seine Leidenschaft fürs Essen war noch größer. Zu seinem Glück sah man es ihm kaum an, er wirkte allenfalls ein wenig pummelig.

Sein Wunsch, später einmal Spiele zu programmieren, stand im umgekehrten Verhältnis zu seinen Mathematiknoten und so war er fest entschlossen, sich seinen zweitliebsten Berufswunsch zu erfüllen. Er wollte nämlich Koch werden.

Die Eltern von Nicos Mutter waren vor langer Zeit mit ihren Kindern aus Italien nach Deutschland gezogen. Sie betrieben ein kleines Café in der Altstadt, welches Nicos Eltern später übernahmen.

Seit seinem Unfall vor acht Jahren saß er im Rollstuhl und die Eltern hatten sich hoch verschuldet, um die kleine Wohnung über dem Café barrierefrei ausbauen zu können. Zu allem Übel florierte es schon lange nicht mehr so gut wie zu Beginn.

Nico Campari war mit Abstand der Klassenbeste und im Gegensatz zu seinen Freunden liebte er die Mathematik. Er hatte den festen Vorsatz, später einmal Börsenmakler zu werden, wahrscheinlich auch, um seine Eltern unterstützen zu können, wie Simon vermutete.

Er war überzeugt, dass, wenn es einer von Ihnen schaffen konnte, einen solchen Lebenstraum zu verwirklichen, es Nico war.

Nico war bereits in Besitz eines kleinen Aktienpakets der „IMMERREICH-TEC AG" und besaß einige Wertpapiere der NO-RISC-Holding. Natürlich hatte sein Vater die Aktien für ihn besorgt. Auch Herr Campari ließ es sich nicht nehmen, Simon zu gratulieren.

»Herssliche Gluckwunsche, lieber Simone, einä spannende Geschichte«, hatte er in seinem gebrochenen Deutsch am Telefon gesagt und ihn und Boris für den Nachmittag zu Kakao und Kuchen eingeladen.

Er quälte sich nach all den Jahren immer noch mit der deutschen Sprache herum, während seine Frau Lucia sie perfekt beherrschte.

Herr Campari freute sich, wenn die Freunde seines Sohnes ins Café kamen. Er machte die beste Schokolade der Stadt und wehrte sich gegen jeden ihrer Versuche, ihren Kakao bezahlen zu wollen.

Die Camparis waren die herzlichsten Leute, die Simon kannte. Natürlich liebte er Mutter und Vater, aber wenn sie nicht gewesen wären, hätte er sich Frau und Herrn Campari als Eltern gewünscht. Und da er an diesem Tag ohnehin seinen Geburtstag nachfeiern wollte, nahm er die Einladung gerne an.

Die meisten Nachbarn hatten die Zeitung abonniert und lasen alle im Verlauf der folgenden Wochen seine Geschichte. Dadurch errang Simon für kurze Zeit eine kleine Berühmtheit.

In den ersten Tagen wurde er des Öfteren angesprochen. Sogar in der Stadt erkannte man ihn bisweilen. Doch nach einigen Wochen kehrte der Alltag langsam wieder ein. Gleichzeitig standen die Sommerferien vor der Tür und so war Simon momentan rundum zufrieden.

DAS SELTSAME SCHAUFENSTER

Der Saal vor Simon war gerammelt voll. Da keine Sitzplätze mehr frei waren, standen viele Zuhörer an den Wänden gelehnt, um in gespannter Erwartung Simons Vorlesung zu lauschen.

Als er das Podium betrat, brandete tosender Applaus auf. Simon verneigte sich leicht und setzte sich auf den Stuhl hinter dem Holztisch, vor sich sein neuestes Buch und ein Glas Wasser. Dann räusperte er sich zweimal und begann zu lesen.

»Beep beep, beep beep, beep beep«, piepste er in den Saal hinein.

Erschrocken sah Simon in die erstaunten Gesichter der Menschen. Erneut versuchte er, etwas vorzulesen. Doch zu seinem Entsetzen war er auch jetzt unfähig, die Worte seines Buches auszusprechen.

»Beep beep, beep beep, beep beep …«

Der Schweiß brach ihm aus allen Poren.

»Beep beep, beep beep, beep beep …«

Nassgeschwitzt fuhr Simon hoch. Das Herz klopfte ihm bis zum Hals. Er war noch einmal eingeschlafen und das *beep beep* war nur der Weckton seines Weckers. So ein Mist. Dabei hatte der Traum so gut begonnen.

Das Sonnenlicht überflutete bereits den kleinen Garten, und der wolkenlose Himmel strahlte in einem klaren Blau.

Seine Eltern hatten sich vor seiner Geburt ein Häuschen in der Nähe eines Vorortes der Stadt Bonn gekauft. Es lag mitten im Grünen und war umgeben von Feldern und Wiesen.

Simons Zimmer und das seines Bruders lagen im ersten Stock und waren durch das kleine Gästezimmer voneinander getrennt. Martins Zimmer war deutlich größer als seines, dafür hatte Simon von seinem Zimmerfenster aus einen schönen Blick auf den kleinen Garten, den seine Mutter aufopfernd pflegte, während an Martins Fenster die Straße vorbeiführte.

Rasch streifte er sich die Kleider über und lief die Treppe hinunter durch den Flur zur Küche, wo seine Eltern und sein Bruder schon mit dem Frühstück begonnen hatten.

»Morg'n«, knautschte er müde in den Raum und setzte sich.

»Da ist ja unser Schriftsteller, sein Hirn ist morgens noch ganz leer«, sagte Martin grinsend.

Simon verdrehte innerlich die Augen. Sein Bruder bemühte sich wieder verzweifelt, witzig zu sein.

»Sein Bruder ist eine Attrappe und hält am besten nun die Klappe«, giftete er und vermied es, in das entrüstete Gesicht seiner Mutter zu blicken.

»Und wollt ihr jetzt nicht innehalten, lass meinen ganzen Zorn ich walten«, sagte ihr Vater und sah seine Söhne mahnend an.

Anscheinend flößte das keinem von ihnen sonderlich viel Respekt ein, denn Martin dichtete unbekümmert weiter:

»Das sagt ein Mann ganz ohne Haar …«

»… und auch mit dickem Bauch er war«, vollendete Simon und die Brüder brachen in prustendes Gelächter aus.

Fassungslos betrachtete Frau Keller ihre Söhne und schüttelte den Kopf.

»Wisst ihr, dass ihr unmöglich seid?«, schimpfte sie.

Herr Keller tätschelte seiner Frau beruhigend die Hand.

Er arbeitete als Angestellter in einem kleinen Betrieb nahe der Stadt. Sein schütteres Haar (eigentlich eine Glatze, wie Martin meinte), dessen Haaransatz mit der Zeit immer weiter nach hinten gerutscht war, musste einmal rot gewesen sein, doch es ergraute langsam (wegen seiner Söhne, wie der Vater meinte). Im Laufe der letzten Jahre hatte sich mangels Bewegung auch ein kleines Bäuchlein entwickelt (er war fett, wie Simon meinte), trotzdem sei er ein attraktiver und toller Mann (wie die Mutter meinte).

»Jetzt noch die Zeugnisse und dann ist es endlich wieder so weit, was?«, sagte der Vater ungerührt und biss herzhaft in sein Brötchen.

»Genau«, dozierte Martin mit erhobener Stimme. »Heute bekommen wir wieder die schriftliche Bestätigung auf eine glückliche und glorreiche Zukunft, die dem einen Wohlstand und Ansehen verheißt und dem anderen ...«, dabei sah er seinen Bruder an, »... ein Leben in Armut und Bitternis.«

Simon stöhnte innerlich auf, während er sich Tee in die Tasse goss. Er wusste, dass Martin ihren Onkel Gregor imitierte.

Für den Bruder ihrer Mutter waren Leistung und Ansehen die einzig wichtigen Dinge im Leben. Und dass Simon Schriftsteller werden wollte, lag weit außerhalb seines Vorstellungsvermögens. In seinen Augen war das der Weg in den finanziellen und menschlichen Ruin.

Immer wenn er zu Besuch war, hielt er stundenlange Vorträge und nervte die ganze Familie außer ihrer Mutter, die den Bruder aus völlig unerfindlichen Gründen liebte. Und da Martin im Gegensatz zu ihm meist glänzende Noten nach Hause brachte, richteten sich die Ermahnungen und Belehrungen des Onkels größtenteils an Simon.

Martins gute Noten wurden bei jedem Besuch großzügig mit einer hübschen Geldsumme belohnt, während der Geldbetrag, den Simon erhielt, dagegen recht kläglich ausfiel.

»Angeber«, maulte Simon mit vollem Mund.

»Natürlich ist es Unsinn.« Die Mutter seufzte und sah Martin dabei tadelnd an. »Aber du weißt selbst, dass deine Noten besser sein könnten, wenn du nur wolltest!«

Das musste ja kommen, dachte Simon schicksalsergeben. Letztes Jahr, am Tag vor den Sommerferien, war es das Gleiche gewesen. Hastig schluckte er den letzten Bissen herunter.

»Kommt der Onkel in den Sommerferien wieder zu Besuch?«, rutschte Martin in diesem Moment gedankenlos heraus. Erschrocken über sich selbst sah er in die Runde.

Ihr Vater winkte entsetzt mit beiden Händen hinter dem Rücken seiner Frau ab und Simon zeigte seinem Bruder einen Vogel. Damit war der kleine Hoffnungsschimmer, dass die Mutter vergessen würde, den Onkel einzuladen, zerstört.

»Lieb, dass du mich daran erinnerst, Schatz«, sagte Frau Keller dann auch zu ihrem Sohn. »Ich werde ihn heute noch anrufen.«

Es war Martin anzusehen, dass er sich am liebsten auf die Zunge gebissen hätte. Trotz der großzügigen Geldgeschenke war auch er immer froh, wenn sein Onkel wieder verschwand.

Simon spürte das unwiderstehliche Verlangen, ihm unter dem Tisch vors Schienbein zu treten. Stattdessen starrte er scheinbar fasziniert an die Küchendecke.

»Toll, Mums«, sagte er mit geheuchelter Freude. »Da freuen wir uns aber ganz doll.«

Argwöhnisch musterte Frau Keller ihren Sohn, während der Vater eine halsabschneidende Handbewegung in Martins Richtung machte.

Simon beschloss, sich die Vorfreude auf die Ferien nicht verderben zu lassen. Ab morgen hatte er sechs Wochen lang Ruhe vor der Schule. Da würde er den Besuch seines Onkels auch überstehen.

»Ich muss jetzt los«, sagte er rasch, bevor die Mutter noch einmal auf seine Noten zu sprechen kommen konnte. Martin und Simon grinsten sich an.

Als er durch das Gartentürchen auf den Bürgersteig trat, wäre er fast über Katze gestolpert.

Die grau getigerte Katze hieß tatsächlich so. Blind auf einem Auge war sie ihnen eines Tages zugelaufen und hatte sie nie wieder verlassen. Obwohl sie nur mit einem Auge sehen konnte, hielt sie mit großem Geschick die Mäuse aus dem Haus. Mangels Fantasie hatte Martin das Tier anfangs Katze genannt und so war es bis heute geblieben.

Katze strich schnurrend um seine Beine. Simon hielt kurz inne und atmete tief die frische Morgenluft ein. Nur noch wenige Stunden, und er war frei. In seiner Brust schien sich bei dem Gedanken ein Luftballon aufzublähen.

Die noch tief stehende Sonne warf Simons Schatten lang über den Bürgersteig, als ein zweiter vorüber huschte und kurz mit seinem verschmolz. Er war nur klein und seltsam geformt, doch bevor Simon genauer hinsehen konnte, verschwand er auch schon wieder.

Einen kurzen Moment hatte er das unangenehme Gefühl, beobachtet zu werden. Katze fauchte und rannte mit aufgestellten Nackenhaaren aufgeregt davon. Er schüttelte den Kopf. Wahrscheinlich war ein Vogel über ihn hinweggeflogen.

Beschwingt von dem Gedanken, dass in wenigen Stunden die Ferien beginnen würden, ging er in Richtung Bushaltestelle.

Gerade noch rechtzeitig erreichte er den Bus. Wie jeden Tag um diese Zeit war er völlig überfüllt. Missmutig standen viele Erwachsene im Gang, da die meisten Sitzplätze von den Schülern belegt waren. Sie saßen wie in tiefer Meditation versunken, über ihre Handys gebeugt und spielten oder hörten Musik. Demutshaltung nannte sein Vater das.

Einige Haltestellen weiter stieg auch Boris zu. Bei dem Versuch, ihm zuzuwinken, hätte Simon fast einem älteren Mann mit dem Daumen in die Nase gestochen. Mürrisch sah er Simon an, der eine Entschuldigung murmelte.

Endlich erreichten sie die Haltestelle vor dem Schultor und die Schüler verließen unter großem Gedrängel, sehr zur Erleichterung der Erwachsenen, den Bus.

Nachdem auch Nico eingetroffen war, schlenderten sie langsam mit den anderen Schulkameraden in ihren Klassenraum und suchten die Plätze auf.

Simon und Boris saßen in der ersten Reihe zusammen, während ihr Freund den Tisch daneben für sich allein hatte, da sein Tischnachbar das letzte Schuljahr trotz intensiven Abschreibens nicht geschafft hatte.

Wie immer am letzten Schultag vor den Sommerferien waren Schüler und Lehrer mit den Gedanken nicht mehr anwesend. Endlich, nach zwei schier endlosen Stunden, verteilte ihr Klassenlehrer die Zeugnisse und da jetzt niemand mehr Lust auf Unterricht verspürte, wurden sie noch vor dem Mittag mit den üblichen Ermahnungen und Wünschen in die Ferien geschickt.

Das Zeugnis bot keine Überraschungen, da die Noten schon seit einigen Wochen bekannt waren. Simon ließ es achtlos in seiner Tasche verschwinden. Fluchtartig verließen sie das Schulgelände. Vor dem Schultor atmete Boris tief durch.

»Freiheit«, murmelte er und lehnte sich mit dem Rücken an die Mauer. »Ich dachte schon, es würde überhaupt kein Ende mehr nehmen«, ächzte er.

Simon verstand ihn nur zu gut. Ihm selbst war, als ob eine Last von seinen Schultern fallen würde. Sechs Wochen waren eine lange Zeit, zumindest zu Beginn der Ferien.

Eigentlich besuchte nur Nico die Schule gerne. Simon war nicht überzeugt, ob es für seinen Freund wirklich einen Verlust bedeutet hätte, wenn die Sommerferien in diesem Jahr ausgefallen wären.

Niemand in Simons Familie musste zur Schule oder zur Arbeit. Der dreiwöchige Urlaub der Eltern begann zeitgleich mit den Sommerferien. In diesem Jahr blieben sie zu Hause und hatten nur einige Tagestouren geplant.

Aber das war Simon nur recht, denn er verbrachte die Freizeit ohnehin viel lieber mit seinen Freunden. Da auch sie nicht verreisten, Boris Mutter verdiente zu wenig und Nicos Eltern konnten es sich nicht leisten, das Café zu schließen, waren die Aussichten auf vergnügliche Ferien so gut wie die Wettervorhersage.

»Habt ihr Lust …«, sagte Nico gerade, als jemand um die Ecke des Schultores stürmte und gegen seinen Rolli prallte. Sie hörten nur noch einen spitzen Schrei, dann landete jemand unsanft auf Nicos Schoß.

Simon stöhnte auf. Es war Karla Winkler.

»Geh doch aus dem Weg, du blöder Krüppel!«, kreischte sie. Mit schmerzverzerrtem Gesicht stieß sie sich aus dem Rolli hoch und hüpfte, sich das Schienbein haltend, auf dem Bürgersteig herum. Empört schrien Simon und Boris auf.

»Du hast wohl heute Morgen dein Hirn vergessen!«, brüllte Boris.

Sofort wandte sich Karla ihm zu. »Pass bloß auf, was du sagst!«, fauchte sie drohend.

»Das musst du gerade sagen!«, zischte Simon und stellte sich vor Boris, der aussah, als wolle er sich jeden Moment auf Karla stürzen. »Was fällt dir ein, so zu reden?«

Karla rieb sich mit schmerzverzerrtem Gesicht das Schienbein. Sie war damit gegen Nicos Fußstütze geprallt und schien zu bluten. Bevor der Streit ausufern konnte, fuhr Nico blitzschnell seinen Rolli zwischen die Streithähne.

»Tut mir leid, das wollte ich nicht«, entschuldigte er sich bei Karla.

Einen kurzen Moment lang sah es so aus, als wolle sie noch etwas erwidern. Dann musterte sie Nico nur kühl und humpelte an ihnen vorbei, wobei sie Boris und Simon zornig anfunkelte.

Als die drei in die fünfte Klasse der Realschule aufgenommen wurden, befand sich unter den Klassenkameraden ein Mädchen, das die Klasse wiederholen musste. Sie schwänzte oft den Unterricht, legte sich gleichermaßen mit Lehrern und Schülern an und sah während des Unterrichts meist teilnahmslos aus dem Fenster. Entsprechend miserabel waren ihre Schulnoten.

Simon war überzeugt, dass man für Karla eigentlich weitere Schulnoten erfinden sollte. „Ungenügend" oder „Mangelhaft" sagten nach seinem Empfinden zu wenig über ihre Schulleistungen aus. Wenn man Boris fragte, waren „Zombie" und „Gruftig" die einzig möglichen Umschreibungen für Karlas Noten.

Nur im Sportunterricht war sie wirklich gut. Auch wenn sie sonst keiner ausstehen konnte, hier wollte jeder mit ihr in einer Mannschaft spielen. Ob das so war, weil Karlas Mannschaft immer gewann oder weil sie Angst hatten, da Karla bis an die Grenzen der Fairness ging, war Simon nicht klar. Eigentlich war es auch egal, weil sie den meisten ohnehin Furcht einflößte.

Karla war vierzehn Jahre alt, schlank, groß und stark. Sie war ein Mädchen, das gerne stritt und auch schon mal andere Jungs vermöbelte. Kein Lehrer mochte sie und niemand wusste, weshalb sie bisher nicht von der Schule geflogen war.

Sie hatte zwei Freundinnen, die aber den Sprung in die nächste Klasse mit Mühe und Not geschafft hatten. Jetzt sahen sich die Mädchen nur noch in den Pausen. Nachmittags und am Abend lungerten sie in der Stadt herum. Kam es zum Streit mit anderen, ließen die beiden Freundinnen Karla den Vortritt.

Sie trugen immer die coolsten Klamotten. Jeder wusste aber, dass vieles davon nur gestohlen war. Im Gegensatz zu ihren Freundinnen lief Karla immer in alten, ausgewaschenen Jeans und Shirts herum. Ihr langes, rotes Haar hatte sie fast immer zu einem Pferdeschwanz gebunden. Als sich einmal ein Klassenkamerad über ihre abgetragenen Klamotten lustig machte, vermöbelte sie ihn kurzerhand, sodass er sich nie wieder traute, ein abfälliges Wort über Karla von sich zu geben.

Die drei Mädchen waren unter den Schülern nicht sonderlich beliebt, doch am meisten hatte Nico unter ihren geringschätzigen Bemerkungen und Beschimpfungen zu leiden.

Es gab nur wenige Schüler, die Simon nicht mochte, aber Karla und ihre Freundinnen hasste er von ganzem Herzen.

Natürlich war sie heute nicht zum Unterricht erschienen, doch bei ihren Noten hätte er sich auch nicht die Mühe gemacht. Wahrscheinlich war sie gerade auf dem Weg zu ihren Freundinnen.

»Diese Ziege!«, sagte Boris vor Zorn kochend. »Wenn sie kein Mädchen wäre, würde ich ihr am liebsten eine reinhauen.«

»Das ist schon ganz anderen schlecht bekommen«, sagte Nico grinsend.

Simon seufzte. »Jedes Jahr hoffe ich, dass man sie von der Schule wirft. Aber irgendwie schafft sie es, mit allem durchzukommen.«

»Wer will die auch schon? Eines Tages landet sie im Knast.« Boris konnte sich nicht beruhigen.

»Die ist völlig durchgeknallt«, bestätigte Simon aus vollem Herzen.

»Wieso hast du dich bei der Dumpfbacke überhaupt entschuldigt?«, schnauzte Boris jetzt seinen Freund aufgebracht an. »Die ist doch selbst schuld gewesen, wie die um die Ecke geschossen kam?« Verständnislos schüttelte er den Kopf.

»Jetzt komm wieder runter!«, setzte Nico sich zur Wehr. »Sie ist zwar durchgeknallt, aber das muss ganz schön wehgetan haben.«

»Geschieht ihr recht«, brummte Boris unwirsch.

»Kommt ihr noch mit zu mir?«, beendete Nico den Streit und sah seine Freunde erwartungsvoll an.

Während sie sich auf den Weg machten, entstand ein Wettbewerb, wer das schönste Schimpfwort für Karla finden würde.

Nico erwies sich als eine wahre Fundgrube an Kraftausdrücken. Ihm waren einige italienische Schimpfwörter bekannt, die Simon und Boris, auch ins Deutsche übersetzt, noch nie gehört hatten und Simons Mutter die Röte ins Gesicht getrieben hätten. Nico entschied den Wettbewerb eindeutig für sich.

Ein paar Straßen weiter kamen sie an einem Computer-Laden vorbei. Neben zwei Computern waren einige

Notebooks im Schaufenster aufgestellt, umgeben von den neuesten Filmen und Computerspielen.

»Auch Vampire essen lecker« war angeblich eine Neuerscheinung bei den Horrorfilmen. Die Hülle versprach schreckliche Gemetzel und viel Blut.

»Den habe ich schon vor einem halben Jahr gesehen«, sagte Boris müde lächelnd.

„Arbeiten in der Folterkammer Teil 3" und „Fang den Werwolf" waren die neuesten Spiele, wobei jetzt schon für „Arbeiten in der Folterkammer Teil 4" geworben wurde. Die Titelseite war ebenso bluttriefend wie die des Vampirfilms.

Boris, der leidenschaftlich spielte, betrachtete sehnsüchtig die Auslage. Er hätte sich gerne „Haut den Zombie" geholt. Man konnte aus zweihundertzehn Möglichkeiten auswählen, einen Zombie zu besiegen. Doch wie so oft hielt sein chronischer Geldmangel ihn davon ab.

Simon wollte sich schon abwenden, als sich im Schaufenster etwas bewegte. Er sah genauer hin und für einen Moment erblickte er einen runden, faltigen Kopf mit zwei großen und spitzen Ohren.

Zuerst glaubte er, es sei eine Werbefigur für eines der Spiele, und trat neugierig näher. Doch dann erkannte er, dass das runzelige Gesicht mit der riesigen Nase sich nur im Schaufenster spiegelte.

Erschrocken blickte er sich um, aber neben ihm standen nur seine Freunde und diskutierten noch über die ausgestellten Spiele. Die Augen, die ihn voller Hass anstarrten, weiteten sich plötzlich vor Schreck, als Simon sie ansah. Dann wandte sich das Gesicht zur Seite und verschwand.

Es war, als hätte man ihm einen Kübel mit eiskaltem Wasser über den Kopf ausgeschüttet. Vor Schreck machte Simon einen Satz rückwärts und trat Boris mit seinem ganzen Gewicht auf beide Füße.

»Es wird Zeit, dass du lernst, auf eigenen Füßen zu stehen!«, schimpfte Boris und rieb sich vor Schmerz stöhnend den Knöchel. Simon hatte bei der Aktion das Gleichgewicht verloren und war auf Nicos Schoß gefallen.

»Na, heute bin ich aber beliebt«, grinste Nico und drückte Simon wieder von seinem Stuhl.

»Ha …, ha … habt ihr das auch gesehen?«, stotterte Simon, der vor Schreck vollkommen atemlos war. Dabei deutete er auf das Schaufenster, in dem man jetzt nur noch Computer und Filme sehen konnte.

»Nee, aber gefühlt«, sagte Boris jammernd, der immer noch vor Schmerz das Gesicht verzog.

Nico sah Simon stirnrunzelnd an. »Was war denn los?«

»Tschuldigung, aber …«, stammelte Simon. Das Herz schlug ihm bis zum Hals.

Als er sich umsah, glaubte er noch einen Schatten an der nächsten Hausecke verschwinden zu sehen. Ein kalter Schauer lief ihm über den Rücken.

Aufgeregt erzählte er seinen Freunden von dem Gesicht im Schaufenster. Nico sah ihn zweifelnd von der Seite an.

»Mann, seit wann trinkst du?«

»Ich bin nicht betrunken!«, sagte Simon empört. »I – ich habe das Gesicht wirklich gesehen!«

Boris grinste ihn schief an und musterte dann verstohlen die Glasscheibe.

»Du liest eindeutig zu viel, das ist es«, sagte er, packte Simons Arm und zog ihn mit sich. »Komm lieber, sonst greift dich die Scheibe noch an!«

Widerstandslos ließ Simon sich mitziehen. Während sie weitergingen, warf er noch einen argwöhnischen Blick über seine Schulter. Doch außer einer Schaufensterscheibe war nichts Ungewöhnliches zu sehen. Zum Café der Camparis, Luigis Café, war es nun nicht mehr weit.

Die Stühle vor dem Zugang standen leer in der Mittagssonne. Mehrere Blumenkübel mit leuchtenden Blumen zierten den Eingang. Eigentlich war es ein wunderschönes Café, und Simon konnte nicht verstehen, weshalb die Zahl der Gäste mit den Jahren immer kleiner geworden war.

Herr Campari stand hinter dem Tresen und las Zeitung.

»Ah, meine liebe Freunde! Kommte rein, kommte rein«, rief er ihnen entgegen, als er sie sah. »Wollte ihr eine Eißebecher? Komme sofort. Ssetzte euch doch nach draußen. Die Ssonne scheinte so schöne!«

Simon grinste. Jetzt konnten die Sommerferien beginnen.

UNHEIMLICHE BEGEGNUNGEN

Die ersten Ferientage waren vorüber. Der Himmel war tagsüber weiterhin strahlend blau und jeden Tag wurden die Jahreshöchsttemperaturen von Neuem überschritten. Durch die Hitze wurde in einigen Straßen der Stadt der Asphalt weich und die Freunde schlossen schon Wetten ab, wann die ersten Fahrzeuge stecken bleiben würden. Eine dicke Staubschicht legte sich auf alles und niemand schien mehr sein Auto waschen zu wollen, da es kurze Zeit später ohnehin wieder staubbedeckt war.

Die Wiesen in den Rheinauen begannen ihre smaragd-grüne Farbe gegen ein Strohgelb einzutauschen, und wer nicht unbedingt die Wohnung verlassen musste, blieb zu Hause oder besuchte ein Freibad, um der größten Hitze zu entgehen.

Auch Simon, Boris und Nico hielten sich am liebsten im Wasser auf. Nico war es gewohnt, angegafft zu werden und ignorierte die Blicke der Leute. Im Wasser war er in seinem Element. Außerdem trainierte er einmal in der Woche Rolli-Basketball, wo er einer der Besten war. Da er vorwiegend seine Arme benutzte, war Nico sehr stark und schwamm ohne Mühe mit ihnen um die Wette.

An diesem Morgen trafen sie sich schon gegen acht Uhr in Luigis Café. Sie hatten sich vorgenommen, vor dem Einsetzen der größten Tageshitze das Freibad aufzu-suchen, um dann mit ihren Decken und Herrn Camparis gekühlten Getränken im Schatten der Sträucher und Bäume den Tag zu verbringen. Da Simons Mutter ihnen auch etwas zu essen eingepackt hatte, war für das leibliche Wohl gesorgt.

Nico zeigte ihnen die Fußstützen seines Rollis. Nach dem letzten Vorfall mit Karla waren sie jetzt mit einem dicken roten Stoff überzogen.

Grinsend drehte er sich wie auf dem Laufsteg mit seinem Rolli und führte die neuen Überzüge vor.

»Oh, das sind aber nette Puschen«, sagte Boris spöttisch. »Aber ich glaube nicht, dass daraus ein Verkaufsschlager wird.«

»Hübsch«, meinte Simon. »Den Fußstützen wird im Winter nicht mehr kalt.«

»Passt aber ausgezeichnet zu meinen Strümpfen, oder nicht?«, kicherte Nico.

Simon grinste. Die Socken ihres Freundes hatten tatsächlich das gleiche Rot wie die Stulpen am Rolli.

Die Sonne brannte bereits auf der Haut, als sie die Decken ausbreiteten und sich setzten. Frühmorgens waren noch nicht viele Leute anwesend, sodass sie das Becken fast für sich hatten.

Eine Weile planschten sie herum und warfen sich im Wasser einen Ball zu. Danach legten sie sich in den Schatten. Simon und Nico lasen ein Buch, während Boris Musik auf seinem Handy hörte.

Allmählich füllte sich das Bad, und gegen Mittag gab es fast keinen freien Platz mehr. Hungrig verschlangen sie ihr Essen. Es wurde noch heißer und den Nachmittag verbrachten sie dösend auf ihren Decken. Bevor sie sich auf den Heimweg machten, sprang Simon ein letztes Mal ins Wasser, um sich abzukühlen. Damit er wenigstens kurz der Enge des Freibades entgehen konnte, tauchte er bis auf den Grund und sah nach oben. Über ihm strampelten unzählige Beine und ebenso viele Hände wühlten die Wasseroberfläche auf. Nur noch gedämpft drang der Lärm des Freibades durch das Wasser zu ihm durch.

Für einen Moment fühlte er sich vollkommen frei und bedauerte, dass er nicht länger hier unten bleiben konnte, dann wurde seine Luft knapp. Langsam ließ er sich wieder nach oben treiben.

Plötzlich erschien am Beckenrand ein Gesicht. Durch das aufgewühlte Wasser war es nur verschwommen zu sehen, trotzdem kamen ihm die Umrisse merkwürdig bekannt vor.

Als er weiter nach oben trieb, erkannte er den großen, faltigen Kopf mit seiner riesigen Nase und den spitzen Ohren, den er bereits am letzten Schultag im Schaufenster des Computerladens erblickt hatte.

Entsetzt stieß er einen dumpfen Laut aus und Luftblasen strömten aus seinem Mund. Wild mit den Armen rudernd, erreichte er die Wasseroberfläche. Prustend und hustend schnappte er nach Luft. Dann wischte er sich über das tropfende Gesicht. Vor Schreck hatte er Wasser geschluckt. Boris und Nico sahen ihn fragend an.

»Habt ihr das eben gesehen?«, sagte er hustend und nach Luft ringend.

»Was sollen wir gesehen haben?«, fragte Nico erstaunt und sah Hilfe suchend Boris an. Der schüttelte nur den Kopf und zuckte mit den Achseln.

»Nö«, sagte Boris. »Hier war nichts. Wir wollten nur nachsehen, wo du bleibst. Du warst ziemlich lange unten. Haben uns schon Sorgen gemacht.«

Simon konnte nicht glauben, dass seine Freunde nichts bemerkt haben wollten. Er beschrieb ihnen noch einmal genau das Gesicht, das er nun zum zweiten Mal gesehen hatte.

Nico grinste. »Du kannst nur den Kopf von Boris gesehen haben. Die Beschreibung passt doch perfekt.«

»Hey!«, sagte Boris entrüstet und verpasste Nico einen Hieb auf den Oberarm. »So gut wie du sehe ich allemal aus.«

»Hilfe, Hilfe!«, rief Nico und deutete auf Boris. »Der fremde Junge schlägt einen Rollstuhlfahrer.«

Die Umstehenden sahen zu ihnen herüber. Als Nico und Boris in ein prustendes Gewieher ausbrachen, schüttelten sie nur den Kopf über diese albernen Jugendlichen.

Simon fiel in das Gelächter seiner Freunde mit ein, doch ihm war überhaupt nicht zum Lachen zumute. Es konnte unmöglich sein, dass sie nichts gesehen hatten. Oder wurde er verrückt?

Da sie beschlossen hatten, den Tag im Café von Nicos Eltern abzuschließen, machten sie sich gemeinsam auf den Heimweg.

War die Hitze der Sonne schon anstrengend, erschöpfte sie die drückende Wärme des Asphalts völlig. Schweigsam schlurften sie durch die Innenstadt.

Simon ging das Erlebnis im Freibad nicht mehr aus dem Kopf. Was war nur los mit ihm? Sollte er sich das wirklich alles eingebildet haben?

Kurz vor der Altstadt hielten sie an der Ampel des Bertha-von-Suttner-Platzes, um die breite, verkehrsreiche Straße zu überqueren. Sie hatten gerade die Mitte des Übergangs erreicht, als Simon auf der gegenüberliegenden Straßenseite wieder diese seltsame kleine Gestalt sah. Der runde Kopf schien viel zu groß für den kleinen Körper.

Simon, der die rechte Hand locker auf den Griff des Rollis gelegt hatte, blieb erschrocken stehen. Seine Eingeweide schienen sich zu verkrampfen, während er wie hypnotisiert auf das Wesen starrte.

»Hey!«, protestierte Nico, als sein Rolli nicht weiterwollte. Er drehte sich stirnrunzelnd zu Simon um. Dann schrie er erschrocken auf. Die Ampel für den

Autoverkehr war wieder auf Grün gesprungen und im Nu waren sie von wütend hupenden Autos umgeben. Einige Autofahrer hatten die Fenster heruntergekurbelt und brüllten sie an, andere machten eindeutige Handzeichen.

Halsbrecherisch versuchten sie, zwischen den Autos auf die andere Straßenseite zu gelangen. Als sie endlich den Bürgersteig erreichten, brüllte Boris Simon zornig an. »Willst du uns umbringen? Was ist in dich gefahren?«

»Für einen Moment sah ich mein ganzes Leben an meinen Augen vorbeiziehen«, stammelte Nico schreckensbleich.

Simon blickte sich um, aber das Wesen war wieder verschwunden. Schuldbewusst wandte er sich seinen Freunden zu.

»Sagt jetzt nicht, ihr hättet es wieder nicht gesehen?«, wollte er wissen, obwohl er die Antwort bereits kannte.

»Was sollen wir gesehen haben, den Tod auf vier Rädern?«, sagte Nico mürrisch.

»Nein, dieses kleine ... kleine Ding ... Wesen, das dort stand«, stotterte Simon. Dabei deutete er auf die Stelle, wo er es gerade noch gesehen hatte.

»Was für ein kleines Wesen?«, fragten seine Freunde wie aus einem Munde.

»Ach bitte«, stöhnte Boris, als Simon seine Beobachtung schilderte. »Nicht schon wieder dein komischer Kerl.«

Simon sah sie verzweifelt und wütend zugleich an. Das Wesen hatte doch deutlich dagestanden.

»Ich bin sicher, dass es das gleiche Gesicht war, das ich vor ein paar Tagen im Schaufenster und eben noch im Schwimmbad gesehen habe«, sprudelte es aus ihm heraus.

Während sie weitergingen, sagte niemand ein Wort.

»Ihr glaubt mir nicht«, sagte Simon resignierend.

»Na ja, du bist der Einzige von uns, der den Typen bis jetzt gesehen hat. Wie würde es dir an unserer Stelle gehen?«, fragte Nico und sah ihn prüfend an.

Simon musste sich eingestehen, dass seine Geschichte ziemlich verrückt klang – aber trotzdem. Sie waren seine Freunde. Er hätte mehr Vertrauen erwartet.

Mittlerweile hatten sie Luigis Café erreicht. Herr Campari begrüßte sie freundlich wie immer und sie nahmen Platz an dem Tisch, den er für sie reserviert hielt, wenn das Geschäft es zuließ.

Es war wie eine stumme Übereinstimmung, nicht mehr über das seltsame Wesen zu sprechen, aber Simon bemerkte, dass seine Freunde sich anders als sonst verhielten. Immer, wenn sie glaubten, dass er nicht hinsah, warfen sie sich besorgte Blicke zu oder schienen ihn argwöhnisch zu beobachten.

Irgendwann hielt er es nicht mehr aus. Sollten sie doch von ihm denken, was sie wollten! Er war müde von der Hitze und die Aufregung hatte ihr Übriges getan. Er wollte nur noch nach Hause und sich in seinem Zimmer verkriechen. Missmutig verließ er seine Freunde früher als sonst.

Wenn er gedacht hatte, der Tag könne nicht mehr schlimmer werden, wurde er eines Besseren belehrt. Zu Hause empfing ihn seine Mutter mit finsterer Miene.

Fieberhaft überlegte er, womit er den Zorn seiner Mutter heraufbeschworen haben konnte, und legte sich schon einige Entschuldigungen zurecht.

»Was ist denn?«, fragte er vorsichtig, bemüht, so unschuldig auszusehen, wie er sich fühlte. Dabei beschlich ihn ein ungutes Gefühl. Mit böser Vorahnung trottete er hinter seiner Mutter her, die ihn die Treppe hinauf in sein Zimmer führte. Die Tür stand weit auf, und als er den Raum betrat, stockte ihm der Atem.

Es sah aus, als hätte eine Bombe eingeschlagen. Die meisten Bücher waren aus den Regalen gerissen worden und lagen zusammen mit Papieren von seinem Schreibtisch verstreut auf dem Fußboden. Der Kleiderschrank stand weit auf. Jemand hatte den ganzen Inhalt im Raum verteilt.

Sicher war sein Zimmer nie sonderlich ordentlich gewesen, aber so hatte es selten ausgesehen. Und zu allem Überfluss lag die große Zimmerpflanze, die sonst immer halb vertrocknet neben dem Fenster stand, auf dem Boden, und die trockene Blumenerde war ringsum verstreut. Im ersten Moment glaubte er, sein Bruder hätte sich einen schlechten Scherz erlaubt.

Das hätte er besser nur gedacht, denn seine Mutter blaffte ihn an. »Ich habe dich schon oft gebeten, dein Zimmer ordentlicher zu halten, aber das hier setzt allem die Krone auf. Und da wagst du es, das alles …«, dabei holte sie weit mit der Hand aus, als wolle sie die Unordnung der ganzen Welt einbeziehen, »… deinem Bruder in die Schuhe schieben zu wollen. Er war heute den ganzen Tag nicht zu Hause. Wann hätte er das tun sollen?«

Erschrocken fuhr Simon zurück. Seine Mutter war eine zierliche Frau und eigentlich von milden Wesen. Niemand, der sie kannte, hätte einen solchen Wutausbruch bei ihr erwartet. Doch was sie nicht ertragen konnte, war Ungerechtigkeit in jeglicher Form. Auch sein Bruder wagte nicht, ihr zu widersprechen, wenn ihr, wie er sagte, „der Blick" in die Augen trat.

»Aber ich war das auch …«, wollte Simon sich zur Wehr setzen, doch sie ließ ihn nicht ausreden.

»Willst du mir erzählen, die Sachen wären aus Versehen aus den Schränken gefallen? Du räumst dein Zimmer auf und gehst nicht eher aus dem Haus, bevor nicht alles wieder in Ordnung ist!«

Aufgebracht stapfte seine Mutter aus dem Raum und ließ ihn mit all der Unordnung allein. Das hatte ihm zu allem Unglück noch gefehlt. Verzweifelt sah er sich in seinem Zimmer um. Hatten sich denn alle gegen ihn verschworen? Es würde Stunden dauern, bis alles wieder an seinem Platz war.

Schlechtgelaunt hob er einige Bücher vom Fußboden auf und stellte sie ins Regal zurück. Auch wenn seine Mutter es nicht glauben wollte, das hatte er bestimmt seinem Bruder zu verdanken. Wer sonst sollte das Chaos angerichtet haben. Heinzelmännchen konnten es ja schlecht gewesen sein. Wenn es so weiterging, wurden das die schlimmsten Ferien seit Beginn der Schule.

Wütend warf er ein paar zerknüllte Blätter in den Papierkorb und schimpfte auf seine Mutter, seinen Bruder, seine Freunde und überhaupt auf die ganze Welt.

Dann drang ein kratzendes Geräusch von draußen durch das angelehnte Fenster herein. Simon sah hin. Eigenartigerweise stand es jetzt weit auf. Er unterbrach seine Arbeit. Das konnte nur Katze sein, die im Garten Mäuse jagte.

»Miez miez miez«, lockte er und beugte sich aus dem Fenster. Doch im Garten befanden sich außer ein paar Vögeln, die auf der Vogeltränke saßen, keine anderen Tiere.

Er schüttelte resignierend den Kopf. Ermüdet und verschwitzt legte er sich auf sein Bett und nach kurzer Zeit döste er ein.

Er träumte, er sei wieder im Freibad und schwamm in dem herrlich kühlen Nass herum, als er plötzlich unter Wasser gezogen wurde. Verzweifelt versuchte er den Kopf über Wasser zu halten, doch wer auch immer an seinen Füßen zerrte, war stärker als Simon.

Er sank unter Wasser und strampelte in Todesangst mit den Füßen. Unter ihm schwamm, böse grinsend, ein hässlicher Zwerg mit dickem Kopf und langen, spitzen Ohren und hielt sie umklammert. Als er glaubte zu ersticken, erwachte Simon schweißgebadet aus seinem Traum.

Mit aufgerissenen Augen starrte er an die Decke. Trotz der Hitze fühlte er sich, als wäre er zu einem Eiszapfen erstarrt. Sein Herz pochte laut bis zum Hals. Schwer atmend richtete er sich langsam auf, als es an der Tür klopfte. Seine Mutter trat ein.

»Schatz, das Abendessen ist fertig.«

Dann sah sie sich im Zimmer um, das nur wenig anders als vorher aussah.

»Du hast die ganzen Ferien Zeit, das Zimmer aufzuräumen, wenn du willst. Aber du bleibst so lange hier, bis du diesen Saustall aufgeräumt hast«, sagte sie nur.

»Ist ja gut«, murmelte Simon verdrossen. Manchmal konnte seine Mutter wirklich nerven. »Ich bin müde und mache den Rest morgen früh.«

Er folgte seiner Mutter in die Küche. Sein Vater saß bereits am Tisch. Martin war vermutlich noch mit seiner Freundin unterwegs. Vor wenigen Tagen hatte er ein Mädchen kennengelernt. Wenn man ihn nach ihr fragte, hüllte er sich in Schweigen. Aber es war ihm deutlich anzumerken, wie begeistert er von ihr war.

Simon sagte nichts dazu, doch er vermutete, dass sein Bruder nur angeben wollte.

»Geht es dir nicht gut?«, fragte sein Vater besorgt. »Du siehst sehr blass aus.«

Simon schüttelte nur den Kopf und biss lustlos in eine Scheibe Brot.

»Das ist bestimmt nur die Hitze«, meinte die Mutter. »Die macht uns alle langsam fertig.«

Später lag Simon in seinem Bett und hoffte vergeblich auf etwas Abkühlung in der Nacht. Morgen früh würde er sein Zimmer aufräumen. Morgen war schließlich auch noch ein Tag.

Seinen Eltern erzählte er nichts von seinen Erlebnissen und dem Streit mit seinen Freunden. Er befürchtete, dass seine Mutter ihn zu einem Arzt bringen würde, ganz zu schweigen von den Hänseleien, mit denen sein Bruder ihn aufziehen würde.

»Wahrscheinlich hat mein Bruder neuerdings das zweite Gesicht und sieht sich so, wie er wirklich aussieht«, hörte er ihn lästern.

Am folgenden Tag hatte Simon sich wieder etwas beruhigt, und gegen Mittag war die größte Unordnung beseitigt. Er wischte sich den Schweiß von der Stirn und betrachtete halbwegs zufrieden seine Arbeit.

Das Zimmer seines Bruders sah meistens wie geleckt aus, während Simon nicht über eine gewisse kreative Unordnung hinauskam. Er schaffte es einfach nicht, dass es dem Vergleich mit Martins Zimmer standhalten konnte. Doch selbst wenn, dauerte es nur wenige Stunden, und wie durch Zauberhand sah es wieder so aus wie kurz zuvor.

Die nächsten Tage vergingen ereignislos und da nichts Seltsames mehr geschah, entspannte sich das Verhältnis zwischen den Freunden langsam wieder. Sie lachten viel über die Erlebnisse der letzten Wochen, und allmählich glaubte auch Simon, dass er irgendwelchen verwirrenden Spiegelungen aufgesessen war.

Sie alle sollten sich gewaltig irren.

DAS FRÜHSTÜCK

Die dritte Ferienwoche begann und ganz Europa lag weiterhin unter einer Hitzeglocke. Jeder abendliche Wetterbericht hörte sich wie die Wiederholung vom Vortag an und stellte keinerlei Abkühlung in Aussicht.

Wer keine Klimaanlage in der Wohnung besaß, fand in der Nacht kaum noch Schlaf. Simon hatte schon überlegt, ob er sein Bett nicht im Keller aufstellen sollte, da nur dort einigermaßen erträgliche Temperaturen herrschten.

Nico feierte am kommenden Donnerstag seinen dreizehnten Geburtstag. Deshalb hatten sich Simon und Boris in der Stadt getroffen, um ein passendes Geschenk für ihren Freund zu finden. Sie mussten nicht lange suchen. Wegen seines Interesses am Börsenhandel entschieden sie sich für ein Computerspiel.

Das große Spiel der Aktionäre
Vom Nobody zum Millionär

Lernen Sie mit diesem aufregenden Spiel, wie Sie durch Börsenspekulationen zum Millionär werden und lassen Sie sich die Tücken der Börse aufzeigen.

Absoluter Höhepunkt des Spiels:
Treiben Sie mit Geschick und Intelligenz ein Land in den Staatsbankrott

Sie werden begeistert sein
Ein Muss für jeden angehenden Börsenspekulanten

Am Abend vor seinem Geburtstag sandte Nico seinen Freunden noch eine Nachricht mit der Bitte, am nächsten Morgen Hunger mitzubringen, was für Boris, der eigentlich immer hungrig war, natürlich keine echte Herausforderung darstellte.

Ohne Frühstück verließ Simon am nächsten Morgen das Haus. Mittlerweile war es eine schöne Gewohnheit geworden, sich morgens in Luigis Café zu treffen.

Frau Campari deckte gerade den Frühstückstisch für die drei Freunde ein, als Simon und Boris in die kleine Gasse einbogen.

Trotz der frühen Morgenstunde war es schon drückend warm. Die Palmen in den vier gewaltigen Blumenkübeln waren mächtig gewachsen. Inzwischen waren sie so groß, dass Simon sich fragte, wie Herr Campari sie im Herbst winterfest unterbringen würde.

Ein kleiner Topf mit einer mickrigen, schmutziggrünen Pflanze, die aussah, als würde sie die nächsten Tage nicht überleben, hatte Frau Campari scheinbar aus Mitleid dazugestellt. Die grauen Blätter hingen schlaff an den Seiten herunter und sie sah aus, als benötige sie dringend Wasser. Die eigenartige gelbe Blüte in der Mitte konnte den erbärmlichen Eindruck nicht verwischen. Sie stand weit offen und starrte Simon an.

Er stutzte, dann schimpfte er mit sich. So ein Unsinn. Natürlich blickte ihn die Blüte nicht an. Er musste sich bremsen und durfte nicht schon wieder völlig verrückte Dinge sehen. Was da auf dem Nebentisch stand, war eine verkümmerte Blume und sonst nichts, basta.

Doch trotz aller Versuche, die Pflanze zu ignorieren, schielte er immer wieder hinüber. Unwillig schüttelte er seinen Kopf.

Die Gasse lag noch ruhig in der Morgensonne. Gelegentlich eilte jemand auf dem Weg zur Arbeit an ihnen vorüber. Frau Campari, eine kleine, mollige Frau, die wie immer eine blütenweiße Schürze umgebunden hatte, umarmte die beiden herzlich und drückte sie an sich.

»Ich hoffe, ihr habt reichlich Appetit mitgebracht«, sagte sie zu ihnen und deutete mit der offenen Hand auf zwei Tische, die sie zusammengerückt hatte.

Auf einem der Tische standen ihre Frühstücksteller, der andere war beladen mit dampfendem Rührei, knusprigem Schinkenspeck, Bratkartoffeln und den unterschiedlichsten Käse- und Wurstsorten.

Ein Korb quoll über von den verschiedensten Brotsorten und drei Kannen mit Milch, Kakao und Tee bedeckten die letzten freien Stellen auf dem Tisch.

Simon und Boris gingen die Augen über.

»Hi«, begrüßte Nico, der inzwischen herangerollt war, die beiden Freunde grinsend. Auch Herr Campari war aus dem Café getreten und kam auf sie zu.

»Simone unte Borisse«, radebrechte er strahlend. Am Anfang hatte es Simon gestört, dass Herr Campari an seinen Namen immer ein **e** anhing, sodass er fast wie der Mädchenname Simone klang. Doch alle seine Bemühungen, Herrn Camparis Aussprache zu verbessern, waren kläglich gescheitert. Eines Tages hatte Simon dann aufgegeben.

Herr Campari geleitete sie zu den Tischen.

»Unte wenne noch wasse fehlte, rufte mich«, sagte er noch, bevor er wieder im Café verschwand, um die Tagesvorbereitungen zu treffen.

Nun konnten sie Nico zum Geburtstag gratulieren und Boris überreichte ihm das Geschenk.

Neugierig riss Nico das Papier von der Verpackung.

»Mensch, Leute, damit habt ihr einen Anteil an meiner ersten Million verdient«, sagte er strahlend.

Dann begannen sie zu schmausen. Simon tat sich eine Portion Bratkartoffeln auf und legte drei der riesigen gebratenen Champignons dazu.

Boris und Nico machten sich als Erstes über die köstlichen Hähnchenschlegel her. Es schmeckte hervorragend und Simon hörte erst auf, als er sich von allem einmal etwas aufgelegt hatte. Danach musste er den Gürtel seiner Hose lockern.

»Mann, das war gut«, seufzte er und schloss die Augen.

»Pff«, machte Nico nach seinem letzten Bissen und sank proppenvoll gegen die Rückenlehne. »Ich gebe auf, ich kann nicht mehr.«

»In Italien wären wir jetzt immer noch hungrig«, murmelte er nach einer Weile.

»Wieso?«, wollte Boris verdutzt wissen. »Gibt es dort nichts zu essen?«

Nico grinste. »In Italien fällt das Frühstück traditionell schlicht aus. Milchkaffee, etwas Weißbrot, das war es auch fast schon«, erklärte er.

»Wie überleben die das?«, fragte Boris verwundert und rieb einen Apfel an seinem T-Shirt ab. Dann biss er herzhaft hinein und krachend verschwand ein großes Apfelstück in seinem Mund.

»Dasch wa dasch Beschde, wasch i scheid angemeeschen ab«, nuschelte er mit vollem Mund. »Enn i ma Goch bin, esch i immer so.«

Gelegentlich bereitete er für seine Mutter und sich ein Menü zu, das, wie Simon zugeben musste, gar nicht mal so schlecht schmeckte. Nur seine Faulheit hinderte ihn daran, öfter zu kochen.

Simon öffnete wieder die Augen. Sein Blick streifte zufällig die Blumenkübel. Erleichtert stellte er fest, dass der hässliche Blumentopf verschwunden war. Frau Campari musste ihn unbemerkt während ihrer Schlemmerei hereingeholt haben.

Doch dann entdeckte die Pflanze drei Tische weiter. Abermals überkam ihn das befremdliche Gefühl, dass die Blume ihn beobachtete. Langsam lehnte er sich zurück.

Reiß dich zusammen, ermahnte er sich.

Das Essen hatte ihn wohlig müde gemacht und so war es ihm scheinbar entgangen, dass Frau Campari diesen seltsamen Blumentopf auf den Tisch gestellt hatte.

Möglichst unauffällig sah er zu seinen Freunden. Sie unterhielten sich und schienen nichts bemerkt zu haben.

»Weißt du inzwischen, was du mit deinem Gewinn machen willst?«, wollte Nico von ihm wissen.

»Nö«, sagte Simon. »Jetzt ist es erst einmal auf meinem Sparbuch.«

»Eins zu null für deine Mutter«, sagte Boris trocken und biss wieder in den Apfel.

Simon hatte schon befürchtet, dass er das Geld nicht mehr sehen würde, sollte es sich erst einmal auf seinem Sparbuch befinden. Er würde noch einige Diskussionen mit seiner Mutter ausfechten müssen.

Dann erschien Herr Campari wieder. »Hatte es gesmeckte?«

Aus vollem Herzen bestätigten alle, dass es sehr köstlich gewesen sei, sie aber keinen Bissen mehr herunterbringen würden.

»Benissimo«, sagte Herr Campari lächelnd. »Für eine kleine Eiße iste aber doch wohl noch Platze?«

»Klar«, sagte Boris grinsend. »Ein bisschen was geht immer.«

»Hatte der große Scrittore eigentliche schon eine neue Geschichtene?«, wandte sich Herr Campari an Simon.

»Nö«, sagte Simon, beide Hände über den vollen Bauch gelegt. »Bis jetzt habe ich mir noch keine Gedanken gemacht. Außerdem ist mein Notebook am Ende. Wahrscheinlich werde ich mir von dem gewonnenen Geld ein neues holen.«

Während Herr Campari wieder im Café verschwand, um das Eis zu holen, glitt Simons Blick nachdenklich über die Tische. Dann rieb er sich verdutzt über die Augen. Dieser kleine Blumentopf stand jetzt zwei Tische von ihnen entfernt. Er konnte den Blick der Blüte fast körperlich spüren.

Im selben Moment trat Frau Campari mit drei riesigen Portionen Eis und einer Schüssel mit Sahne an den Tisch.

»Als Vorbereitung auf den Tag«, sagte sie. »Es soll heute noch heißer werden als gestern.« Dann wuselte sie wieder davon.

Während Simon den Blick nicht mehr von der Pflanze lassen konnte, begannen seine Freunde, ihr Eis zu löffeln. Boris und Nico hatten ihres bereits verputzt, als Simon seines erst halb gegessen hatte.

»Smeckte esse dir nicht?«, fragte Herr Campari verwundert, der jetzt die Tische herrichtete.

»Doch«, sagte Simon geistesabwesend und schielte zum Blumentopf. Obwohl sich kein Lüftchen regte, bewegte sich die Blüte hin und her. Er stutzte. Hatte die Blüte gerade gezwinkert?

»Du bist vollkommen verrückt«, durchfuhr es ihn besorgt und er versuchte, nicht auf den Blumentopf zu starren. Doch wie magisch angezogen, wanderte sein Blick immer wieder zu dieser unheimlichen Pflanze.

Schließlich war auch Simons Eisbecher leer und sie brachten das Geschirr und die Reste des Frühstücks in die Küche.

Mittlerweile schien die Sonne auf ihren Tisch. Obwohl es noch früh war, brannte sie schon in den Gesichtern der

Jungen. Da die andere Seite der Tür weiterhin im Schatten lag, setzten sie sich dorthin.

Entgeistert bemerkte Simon, dass dieser sonderbare Blumentopf nun auf dem Nebentisch stand. Verlor er jetzt völlig den Verstand?

Er unterdrückte den Wunsch, die Pflanze auf einen entfernten Tisch zu setzen. Seine Freunde hätten nur wieder verwunderte Fragen gestellt. Ein weiteres Mal beschloss er, die Topfpflanze zu ignorieren. Er durfte sie einfach nicht mehr beachten. Dann würde der ganze Spuk bestimmt verschwinden, versuchte er sich zu beruhigen.

Nico und Boris waren in sattes Schweigen verfallen und beobachteten die Straße. Immer mehr Passanten kamen jetzt an dem Café vorbei. Die meisten hatten keine Augen für diese gemütliche Szene und gingen teilnahmslos weiter, andere sahen neugierig und manchmal auch ein wenig neidisch zu ihnen herüber.

»Hast du denn überhaupt keine Idee für eine neue Geschichte?«, griff Boris die Frage von Herrn Campari wieder auf. »Du darfst jetzt keine zu große Pause machen. Wenn man Erfolg hat, muss man daran arbeiten, Mann.«

»Du klingst fast wie mein Onkel«, sagte Simon müde und tat, als würde er ernsthaft darüber nachdenken.

In Wirklichkeit waren seine Nerven aufs Äußerste angespannt. Als ein kratzendes Geräusch ertönte, glaubte Simon schon, Herr Campari sei von hinten an seinen Stuhl herangetreten, doch dann sah er ihn aus dem Café treten. Aber der kümmerliche Blumentopf stand nun ganz nahe am Rand des Nebentisches. Und die Blüte starrte ihn immer noch an. Erschrocken starrte er zurück.

»Das Künstlerhirn benötigt eine Schaffenspause«, grinste Nico. »Woher kam eigentlich die Idee für deine Geschichte?«

Selbst seinen Freunden hatte Simon nichts über den Werdegang erzählt.

»Die war wirklich genial. Diese geldgierigen, verrückten Bukanurini hast du dir toll ausgedacht.«

Simon hatte nur mit einem Ohr zugehört.

»Bukanurei«, verbesserte er seinen Freund ganz in Gedanken. Ungläubig bemerkte er, dass der Blumentopf sich zu ihnen herüberbeugte, als würde er dem Gespräch lauschen. Dabei stand er so schief, dass er jeden Moment umzukippen drohte.

»Ach, weißt du …«, sagte Simon noch, als der Blütenstängel sich weit nach vorn neigte und länger zu werden schien.

Das war eindeutig zu viel. Diese komische kleine Pflanze machte ihm Angst. Er stand auf und trat zum Nachbartisch.

»Ist was?« Boris sah seinen Freund verwundert an.

Simon antwortete nicht, sondern beugte sich über den kleinen Blumentopf, um ihn hochzuheben und wieder zu den Kübeln auf der anderen Seite des Eingangs zu stellen. Aber der Topf war schwerer, als er aussah, und nur mühsam gelang es ihm, ihn zu bewegen.

Seine Freunde lachten, als sie sahen, wie er an dem kleinen Topf zerrte.

»Na, ein bisschen Training würde dir aber auch nicht schaden«, meinte Nico kichernd.

»Er – ist – ist schwe – rer als er – aussieht«, sagte Simon ächzend, dem es jetzt gelungen war, den Topf auf die andere Seite zu schleppen.

»Hast du was gegen den Kümmerling?«, wollte Boris wissen.

»Ich hatte das Gefühl, er kam mir immer näher«, antwortete Simon und bemerkte sogleich, wie verrückt sich das anhörte.

»Wollte er dich angreifen?«, fragte Boris scheinbar teilnahmsvoll besorgt.

»Die KTP's übernehmen die Erde«, kicherte Nico. »Ein Fantasy-Roman von Simon Keller?«

»KTP's? Was ist das denn?«, wollte Boris wissen.

»Kampftopfpflanzen«, klärte Nico ihn auf. »Aber der Name erschien mir zu lang.«

Die beiden lachten.

»Ihr seid blöd«, sagte Simon grob. Argwöhnisch musterte er den Blumentopf.

»Na ja«, erwiderte Boris, »in letzter Zeit siehst du schon seltsame Sachen, oder?«

»Versucht es doch selbst«, forderte Simon seine Freunde auf. »Ihr werdet schon sehen.«

»Na, dann lass Papi mal ran«, sagte Boris großspurig.

Gespannt beobachteten sie, wie ihr Freund sich tief hinunterbeugte und lässig nach dem Topf griff. Doch er bekam ihn keinen Zentimeter vom Boden. Heftig zerrend bemühte sich Boris abermals, den Topf anzuheben. Schließlich gelang es ihm, ihn ächzend auf Brusthöhe zu hieven. Sein Gesicht hatte dabei eine purpurrote Farbe angenommen. Schließlich ließ er ihn fallen. Mit einem Krach landete der Topf auf dem Boden und gab ein quietschendes Geräusch von sich.

Boris sah Nico erstaunt an. »Hat dein Vater Bleikugeln in den Topf gefüllt?«

Nico schüttelte nur den Kopf.

»Die Blüte hat mich die ganze Zeit beobachtet, ich konnte es richtig fühlen«, sprudelte es jetzt aus Simon heraus.

Seine Freunde sahen sich an, als ob er den Verstand verloren hätte.

»Das meinst du jetzt nicht ernst, oder?«, fragte Nico ungläubig, während Boris Simon aus zusammengekniffenen Augen beobachtete.

»Das habe ich mir nicht nur eingebildet!«, erwiderte Simon trotzig. »Sie kam während unseres Frühstücks immer näher. Jedes Mal, wenn ich sie angesehen habe, war sie einen Tisch herangerückt.«

»Hast du sie laufen sehen oder ist sie geflogen?«, fragte Boris trocken.

Der Tonfall machte Simon wütend. Warum wollten sie ihm nicht glauben?

»Etwas stimmt nicht!«, rief er. »Schon die ganzen Tage passieren seltsame Sachen.«

»Was ist das für eine Blume?«, wollte er von Frau Campari wissen, die gerade aus dem Café trat und deutete auf die am Boden stehenden Pflanze.

»Wo habt ihr denn diesen hässlichen Blumentopf her?«, fragte sie verwundert, während sie die Tischdecken über die Tische warf.

»Er stand auf dem Tisch«, sagte Simon.

»Ach, den muss einer der Vorbeigehenden abgestellt haben«, sagte sie. »Da wusste wohl jemand nicht, wohin damit. Ich werde ihn nachher in den Müll werfen.«

Dann verschwand sie wieder im Café.

Boris sah Simon an. »Und was hast du jetzt bewiesen?«, wollte er wissen.

»Die Blume gehört nicht hierhin, du hast es doch gehört.«

Missmutig betrachtete Simon seine Freunde. Er merkte selbst, wie wenig überzeugend das klang.

Boris winkte ab. »Es ist sicher so, wie Frau Campari sagte. Irgendein Dreckspatz war zu faul, um seinen Abfall selbst wegzuwerfen.«

Simon sprang auf. Ihm war bewusst, wie verrückt seine Erklärung klang. Doch dass seine Freunde ihm nicht glauben wollten, machte ihn verzweifelt und wütend zugleich.

»Ihr könnt mich mal!«, rief er aufgebracht und ging.

DIE UNHEIMLICHE KAPPE

Er hörte noch, dass Nico und Boris seinen Namen riefen, während er wütend fortrannte. Sollten sie doch. Auf Freunde, die glaubten, er hätte nicht mehr alle Tassen im Schrank, konnte er gut verzichten. War es seine Schuld, wenn sie wie blind durch die Gegend liefen? Er wusste jedenfalls, was er gesehen hatte.

Aufgewühlt stapfte er weiter und wäre an der nächsten Straßenecke fast mit einem Hund zusammengestoßen, der scheinbar herrenlos herumlief.

Erschrocken sprang das Tier zurück, unschlüssig, ob es wegrennen sollte.

»Na, was bist du denn für einer?«, redete Simon beruhigend auf den Hund ein. Dabei streckte er vorsichtig seine Hand aus.

Er hatte noch nie ein so hässliches Tier gesehen. Kniehoch gewachsen und mit struppigem, schmutziggrauem Fell musterte der Hund ihn argwöhnisch mit seinen gelben Augen. Er trug weder ein Halsband noch eine Marke und erweckte den Eindruck, als würde er schon ewig auf der Straße leben. Aber er war bestimmt ein besserer Freund als Boris und Nico, dachte Simon verbittert.

Sein Versuch, das Tier zu kraulen, schlug fehl. Der Hund sprang zur Seite und so sehr Simon ihm auch gut zuredete, er ließ ihn nicht weiter als eine Armlänge an sich heran.

»Du bist aber misstrauisch«, murmelte er nach einer Weile enttäuscht. »Hat man dich schlecht behandelt?«

Während er weiter in Richtung Stadtmitte marschierte, folgte ihm das Tier mit einigem Abstand.

Simon überlegte, ob er den Hund mit nach Hause nehmen könnte. Das Tier erweckte den Eindruck, als könnte es etwas Futter gut gebrauchen. Aber seine Mutter würde ihm etwas anderes erzählen, wenn er plötzlich mit einem Hund in der Wohnung stehen würde. Nein, es war besser, wenn das Tier sich erst gar nicht an ihn gewöhnte. Außerdem wäre Katze mit einem Hund im Haus sicher nicht einverstanden.

Seine halbherzigen Versuche, den Streuner zu verjagen, beeindruckten ihn nicht sonderlich, denn er trottete weiter hinter ihm her.

Während Simon sich auf dem Münsterplatz unter den Kastanien auf einer Bank niederließ, legte sich der Hund zu seinen Füßen nieder und beobachtete ihn aufmerksam mit seinen seltsamen gelben Augen.

Erneut versuchte er, das Tier zu kraulen, doch auch dieses Mal ohne Erfolg. Kaum hatte Simon seine Hand ausgestreckt, war das Tier auf den Beinen und sprang zurück. Nach kurzer Zeit legte es sich wieder hin und fuhr fort, ihn unentwegt anzustarren.

»Was willst du denn?«, fragte Simon enttäuscht. »Ich habe nix zu fressen dabei.«

Die Hitze nahm noch zu und das heiße Kopfsteinpflaster ließ die Luft flimmern. Auf dem Platz herrschte mittlerweile das übliche Treiben, auch wenn heute alles ein wenig langsamer als gewohnt vonstattenging.

Die Menschen versuchten, die wichtigsten Dinge noch vor der größten Hitze zu erledigen, und die Cafés begannen sich zu füllen.

Eine Weile beobachtete er die vorbeieilenden Passanten. Was konnte er mit diesem Tag noch anfangen? Auf keinen Fall wollte er heute mit seinen Freunden ins Schwimmbad. Doch er bekam keine Gelegenheit, weiter darüber nachzudenken.

»Oh oh«, murmelte Simon, als er seinen Blick quer über den Münsterplatz schweifen ließ, und seine Miene verfinsterte sich. Aus der Poststraße näherte sich eine Gruppe, von denen drei Personen ihm nur zu bekannt waren.

»Auch das noch!«, stöhnte Simon, als sich Karla mit ihren Freundinnen Helga und Viktoria in Begleitung von zwei Jungen näherten. »Die haben mir gerade noch gefehlt.«

Heute war definitiv nicht sein Tag. Hatte er gehofft, dass sie ihn übersehen würden, so wurde er enttäuscht. Die Gruppe änderte schon die Richtung und kam nun geradewegs auf ihn zu.

»Können die einem nicht wenigstens in den Ferien erspart bleiben?« Er seufzte tief.

»Na, ganz allein heute? Wo ist dein kleiner verkrüppelter Freund?«, kreischte Viktoria ihm entgegen.

Bis auf Karla grölten und lachten alle, als ob sie einen tollen Witz gemacht hätte.

Die beiden Jungen besaßen grobe Gesichtszüge, kurz geschorenes Haar und nach allem, was Simon von ihnen gehört hatte, waren sie in der Schule keine großen Leuchten. Die Mädchen nannten sie Ben und Greg.

Benjamin war etwas größer als Gregor und machte den einfältigeren und verschlageneren Eindruck. Gregor glich diesen bedeutenden Nachteil mit kräftigeren Muskeln wieder aus.

Mit ungutem Gefühl erhob sich Simon von der Bank. Auch sein neuer Begleiter hatte sich aufgerichtet und gemeinsam blickten sie der lärmenden Gruppe entgegen.

»Na, lassen dich deine Eltern nicht mehr nach Hause?«, höhnte Helga und kicherte wieder.

»Ich weiß wenigstens, wo ich wohne«, sagte Simon und versuchte, mutiger auszusehen, als er sich fühlte.

Viktorias Blick fiel auf den Hund.

»Hast du einen neuen Freund? Na, da hast du dich aber verbessert.«

Wieder grölten sie laut los.

Simon setzte schon zu einer Erwiderung an, als der Hund knurrend auf Viktoria zu tappte.

»Lässte sie wohl in Ruh, du hässliches Vieh?«, meldete sich jetzt zum ersten Mal Greg mit hoher, fistelnder Stimme zu Wort, die so überhaupt nicht zu seinem massigen Körper passte. Er sah das Tier an und einen Moment glaubte Simon, er würde nach ihm treten.

Das Knurren wurde lauter und beinahe hypnotisch starrte der Hund den Jungen an. Dann, Simon traute seinen Augen nicht, zog Greg nach einigen Sekunden den Fuß zurück. Einen Moment stand er wie angewurzelt auf einem Bein. Er sah zu Boden und wandte sich schließlich zur Seite.

»Ey, was is?«, mischte sich jetzt Ben ein. »Kneifste vor der Töle?«

»Ich glaube, ich habe vergessen, meiner Mutter den Müll rauszutragen«, murmelte der Getadelte mit dumpfer Stimme und leerem Blick.

Mit offenen Mündern starrten seine Freunde ihn an.

»Seit wann bringst du bei euch den Müll runter?«, fragte Viktoria, die anscheinend nicht glauben wollte, was sie da hörte.

»Du hast doch nur Angst vor der Töle!«, schnauzte Ben seinen Freund an.

Aber damit hatte er die Aufmerksamkeit des Hundes auf sich gezogen. Mit einem Satz stand der Hund vor ihm und starrte ihn wie vorher Greg von unten herauf an.

Ungläubig beobachtete Simon, wie auch Ben erstarrte und nach kurzer Zeit den Blick abwandte.

»Lass uns abhauen!«, sagte Ben und wollte gehen. »Ich helfe dir beim Müll.«

Greg folgte ihm wortlos. Für einen Moment herrschte Stille. Dann kreischte Helga mit sich überschlagender Stimme: «Kommt zurück, ihr Trottel!»

Die Jungen ignorierten sie. Sie stierten zu Boden und liefen weiter. Helga und Viktoria rannten wütend und zeternd hinter ihren Freunden her.

Karla hatte sich bis jetzt nicht bewegt. Stumm stand sie da und sah Simon mit einem merkwürdigen Blick an. Einen Moment befürchtete er, sie wollte sich auf ihn stürzen, doch dann wandte sie sich wortlos um und folgte ihren Freundinnen, die unter lautem Gekreische und Gezeter in der nächsten Seitenstraße verschwanden.

Erleichtert atmete Simon auf. Das war noch einmal gut gegangen. Er grinste. War das gerade wirklich passiert? Der Hund schien hypnotische Fähigkeiten zu besitzen und hatte ihn beschützt. Mit neuem Interesse betrachtete er das Tier.

»Kannst du mir den Trick verraten?«, murmelte er.

Zu Simons Enttäuschung weigerte sich der Hund weiterhin, sich anfassen zu lassen. Aber er freute sich schon auf die ungläubigen Gesichter seiner Freunde, wenn er ihnen diese Geschichte erzählte.

Doch dann fielen ihm wieder die mysteriösen Ereignisse des Morgens ein. Nein, von diesen Erlebnissen konnte er seinen Freunden nichts erzählen. Sie würden ihm ohnehin nicht glauben und ihn für einen kompletten Spinner halten.

Da Simon keine Lust auf weitere unangenehme Begegnungen hatte, beschloss er, den Stadtbummel abzubrechen und machte sich mit dem Hund im Schlepptau auf zu den Rheinwiesen auf der anderen Rheinseite.

Die drei Freunde hatten hier im letzten Jahr durch Zufall ein kleines Stück Wiese gefunden, das von allen

Seiten durch Büsche und zwei große Weiden vor neugierigen Blicken geschützt war. Ein unwissender Spaziergänger hätte an der Stelle nur Wildwuchs vermutet.

Im Sommer leuchteten abends viele kleine Lagerfeuer entlang des Flusses, und es war ein beliebter Ort zum Spazierengehen oder um seinen Hund auszuführen.

Der Platz war nur vom Rhein aus einsichtig und bot einen schönen Blick über den Fluss auf die Stadt. Er wurde zu ihrem Stammplatz, auf dem sie ungestört quatschen, Musik hören oder Karten spielen konnten. Die einzigen regelmäßigen Besucher waren Hunde, die neugierig herumschnüffelten oder etwas von den Wurstbroten abhaben wollten, die Boris stets mit sich führte.

Als Simon den Platz endlich erreichte, knallte die Sonne vom Himmel herunter. Zusammen mit seinem neuen Freund durchbrach er einige Büsche und stand auf einem kleinen Flecken Wiese.

Verschwitzt und durstig warf er seinen Rucksack ins Gras und breitete dann an einem schattigen Platz seine Decke aus.

Der Hund hatte sich die ganze Zeit in seiner Nähe aufgehalten und ließ sich nun nieder, um Simon weiterhin ohne Unterlass anzustarren.

Es wurde noch heißer. Sogar der Fluss schien müde zu sein und wälzte sich träge durch sein Bett. Die Wärme und das eintönige Tuckern der vorüberziehenden Schiffe schläferten Simon allmählich ein. Er blickte noch eine Weile in die gelben Augen seines neuen Freundes. Dann nickte er ein.

Simon träumte von kleinen grünen Männchen mit runzeligen Gesichtern und spitzen Ohren. Sie schlichen um ihn herum und verschwanden wieder. Ein Gesicht mit großen gelben Augen kam dicht an ihn heran und sah ihn mordlüstern an. In seinem Kopf hallte eine krächzende Stimme.

»Wer ist der Verräter?«, rief sie ständig, zuerst ganz leise, dann immer lauter.

»Wer ist der Verräter? Wer hat dir das Geheimnis verraten?«

Voller Panik versuchte Simon wegzurennen, doch seine Beine gehorchten ihm nicht.

»Ich weiß nicht, ich weiß es nicht«, murmelte er.

Dann dröhnte die Stimme so laut in seinem Kopf, dass er schweißgebadet erwachte und in zwei gelbe Augen starrte. Entsetzt schrie er auf und schlug auf die Augen ein. Seine Fäuste trafen auf weiches und struppiges Fell, und plötzlich hielt er etwas in der Hand.

Aber der Albtraum schien kein Ende nehmen zu wollen.

Der Streuner, auf den er einschlug, sprang zurück und fiel stolpernd ins Gras. Dann änderte sich die Farbe seines Felles von einem stumpfen Grau zu einem satten Blauton und seine Umrisse begannen zu flimmern. Als wäre das noch nicht genug, verwandelten sich die Pfoten des Tieres in kleine Hände und Füße, bis schließlich ein Männchen in blauen Hosen und Wams am Boden lag und mit den kurzen Beinen strampelte. Die aufgerissenen gelben Augen in dem viel zu großen Kopf starrten ihn entsetzt an.

Simon war rücklings auf allen vieren zurück gekrabbelt. Starr vor Entsetzen blickten er und das fremde Wesen sich an.

Dann rannte es los. Es kreischte und wedelte mit den Armen, während es versuchte, sich durch die Büsche zu drängen. Als es ihm schließlich gelang, lief es fort und Simon konnte es noch lange schreien hören, bevor es vollends verschwand.

Während die Schreie des Wesens in der Ferne ständig leiser wurden, lag er stocksteif vor Angst da und starrte auf den Platz, auf dem eben noch der Hund oder was immer es auch gewesen war, gestanden hatte.

Sein Herz trommelte bis zum Hals, sodass er glaubte, es müsse jeden Moment zerspringen. Schwer atmend schloss er die Augen. Dann begann er am ganzen Körper zu zittern.

»Das ist alles nicht passiert«, versuchte er sich zu beruhigen. »Es ist alles nur ein schlimmer Traum und du wirst jeden Moment erwachen. Alles wird wieder so sein, wie es war.«

Er zählte bis drei und öffnete langsam die Augen. Aber anscheinend träumte er noch immer. Sogar das schmuddelige Stück Stoff, das er aus dem Fell des Hundes gerissen hatte, hielt er noch in der Hand. Angeekelt ließ er es fallen.

Beim näheren Hinsehen erwies es sich als eine alte, abgetragene graue Kappe. Mit zitternden Fingern griff er nach ihr. Ein Kribbeln wie tausend laufende Ameisen fuhr durch seine Hand und erschrocken ließ er sie wieder los.

Was war das denn? Misstrauisch beäugte er das schmuddelige Ding. Schließlich nahm er seinen ganzen Mut zusammen und startete einen neuen Versuch. Jetzt blieb das Ameisenkribbeln aus.

Allmählich beruhigte er sich wieder und sein Herz schlug nicht mehr so wild, als er sich die Kappe über die Hand stülpte, um sie zu betrachten.

Zum zweiten Mal an diesem Tag schrie Simon entsetzt auf. Obwohl er seinen Unterarm deutlich spürte, war er von der Kappe bis zum Ellenbogen verschwunden.

Seine Nackenhaare richteten sich auf und im hohen Bogen schleuderte er sie von sich. Keuchend stierte er auf seinen Arm, der zu seiner Erleichterung im selben Moment wieder sichtbar geworden war.

Ihm wurde schwindelig und er musste sich setzen. Hatten seine Freunde vielleicht recht und er wurde verrückt?

Dieses Mal dauerte es eine ganze Weile, bis er sich wieder beruhigt hatte. Dann siegte seine Neugierde und er näherte sich langsam der unheimlichen Kopfbedeckung. Nun benutzte er einen herumliegenden Ast, den er unter die Kappe schob.

Ähnlich wie bei seinem Arm verschwand ein Teil des Astes. Das war unheimlich, aber bei Weitem nicht so erschreckend wie sein unsichtbarer Arm.

Langsam schwenkte er den Ast hin und her und beobachtete gebannt, wie die Kappe scheinbar schwerelos seinen Bewegungen folgte.

War es möglich, dass er eine der sagenhaften Tarnkappen erbeutet hatte?

Bei dem Gedanken stockte ihm der Atem. Aber in diesen uralten Sagen machte die Kappe seinen Besitzer vollständig unsichtbar. Dieses schmuddelige Etwas jedoch ließ die Dinge nur teilweise verschwinden. War sie kaputt?

Er hockte sich wieder ins Gras. Vielleicht war es das Beste, wenn er das Ding einfach in den Rhein warf. Dann seufzte er. Eine Tarnkappe, die unsichtbar macht. Was würden seine Freunde wohl dazu sagen? Auch wenn die Kappe nicht mehr richtig funktionierte, war sie immer noch unheimlich genug, um Nico und Boris zu überzeugen, dass er nicht verrückt war. Wie gerne hätte er jetzt mit ihnen über alles gesprochen.

Dann kam ihm ein unheilvoller Gedanke. Würde dieser komische Kerl die Kappe nicht zurückfordern wollen? Erschrocken sah Simon sich um und lauschte. Doch außer dem Zirpen der Heuschrecken und fernem Hundegebell war es still.

Was hatte dieser mysteriöse Kerl überhaupt von ihm gewollt? Die gruseligen Ereignisse der vergangenen Tage ließen darauf schließen, dass das Wesen ihn schon längere Zeit, zumindest in den letzten zwei Wochen, beobachtet hatte. Aber warum tat es das?

Nichts von dem, was ihm gehörte, war interessant oder wertvoll genug, um ihn deswegen auf Schritt und Tritt zu verfolgen. Doch so sehr er sich auch den Kopf zermarterte, fiel ihm keine zufriedenstellende Antwort ein.

Nachdenklich betrachtete Simon die unheimliche Kappe. Ob er sie aufsetzen sollte? Bei diesem verwegenen Gedanken richteten sich seine Nackenhaare wieder auf.

Eine Weile überlegte er. Andererseits, was hatte er zu befürchten? Alle Dinge, die die Kappe verschwinden ließ, wurden problemlos wieder sichtbar, und keine der alten Sagen berichtete seines Wissens über ein Unglück durch das Tragen einer Tarnkappe.

Als er sie mit beiden Händen über sich hielt, zog sich sein Magen zusammen. Er schloss die Augen, atmete tief durch und ließ sie auf seinen Kopf fallen.

Sofort krabbelten tausend Ameisen durch seinen Körper und verschwanden gleich wieder. Ganz langsam öffnete er die Augen und blickte an sich herab. Doch alles, was er sah, war das Gras unter seinen Füßen. Sein ganzer Körper war – verschwunden. Ein wildes Triumphgefühl durchströmte ihn. Aber war es die Kappe auch?

Mühsam stolperte er die Ufersteine hinunter bis zum Fluss, um sein Spiegelbild zu betrachten. Er grinste, als er sich vorstellte, welche Wirkung es haben würde, wenn die Kappe ohne Träger durch die Stadt schweben würde.

Doch nichts auf der Wasseroberfläche ließ erkennen, dass sich hier ein menschliches Wesen aufhielt. Sogar die Kappe war verschwunden.

Eine Weile stand er nur da und betrachtete sein nicht vorhandenes Spiegelbild im Wasser. Die Gedanken wirbelten durch seinen Kopf. Etwas Gutes hatte die Sache auf jeden Fall, denn jetzt mussten seine Freunde ihm glauben.

Er entschied, seinen Fund in aller Ruhe in seinem Zimmer zu untersuchen und machte sich auf den Heimweg.

Schon bald merkte er, dass unsichtbar zu sein nicht körperlos sein bedeutete. Für die Augen der Spaziergänger mochte er verborgen bleiben, nicht aber für die Nasen der vielen Hunde, die hier ausgeführt wurden.

Ganz in Gedanken versunken prallte er dann auch mit einem Terrier zusammen, der einem geworfenen Knüppel nachjagte. Nicht allein, dass der Stock Simons Kopf nur knapp verfehlte, hing das Tier für einen Moment in der Luft und plumpste winselnd zu Boden. Aufgeregt schnüffelte das Tier an seinem Hosenbein herum, verwirrt darüber, dass es nichts sehen und trotzdem etwas riechen konnte.

Die Erfahrung, dass das Tragen der Kappe auch gefährlich sein konnte, machte Simon wenig später auf einem Zebrastreifen. Beim Überqueren wäre er fast von einem Fahrradfahrer angefahren worden. Simon rief dem Ahnungslosen noch ein böses Schimpfwort nach, bevor er begriff, dass der so Gescholtene ihn ja nicht sehen konnte.

Vorsichtig geworden, wich er den entgegenkommenden Straßenpassanten aus. Das wurde mit der Zeit lästig, und er zog sich in einer Nebenstraße unbeobachtet die Kappe vom Kopf. Erleichtert stellte er fest, dass er wieder sichtbar wurde.

Zu Hause schlich Simon unbemerkt in sein Zimmer. Er war viel zu aufgewühlt, um sich jetzt mit jemandem zu unterhalten. Langsam legte er die Kappe vor sich auf den Tisch und betrachtete sie. Wie sie so dalag, machte sie einen harmlosen Eindruck. Erst jetzt fiel ihm der seltsame Geruch auf, den sie ausströmte. Das musste an dem Vorbesitzer liegen, vermutete er.

Kurz überlegte er, ob er die Kappe seinen Eltern zeigen sollte, doch dann verwarf er den Gedanken wieder. Bevor das schmuddelige Ding auch nur den Küchentisch berührt hätte, wäre es von seiner Mutter entweder in den Müll oder in die Waschmaschine geworfen worden.

Ob sie danach noch funktionierte, war ungewiss. Er hatte jedenfalls nicht den Eindruck, dass sie jemals Bekanntschaft mit Wasser gemacht hatte.

Oder noch schlimmer, seine Eltern brachten das „seltsame und gefährliche Ding" zur Polizei. Dann würde er die Kappe nie wiedersehen. Martin hätte statt der Polizei wahrscheinlich einen Arzt für Simon vorgeschlagen.

Das blau gekleidete Männchen fiel ihm ein. Was konnte er tun, wenn es wieder auftauchen sollte? Beim nächsten Mal hatte er vielleicht nicht mehr so viel Glück. Andererseits besaß er nun eine Tarnkappe und konnte sich unsichtbar machen, versuchte er sich zu beruhigen.

Wenn er recht überlegte, war der kleine Mann erst in Erscheinung getreten, nachdem er ihm die Mütze vom Kopf gerissen hatte. Davor war er in Gestalt eines Hundes aufgetaucht. Anscheinend konnte sie mehr als jemanden vor den Augen anderer verbergen. Simon schnaufte bei dem Gedanken. Als wenn unsichtbar machen nicht schon genug gewesen wäre.

Doch zuerst wollte er testen, ob ihn wirklich niemand sehen konnte, wenn er die Kappe trug. Sein Oberkörper und die Beine verschwanden zwar, aber was war, wenn etwa ein Teil seines Rückens sichtbar blieb oder die Ohren? Es würde einen beachtlichen Wirbel verursachen, wenn sie ohne ihn durch die Stadt schweben würden. Simon grinste bei dem Gedanken.

Er stellte sich vor den Spiegel, der in halber Höhe neben seinem Kleiderschrank hing, und setzte sich die Kappe auf. Die Luft flimmerte kurz, dann war er verschwunden.

Er hob den Arm und winkte. Schließlich drehte er sich um die eigene Achse. Der Spiegel zeigte nichts als das Bücherregal auf der gegenüberliegenden Seite des Zimmers.

Eine Weile stand Simon da und starrte gebannt in den Spiegel. Langsam zog er die Kappe vom Kopf und beobachtete, wie sich sein Körper aus dem Nichts herausschälte. Erleichtert betrachtete er sein Spiegelbild. Es schien noch alles da zu sein.

Seine Beine begannen zu zittern, und er musste sich setzen. Was für ein Fund. Neben ihr verblasste sogar der Gewinn des Schriftstellerwettbewerbs. Damals hatte er geglaubt, nichts könne diesen Moment übertreffen. Begeisterung gepaart mit Angst überflutete ihn.

Das Abendessen schlang er rasch hinunter. Seine Eltern, die sein merkwürdiges Verhalten wohl bemerkten, sagten nichts und ließen ihn in Ruhe. Zum Glück war sein Bruder derzeit nicht zu Hause. Seit er eine Freundin hatte, sah Simon ihn nur noch selten. Alles, was er wusste, war, dass sie Armida hieß und ihr Bruder ständig von ihr sprach. Armida hatte ihm gehörig den Kopf verdreht.

Kaum hatte er die Gedanken zu Ende gedacht, dann hörte er die Haustür zufallen. Sein Bruder war wieder da. Martin unterhielt sich kurz mit seinen Eltern und stapfte dann die Treppe hoch.

Vorsichtig steckte Simon seinen Kopf aus der Tür, doch der Flur war leer. Auf Zehenspitzen schlich er vor das Zimmer seines Bruders, als Katze auf leisen Pfoten schnurrend an seinen Beinen entlang strich. Sie sah ihm direkt in die Augen. Simon erschrak. Konnte Katze ihn etwa sehen? Vor Schreck brach ihm der Schweiß aus allen Poren, und er rannte zurück in sein Zimmer.

Ein Blick in den Spiegel beruhigte ihn. Es war nichts zu sehen. Sicher hatte Katze ihn nur gerochen. Erleichtert huschte er wieder vor die Tür seines Bruders.

Sie war nur angelehnt. Behutsam öffnete er die Tür einen Spaltbreit und lugte hinein. Martin saß auf seinem Bett und hatte ihm den Rücken zugekehrt.

Grinsend schlüpfte Simon in den Raum und lehnte die Tür wieder an. Zum Glück ölte ihr Vater regelmäßig die Türscharniere.

Martin hielt gerade sein Handy in der Hand und tippte eine Nummer ein. Dann wartete er einige Sekunden. Schließlich sah er missmutig das Gerät an. Anscheinend bekam er keine Verbindung.

Nach einem weiteren erfolglosen Versuch sprang er verärgert auf und ging so rasch zur Tür, dass Simon Mühe hatte, ihm rechtzeitig auszuweichen. Die Tür knallend, verließ Martin sein Zimmer.

Simon atmete tief durch, während sein Herz vor Schreck bis zum Hals klopfte. Als er wieder in seinem Zimmer stand, schloss er aufatmend die Tür und riss sich die Kappe vom Kopf.

Er beschloss, sich mit seinen Freunden für den nächsten Morgen zu verabreden. Er konnte es kaum erwarten, ihnen die Kappe vorzuführen. Natürlich würde er kein Wort von seinen Erlebnissen erwähnen. Zunächst musste er es ihnen heimzahlen. Das hatten sie verdient.

Voller Vorfreude stellte er sich ihre verdatterten Gesichter vor, wenn er die Kappe vor ihren Augen abnahm. Leider kam keine Verbindung zustande, noch nicht einmal ein Signalton war zu hören. Auch mit Nicos Nummer hatte er keinen Erfolg und so folgte er Martins Beispiel und suchte im Wohnzimmer seine Eltern auf, wo sein Bruder gerade sein Leid mit dem kaputten Handy klagte.

Als Simon erklärte, er könne ebenfalls niemanden anrufen, versprach ihr Vater, sich darum zu kümmern.

Wieder in seinem Zimmer setzte er sich mit der Kappe auf sein Bett und dachte nach. Katze hatte es sich auf der Decke gemütlich gemacht und beobachtete regungslos, als sei es das Selbstverständlichste von der Welt, dass Simon unsichtbar wurde. Dann stand sie gemächlich auf, streckte sich herzhaft und ließ sich auf seinem Schoß nieder.

Simon sah an sich herab und gluckste. Da er selbst unsichtbar war, schien Katze in der Luft zu schweben.

Aber hätte sie nicht auch unsichtbar werden müssen. Nachdenklich kraulte er ihren Nacken. Kaum hatte er die Hand auf Katze gelegt, verschwand sie vor seinen Augen.

Das war aufschlussreich!

Wenn er jemanden ohne seine Hände berührte und die Kappe auf dem Kopf trug, passierte nichts, fasste er etwas an, verschwand es vor seinen Augen.

Erregt sprang er auf und warf dabei die entrüstet fauchende Katze von seinem Schoß. Dann setzte er sich auf seinen Stuhl. Der Stuhl blieb sichtbar. Kaum hatte er aber die Hand auf die Rückenlehne gelegt, verschwand er.

Simon fragte sich, ob sie auch größere Dinge verschwinden lassen konnte? Er versuchte es mit seinem Kleiderschrank und tatsächlich löste sich der Schrank vor seinen Augen auf.

Ein verwegener Gedanke fuhr durch seinen Kopf. Was war mit dem Haus? Konnte er es unsichtbar werden lassen?

Gespannt legte er die Handfläche auf die Zimmerwand. Nichts geschah. Da lachte er über sich selbst. Natürlich, vorhin war auch nichts passiert, als er die Türen

angefasst hatte. Vermutlich war die Kraft der Kappe be-
grenzt.

Erschöpft von den Aufregungen des Tages ging Simon
früh zu Bett und fiel in einen unruhigen Schlaf.

SÜßE RACHE

Am nächsten Morgen galt sein erster Gedanke der Tarnkappe. Im Stillen rechnete er schon damit, dass alles nur ein Traum gewesen war.

Mit geschlossenen Augen zählte er bis drei und griff langsam unter sein Kissen. Als er den rauen Stoff der Kappe in seiner Hand fühlte, atmete er erleichtert auf.

Langsam kleidete er sich an und ging in die Küche, um zu frühstücken. Da die Handys auch heute nicht funktionierten, rief Simon seine Freunde mit dem Haustelefon an.

Boris wollte wissen, ob Simons Handy kaputt sei, da er bereits den ganzen Morgen versucht habe, ihn zu erreichen. Wie sich herausstellte, hatte Nico es schon am Vorabend vergeblich probiert.

Simon erzählte seinen Freunden, dass er ihnen unbedingt etwas zeigen müsse, verriet aber nicht, worum es sich dabei handelte. Sie verabredeten sich an ihrem Geheimplatz in den Rheinwiesen.

Auf jeden Fall wollte er vor seinen Freunden dort sein. Die dicht stehenden Sträucher hätten verhindert, dass er sich geräuschlos an sie heranschleichen konnte, und auf diesen Spaß wollte er um nichts in der Welt verzichten.

Seine Geduld wurde auf eine harte Probe gestellt. Es dauerte eine Weile, bis Boris und Nico eintrafen. Endlich hörte er ihre Stimmen, die sich langsam näherten, und es krachte im Gebüsch. Da die Sträucher seit dem vergangenen Jahr die letzten Lücken geschlossen hatten, mussten Boris und Nico schwer kämpfen, um den Rolli unbeschädigt hindurchzuzwängen. Doch dann standen sie mitten auf dem kleinen Stück Wiese und sahen sich um.

»Er ist noch nicht da«, stellte Boris überflüssigerweise fest.

»Ich bin gespannt, was er wollte. Es hörte sich einigermaßen geheimnisvoll an«, meinte Nico.

»Hoffentlich will er uns nicht wieder etwas über kleine blaue Männchen erzählen«, sagte Boris, während er seinen Rucksack auf die Wiese warf.

»Fang bloß nicht mit dem Thema an, wenn er kommt«, ermahnte ihn Nico. »Sonst rastet er wieder aus.«

»Nee, schon gut. Aber es ist schon eigenartig, was er in der letzten Zeit so sieht, findest du nicht?«

Nico nickte langsam, während er seine Decke aus dem Rucksack kramte.

Na, wartet, dachte Simon grimmig. Ihr sollt euer blaues Wunder erleben. Er ergriff die Wasserflasche, die Boris neben sich gestellt hatte, trat hinter ihn und goss ihm den gesamten Inhalt über den Kopf.

Sein Freund schrie erschrocken auf und fuhr herum.

»Hey! Bist du bescheuert?«, pflaumte der entrüstete und tropfnasse Boris den ahnungslosen Nico an.

Doch er war einige Meter weit entfernt und versuchte, seine Decke auszubreiten. Erstaunt blickte er auf.

»Was ist denn?« Dann sah er das Wasser an Boris heruntertropfen.

»Wenn du alles verschüttest, bleibt dir nichts mehr zum Trinken übrig«, meinte er oberlehrerhaft.

»Das war ich nicht!«, schimpfte Boris und sah nach oben.

Natürlich war kein Wölkchen am Himmel zu sehen. »Wie aus dem Nichts war ich plötzlich nass«, beteuerte er.

»Na ja …«, sagte Nico gedehnt. »Ein stark eingeengter Regenschauer kommt wohl nicht infrage, oder?«

Scheinbar prüfend sah er in den Himmel und grinste. Dann betrachtete er die leere Wasserflasche, die neben Boris am Boden lag.

»Der Wetterbericht meldet einen halben Liter Regen auf einem Quadratmeter«, gluckste er. »Deine Geschichten sind aber auch nicht besser als Simons«,

»Das ist keine Geschichte!«, meckerte Boris. »Das, das ist – das ist – unheimlich.«

Nur mühsam unterdrückte Simon ein Prusten.

So, dachte er. Wartet nur ab! Meine Geschichten sind auf jeden Fall viel besser.

Er ging zur Decke, die Nico zurechtgezupft hatte, und hob sie auf.

Jetzt war es an Nico, sprachlos zu sein, als seine Decke kurz verschwand und plötzlich fein säuberlich gefaltet wieder vor ihm lag.

»Das – das …«, stammelte er nur.

Simon sah sich suchend um. Das war zwar gut, aber es ging sicher noch viel besser. Er ergriff den Rolli, der sich, wie erhofft, sofort mitsamt Nico in Luft auflöste.

Einen Moment hatte Simon den Eindruck, Boris würde davonlaufen. Er war kreidebleich geworden. Nico, der das entsetzte Gesicht seines Freundes bemerkte, war sein eigenes Verschwinden bisher nicht aufgefallen.

»Was ist denn jetzt schon wieder?«, rief er ungehalten.

»Wo bist du?«, wimmerte Boris mit piepsiger Stimme und blickte sich ängstlich um.

»Ich bin doch hier, bist du denn …?«

Jetzt war auch Nico aufgefallen, dass seine Knie verschwunden waren. Er stieß einen angsterfüllten Schrei aus.

»Verflucht, wo bin ich?«, rief er mit zitternder Stimme. Das klang so drollig, dass Simon laut losprustete. Kreidebleich sahen Nico und Boris sich um.

Der Anblick war zu köstlich, und Simon konnte sich nicht mehr halten. Er lachte laut los und zog sich langsam die Kappe vom Kopf. Seine Freunde stießen entsetzte Rufe aus, als Simons Körper sich aus dem Nichts herausschälte.

»Da …, da … das ist nicht möglich«, stammelte Nico und stierte Simon entgeistert an. Boris war immer noch kreidebleich und brachte keinen Ton heraus.

»Bist du es wirklich, Simon?«, fragte Nico zitternd, mit aufgerissenen Augen.

»Nein, ich bin der Weihnachtsmann.« Simon hielt sich vor Lachen den Bauch. Die Gesichter seiner Freunde entschädigten ihn für all ihre Zweifel an ihm.

Eine ganze Weile waren seine Freunde zu keinem Wort fähig. Er redete beruhigend auf sie ein und wartete geduldig, bis sie ihre Fassung wiedererlangten. Dann schilderte er ihnen seine Erlebnisse vom Vortag. Von dem komischen Hund, der Karla und ihren Freunden auf so seltsame Weise zugesetzt hatte, von den Ereignissen auf diesem Platz und dem Fund der unheimlichen Kappe.

»Dabei fing ich gerade an, den Köter nett zu finden«, beendete Simon seine Erzählung. »Und dann ist der Hund ein hässlicher, blauer Zwerg.«

»Und gestern Morgen, der alte Blumentopf!«, rief Boris, dessen Gesicht langsam wieder Farbe bekam. »Aber sicher, das ergibt Sinn. Etwas hat dein Hund mit Karla und ihren Freunden gemacht. Aber er war die ganze Zeit hinter dir her.«

»Das ergibt Sinn …?«, rief Nico verzweifelt. »In welchem Universum ergibt das bitte schön Sinn?«

»Na ja, aber es ist eine Erklärung, es sei denn, du findest eine bessere«, erwiderte Boris leicht eingeschnappt.

»Ich habe mal in Märchen von Tarnkappen gehört«, meinte Simon nachdenklich, nachdem seine Freunde sich wieder etwas beruhigt hatten.

»Aber das sind doch Kindergeschichten.« Nicos Gesicht hatte jetzt die Farbe einer reifen Tomate angenommen.

»Und was ist hiermit?«, sagte Simon und hielt seinen Freunden die Kappe unter die Nase.

Rasch drehte Boris den Kopf zur Seite, als traue er sich nicht, sie anzusehen.

»Krass«, murmelte Nico.

Wie zum Beweis setzte Simon die Kappe wieder auf.

»Bist du noch da?«, fragte Boris mit zitternder Stimme.

Simon sagte nichts, sondern trat von hinten an ihn heran und legte ihm die Hand auf die Schulter. Boris zuckte zusammen und schrie auf.

»Mach das nie wieder!«, brüllte er Simon mit puterrotem Gesicht an, der sich nun lachend im Gras wälzte. »Davon kann man sterben!«

Es dauerte eine Weile, bis er sich wieder beruhigt hatte. Dann nahm er seinen ganzen Mut zusammen und griff vorsichtig nach der Kappe.

»Huch!« Sofort zog er seine Hand wieder zurück.

»Was war das denn? Kribbelt es bei dir auch, wenn du sie anfasst?«, fragte er misstrauisch.

»Nur bei den ersten beiden Malen«, sagte Simon und hielt Nico die Kappe hin.

Nach eingehender Betrachtung zog Nico sie auf. Simon konnte seine Freunde verstehen. Es war unheimlich, seinen Freund mitsamt seinem Rollstuhl verschwinden zu sehen.

Dann steckte Nico seine Hand in die Kappe. Sie blieb zwar sichtbar, aber ein Teil seines Unterarms verschwand. Er hatte den Eindruck, als wüsste die Kappe genau, wann sie etwas unsichtbar machen musste und wann nicht.

Schließlich reichte er sie Simon zurück, als hätte er etwas Ekeliges in der Hand.

»Was kann er von dir gewollt haben?«, fragte er nachdenklich.

Simons Magen schnürte sich zusammen.

»Ich weiß auch nicht. Ich habe mich dasselbe gestern auch schon gefragt.«

Sosehr sie auch überlegten, es fiel ihnen kein Grund für das Auftauchen dieses Wesens ein.

Simon hatte nur einen kurzen Blick auf den Fremden werfen können. Aber er war sicher, das Gesicht aus dem Schaufenster wiedererkannt zu haben.

Eine ganze Weile grübelten sie noch, doch ihre Erklärungen wurden immer verrückter. Darum wandten sie sich wieder der Kappe zu.

Als Simon sie aufsetzen wollte, hielt Boris ihn erschrocken zurück.

»Lass das! Vielleicht wirst du irgendwann nicht mehr sichtbar.«

»Und du verlierst dich und findest dich nicht wieder«, sagte Nico mit todernstem Gesicht.

Verblüfft sahen Simon und Boris ihren Freund an. Dann, wie auf ein Zeichen, begannen alle zu lachen und sie lachten, bis ihnen die Tränen über das Gesicht liefen.

Den ganzen Morgen probierten sie die Kappe aus. Fast hätten sie sie gegen Mittag verloren, als sich wieder einmal ein Hund zu ihnen verirrte.

Boris wollte sich einen Scherz erlauben und setzte ihm die Kappe auf.

Simon rief noch: »Lass den Quatsch!«

Doch es war bereits zu spät. Der Hund knurrte kurz, dann verschwand er vor ihren Augen.

»Na toll«, schimpfte Simon. »Jetzt rennt die Kappe weg.«

Sie bemühten sich minutenlang, den Hund wieder einzufangen.

»Ja, wo ist denn das kleine Hundchen?«, lockte Boris, was natürlich vollkommen übertrieben war, da das Tier die Größe eines Schäferhundes hatte.

Zu ihrem Glück verursachte der Hund einigen Lärm und sie rannten ständig in die Richtung, aus der die Geräusche kamen. Immer wenn sie glaubten, sie hätten ihn, machte das Tier einige Sätze zur Seite.

Nach wenigen Minuten schien es die Lust verloren zu haben, und sie hörten, wie es das Gebüsch durchbrach. Erschrocken sahen sie zu der Stelle, an der die Äste der Büsche zur Seite geschoben wurden.

»Oh nein«, rief Simon stöhnend, doch dann wurde der Hund wieder sichtbar. Zu ihrem Glück hatten die Zweige die Kappe vom Kopf des Tieres gerissen. Sichtlich erleichtert brachte Boris sie zurück.

»Tschuldigung«, murmelte er verlegen und reichte sie Simon.

»Was der Besitzer wohl für ein Gesicht gemacht hätte, wenn er von seinem unsichtbaren Hund angesprungen worden wäre?«, überlegte Nico.

»Ja …«, grinste Boris. »Und was er erst zu einem sich selbst leerenden Futternapf sagen würde.«

»Wir müssen vorsichtig sein«, sagte Simon. »Beim nächsten Mal haben wir vielleicht nicht mehr so viel Glück und verlieren die Kappe für immer.«

Boris und Nico nickten zustimmend.

Eine Weile probierten sie die Kappe noch aus. Allmählich fand auch Boris Gefallen an ihr, auch wenn er sie nur respektvoll als »das Ding« bezeichnete.

Am Nachmittag beschlossen sie, den bisher besten Tag ihrer Ferien mit einer Partie Minigolf zu beenden.

Als sie ankamen, war der Platz gut besucht. Vor der ersten Bahn stand Rafael, ein Mitschüler aus ihrer Klasse. Die drei Schülerinnen, die ihn begleiteten, kannten sie nur vom Sehen. Sie warteten darauf, mit dem Spiel beginnen zu können.

Rafaels Ehrgeiz war es, der Klassenbeste in Sport zu werden, da er später einmal dieses Fach studieren wollte. Ärgerlich für ihn war nur, dass Karla seinem Eifer immer wieder einen Dämpfer aufsetzte. An ihr kam er nicht vorbei.

Rafael war groß gewachsen, hatte breite Schultern und sah gut aus. Die meisten Mädchen der oberen Klassen schwärmten für ihn. Dass ausgerechnet ein Mädchen ihn im Sport übertraf, wurmte ihn mächtig.

Simon hielt ihn nur für einen Angeber, doch da sie selten ein Wort wechselten, war er ihm ziemlich egal. Ganz im Gegensatz zu Boris, der einmal mitbekommen hatte, wie Rafael sich vor seiner Clique über seine sportlichen Leistungen lustig gemacht hatte.

Dass Boris Karla nicht leiden konnte und ihr die Krätze an den Hals wünschte, war ein offenes Geheimnis, doch jedes Mal, wenn Rafael gegen Karla wieder den Kürzeren zog, erfüllte ihn das mit tiefer Genugtuung.

Aber das war alles nichts gegen den Tag gewesen, als sich Rafael über ihre Kleidung lustig gemacht hatte. Sie vermöbelte ihn kurzerhand derart, dass er sich nie wieder traute, ein schlechtes Wort über sie zu verlieren.

Rafael prahlte gerne mit seinen sportlichen Leistungen im Allgemeinen und erzählte gerade von seinen Erfolgen, die er beim Minigolf schon erzielt hatte. Die Mädchen lauschten mit bewundernden Blicken seinen Schilderungen.

Da weder Simon noch seine Freunde sonderlich Lust verspürten, auf ihren Klassenkameraden zu treffen, setzten sie sich erst einmal auf eine Bank und beobachteten die kleine Gruppe aus einiger Entfernung.

Neidlos musste Simon anerkennen, dass Rafael nicht übertrieben hatte. An den ersten beiden Hindernissen lochte er den Ball unter dem begeisterten Applaus der Mädchen sofort ein, obwohl das zweite Hindernis nicht leicht zu spielen war.

Doch seine weibliche Fangemeinde schien weniger an dem Spiel interessiert zu sein, vielmehr scharwenzelten sie ständig um Rafael herum und kicherten unablässig.

»Schaut euch diese dummen Gänse nur an«, schimpfte Boris empört. »Was finden die bloß an diesem Deppen?«

»Er ist eben schön«, sagte Nico schmunzelnd.

»Er ist schön blöd«, erwiderte Boris verächtlich. »Kann ich die Kappe haben?«

»Klar …«, sagte Simon und kramte sie aus seinem Rucksack hervor. »Was hast du denn vor?«

Boris war ganz aufgeregt. »Werdet ihr schon sehen«, sagte er nur. Rasch verschwand er hinter einem Busch, um sich die Kappe aufzusetzen.

Simon ahnte, was Boris plante, und beobachtete neugierig seinen Schulkameraden.

Die vierte Bahn war relativ einfach zu spielen. Zuerst schien nichts zu passieren. Der Ball kullerte erwartungsgemäß genau auf das Loch zu. Doch dann blieb er wenige Zentimeter vor dem Ziel liegen, um wenig später in einem Bogen um das Loch zu rollen und auf der anderen Seite zur Ruhe zu kommen.

Verdutzt blickte Rafael die Mädchen an.

»Ups«, grinste er albern und lochte den Ball ein.

Bei der nächsten Bahn musste der Ball durch eine enge Röhre geschlagen werden, bevor er auf der anderen Seite weitergespielt werden konnte.

Die Kugel rollte sofort hindurch. Doch sie glitt nicht am anderen Ende heraus, sondern kullerte ihm wieder vor die Füße.

Nach dem vierten Versuch hatte Boris Erbarmen und ließ den Ball hindurch rollen.

Nico und Simon mussten sich zurückhalten, um nicht loszulachen. Das war viel lustiger, als selbst Minigolf zu spielen. Derweil beschwerte sich Rafael lauthals über die schlechte Bahn.

Boris zeigte nun kein Mitleid mehr. Sechsmal schlug Rafael den Ball auf der nächsten Bahn ins Loch und ebenso oft sprang er wieder heraus.

Da Boris die Mädchen bei ihren Schlägen ebenso „unterstützte", wie er Rafael sabotierte, lag Rafael bald an letzter Stelle und schimpfte auf die blöden Schläger, die unebenen Bahnen und die unrunden Bälle. Und je mehr Spaß die Mädchen hatten, umso schlechter wurde Rafaels Laune.

Auf der letzten Bahn verschwand sein Ball nach jedem Schlag kurz vor dem Ziel und tauchte am Abschlag wieder auf. Daraufhin warf der völlig entnervte Rafael mit zornesrotem Gesicht seinen Schläger auf den Boden.

»Gleich platzt er«, stellte Nico fachkundig fest.

Nachdem Boris wieder aufgetaucht war, grinste er breit über das ganze Gesicht. »Na, wie war ich?«, wollte er wissen.

Nico und Simon klatschten begeistert in die Hände, als würden sie einem Künstler zujubeln.

Boris verbeugte sich tief und sagte: »Der Künstler dankt. Bitte lasst das Geld stecken, euer Beifall ist des Künstlers Lohn genug.«

Sie sahen noch zu, wie die Mädchen beim Verlassen des Platzes versuchten, einen furchtbar mürrischen Rafael zu trösten.

Boris stöhnte angewidert. »Das ist ja ekelig!«

Simon konnte sich nicht erinnern, je so viel Spaß an einem einzigen Tag gehabt zu haben. Darüber hatten sie die Zeit völlig vergessen.

Nico zog sein Handy heraus, um seinen Eltern zu sagen, dass er etwas später zum Abendessen erscheinen würde. Verärgert schüttelte er das Gerät, als er feststellte, dass keine Verbindung zustande kam.

Boris warf ihm sein Handy zu. Doch auch damit erreichte Nico seine Eltern nicht. Simon versuchte es erst gar nicht, da er das Ergebnis bereits kannte.

»Spinnen denn jetzt alle Handys?«, meckerte Boris.

»Blöde Technik«, murmelte Nico und sah finster auf sein Handy. »Haben wir hier vielleicht ein Funkloch?«

Simon schüttelte den Kopf.

»Ich habe schon öfter von hier aus telefoniert. Bei uns zu Hause funktioniert seit gestern Abend auch kein Handy mehr.«

»Oder hat die Kappe damit zu tun?«, sagte Boris und betrachtete sie misstrauisch. »Wer weiß, was die noch alles kann.«

»Ob – ob wir sie verbrennen sollen?«, fragte Nico beunruhigt.

»Bist du verrückt?«, brauste Boris empört auf. »Eine solche Kappe zu haben, kann bestimmt nützlich sein. Die ist Gold wert.«

»Vielleicht aber auch lebensgefährlich«, sagte Nico düster.

Sie fuhren mit der Straßenbahn bis zum Hauptbahnhof und liefen dann in die Altstadt. Erschöpft sanken sie auf die Stühle vor dem Café.

»Mann, mir tun die Füße weh«, klagte Boris.

Nico sah auf seine Uhr. »Zeit für den Börsenbericht«, grinste er.

Seit Nico die Aktien besaß, hockte er mindestens einmal am Tag vor dem Fernseher, um den Börsenverlauf zu verfolgen. Simon und Boris folgten ihrem Freund ins Wohnzimmer, wo er das alte Gerät einschaltete.

Gerade rechtzeitig, denn in diesem Moment begann die Sendung. Simon fand Börsennachrichten im Grunde langweilig, doch Nico konnte richtig mitgehen, als würde er ein Fußballspiel verfolgen.

Gerade sagte die kleine korpulente Sprecherin: »Danke für das Wetter, Günter.

Und nun zum BLIND. Leider verhält sich der Börsenleitindex Deutschlands BLIND entgegen dem Wetterhochdruck, der uns jetzt schon seit Wochen begleitet. Auch heute schaffte er es nicht, sich aus dem Tief der letzten Wochen zu katapultieren.

Lediglich der IMMERREICH-TEC-Aktie gelang ein unerwarteter Höhenflug, da die AG über Nacht einen neuen Besitzer gefunden hat. Noch rätselt man in Fachkreisen, wer es sein könnte. Es soll sich auf jeden Fall um eine geheimnisvolle, höchst einflussreiche Persönlichkeit aus dem Wertpapiergeschäft handeln. Kleine Anleger folgten seinem Beispiel und ließen die Kurse der Aktie nach oben schnellen. Anleger, die bis jetzt die Aktie nicht abgestoßen haben, dürften sich über einen kleinen, aber feinen Gewinn freuen. Die Aktie legte um ganze fünf Prozent zu.«

Nico stieß einen Freudenschrei aus und streckte die Faust in die Luft. Simon zuckte vor Schreck zusammen.

»Ganz schlecht läuft es für die NO-RISC. Durch den Tiefflug der Aktie verloren immer mehr Anleger das Vertrauen in den einstigen Primus des Aktienhandels. Aus Furcht vor Verlusten stoßen deshalb immer mehr Anleger ihre Papiere ab. Momentan befindet sich der Kurs der NO-Risk im freien Flug.«

Von einem Moment zum anderen war Nicos Jubelstimmung verflogen. Er stieß einen groben Fluch auf Italienisch aus.

»So ein Mist«, wetterte er. »Wenn die NO-RISC nicht wäre, könnte ich durch die IMMERREICH-TEC einen schönen Gewinn verzeichnen.«

»Verkauf doch einfach die NO-RISC«, riet Boris seinem Freund.

»Bist du verrückt?«, schnauzte Nico ihn an, als wäre er schuld an den Kursverlusten. Wenn es um seine Wertpapiere ging, verstand er keinen Spaß.

»Weißt du, was die damals gekostet haben? Und stelle dir vor, wenn sie sich dann wieder erholen. Dann hätte ich das ganze schöne Geld in den Sand gesetzt.«

Verärgert schaltete Nico den Fernseher wieder aus.

»Wie gewonnen, so zerronnen«, zitierte Boris überflüssigerweise.

TECHNISCHE STÖRUNGEN

Zu Hause wurde Simon von einem gut gelaunten Bruder empfangen. Sein Handy funktionierte wieder und er war glücklich, endlich mit seiner Freundin sprechen zu können.

Vielleicht erwies sich ihr Verdacht, dass die Tarnkappe schuld an den Störungen sei, doch als falsch. Hoffnungsvoll griff Simon nach seinem Handy.

Doch seine Versuche, Nico zu erreichen, scheiterten. Enttäuscht legte er das Gerät weg.

»Immer noch nichts?«, wollte Martin wissen.

Simon schüttelte den Kopf.

»Nö, es kann aber sein, dass Nicos Gerät kaputt ist. Vorhin konnte er seine Eltern nicht anrufen«, sagte er wenig überzeugt.

Misstrauisch geworden, startete Martin einen erneuten Testanruf.

»Ich verstehe das nicht«, rief er verärgert aus, als das Gerät keinen Ton von sich gab. »Vor einer Stunde hat es noch geklappt.«

Grob warf er sein Handy auf die Tischplatte.

In diesem Moment kehrten die Eltern von ihrer Radtour heim. Beide wirkten verschwitzt, aber zufrieden und ließen sich auf die Küchenstühle fallen.

»Ein Königreich für ein kaltes Glas Wasser«, sagte ihre Mutter seufzend.

Simon holte zwei Gläser und Martin eine Flasche Wasser aus dem Kühlschrank.

»Ein funktionierendes Handy würde schon genügen«, grummelte er.

Ihr Vater nahm einen großen Schluck.

»Aber heute Morgen war alles wieder in Ordnung«, sagte er verwundert.

»Tja, seit eben aber nicht mehr.«

»Ich rufe morgen meinen Bruder an, der wird wissen, woran es liegt«, versprach ihr Vater.

Sein Bruder war Fernsehtechniker und besaß ein eigenes kleines Geschäft.

»Mums?«, wandte sich Martin nun an ihre Mutter. »Hast du was dagegen, wenn Armida in der nächsten Woche mal zum Abendessen kommt?«

Ein leichtes Rosa überzog sein Gesicht.

Simon verdrehte die Augen. Seit Martin Armida kennengelernt hatte, war jedes zweite Wort aus seinem Mund ihr Name.

»Aber nein, mein Schatz, überhaupt nicht. So lernen wir sie mal kennen.«

Martin strahlte.

»Ihr werdet sie alle mögen«, versicherte er mit glänzenden Augen.

»Ich liebe sie jetzt schon«, murmelte Simon unüberhörbar.

Bei Simons Rückkehr am nächsten Abend stand der Firmenwagen seines Onkels mit offenen Türen vor ihrem Haus. Er konnte den Bruder seines Vaters viel besser leiden als Onkel Gregor. Onkel Michael war immer freundlich und lachte viel.

Doch wie Onkel Gregor hatte er sehr wenig Zeit und dachte nur an seine Arbeit. Das war wohl auch der Grund, weshalb er allein lebte.

Sein Onkel hatte bereits einige Messungen im Haus durchgeführt, als Simon durch das Gartentürchen trat.

»Alles okay bis jetzt«, rief ein Mitarbeiter seines Onkels gerade aus einem Fenster des oberen Stockwerks nach unten.

»Ok, Markus, danke«, hörte er den Onkel antworten.

Doch kaum hatte Simon das Haus betreten, ertönte aus dem ersten Stock ein lautes Fluchen.

»Was ist?«, rief sein Onkel nach oben.

»Alle Messgeräte spielen auf einmal verrückt!«, brüllte Markus verzweifelt zurück. »So etwas habe ich noch nicht gesehen!«

Simons Onkel seufzte und stiefelte nach oben. Stimmengemurmel war zu hören. Nach wenigen Minuten trug sein Onkel die Messgeräte herunter und verstaute sie missgelaunt im Wagen.

»Ich muss die Geräte überprüfen lassen«, sagte er entnervt zu ihrem Vater. »Sobald ich den Fehler gefunden habe, komme ich noch einmal vorbei«, versprach er und fuhr davon.

Beim Abendessen waren die nicht funktionierenden Handys Gesprächsthema Nummer Eins.

»Michael meinte, dass er so etwas noch nie gesehen hat«, erzählte ihr Vater.

»Vielleicht tut es euch mal gut, eine Zeit lang ohne eure Handys auszukommen«, sagte die Mutter ungerührt.

»Aber wie soll ich Armida nur erreichen?«, jammerte Martin, der nur an seine Freundin denken konnte.

Die Mutter verdrehte die Augen.

»Wenn ich euch höre, könnte man meinen, wir seien früher völlig vereinsamt«, spottete sie.

»Die Zeiten haben sich eben geändert«, sagte der Vater.

»Die Zeiten vielleicht, aber die Menschen nicht«, entgegnete die Mutter. »Die Probleme haben ein anderes

Mäntelchen um, darunter sind sie aber die Gleichen geblieben.«

»Eigentlich haben die Handys erst gestreikt, als Simon nach Hause kam«, warf Martin plötzlich ein. »Beim letzten Mal war es auch so.«

Dabei sah er seinen Bruder an, als ob er die Schuld für alle Probleme der Welt tragen würde.

Simon zuckte zusammen. Fieberhaft überlegte er, was er antworten konnte.

»Du willst doch nicht sagen, Simon hätte die Handys beschädigt?«, fragte jetzt der Vater verwundert.

Warum hält er nicht die Klappe, dachte Simon verzweifelt, als Martin zur Antwort ansetzte.

»Das ist doch Unfug. Michael wird den Fehler finden und ihr benutzt so lange das Haustelefon.«

Ihre Mutter sah Martin vorwurfsvoll an.

Simons Bruder erkannte zu seinem Glück noch rechtzeitig, dass er mit dem Feuer spielte. Bevor ihrer Mutter der Blick in die Augen trat, schwieg er vorsichtshalber.

Simon atmete auf. Fürs Erste war noch einmal alles gut gegangen.

In den folgenden Tagen überlegten sie immer wieder, was sie machen sollten, falls das Wesen die Kappe zurückverlangen würde. Bei dem Gedanken lief es ihnen kalt den Rücken herunter. Aber niemand von ihnen wusste eine Antwort darauf. Die Tage vergingen und da nichts Unheimliches oder Bedrohliches geschah, hofften sie, der Fremde hätte aufgegeben.

Abends trafen sie sich immer zu einer vergnügten Runde in Luigis Café und besprachen die Erlebnisse des Tages.

Die seltsamen Störungen der Handys verschwanden nicht und tauchten stets auf, wenn Simon mit der

Tarnkappe in der Nähe war. Deshalb kamen sie zu der Überzeugung, dass sie der Grund dafür war.

Aber eines Tages würden auch die Eltern misstrauisch werden, dachte Simon besorgt. Was dann?

ARMIDA

Die vierte Ferienwoche hatte nach Simons Meinung alles, um zur schlimmsten Woche der Sommerferien zu werden, denn für den Donnerstagabend hatte Martin seine Freundin Armida zum Abendessen eingeladen. Doch die Krönung dieser Woche war der angekündigte Besuch seines Onkels Gregor am Wochenende.

War Martin zu Beginn der Woche nervös, so steigerte sich seine Unruhe im Verlauf der folgenden Tage von Stunde zu Stunde, und am Tag des großen Ereignisses war er nur noch mit Vorsicht zu genießen.

Immer wieder beteuerte er, wie sehr sich Armida schon freuen würde, sie alle kennenzulernen. Dass sie, nach seinen Erzählungen zu schließen, aus einer wohlhabenden Familie stammte, trug allerdings nicht dazu bei, seine Anspannung zu verringern.

Er hatte den ganzen Tag aufgeräumt und mehrmals musste seine Mutter bestätigen, dass das Zimmer allen Ansprüchen, die ein Mädchen wie Armida haben könnte, genügen würde.

Frau Keller hatte Simon gebeten, ausnahmsweise früher nach Hause zu kommen. Notgedrungen hatte er es versprochen, obwohl er keine Lust verspürte, einen spannenden Abend mit seinen Freunden und der Tarnkappe gegen einige langweilige Stunden mit seinem Bruder und seiner Armida einzutauschen.

Als Simon kam, lagen Martins Nerven blank.

»Hör zu!«, blaffte er Simon an. »Blamiere mich bloß nicht. Benimm dich gefälligst, hörst du?« Er dachte kurz nach. »Und verzichte auf deine Witze!«

Er war schon dabei, den Raum zu verlassen, da machte er noch einmal halt. »Am besten hältst du ganz deine Klappe!«, fügte er noch hinzu und verschwand.

»Idiot«, brummte Simon mürrisch und verzog sich in sein Zimmer.

Das schien ja ein toller Abend zu werden. Er bereute schon jetzt, dass er sich von seiner Mutter hatte überreden lassen.

Martin war so aufgeregt, dass er keine Minute still sitzen konnte und freiwillig seinen Eltern bei der Arbeit in der Küche half. Er hatte sich in Schale geworfen und sogar eine Krawatte und ein Jackett angezogen. Immer wieder lief er in den Flur, um im Spiegel sein Äußeres zu überprüfen. Ständig sah er auf die Uhr. Unter dem Jackett schwitzte er jedoch so stark, dass er schon zum zweiten Mal das Hemd gewechselt hatte.

Erst nach längerem Zureden verzichtete er darauf, hängte es aber über seine Stuhllehne, anscheinend in der Hoffnung, Armida damit beeindrucken zu können.

Alle außer Martin atmeten erleichtert auf, als endlich die Klingel der Haustür läutete. Sofort war er auf den Beinen und stürzte an die Tür. Im Flur half er seiner Freundin aus der Jacke. Simon grinste. Martin als Kavalier, das hatte er noch nicht erlebt. Seine Eltern standen auf und folgten ihm langsam, um den Gast zu begrüßen.

»Mums, Paps, darf ich vorstellen. Das ist Armida von Roden«, ertönte Martins Stimme aus dem Flur, als hätte er gerade die Königin von England vorgestellt.

»Hallo Armida, wie schön, Sie endlich kennenzulernen«, hörte Simon seine Mutter sagen. »Wir haben schon viel von Ihnen gehört.«

»Vielen Dank, Frau Keller. Ich freue mich auch sehr«, hörte Simon eine weiche Frauenstimme.

»Guten Tag, Herr Keller«, sagte die Stimme jetzt.

»Gurken Tag, ähm … guten Tag … äh, ähm Armida«, hörte Simon seinen Vater stottern.

Dann betraten sie die Küche. Simon erstarrte auf seinem Stuhl. Jetzt verstand er seinen Bruder. Armida war das schönste Mädchen, das er je gesehen hatte.

Die dichten, langen schwarzen Haare fielen weich über ihre schmalen Schultern. Die Haut war tief gebräunt und das leichte helle Sommerkleid verstärkte den ganzen Eindruck noch einmal.

Ihr einziger Schmuck war eine zierliche goldene Halskette mit einem kleinen funkelnden Stein als Anhänger, die sie um den Hals trug.

Armidas schwarze Augen durchstreiften die Küche und blieben dann interessiert an Simon hängen.

»Das ist also der berühmte Schriftsteller der Familie«, meinte sie lächelnd.

Einen Moment verlor sich Simon in ihren großen, schwarzen Augen, bis er merkte, dass er sie immerzu anstarrte. Rasch erhob er sich und grinste verlegen. Armida tat, als hätte sie nichts bemerkt. Lächelnd reichte sie ihm die Hand.

»Ich habe schon viel von dir gehört«, sagte sie mit ihrer weichen Stimme. »Martin hat mir die Geschichte aus der Zeitung ausgeschnitten und ich habe sie gelesen. Sie ist wirklich gut. Bist du ganz allein darauf gekommen?«

Simon nickte stolz.

»Und keiner hat dir beim Schreiben geholfen?«, fragte Armida und sah ihn prüfend an.

Wieder nickte Simon, während sein Brustkorb anschwoll.

Armida sah beeindruckt aus. »Du hast einen tollen Bruder«, sagte sie zu Martin.

»Armida, bitte setzen Sie sich doch«, unterbrach ihre Mutter die Unterhaltung. »Darf ich Ihnen etwas zu trinken anbieten?«

Sofort sprang Martin auf, um ihr den Stuhl zurechtzurücken. Die Eltern schmunzelten, als sie bemerkten, wie sehr ihr Sohn die schöne Armida hofierte, während Simon losprustete. Er hustete und gab vor, sich verschluckt zu haben. Martin sah ihn warnend an.

Entgegen Simons Erwartungen wurde es ein vergnüglicher Abend. Martins Freundin erwies sich als überaus charmant und wollte alles über Martins Familie wissen.

Ihre eigene Familie musste wirklich außergewöhnlich wohlhabend sein. Zwischendurch erwähnte sie eine Jacht, die ihrem Vater gehörte, und erzählte von den Ausflügen, die sie mit ihm unternommen hatte. Martin sah immer wieder stolz reihum, als ob er alle Reisen selbst erlebt hätte.

Ihre Mutter starb früh. Ihr Vater war ein einflussreicher Börsenmakler, und so wurde Armida lange Zeit von einem Kindermädchen erzogen.

Inzwischen hatte sie eine kleine Wohnung bezogen, die von ihrem Vater finanziert wurde und besuchte eine Privatschule.

»Fehlt Ihnen Ihr Vater nicht?«, wollte Frau Keller mitfühlend wissen.

Armida lächelte ihr bezauberndes Lächeln.

»Natürlich, und oft habe ich gedacht, mein Vater würde sich nur für Börsenkurse und Geld interessieren. Doch mittlerweile verstehen wir uns gut und so oft er Zeit hat, unternehmen wir etwas zusammen.«

»Ein Freund von mir möchte später auch mal mit Aktien arbeiten«, erzählte Simon.

Sie zog ein bedenkliches Gesicht.

»Das bedeutet viel Arbeit und wenig Zeit für Freunde und Familie. Doch wenn dein Freund will, kann ich mal ein Treffen mit meinem Vater vereinbaren.«

»Das wäre super«, strahlte Simon. Das musste er gleich Morgen Nico erzählen.

Armida wollte alles über den Schriftstellerwettbewerb wissen und betrachtete mit gebührender Bewunderung die Urkunde.

Endlich wurde sein Bruder eifersüchtig, denn nach einigen Minuten sah er Simon hinter Armidas Rücken böse an und lenkte das Gespräch in eine andere Richtung.

Martins Freundin zeigte großes Interesse an der Arbeit ihrer Mutter und stellte viele Fragen.

»Wissen Sie, ich hätte später gerne selbst Kinder«, sagte sie zu Frau Keller und strahlte dann Martin verschmitzt an.

Er errötete bis unter den Haarwurzeln und grinste verlegen in die Runde. Nach kurzer Zeit hatte Armida Frau Keller für sich eingenommen, was Martin mit Erleichterung bemerkte. Und da sie sich anscheinend pudelwohl fühlte, fiel die ganze Anspannung der letzten Tage von ihm ab.

Es war nicht zu übersehen, dass auch Herr Keller außerordentlich angetan von Martins Freundin war. Das trug ihm so manchen bösen Blick seiner Frau ein. Er lachte albern und zu laut. Simon stöhnte innerlich auf, als sein Vater einen Witz erzählen wollte, den sie alle schon tausendmal gehört hatten. Wenn er wenigstens gut gewesen wäre.

Frau Keller trat ihrem Mann irgendwann unter dem Tisch so kräftig auf den Fuß, dass er mit erstickter Stimme vorgab, mal auf die Toilette zu müssen. Leicht humpelnd verließ er die Küche.

Immer wieder wurde Simon von dem funkelnden Stein der Halskette abgelenkt. Manchmal schien es, als würde er kleine Blitze erzeugen. Er hatte noch nie ein derartiges Funkeln bei einem Schmuckstück gesehen. Bei näherem Hinsehen erwies sich der weiße Stein als naturgetreues, winziges Abbild eines Drachen.

Armida erklärte ihnen, dass diese Kette ein Geschenk ihres Vaters war. Er hatte sie auf einer Reise nach China erworben.

»Sie soll mir Glück bringen und mich vor allem Bösen beschützen.« Schelmisch lächelte sie Martin dabei an.

Sie lachten viel und der Abend verging wie im Fluge.

Nachdem Martins Freundin sich wieder verabschiedet hatte, blieben alle noch eine Weile am Küchentisch sitzen.

»Na, wie findet ihr sie?«, fragte erwartungsvoll ein strahlender Martin, der die Antwort natürlich schon kannte. Es war nicht zu übersehen gewesen, dass sogar ihr Vater völlig hingerissen von der Freundin seines Sohnes war.

»Ist Armida blind?«, wollte Simon scheinbar ganz nebenbei wissen, während er interessiert in sein Wasserglas starrte.

Irritiert sah Martin ihn an: »Blind, wieso?«

»Wenn sie dich jemals wirklich angesehen hätte, wäre sie heute nicht hier gewesen«, antwortete er trocken.

Martin saß viel zu dicht bei ihm und Simon handelte sich einen blauen Flecken an seinem linken Oberarm ein.

Tadelnd sah ihre Mutter sie an.

»Wenn sie euch beide hier beobachten könnte, würde sie wohl glauben, sie sei in einem Kindergarten.«

Dann lächelte sie.

»Armida ist wirklich großartig, richtig bezaubernd.«

Martin strahlte über das ganze Gesicht.

»Ja, wirklich ein reizendes Mädchen«, setzte ihr Vater hinzu.

Nun war es an Simons Vater, sich den schmerzenden Oberarm zu reiben. Entrüstet sah er seine Frau an.

»Was sollte das denn jetzt?«, fragte er empört.

»Sag bloß nichts. Glaube nicht, ich hätte nicht bemerkt, wie du sie den ganzen Abend angesehen hast!«, fauchte sie zurück.

»Keine Sorge, Mums«, sagte Martin beruhigend und grinste. »Sie mag keine kahlköpfigen Männer.«

»Und sicher auch keine dicken Bäuche«, setzte Simon hinzu, während er auf das Bäuchlein seines Vaters starrte.

Das war ihrer Mutter zu viel.

»Lasst euren Vater in Ruhe«, nahm sie ihren Mann in Schutz. »Er ist ein gutaussehender Mann.«

Sie setzte sich auf den Schoß ihres Mannes, umarmte ihn und drückte ihm einen dicken Kuss auf die Wange. Mit klimperndem Augenaufschlag sah sie ihn an.

»Oh Babe, du weißt doch, ich liebe nur dich«, sagte Herr Keller mit tiefer Filmstimme und küsste sie auf den Mund.

Die Brüder verdrehten die Augen.

»Lass uns gehen«, stöhnte Martin. »Das hält doch niemand aus.«

»Genau wie dein Süßholzraspeln mit deiner Freundin«, sagte Simon, während sie die Küche verließen, und rieb sich zum zweiten Mal an diesem Abend den Oberarm.

Die vage Hoffnung, dass ihr Onkel den Besuch am Wochenende absagen würde, erfüllte sich leider nicht. Nach dem überraschend netten Abend mit Armida wäre es auch zu viel Glück gewesen. Der einzige Lichtblick war, dass der Onkel wegen dringender Geschäfte nur drei statt sieben Tage bleiben konnte.

Simon hatte es seinem Bruder natürlich nicht gesagt, aber er konnte verstehen, weshalb er so von Armida schwärmte, auch wenn er seiner Familie damit immer wieder auf den Wecker ging. Doch sein Onkel übertraf Martin um Längen.

Bis auf seine Mutter nervte er bei seinen Besuchen die ganze Familie. Dem auf Leistung und Erfolg bedachten Onkel konnte Simon nichts recht machen und selbst sein Vater bekam regelmäßig sein Fett weg.

Frau Kellers Bruder sprach es aus Rücksicht auf seine Schwester nie offen aus, aber er war überzeugt, dass sie unter Stand geheiratet hatte. Ihr Mann konnte ihr nicht den Luxus bieten, den sie seiner Meinung nach verdiente. Dass seine Schwester mit ihrem Leben zufrieden war, schien er nicht bemerken zu wollen.

Frau Keller hatte den ganzen Morgen die Wohnung auf Vordermann gebracht und auch ihre Söhne mussten kräftig anpacken. Zum Schluss saugten Simon und sein Vater die Räume ab.

Dann, pünktlich um elf Uhr, ertönte die laute Hupe von Onkel Gregors Auto. Simon verdrehte gequält die Augen, als der Onkel lärmend in den Flur trat. Er drückte seine Schwester so an sich, dass sie nach Luft schnappte.

»Gregor«, sagte sie lachend. »Lass mich herunter, du erdrückst mich.«

»Schwesterchen«, rief Onkel Gregor überschwänglich und betrachtete sie lächelnd. »In all den Jahren, in denen ich euch besuche, hast du dich überhaupt nicht verändert. Du bist immer noch so hübsch wie früher.«

Frau Keller boxte ihm verlegen auf den Arm. »Ach du Schmeichler, komm mit in die Küche. Der Kaffee ist fertig!«

Onkel Gregor war einen Kopf größer als seine Schwester und besaß die gleiche Haarfarbe. Er war allerdings nicht so schlank, was daran lag, dass er Wohlstand und Luxus auch mit gutem Essen verband.

Eigentlich der richtige Onkel für Boris, dachte Simon grinsend. Kurz überlegte er, ob er schon einmal von einem Fall gehört hatte, dass jemand seinen Onkel verschenkte. Er musste sich mal erkundigen.

Der größte Unterschied des Geschwisterpaares lag aber im Charakter. Im Gegensatz zu ihrem lauten und luxusliebenden Bruder genoss Simons Mutter ein ruhiges und beschauliches Leben.

Der Onkel presste nun auch ihren Vater an sich, was dieser über sich ergehen ließ. Danach wandte er sich seinen Neffen zu.

»Ah, da sind ja meine Lieblingsneffen«, sagte er und zog Martin als Ersten an sich.

Diesen Witz machte er jedes Mal, wenn er sie besuchte. Sie waren natürlich seine einzigen Neffen.

Notgedrungen musste auch Simon eine kurze Umarmung ertragen.

»Hole doch bitte meinen Koffer aus dem Auto. Ich habe es leider im Rücken!«, forderte der Onkel ihn auf und warf ihm den Autoschlüssel zu.

»Und du hilfst ihm dabei«, sagte die Mutter schnell zum feixenden Martin, bevor Simon entrüstet widersprechen konnte. Er verstand nicht, weshalb seine Mutter, die sonst so auf Gerechtigkeit bedacht war, ihrem Bruder immer alles durchgehen ließ. Der Onkel war mehr als unfair zu ihm.

Grinsend folgte Martin ihm nach draußen und gemeinsam schleppten sie den Koffer hoch ins Gästezimmer.

Simon stöhnte. »Füllt Onkel Gregor absichtlich Blei in den Koffer, um uns das Leben schwer zu machen? Ich dachte, er bleibt nur übers Wochenende?«

Dem Gewicht des Koffers nach zu urteilen, hatte der Onkel vor, bei ihnen einzuziehen. Simon graute bei dem Gedanken.

»Quengele nicht und leide wie ein Mann!«, sagte Martin keuchend, als sie den Koffer auf das Gästebett fallen ließen.

Dann folgten sie den anderen in die Küche, wo Ihr Vater den Kaffee in die Tassen schüttete.

»Wie geht es meiner Schwester?«, fragte Onkel Gregor gerade.

Simon konnte es nicht leiden, wenn er von ihrer Mutter in der dritten Person sprach und hätte fast gesagt, dass sie leider nicht wüssten, wie es seiner anderen Schwester ging, verkniff es sich aber lieber.

»Ich habe Urlaub, also geht es mir gut«, meinte ihre Mutter lächelnd. »Und dir?«

»Ah, das höre ich gerne. Pass gut auf meine kleine Schwester auf«, meinte ihr Onkel und schlug ihrem Vater gönnerhaft auf die Schulter. Die Mutter schmunzelte.

»Aber danke der Nachfrage«, sagte er dann. »Mir geht es gut. Ich habe reichlich Aufträge und die Geschäfte laufen hervorragend.« Dabei zog er sein Handy heraus.

»Wir haben im Moment Probleme mit dem Empfang«, sagte Simons Vater schnell. Onkel Gregor zog die Augenbrauen zusammen.

»Ganz schlecht, ganz schlecht«, meinte er. »Ich muss immer erreichbar sein. Schadet sonst dem Geschäft. Das Handy ist dabei eine große Hilfe. Was würde ich nur ohne es machen? Aber es ist auch harte Arbeit, wenn man erfolgreich sein will.«

Simon stöhnte innerlich auf. Sie waren wieder beim Lieblingsthema des Onkels. So schnell war ihm das noch nie gelungen. Das würde mit Sicherheit des Öfteren an diesem Wochenende passieren.

»Und Jungs, wie waren die Zeugnisse?«, erkundigte sich ihr Onkel und biss herzhaft in ein Brötchen. Dabei zückte er seine Brieftasche.

»Super«, sagte Martin grinsend und zählte seine Noten auf.

Er hatte sich entschlossen, nächstes Jahr an einer Fachhochschule das Ingenieurwesen zu studieren. Vor allem seine Noten in Mathematik und Physik waren entsprechend gut, was auch mit einem großzügigen Geldgeschenk honoriert wurde.

»Siehst du, mein Junge …«, sagte Onkel Gregor zu Simon. »… dein Bruder macht es richtig. Er hat gewiss eine erfolgreiche Zukunft vor sich. Wenn er es richtig anstellt, wird er später sogar mehr verdienen als ich. Und wie waren deine Noten?«

»Nun, ähnlich wie im letzten Jahr«, sagte Simon, der keine Lust hatte, alle Noten aufzuzählen.

Ihr Onkel sah aus, als hätte er in eine Zitrone gebissen. Dann nahm er einen großen Schluck Kaffee.

»Simon«, schlug er einen väterlichen Ton an, den Simon so hasste. »Willst du wirklich den Weg eines Schriftstellers einschlagen? Warum nimmst du dir nicht ein Beispiel an deinen Bruder?«

Martin feixte hinter dem Rücken des Onkels und verstaute gerade zufrieden die Geldscheine in seiner Börse.

»Als Schriftsteller wirst du wahrscheinlich nur den hart arbeitenden Menschen auf der Tasche liegen.«

Simon war sicher, dass sein Onkel sich mit den „hart arbeitenden Menschen" selbst meinte.

»Ich habe deine Geschichte gelesen. Sie ist gut, wirklich gut«, sagte er gönnerhaft. »Doch eine Schwalbe macht noch keinen Mai. Such dir doch etwas aus, was dich weiterbringt.«

»Aber Gregor …«, sprang Simons Vater ihm zur Seite. »… der Junge ist erst dreizehn. Wer weiß, wofür er sich in ein paar Jahren wirklich entscheidet. Warten wir doch einfach ab.«

»Natürlich, natürlich«, ereiferte sich ihr Onkel. »Aber er stellt jetzt die Weichen für seine Zukunft. Ich sorge mich nur, dass er die richtigen Entscheidungen trifft.«

Dabei drückte er Simon einen deutlich kleineren Geldbetrag in die Hand.

Seine Mutter warf ihm einen beruhigenden Blick zu.

»Danke, Onkel Gregor«, sagte er artig und versuchte dabei auszusehen, als ob er es ehrlich meinte. Für die nächsten Stunden war er hoffentlich erlöst.

Simon und Martin verließen zusammen die Küche. Sein Bruder grinste ihn an.

»Dass du mir nur nicht auf meinem Geldbeutel liegst«, feixte er und winkte mit seiner Geldbörse.

»Er wird immer schlimmer«, stöhnte Simon leise. »Das halte ich nicht das ganze Wochenende aus.«

Martin nickte verständnisvoll.

»Ich verstehe auch nicht, warum Mums ihren Bruder so liebt. Das einzig Gute an ihm sind seine üppigen Geschenke.«

Er klopfte grinsend auf seine Gesäßtasche.

»Wir müssen ihm das Hiersein vermiesen«, grübelte Simon.

»Dann erzähl ihm doch, dass du nicht nur Schriftsteller, sondern auch Maler werden willst«, schlug Martin vor. »Wahrscheinlich trifft ihn dann der Schlag und wir sind ihn für immer los«, meinte er mit verträumtem Gesichtsausdruck.

Die Idee, den Onkel zu vergraulen, gefiel Simon immer besser. Er grinste. Wozu hatte er schließlich die Kappe?

»Worüber freust du dich so?«, sagte Martin neugierig.

»Ich habe da so eine Idee«, meinte Simon geheimnisvoll.

»Wenn du es schaffst, dass er vorzeitig abreist, teile ich das Geld, das ich bekommen habe, mit dir«, sagte Martin in einem Anfall von Großzügigkeit.

»Na, dann her damit«, sagte Simon und streckte die Hand aus.

»Nix da, erst, wenn du geliefert hast«, wehrte Martin entrüstet ab.

In den nächsten Stunden entwarf Simon einen Plan nach dem anderen, nur um ihn gleich wieder zu verwerfen. Trotz der genialen Kappe war es gar nicht so einfach, denn schließlich durfte niemand bemerken, dass hier etwas nicht mit rechten Dingen zuging.

Am Nachmittag fuhren sie zu einer Wanderung ins Siebengebirge. Da Simon die Kappe zu Hause gelassen hatte, konnte ihr Onkel endlich wieder telefonieren.

Erst regte er sich über seine gänzlich unfähigen Mitarbeiter auf, dann schimpfte er über die Zahlungsmoral der Kunden. Alle fünf Minuten griff er nach seinem Handy, um zu prüfen, ob er eine Nachricht erhalten hatte.

Zum Abendessen lud Onkel Gregor sie in das teuerste Restaurant vor Ort ein. Selbst hier legte er das Handy kaum aus der Hand.

»Gregor«, ermahnte Frau Keller schließlich ihren Bruder. »Nun leg doch mal dieses schreckliche Gerät beiseite. Wir sehen uns so selten und nun denkst du nur an die Arbeit.«

»Zeit ist Geld, Zeit ist Geld, Sandra«, sagte ihr Onkel, legte aber widerwillig das Handy beiseite.

»Die heutige Jugend hat begriffen, dass die neue Technik lebensnotwendig ist.«

»Ich habe bis heute kein Handy«, warf ihr Vater ein.

»Wenn du mein Angebot annehmen würdest, bekommst du jedes Jahr das beste Modell umsonst«, wandte sich Onkel Gregor an ihren Vater, als wäre das ein Grund, für ihn zu arbeiten.

»Hast du es dir überlegt? Ich könnte noch einen zuverlässigen Mann gebrauchen. Arbeite fünf Jahre für mich und ihr könnt euch ein größeres und luxuriöseres Haus leisten.«

»Was ist denn an unserem Haus nicht gut?«, wollte Simon empört wissen, der ihr Haus für das Beste in ganz Bonn hielt.

Um vom Thema abzulenken, erzählte ihre Mutter von Martins neuer Freundin.

»Und der Vater ist steinreich«, warf Martin prahlend ganz nebenbei ein.

Simon sah ihn böse an. Wollte sein Bruder sich tatsächlich bei ihrem Onkel einschleimen?

»Guter Junge«, strahlte der Onkel und schlug Martin kräftig auf die Schulter. Der verzog schmerzhaft das Gesicht. »Man muss die richtigen Leute im Leben kennenlernen. Das hilft dir weiterzukommen.« Er überlegte kurz.

»Von Roden, von Roden ...? Wo habe ich den Namen schon mal gehört? Das ist unter Insidern ein bekannter Börsenmakler. Mischt international überall mit. Ist aber sehr zurückhaltend. Man hört nur selten etwas in der Presse von ihm. Er führt seine Geschäfte lieber aus dem Hintergrund und sein wirkliches Vermögen kennt niemand. Ich vermute, er weiß selbst nicht mehr, wie viel Geld er hat.«

Er lachte laut. »Das Mädchen musst du dir warmhalten«, sagte er zu Martin.

»Gregor!«, schimpfte jetzt ihre Mutter. »Du bist unmöglich. Die beiden sind noch nicht einmal volljährig.«

»Na und?«, sagte der Onkel schmunzelnd. »Außerdem, was schadet es, eine wohlhabende Schwiegertochter zu haben?« Dabei zwinkerte er Martin zu.

»Vielleicht lädst du mich mal ein, wenn sie da ist. Es kann nicht schaden, einen Fuß in dieser möglichen Geschäftsbeziehung zu haben«, sagte der Onkel nachdenklich.

Martin verzog das Gesicht und meinte verschnupft: »Armida ist aber keine mögliche Geschäftsbeziehung, sie ist meine Freundin.«

Anscheinend hatte der Onkel bemerkt, dass er den Bogen überspannt hatte. Er stand auf und schlug Martin noch einmal kumpelhaft auf die Schulter.

»Sicher, du hast ja recht«, meinte er beschwichtigend. »Ich habe mir nur angewöhnt, zukunftsorientiert zu denken. Manchmal gehen die Gäule mit mir durch.«

Beim Frühstück am nächsten Morgen gelangte Simon zu dem Schluss, dass es an der Zeit war, zu handeln.

Unter dem vorwurfsvollen Blick seiner Mutter verschlang er zwei Brötchen. Dann entschuldigte er sich und verschwand in seinem Zimmer, um unsichtbar wieder die Küche zu betreten. Alle saßen noch am Tisch.

Vorsichtig näherte sich Simon dem Platz seines Onkels. Onkel Gregor tat sich gerade eine weitere Portion von dem Rührei auf seinen Teller. Ein wenig ratlos blickte er sich um. Als sein Onkel zur Kaffeetasse griff, stieß Simon an die Tasse und der dampfende Inhalt ergoss sich in den Schoß des Onkels. Erschrocken sprang er auf.

»Verdammt, wie ungeschickt von mir!«, rief er aus.

Die Mutter war aufgestanden und reichte ihm ein Tuch.

»Ich ziehe mich nach dem Frühstück um, wer weiß, was mir noch in den Schoß fällt.«

»Das ist die Ausnahme von der Regel, dass einem ohne harte Arbeit nichts in den Schoß fällt«, sagte Martin grinsend.

Der Onkel lachte laut und setzte sich wieder. Als er schwungvoll mit der Gabel in ein Würstchen stach, rutschte ihm der ganze Teller mitsamt Würstchen und Rührei vom Tisch und landete auf seinem schon mit Kaffee getränktem Schoß. Abermals sprang der Onkel laut fluchend auf.

Die Würstchen hüpften durch den Raum, während das Rührei langsam von seiner Hose zu Boden glibberte. Aufgeregt entschuldigte er sich immer wieder bei seiner Schwester.

»Ach, das macht doch nichts«, versuchte Frau Keller ihren Bruder zu beruhigen. »Das passiert doch jedem Mal.«

»Stimmt«, sagte Martin feixend. »Aber du solltest vielleicht wirklich mal weniger arbeiten bei dem, was dir alles in den Schoß fällt.«

Frau Keller sah ihren Sohn böse an.

»Rede nicht solch einen Unsinn. Hilf mir lieber, den Boden sauberzumachen.«

Sie sah sich um. »Wo ist eigentlich Simon?«

Erst jetzt fiel ihr auf, dass er noch nicht wieder aufgetaucht war.

Rasch verließ Simon die Küche, um sich im Flur die Kappe vom Kopf zu reißen, und trat dann scheinbar nichts ahnend in den Raum.

»Na, habe ich was verpasst?«, wollte er scheinheilig wissen.

»Ja«, grinste Martin. »Du kannst jetzt doch Schriftsteller werden. Wir haben festgestellt, dass einem Essen und Trinken auch ohne dazutun in den Schoß fallen.«

Herr Keller und Simon lachten laut los. Die Mutter drehte sich um und tat so, als wenn der blitzsaubere Küchenherd unbedingt abgewischt werden müsste. Nur ihre schmalen Schultern schienen ein wenig zu zucken.

Onkel Gregor stand bedröppelt da und sah fassungslos an sich herunter.

Simon dachte nach. Das war schon mal nicht schlecht gewesen. Aber er würde weit härtere Geschütze auffahren müssen.

Sein Onkel hatte sich gerade ins Gästezimmer zurückgezogen, um noch einige Aufträge für die kommende Woche vorzubereiten, als Simon, unsichtbar durch die Kappe, das Zimmer betrat.

Der Onkel sah kurz auf, als die Tür sich öffnete. Da aber niemand eintrat, zuckte er nur mit den Achseln und beugte sich wieder über seine Akten.

Während Simon sich umblickte, überlegte er, wie er vorgehen sollte. Dann griff er zum Kugelschreiber, der vor seinem Onkel lag. Der bemerkte gar nicht, dass der Stift plötzlich verschwand.

Vor den Augen seines Onkels zog Simon ein paar Blätter Papier. Erschrocken beobachtete sein Onkel, wie der Stapel sich bewegte, verschwand, um dann gleich wieder aufzutauchen. In großen Druckbuchstaben bildeten sich nach und nach die Worte auf dem Blatt:

Es wird Zeit, dass du wieder gehst. Der Konkurs steht vor der Tür.

Der Onkel wurde grau im Gesicht und als Simon den Kugelschreiber fallen ließ und er wie aus dem Nichts auf die Tischplatte plumpste, stöhnte sein Onkel auf. Wankend verließ er das Zimmer.

»Ich muss euch leider schon verlassen. Die Geschäfte, ihr wisst ja …«, murmelte Onkel Gregor, der immer noch kalkweiß im Gesicht war. »… schlechte Nachrichten bekommen.«

»Geht es dir nicht gut?«, fragte Simons Mutter besorgt. »Willst du dich nicht lieber etwas hinlegen?«

Der Onkel schüttelte nur schwach den Kopf. »Ich denke, es ist besser, wenn ich wieder nach Hause fahre.«

Simon und Martin schleppten den Koffer wieder ins Auto, und kurze Zeit später war ihr Onkel verschwunden.

»Weißt du, was er hatte?«, wollte ihr Vater von seiner Frau wissen, als sie dem Auto hinterherwinkten. »Da scheint wirklich einiges nicht gut in seinem Geschäft zu laufen.«

Die Mutter war genauso ratlos wie er.

»Ich mache mir Sorgen um ihn«, sagte sie. »Er kann nur noch ans Geschäft denken. Eines Tages macht ihn das krank.«

Als sie wieder ins Haus traten, streckte Simon seinem Bruder grinsend die offene Hand hin. Martin sah ihn misstrauisch an, schlug aber ein.

»Ich weiß nicht, wie du es gemacht hast«, sagte er beeindruckt. »Aber das hast du dir verdient.«

Dabei drückte er Simon zwei von Onkel Gregors Geldscheinen in die Hand. Zufrieden verschwand Simon in seinem Zimmer.

Der Rest des Wochenendes verlief ruhig. Bis auf Simons Mutter genossen alle, dass sie wieder allein waren. Nur Martin gab keine Ruhe. Er wollte unbedingt erfahren, wie Simon es geschafft hatte, Onkel Gregor loszuwerden.

Mit todernstem Gesicht sagte Simon: »Das sind meine magischen Fähigkeiten« und schnippte dabei mit den Fingern.

DER TÜRWÄCHTER

Die letzte Woche der Ferien brach an und die Schule warf bereits ihre ersten Schatten voraus. Simon und seine Freunde befanden einhellig, dass es die besten Ferien gewesen waren, die sie bisher erlebt hatten. Mit Bedauern dachten sie an den nahenden Beginn des neuen Schuljahres.

Armida war mit ihrem Vater überraschend zu einer Kreuzfahrt aufgebrochen, und da Martins Mobiltelefon nur noch selten funktionierte, konnte er keine Nachrichten von ihr empfangen. Die ganze letzte Woche war er übel gelaunt durch das Haus gestapft. Dauernd hatte er auf sein nicht funktionierendes Handy gestarrt und Simon immer wieder böse angesehen. Auch wenn Martin nicht wusste, wie, aber für ihn war klar, dass sein Bruder der Verursacher seines Kummers war.

Den ganzen Montag hatte Simon mit seinen Freunden in der Rheinaue verbracht, um dort ihr Unwesen zu treiben. Besonders Nico war zur Hochform aufgelaufen, als er ein paar Schmutzfinken, die ihren Unrat auf der Wiese verteilten, zur Verzweiflung brachte, weil der Müll unerklärlicherweise trotz aller Versuche, ihn wegzuwerfen, immer wieder auf ihrer Decke landete.

Doch heute schoss Simon den Vogel ab.

Im Schatten einiger großer Bäume hatten sich ein paar Jugendliche im Kreis aufgestellt und spielten Volleyball.

Die drei Freunde grinsten sich an. Langsam, als wären sie nur auf der Suche nach einem schattigen Platz, näherten sie sich der Gruppe und legten sich auf ihre Decken.

Simon setzte sich die Kappe auf und stellte sich mitten in den Kreis, den die Jugendlichen gebildet hatten. Als der Ball auf ihn zuflog, sprang er hoch und fischte ihn aus der Luft. Sofort verschwand die Kugel wie durch Zauberhand. Erstaunte Rufe ertönten.

»Das gibts doch nicht«, rief einer der Jungen entgeistert. Einige suchten sogar den Himmel ab, in der Hoffnung, den Ball wiederzufinden.

Simon rannte hin und her und ließ ihn immer wieder auf den Boden prallen, um ihn dann aufzufangen.

Für die Jugendlichen sah es so aus, als ob der Ball aus dem Nichts erschien, zu Boden fiel, um dann wieder zu verschwinden.

Zwei der Mädchen begannen gleichzeitig zu kreischen. Leichenblass standen alle da und wagten nicht, sich zu rühren.

»Was ist das?«, rief ein rothaariger Junge mit zitternder Stimme. Sein Gesicht hatte eine grünliche Farbe angenommen. Doch seine Freunde hatten nicht weniger Angst und waren zu keiner Antwort fähig.

Schließlich hatte Simon Mitleid und warf den Ball so hoch er konnte. Sogleich wurde er wieder sichtbar und stieg empor.

»Da ... Ball ... ich ... da ...«

Eines der Mädchen deutete in die Luft und stammelte unverständliche Worte. Alle stierten gebannt zum Ball, der auf dem Kopf eines völlig erstarrten Jungen landete und zu Boden fiel. Der Junge starrte noch nach oben, als der Ball schon still da lag.

Leider mussten Boris und Nico heute früher heim, und so machte sich Simon am späten Nachmittag allein auf den Weg nach Hause.

Durch die Tarnkappe vor den Blicken der Spaziergänger geschützt, schlenderte er langsam am alten Wasserwerk vorbei in Richtung Stadtmitte. Eine Baumreihe trennte einen Rad- und einen Fußweg voneinander, die kilometerweit dem Rhein folgten, der die Stadt Bonn in zwei Hälften teilte.

Vor wenigen Tagen war er hier in einem unachtsamen Moment mit einem älteren Jungen zusammengestoßen. Der hatte gerade eine Portion Pommes in der Hand und sich über und über mit Mayonnaise und Ketchup bekleckert.

Empört hatte er sich umgesehen, doch da war niemand, den er zur Rede stellen konnte. Als er seiner Freundin beteuerte, er wäre angerempelt worden, hatte sie nur schnippisch gemeint, er solle seine Schusseligkeit nicht immer auf andere schieben. Auf die Frage, ob er denn jemanden sehen würde, wurde er dann ganz verlegen.

Simon grinste und setzte seinen Heimweg fort. In der Ferne konnte er die Kennedybrücke sehen und die rechte Rheinseite lag im strahlenden Sonnenlicht. Der wolkenlose Himmel spiegelte sich im Wasser des Rheins und verlieh ihm das leuchtende Blau einer kitschigen Ansichtskarte.

Lastschiffe fuhren nicht mehr, da der Schiffsverkehr wegen Niedrigwasser seit wenigen Tagen eingestellt worden war, doch die Temperaturen begannen allmählich zu sinken. Mit der Hitze sollte laut Wetterbericht bald Schluss sein. Pünktlich zum Ende der Ferien waren die ersten starken Gewitter gemeldet.

Allmählich wurde es mühsam, den vielen Menschen, die am Rhein entlangspazierten, auszuweichen. Er sah sich nach einer geeigneten Stelle um, wo er ungesehen die Kappe abnehmen konnte. Auf der anderen Seite des Fahrradweges standen einige Büsche, die dicht genug waren, um ihn vor den Blicken der vorübergehenden Spaziergänger zu verbergen.

Zwischen diesen Büschen war ein großes, etwas melancholisch dreinschauendes Steingesicht eines Mannes reliefartig in eine Steinplatte gearbeitet, die man in die Mauer eingelassen hatte. Es sollte den Vater Rhein darstellen. Hinter diesen Büschen konnte er unbeobachtet die Kappe abnehmen.

Langsam, als wollte er das Steingesicht betrachten, überquerte er den Fahrradweg und schlenderte hinter dem Gebüsch. Gerade wollte er die Kappe vom Kopf nehmen, als direkt neben ihm jemand nieste.

»Gesundheit!«, entfuhr es ihm. Erschrocken sah er sich um, doch er war ganz allein.

»Danke«, antwortete eine tiefe, raue Stimme.

»Eieieiei …«, ertönte die Stimme nach einer kurzen Pause wieder.

Argwöhnisch umrundete Simon die Sträucher, ohne eine Menschenseele zu sehen.

Bei dem Gedanken, dass sich hier jemand mit einer Tarnkappe versteckt halten könnte, gefror ihm das Blut in den Adern. Sofort fiel ihm der seltsame Gnom wieder ein. Vielleicht besaß er noch eine weitere Tarnkappe? Wenn es eine gab, warum sollten dann nicht mehrere davon existieren? Das Gute war, dass er dieses Mal auch unsichtbar war. Dieser Gedanke beruhigte ihn ein wenig.

Dann fiel sein Blick wieder auf das Steingesicht und für einen kurzen Augenblick glaubte er, die Augen hätten geblinzelt.

Vorsichtig trat er näher heran und sah forschend in das Gesicht. Hatten die Augen nicht eben noch geradeaus geblickt? Jetzt sahen sie starr nach oben.

Neugierig stellte er sich direkt vor das Gesicht. Lange Haare und ein dichter Bart umrahmten es. Aus einer Schweinsblase füllte „Vater Rhein" einem kleinen Mann

Wein in den Mund. Der Kopf wurde umrankt von Weinreben und aus den Ritzen der Mauersteine wuchsen kleine grüne Büsche. Teilweise bedeckten sie das Gesicht, sodass man die Nase nicht mehr sehen konnte. Starr und steinern blickten die Augen in den Himmel.

Doch dann begannen sie zu zucken. Entsetzt trat Simon einen Schritt zurück und geriet ins Straucheln. Seine Nackenhaare richteten sich auf.

Der Busch, der die Nase verdeckte, geriet heftig in Bewegung und ein weiteres Niesen ertönte. Kleine Steinchen flogen Simon jetzt um die Ohren.

»Oje oje«, ertönte erneut die Stimme. Jetzt hatte Simon genau gesehen, dass sich das Gesicht bewegt hatte.

Sein Herz klopfte bis zum Hals, und er wollte schon weglaufen, als die Stimme wieder erklang.

»Bitte, bitte, lauf nicht weg – bei meinem Steinmetz, du bist aber ein seltsamer Querx.«

Mitten in der Bewegung erstarrte Simon. Zögernd drehte er sich wieder um. Jetzt sahen ihn die steinernen Augen direkt an.

»Ich bin kein Querx!«, sagte er mit zitternder Stimme, obwohl er gar nicht wusste, was ein Querx überhaupt war. »Ich bin ein Mensch … und was ist ein Querx?«

»Ein Nescia …?«, fragte das Steingesicht erstaunt. »Es ist viele Jahrhunderte her, seit ich mich mit einem Menschen unterhalten habe. Wieso kannst du mich sehen?«

Abermals verzog sich das Gesicht zu einem drohenden Niesen.

»Bitte, bitte, nimm diese grässliche Pflanze von meiner Nase. Die Blätter treiben mich in den Wahnsinn«, sagte es flehend. Erneut verzog sich das Gesicht und Simon befürchtete schon, es könne zerspringen.

Argwöhnisch stellte er sich wieder vor die Steinplatte.

»Reden Sie wirklich mit mir?«, fragte er und kam sich sogleich schrecklich dumm vor.

»Natürlich oder siehst du sonst noch jemanden?«, sagte das Gesicht unwirsch mit dröhnender Stimme.

»Entschuldigung«, murmelte Simon immer noch erschrocken. »Ich rede zum ersten Mal mit jemandem wie, äh, wie Ihnen.«

»Natürlich tust du das. Nescii können mich gewöhnlich weder hören noch sehen«, sagte er. »Wieso kannst du das?«

»Ich …, ich … weiß nicht«, sagte Simon stotternd. »Was ist denn ein Nes … Nesikiri?«

»Nescii sind magisch vollkommen Ahnungslose, du Ahnungsloser, und Querxe nennt sich das Volk der Zwerge.«

»Aber ich kann Sie doch sehen und sprechen hören«, protestierte Simon. Seltsamerweise ärgerte es ihn, dass dieses Steingesicht ihn „magisch ahnungslos" nannte, als wäre er der dümmste Mensch auf der Welt.

»Das ist allerdings wahr«, sagte das Gesicht und betrachtete ihn nachdenklich.

Erst jetzt bemerkte es die Kappe auf Simons Kopf.

»Woher hast du die Nebelkappe?«, fragte das Gesicht misstrauisch, während die dicken Augenbrauen weit nach oben wanderten.

Simon war überzeugt, dass sie abgebrochen wären, wenn sie sich auch nur um wenige Millimeter weiterbewegt hätten.

Bevor er antworten konnte, stöhnte das Steingesicht flehend. »Reiß erst den Busch von meiner Nase. Eines der Blätter steckt in meinem Nasenloch und bringt mich immer wieder zum Niesen.«

»Hat Sie denn noch keiner gehört?«, fragte Simon verwundert. »Bei den vielen Menschen hier.«

»Na, sehr gescheit bist du aber nicht, oder? Niemand von denen, die hier vorbei kommen, können mich hören«, sagte der Kopf. »Nur du kannst es, und auch nur, weil du die Nebelkappe trägst.«

Egal, wer oder was dieses seltsame Wesen war, es war nicht besonders freundlich, dachte Simon ärgerlich. Ohne nachzudenken, nahm er die Kappe vom Kopf und betrachtete sie. Dann sah er verwundert auf. Es war plötzlich still geworden. Das Wesen schwieg und das Gesicht war erstarrt. Es zeigte keine Regung mehr.

Simon blickte sich erschrocken um. Glücklicherweise war sein plötzliches Erscheinen unbemerkt geblieben. Hastig setzte er die Kappe wieder auf.

»… die Kappe auflassen, sonst hörst du mich nicht mehr«, bekam er noch den Rest des Satzes mit.

Wieder nieste das Gesicht dröhnend. Simon erfasste die Zweige und mit einiger Anstrengung gelang es ihm, den Busch aus dem Gestein zu zerren.

»Ah«, brummte das Gesicht erleichtert. »Meinem Steinmetz sei Dank, das ist gut.«

Dankbar sah es Simon an.

»Wie kann ich das wiedergutmachen? Weißt du, es kann Monate dauern, bis jemand nach mir sieht. Das hätte noch Wochen so weitergehen können.«

»Wer sieht nach Ihnen?«, fragte Simon, der jetzt mutiger geworden war. »Und wer sind Sie?«

»Ich …«, sagte das Gesicht nicht ohne Stolz. »Ich bin der Türwächter.«

Verwirrt sah Simon sich um, konnte aber keine Tür entdecken. »Aber wo ist die Tür, die Sie bewachen?«

Dunkle Flecken erschienen auf dem Gesicht und dem Mauerwerk. Es wurden immer mehr und schließlich bildete sich ein Durchgang. Hinter der Öffnung herrschte tiefe Finsternis. Simon konnte nicht erkennen, was sich dahinter verbarg. Dann tauchten helle Flecken auf und allmählich bildete sich wieder die Mauer mit dem Gesicht.

»Ich bin der Türwächter und die Tür«, erklärte das Steingesicht geheimnisvoll.

Simon verstand kein Wort.

»Aber mehr darf ich dir nicht erzählen. Du solltest eigentlich nicht hier sein und dich erst recht nicht mit mir unterhalten.«

Dafür war es allerdings zu spät, dachte Simon.

»Wohin führt der Gang?«, fragte er den Türwächter ungerührt.

»Das darf ich dir nicht sagen«, meinte das Steingesicht. »Das ist ein Geheimnis. Seit Jahrhunderten hat kein Mensch mehr diesen Gang betreten. Kein Nescia darf ihn benutzen und ein Zauberer erst recht nicht.«

»Ist der Gang gefährlich?«

»Das ist er, und nur die mutigsten gelangen bis ans Ziel«, sagte der Türwächter.

Es wurde immer spannender, fand Simon. Er musste allerdings vorsichtig an die Sache herangehen, denn dem Türwächter schien das Thema unangenehm zu sein. Wenn er ihn verärgerte, erfuhr er nichts mehr.

»Wieso können Sie mich sehen? Ich trage doch die Kappe?«, fragte Simon und wechselte das Thema. »Sie kennen das Geheimnis der Kappe, nicht wahr? Was war das für ein Wesen, das sie verloren hat?«

»Selbst, wenn ich es wüsste, dürfte ich dir nichts sagen«, sagte der Türwächter stur. »Wenn du Antworten suchst, wirst du sie nur mithilfe dieses Ganges finden.«

Einen Moment überlegte Simon.

»Würden Sie mich denn hineinlassen?«, fragte er und hielt den Atem an.

»Es ist mir verboten!«, sagte der Türwächter zu Simons Enttäuschung.

Das war wirklich ein sonderbarer Kerl, dachte Simon. Erst machte er ihn neugierig, um ihm dann zu erklären, dass er nichts sagen durfte. Vielleicht war er durch das lange Alleinsein nicht mehr richtig im Kopf. Besaß so ein Steingesicht überhaupt ein Gehirn? Konnte es sich tatsächlich einsam fühlen? Aber es sprach und hatte Simon eben sein Leid geklagt. Eine Weile sah der Türwächter Simon an, als würde er nachdenken.

»Doch du solltest auch nicht die Kappe besitzen und du hast mir geholfen. Ein einfacher Nescia hätte das nicht schaffen können. Du bist anders«, sagte der Türwächter nachdenklich. »Aber sei gewarnt. Erst einmal im Gang bist du auf dich allein gestellt.«

Simon nickte zufrieden. Hier schien er endlich die Antworten auf seine vielen Probleme zu finden.

Er setzte schon zu einer weiteren Frage an, doch der Türwächter unterbrach ihn.

»Nein, nein, mehr wirst du heute nicht von mir erfahren.«

Dann schloss er die Augen und versuchte, wie ein steinernes Gesicht auszusehen.

Simon merkte, dass es besser war, den Türwächter nicht weiter zu bedrängen, und nahm langsam die Kappe vom Kopf. Die Gesichtszüge erstarrten wieder zu Stein.

Einige Sekunden blickte er noch auf das regungslose Steingesicht, dann ging er weiter. Der Türwächter hatte ihn zuerst für einen Zwerg gehalten? Aber warum? War dieses Wesen, das die Kappe verloren hatte, etwa ein Zwerg? Sicher, es war nicht sehr groß gewesen. Warum sollten nichtmagische Wesen von Tarnkappen und Zwergen nichts wissen, aber vor allem – wie sollte der Eingang ihm helfen?

Fragen über Fragen schossen ihm durch den Kopf und nach einer Weile glaubte Simon, sein Schädel würde platzen.

Auf jeden Fall musste er seinen Freunden von den neuen Ereignissen berichten. Zusammen konnten sie beraten, was zu tun sei.

Nico und Boris hörten ihm zuerst voller Unglauben zu. Doch da sie ebenso begierig waren, mehr über die Nebelkappe, wie der Türwächter sie nannte, zu erfahren, beschlossen sie, ihn in der folgenden Nacht aufzusuchen.

Der nächste Tag verging mit ihren Überlegungen, wie sie sich abends am besten aus den Wohnungen schleichen konnten.

Boris bestand darauf, etwas Proviant mitzunehmen.

»Man weiß nie, wozu man es braucht«, sagte er. »Wenn ich schon sterben soll, dann wenigstens mit vollem Magen.«

Außerdem nahm jeder eine Taschenlampe, eine Jacke und Simon natürlich die Nebelkappe mit.

Nach dem Abendessen verschwand er sofort in sein Zimmer unter dem Vorwand, dass es ihm nicht so gut ginge.

Er legte sich angezogen auf sein Bett und betrachtete den sich langsam rot verfärbenden Himmel. Allmählich stieg die Anspannung. Um seinen Magen schien sich ein Seil geschlungen zu haben. Was würden sie heute Nacht finden? Welche Geheimnisse verbargen sich in dem Gang?

Allmählich verstummten die letzten Vögel, und draußen kehrte endlich Ruhe ein.

DER GEHEIMNISVOLLE GANG

Es war dunkel, als Simon sich die Tarnkappe aufsetzte und vorsichtig aus dem Haus schlich. Er lief über die kleine Wiese vor ihrem Haus und zwängte sich durch die Gartenhecke auf die Straße. Dabei stolperte er über Katze, die anscheinend auf der Lauer lag. Er stieß einen derben Fluch aus, während Katze fauchend das Weite suchte.

In der beruhigenden Gewissheit, dass niemand ihn sehen konnte, lief er zu Boris, der schon ungeduldig auf ihn wartete.

»Hat es funktioniert?«, fragte Simon seinen Freund flüsternd, der heftig zusammenzuckte.

»Mann!«, schrie Boris und machte einen Satz zur Seite. »Kannst du dich nicht ankündigen? Ich glaube, daran werde ich mich nie gewöhnen.«

Böse sah er Simon an, der breit feixend sichtbar wurde.

»Na ja, meine Mutter hat schon verwundert geguckt, weil ich so früh schlafen wollte«, sagte Boris dann. »Sie arbeitet diese Nacht. Vor morgen früh ist sie bestimmt nicht zurück. Und wenn sie kommt, legt sie sich gleich ins Bett.«

Er zuckte mit den Achseln. Simon steckte die Tarnkappe in seinen Rucksack. Manchmal beneidete er Boris um seine Freiheiten.

Nico erwartete sie schon in seinem Rolli am anderen Ende der Kennedybrücke. Da der kleine Fahrstuhl seines Zimmers im dunklen Flur vor der Haustür mündete, war es auch ihm gelungen, ohne Schwierigkeiten das Haus zu verlassen.

Gemeinsam machten sie sich auf den Weg.

Nachdem sie den Türwächter erreicht hatten, setzte Simon die Kappe auf. Sofort füllte sich das steinerne Gesicht mit Leben.

»... früh hätte ich nicht mit dir gerechnet«, sagte der Türwächter gerade. »Wer sind denn die anderen?«, fragte er argwöhnisch.

»Das sind meine Freunde«, antwortete Simon und stellte die beiden vor.

Nico starrte in die Richtung, wo er seinen Freund vermutete. »Mit wem redest du?«, fragte er sichtlich verwirrt.

»Sie können mich nicht hören, weißt du nicht mehr?«, erinnerte ihn der Türwächter.

Simon überlegte. »Gibt es keinen Weg, dass auch meine Freunde Sie ohne Kappe hören und sehen können?«

»Es ist mir nicht erlaubt, euch Hinweise zu geben«, sagte der Türwächter. »Ihr müsst die Lösung aus eigener Kraft finden.«

Simon zog die Kappe vom Kopf.

»Ihr könnt den Türwächter nur sehen, wenn ihr die Kappe tragt. Er will, dass wir selbst herausfinden, wie wir zusammen hereinkommen«, unterrichtete er seine Freunde.

»Vielleicht genügt es, wenn wir uns anfassen«, überlegte Boris.

Zweifelnd sah Simon ihn an. Sicherlich, damals war es ihm gelungen, Nico mit seinem Rolli durch bloßes Anfassen unsichtbar zu machen. Schaffte die Kappe auch drei Personen und konnte es wirklich so einfach sein?

Er setzte sie wieder auf und seine Freunde ergriffen jeweils eine Hand. Zu seiner Erleichterung sah er, wie sie verschwanden.

»Das war leicht«, ertönte vorwurfsvoll Boris Stimme. »Hätten Sie uns das nicht gleich sagen können?«

»Natürlich war das leicht«, meinte der Türwächter oberlehrerhaft und klang ein wenig beleidigt. »Glaubt mir, die wirklichen Rätsel erwarten euch nach Betreten des Ganges.«

»Aber ich dachte, dort würden wir Antworten finden?«, rief Simon entsetzt.

Die Augenbrauen des Gesichtes wanderten wieder nach oben.

»Das habe ich nicht gesagt. Aber dieser Gang ist der Weg dorthin. Und obendrein ist er gefährlich.«

»Wie gefährlich?«, fragte Boris beklommen.

»Auch das darf ich euch nicht sagen. Aber ich würde verstehen, wenn ihr es euch noch einmal anders überlegt.«

Der Türwächter musterte sie eindringlich. Simon hatte den Verdacht, dass er nicht *das* meinte, was er gesagt hatte.

»Also ins offene Messer laufen?«, murmelte Nico.

Boris zog seine Freunde ein paar Meter vom Steingesicht weg.

»Meinst du, man kann ihm vertrauen?«, fragte er Simon und sah misstrauisch zum Türwächter. »Vielleicht sind wir nur ein gefundenes Fressen?«

»Ich weiß nicht«, sagte Simon zögerlich. »Ich denke, er ist in Ordnung.«

»Ok …«, sagte Nico. »Deine Kappe, du entscheidest.«

Simon nickte und sagte dann so laut, dass auch der Türwächter ihn hören konnte: »Also gut, wir gehen!«

Die Hand von Boris klammerten sich fester um die seine, doch sie widersprachen nicht.

Der Türwächter nickte nur, dann erschienen wieder die schwarzen Flecken, die sich rasch vermehrten, und sie standen vor dem dunklen Eingang, der in der Nacht noch unheimlicher wirkte als am Tage.

»Wenn ihr den Gang betretet, könnt ihr die Kappe wieder abnehmen«, hörten sie die tiefe Stimme des Türwächters. Sie klang weit entfernt und hallte seltsam nach.

Mit einem mulmigen Gefühl betraten sie den Raum, während sich der Eingang geräuschlos hinter ihnen schloss.

»Wenn ihr das Ziel erreicht habt und in Gefahr geraten solltet, sagt einfach, ihr wollt den Magister sprechen, hört ihr?«, ertönte noch einmal die immer leiser werdende Stimme des Türwächters.

»Was meinen Sie denn damit?«, rief Nico beunruhigt.

Doch die Tür hatte sich geschlossen und es herrschte Totenstille. Simon atmete tief durch und nahm die Kappe ab, heilfroh, seine Freunde wieder sehen zu können.

»Was kann er gemeint haben?«, fragte Boris besorgt.

»Ich weiß nicht«, sagte Simon.

Die letzten Worte des Türwächters hatten ihn ebenfalls beunruhigt.

Eigentlich hatte Simon erwartet, dass der Raum in völliger Finsternis lag, doch nachdem sich seine Augen an das Licht gewöhnt hatten, bemerkte er, dass eine unsichtbare Lichtquelle das Gewölbe schwach beleuchtete. Das seltsame Dämmerlicht war nicht hell genug, um das alte Gemäuer sichtbar zu machen.

Nico fluchte halblaut. »Verdammt, ist das unheimlich.«

Die alten Steinmauern erweckten den Eindruck, als könnten sie jeden Moment einstürzen. Eine Weile standen sie da und versuchten, mit ihren Augen das Dämmerlicht zu durchdringen.

Boris sah sich angewidert um. »Hoffentlich gibt es hier keine Ratten«, meinte er angeekelt.

Sie nahmen ihre Taschenlampen und schalteten sie ein. Doch wider Erwarten erhellte sich der Raum nur wenig mehr. Das Licht schien sich nach einigen Zentimetern im Nichts zu verlieren.

Boris schüttelte seine Taschenlampe, während Nico den Strahl der Lampe prüfend auf sein Gesicht richtete. Sofort schloss er geblendet die Augen.

»Autsch!«, rief er und schaltete sie aus.

Mit den Taschenlampen war alles in Ordnung, aber die Luft schien einen Teil des Lichts zu verschlucken. Nico fluchte halblaut.

Beklommen sahen sie sich um. Am hinteren Ende des Raumes war in der Mauer undeutlich eine Öffnung zu erkennen. Sie erwies sich als ein weiterer Gang mit einem leicht abschüssigen Boden. Der Lehmboden war festgetreten und auch für Nico gut befahrbar. Da sich der Gang spiralförmig wand, wären die Lampen ihnen ohnehin keine große Hilfe gewesen. Eine Weile blieben sie vor dem Durchgang stehen.

»Nun denn, ave Cäsar, die Todgeweihten grüßen dich«, sagte Simon.

»Hör auf, so zu reden!«, maulte Boris erschaudernd.

Simon atmete tief durch. Dann schritt er voran und langsam folgten sie dem sich windenden Gang.

»Uääh«, rief Simon plötzlich und blieb erschaudernd stehen. Er war durch ein riesiges Spinngewebe gelaufen, das ihm jetzt im Gesicht klebte. Angeekelt wischte er sich über die Augen.

Der Gang war unerwartet kalt. Kleine Dampfwölkchen verließen beim Sprechen ihren Mund und kurze Zeit später klapperten ihnen vor Kälte ihre Zähne.

Immer wieder blieben sie stehen und leuchteten mit ihren Taschenlampen zurück. Doch die Lampen erwiesen sich als nutzlos, und sie schalteten sie nach einer Weile aus, um Batterien zu sparen. Im fahlen Licht des Ganges wirkten ihre Gesichter gespenstisch bleich.

Boris begann leise ein Lied zu summen, sonst sagte niemand von ihnen ein Wort. Nicos Rolli erzeugte gelegentlich dumpfe Geräusche auf dem abschüssigen und leicht unebenen Boden.

Simon stellte sich vor, wie schön angenehm es jetzt in seinem Bett sein musste.

Mehrmals blieben sie stehen, weil einer von ihnen glaubte, ein Geräusch gehört zu haben. Dann hielten sie den Atem an und lauschten.

Die Minuten vergingen und der Gang schien kein Ende zu nehmen, als Simon sich plötzlich nicht mehr bewegen konnte.

Überrascht wollte er nach seinen Freunden sehen, doch der Kopf folgte seinen Befehlen nicht. Oder fast nicht, denn nach wenigen Sekunden stellte er fest, dass er sich wie in Zeitlupe bewegte.

Als Nico und Boris endlich in seinem Gesichtsfeld erschienen, erkannte er, dass es ihnen nicht anders erging. Sein Versuch, ihnen etwas zuzurufen, scheiterte, denn er brachte nichts weiter als einen lang gezogenen dumpfen Ton heraus. Sosehr er sich auch bemühte, er wurde nicht schneller. Der Schweiß brach ihm aus allen Poren.

Trotz seiner Angst beobachtete er belustigt die seltsam anmutenden Versuche seiner Freunde, sich zu bewegen. Obwohl sie bergab gingen, schien Nicos Rolli zu schwer für ihn geworden zu sein. Mit angestrengter Miene bemühte er sich, die Räder schneller zu drehen, doch weder seine Arme noch der Rollstuhl wollten ihm gehorchen.

Boris stand auf seinem linken Bein und kämpfte mit seinem rechten Fuß, der in der Luft hing und scheinbar nicht wieder auf den Boden wollte.

»Wwwaaassss iiisssst dddaaasss?«,

Gedehnte Laute kamen aus seinem Mund. Ganz langsam verzerrte sich sein Gesicht.

»Keeeiiiiinnneeee Aaaahhhhhnnuuunng«, versuchte Simon zu antworten.

Das Herz schlug Simon bis zum Hals. Wo waren sie da nur hineingeraten? Mehrere Minuten mühten sie sich ab, trotzdem legten sie in dieser Zeit nicht einmal zwei Meter zurück.

Zu spät bemerkten sie, dass sie sich wieder normal bewegen konnten. Gerade noch glaubten sie, durch eine zähe Masse Kaugummi zu laufen, als sie plötzlich ungebremst vorwärtsstürmten.

Simon prallte schmerzhaft gegen die Wand, Boris stolperte über seine Füße und landete auf dem Bauch, während Nicos Rolli den Gang hinunter schoss.

»Was zur Hölle war das?«, keuchte Nico, als sie wieder beieinanderstanden.

Sie starrten den hinter ihnen liegenden Gang, doch alles wirkte ganz normal.

»Bist du irre?«, sagte Nico, als Boris sich langsam der Stelle näherte, an der sie wieder freigelassen worden waren.

Es sah komisch aus, als er vorsichtig die Hand ausstreckte und dabei ins Leere starrte. Erst schien nichts zu passieren, doch dann traf er auf Widerstand. Deutlich war zu erkennen, dass Boris sich plötzlich anstrengen musste, um die Hand vorwärtszubewegen. Nach einigen Sekunden zog er sie langsam wieder zurück und betrachtete sie, als ob er sie noch nie gesehen hätte.

»Als wenn man in Sirup hineingreift«, sagte er nur.

»Und was nun?«, fragte Simon. »Sollen wir zurück?«

»Auf keinen Fall gehe ich da wieder hinein«, widersprach Boris empört.

»Aber wer weiß, was vor uns liegt?«

Besorgt sah Simon die Mauern des Ganges. Wann endete er und was wartete dann auf sie? Sie mussten sich schon tief unter der Erde befinden.

Behutsamer als vorher schritten sie den Gang entlang.

Die Minuten vergingen und nichts ereignete sich. Gerade begann Simon zu hoffen, dass sie auf keine weiteren Hindernisse mehr treffen würden, als es geschah.

Unter ihren Füßen bewegte sich der Boden. Er schien Wellen zu schlagen, und sie hatten Mühe, sich auf den Beinen zu halten. Nicos Rolli schlingerte hin und her und drohte zu kippen.

In ihrer Panik begannen sie zu rennen. Simon und Boris ergriffen Nicos Gefährt und schoben ihn vor sich her. Ihr Freund drehte verzweifelt an den Rädern, um das Tempo zu erhöhen.

Als eine besonders hohe Welle auf sie zurollte, begannen sie zu schreien. Gerade, als sie glaubten, die Bodenwelle würde über sie zusammenschlagen, fiel sie in sich zusammen.

Doch jetzt bewegte sich der Boden vorwärts und hob sie hoch. Nicos Rolli wurde wie ein Spielzeug herumgewirbelt und drohte abzustürzen.

Verzweifelt versuchten Simon und Boris, ihn festzuhalten. Doch sie mussten aber so sehr um das eigene Gleichgewicht kämpfen, dass er ihnen ein ums andere Mal entglitt. Als der Wellenberg sich senkte, rutschten alle rückwärts.

»Wir wollen zum Magister, wir wollen zum Magister«, schrie Boris in höchster Not.

»Ich glaube nicht, dass das der Türwächter gemeint hat«, brüllte Nico zurück.

»Wenn das keine Gefahr ist, was dann?«, rief Boris mit sich überschlagender Stimme.

Welle um Welle rollte nun auf sie zu. Dann hörte der Spuk so schnell auf, wie er gekommen war. Der Boden lag wieder ruhig und fest vor ihnen. Keuchend blieben sie stehen.

»Was war das denn?«, sagte Nico und hustete vor Erschöpfung.

Mit käseweißen Gesichtern sahen sie sich an. Vorsichtig prüfte Boris mit seiner Fußspitze den Boden.

Wieder vergingen die Minuten und Simon begann sich zu fragen, ob es nicht besser sei zurückzugehen. Es war schon weit nach Mitternacht.

Gerade als er es Boris und Nico sagen wollte, verlor er den Boden unter den Füßen und stürzte in einen Abgrund. Er hörte die Schreie der Freunde neben sich. Erst dann fiel ihm auf, dass auch er schrie. Mit Händen und Füßen schlug er um sich und stürzte immer weiter.

Die Wände rasten an ihm vorbei und voller Panik dachte er daran, dass der Sturz einmal enden musste. Aus weiter Ferne hörte er Nicos Stimme, der ihnen scheinbar etwas zurufen wollte. Der Sturz schien kein Ende nehmen zu wollen.

»Hört auf, hört auf, um euch zu schlagen! Bleibt ganz ruhig!«, verstand er nach einer Weile.

Zwischendurch erhaschte er einen Blick auf Nico und bemerkte erstaunt, dass sein Freund ganz gelassen in seinem Rollstuhl saß und sie verzweifelt anblickte.

»Ruhig, ganz ruhig, bleibt ruhig!«, rief er immer wieder.

»Können vor Lachen!«, brüllte Boris und seine Stimme überschlug sich dabei.

Simon bemühte sich, Nicos Rat zu befolgen – und plötzlich stand er wieder an der Stelle, an der der vermeintliche Sturz begonnen hatte. Er sah von Nico zu Boris, der immer noch dastand, sich um die eigene Achse drehte und brüllend um sich schlug.

Am ganzen Körper zitternd, sprang Simon auf ihn zu und versuchte, seine Arme zu ergreifen. Dabei handelte er sich eine kräftige Ohrfeige von dem wie wild um sich schlagenden Boris ein, doch schließlich gelang es ihm, sie fest an seinen Freund zu drücken.

Von einem Moment zum anderen verstummte Boris. Nur sein heftiges Keuchen war noch zu hören.

»Alles wieder gut?«, fragte Simon. Boris nickte.

»Wir sind gar nicht gefallen«, sagte Nico nach einer Weile.

»Da ich meine Beine nicht bewegen kann, konnte ich nicht so um mich schlagen und dann war alles ganz schnell wieder vorbei. Man darf sich nur nicht hastig bewegen.«

»Danke Mann«, sagte Simon und legte seine Hand auf Nicos Schulter.

»Ja«, meinte auch Boris, immer noch schnaufend.

Mittlerweile war Simon schweißnass vor Anstrengung und spürte die Kälte nicht mehr.

Egal, was da unten auf sie wartete, etwas oder jemand versuchte sie daran zu hindern, das Ende des Ganges zu erreichen. Sie schimpften auf den Türwächter, auf alle kleinen Gnomen und vor allem auf den Erbauer dieses Ganges.

»Wenn ich den in die Finger bekomme, der sich das ausgedacht hat, der kann was erleben! Einen Moment lang glaubte ich, mein Herz würde stehen bleiben«, schimpfte Boris.

Er öffnete seinen Proviantbeutel, holte ein Brötchen heraus und biss herzhaft hinein.

Simon und Nico sahen ihn ungläubig an, dann begannen sie zu lachen. Nichts konnte Boris den Appetit verderben. Ihre Anspannung löste sich ein wenig.

»Du bekommst keinen Herzstillstand«, sagte Simon. »Das Einzige, was dich umbringen könnte, wäre, wenn man Brathähnchen zu einer geschützten Tierart erklären würde.«

Boris grinste kauend.

»Ich schlage vor, dass wir es noch eine halbe Stunde versuchen«, sagte Simon. »Sonst fliegt alles auf, weil wir erst am Tage wieder heimkehren.«

So beschlossen sie es und nachdem Boris sein Brötchen verputzt hatte, gingen sie weiter.

»Ich bin gespannt, was als Nächstes kommt«, unkte Boris. »Irgendwelche Monster vielleicht?«, knurrte er. »Wenn wir hier wieder herauskommen, kann der Türwächter etwas erleben. Das hier ist nicht gefährlich, das ist lebensgefährlich.«

Nach etwa zwanzig Minuten verlief der Gang geradeaus. Simon wollte schon vorschlagen, wieder umzukehren, als mehrere Meter vor ihnen hohe Flammen aus dem Boden schlugen.

Das war unmöglich, denn hier war rein gar nichts, was brennen konnte. Trotzdem loderte vor ihnen ein mannshohes Feuer und versperrte ihnen den Durchgang.

»Wie sollen wir da durchkommen?«, rief Nico mit lauter Stimme, um das Prasseln der Flammen zu übertönen. Es hörte sich an, als würden hundert vertrocknete Tannen gleichzeitig brennen.

Unschlüssig sah Simon auf die Uhr. Es war weit nach Mitternacht und langsam lief ihnen die Zeit davon. Er hatte nicht die geringste Ahnung, wie er seinen Eltern das nächtliche Fernbleiben erklären sollte. Hatte Boris etwa recht gehabt und der Türwächter versuchte sie in eine Falle zu locken?

Jäh erfasste ihn heftige Wut auf das Steingesicht, das sie hintergangen hatte, und auf sich, weil er jetzt, statt sicher in seinem Bett zu liegen, hier vor einer undurchdringlichen Feuerwand stand. Etwas mussten sie tun, aber was?

Zornig näherte er sich dem Flammenmeer. Hinter ihm stöhnte Boris auf, während Simon nachdenklich die

Flammen betrachtete. Etwas stimmte mit diesem Feuer nicht. Zunächst konnte er nicht sagen, was es war, doch als er sich weiter den Flammen näherte, erkannte er, dass es nicht wärmer wurde. Sie strömten keine Hitze aus. Handelte es sich wieder um eine Täuschung, wie ihr Sturz vorhin?

Als er dicht vor der Feuerwand stand, streckte er langsam die Hand aus. Doch anstatt sie zu verbrennen, wichen die Flammen zur Seite. Simon fasste seinen ganzen Mut zusammen, schloss die Augen und trat mit einem großen Schritt in das Feuermeer.

Hinter sich hörte er Boris und Nico entsetzt aufschreien. Zu seiner großen Erleichterung wichen die Flammen ihm aus, und er trat unbeschadet hindurch.

Vor ihm endete der Gang abrupt und er stand vor einem großen Holztor. Es war mindestens drei Meter hoch, aus einem tiefschwarzen Holz und schloss oben mit einem Rundbogen ab. Unbekannte Zeichen waren eingeschnitzt und ein großer metallener Riegel verschloss die Tür.

»Ihr könnt kommen!«, schrie er. »Es ist ungefährlich.«

Einige Sekunden später schälten sich die Umrisse seiner Freunde durch die Flammen und schließlich standen sie vor ihm.

Besorgt sah Boris an sich herab. Anscheinend befürchtete er, etwas an ihm könne in Brand geraten sein.

»Was nun?«, flüsterte Nico. »Sollen wir?«, fragte er und betrachtete die Tür.

»Es wäre verrückt, jetzt umzukehren«, sagte Simon. Ächzend schoben sie den schweren Riegel zur Seite. Mit lautem Knarren und Quietschen schwang das riesige Tor auf und das grelle Licht einer Sonne an einem blauen Himmel über ihnen blendete sie.

DIE ANDERE WELT

Es dauerte eine Weile, bis sich ihre Augen nach der langen Dunkelheit an das Licht gewöhnt hatten. Entgeistert sahen sie sich an, um dann wieder in den leuchtendblauen Himmel zu starren.

Sie standen vor einem großen, kreisförmigen Platz, in dessen Mitte sich ein Springbrunnen befand. Er besaß drei Kristallschalen, die nach oben hin immer kleiner wurden. Sie schwebten übereinander ohne sichtbaren Halt in der Luft und drehten sich langsam um die eigene Achse.

Scheinbar aus dem Nichts ergoss sich in jede Schale ein kreisförmiger Wasserfall. Jeder leuchtete in einer anderen Farbe und wenn das herabfließende Wasser in die nächste floss, entstanden neue Farbmischungen. Das hindurchfallende Sonnenlicht erzeugte auf dem Platz ein überwältigendes Farbenspiel.

Winzige Kinder – zumindest vermutete Simon, dass es Kinder waren – tollten um den Brunnen herum und rannten kreischend immer wieder durch das zu Boden fallende Nass. Für kurze Zeit nahm ihre Haut die Farbe des auf sie herabfließenden Wassers an, sodass sie für die Augen eines Beobachters wie ein Chamäleon mit den Wasserfontänen verschmolzen.

Eine breite, kopfsteingepflasterte Straße führte kreisförmig um den Brunnen. Andere Gassen mündeten sternförmig in den Platz, der ringsherum mit großen knorrigen Eichen bewachsen war, die ihre Schatten auf die darunter stehenden Bänke warfen. Soweit man in die Straßen hineinsehen konnte, wurden sie von kleinen Häusern gesäumt. Überhaupt schien hier alles kleiner zu sein als droben in ihrer Welt.

Auf der Straße herrschte ein buntes Treiben. Frauen und Männer liefen entlang oder saßen auf den Bänken unter den Eichen. Aber nur wenige waren so groß wie Simon.

Die meisten der Männer waren von kräftiger Statur, trugen langes Haar, teilweise wilde Vollbärte und waren überwiegend mit derben Hosen, Hemden und Jacken bekleidet.

Die Frauen waren zierlicher gewachsen. Ihre langen Röcke oder weiten Hosen leuchteten in grellbunten Farben. Soweit Simon erkennen konnte, waren sie unbewaffnet. Allen gemeinsam waren die runden, knubbeligen Nasen.

Und von einem wolkenlosen Himmel strahlte angenehm warm die Sonne auf sie herab, hier, mindestens fünfzig Meter unter der Erdoberfläche.

»Das gibts nicht«, hauchte Boris, der nun zum wiederholten Mal in dieser Nacht aussah, als hätte er ein Gespenst gesehen. Minutenlang standen sie regungslos im Eingang zu dieser seltsamen Welt.

»Ihr seht das doch auch, oder?«, stammelte Nico ungläubig und starrte auf das fröhliche Bild, das sich ihren Augen bot.

Nach einigen Minuten fassten sie sich ein Herz und betraten die Straße. Als sie zurückblickten, sahen sie ein kleines Backsteinhaus ohne Fenster. Die einzige Öffnung schien das Tor zu sein, aus dem sie getreten waren. Da sie immerzu bergab gelaufen waren, hätte aber ein großer Berg hinter ihnen stehen müssen.

Bis jetzt waren sie unbemerkt geblieben. Das änderte sich, als eines der kleinen Wesen im Vorbeigehen Simon versehentlich anrempelte. Zuerst glaubte er, der kleine Mann wolle sich entschuldigen, da er sich lächelnd zu ihm umdrehte.

Doch das Lächeln verschwand sofort, als er erkannte, mit wem er da zusammengestoßen war, und wich einem entsetzten Gesichtsausdruck.

Er stieß einen lauten Ruf aus und in kurzer Zeit verwandelte sich das fröhliche Treiben in helle Aufregung. Frauen riefen ihre Kinder zu sich, die sich kreischend hinter den Erwachsenen versteckten.

Urplötzlich sahen sich die Freunde von mindestens fünfzig dieser Wesen umringt. Entsetzte Rufe hallten über den Platz.

»Woher sind sie gekommen? Was wollen die? Noch nie haben die Nescii den Weg hier herunter gefunden. Wer hat es ihnen verraten? Wer ist der Verräter?«, waren nur einige Rufe, die sie aus dem Stimmengewirr heraushörten.

Der Kreis um die drei Freunde wurde immer enger und Simons Herz klopfte bis zum Hals.

»Was sollen wir tun? Was wollen die denn nur?«, fragte Boris angsterfüllt, während er sich langsam um sich selbst drehte.

»Ich hoffe nur, dass wir nicht auf ihrer Speisekarte stehen«, flüsterte Nico. »Ich tauge nichts als Essen auf Rädern«, fügte er mit einem Anflug von Galgenhumor hinzu.

»Wir wollen zum Magister!«, rief Simon laut, ohne nachzudenken.

Die Wesen, die ihnen am nächsten standen, sahen sie ungläubig an und erstarrten. Dann hörten sie eine laute und dröhnende Männerstimme, die den Lärm der Menge übertönte.

Simon hatte nichts verstanden, aber es wurde ruhig und eine Gasse öffnete sich, durch die ein kleiner Mann würdevoll auf die Freunde zuschritt.

Er war fast ebenso breit wie hoch und hatte den schwarzen Bart zu Zöpfen geflochten, der ihm bis zum Bauchnabel reichte.

Falls er einen hatte, dachte Simon. Das dichte Haar fiel ihm bis auf die Schultern, und an seiner Hüfte trug der Mann eine riesige und Furcht einflößende Axt. Breitbeinig baute er sich vor ihnen auf und musterte sie streng mit seinen funkelnden grünen Augen.

»Lasst sie in Ruhe!«, donnerte er mit tiefer Stimme die Umstehenden an. »Der Magister verlangt, sie zu sehen!«

»Leistet keinen Widerstand und folgt mir!«, wandte er sich dann gebieterisch an Simon und seine Freunde.

Sie erkannten, dass es ihre Lage nur verschlimmern würde, wenn sie sich widersetzten. Außerdem war es vermutlich sicherer, ihm zu folgen, als sich dieser feindseligen Meute auszusetzen. Worin waren sie da nur hineingeraten?

Sie verließen den Platz und bogen in eine der Straßen ein. Auf einem Straßenschild war der Name Bäckergasse zu lesen. Offenbar war er nicht umsonst gewählt. Schon beim Einbiegen in die Gasse schlug ihnen der Duft von süßem Kuchen und frisch gebackenem Brot entgegen.

Einen Bürgersteig gab es nicht und war anscheinend auch nicht notwendig, denn bis jetzt hatten sie nicht ein einziges Fahrzeug gesehen.

Die schmale Straße wurde vorwiegend von großen und kleinen Backsteinhäusern gesäumt, gelegentlich unterbrochen von niedlichen Fachwerkhäusern. Die roten Ziegeldächer leuchteten in der Sonne.

Einige der Häuser waren schon sehr alt und erweckten den Eindruck, als könnte der nächste Sturm sie umwerfen.

Aus den Schornsteinen quoll Rauch und in den Schaufenstern wurden Brote und Gebäck aller Art ausgestellt. Das Ganze erinnerte Simon an Bilder von kleinen mittelalterlichen Städten am Rhein, die er auf Fotos gesehen hatte.

Vor einem Café saßen einige dieser Wesen auf Stühlen vor blitzenden weißen Tassen und Tellern. Ein kleiner, ganz in Weiß gekleideter Mann mit einem enormen Bart eilte von Tisch zu Tisch und nahm die Bestellungen entgegen, während ein steter Strom von Tassen, Kannen und Gläsern durch die Eingangstür des Hauses nach draußen schwebte. Und als ob jedes Teil wüsste, wo es hingehörte, ließ es sich auf den verschiedenen Tischen nieder.

Sobald der Tisch frei wurde, flog das benutzte Geschirr auf der anderen Seite der Tür wieder ins Café und verschwand in einem dunklen Eingang.

Die Gäste des Cafés sahen neugierig zu der immer größer werdenden Prozession hinüber, bis sie erkannten, wer da durch die Straße geführt wurde. Sofort entstand der gleiche Aufruhr wie zuvor, und viele von ihnen schlossen sich dem seltsamen Geleitzug an.

Aus einer kleinen Seitengasse ertönte ein klingendes Geräusch, als ob jemand auf einen Amboss schlug.

Trotz seiner großen Angst kam Simon aus dem Staunen nicht mehr heraus. Es musste ein Traum sein und sicher würde er gleich in seinem gemütlichen Bett aufwachen.

»Wer sind sie?«, war die Frage, die Simon immer wieder aus dem aufgeregten Stimmengewirr der Menge heraushörte. Doch es gab auch einige beunruhigende Zwischenrufe.

»Werft sie ins Verlies. Warum erst verhören?«

Andere Rufer verlangten, dass man sie den Fänggen vorwerfen sollte.

Simon wusste zwar nicht, wer oder was die Fänggen waren, er verspürte aber keine sonderliche Lust, sie kennenzulernen.

Zwischendurch drehte sich ihr Führer nach ihnen um, scheinbar um sich zu vergewissern, dass sie ihm folgten. Simon wusste zwar nicht, ob diese Wesen die gleiche Mimik wie die Menschen besaßen, aber jedes Mal wirkte er enttäuscht.

Beim dritten Mal brummte er ihnen leise zu: »Wollt ihr wirklich keinen Widerstand leisten, nicht ein kleines bisschen?«

Entgeistert betrachtete Simon den kleinen Mann. An Körperkraft war er ihnen weit überlegen. Und wer wusste schon, über welche Fähigkeiten dieser Kerl noch verfügte.

»Äh, nein ... nein, lieber nicht«, stotterte Simon.

Nico fuhr an seine Seite. »Was glaubt der denn, dass ich versuche, ihn platt zu fahren?«, wisperte er Simon und Boris zu. Trotz ihrer misslichen Lage grinsten sie.

Simon versuchte, sich vorzustellen, wie Nico das Wesen umfuhr, darüber hinwegrollte und triumphierend floh.

Im Laufe der Jahre hatte er große Geschicklichkeit mit dem Rollstuhl erlangt und vollführte gelegentlich atemberaubende Kunststücke mit ihm. Doch dieser kleine Mann wirkte wie eine unverrückbare Wand. Sie wären nie an ihm vorbeigekommen.

Oben musste es langsam auf den Morgen zugehen. Simon fragte sich sorgenvoll, ob sie diesen seltsamen Ort jemals wieder verlassen würden. Kein Mensch hatte jemals von dieser Welt erfahren und niemand würde sie hier finden. Bei dem Gedanken wurde ihm ganz elend zumute.

Nach einer Weile erreichten sie einen Fluss, über den sich eine Rundbogenbrücke spannte. Schon von Weitem sahen sie auf der anderen Seite der Brücke ein mehrstöckiges Gebäude. Sechs quadratische Etagen hatte der Erbauer aufeinandergesetzt, und jedes Geschoss war um einiges kleiner als die vorherige.

Das war an sich nicht weiter erstaunlich, wirklich ungewöhnlich war, dass diese Pyramide auf der Spitze stand. Jedes normale Gebäude wäre bereits eingestürzt, dieses aber schien Gefallen daran zu finden, die Schwerkraft zu verhöhnen.

Aus einer Öffnung der obersten Etage des Gebäudes flogen, wie an einer Perlenkette aufgeschnürt, merkwürdig steif fliegende Vögel heraus.

Nachdem sie das Gebäude hinter sich gelassen hatten, stiegen sie in den Himmel und verschwanden in allen Richtungen. Eine Etage tiefer flog ein ebenso großer Strom dieser Vögel durch ein kleines Fenster in das seltsame Haus.

Dann, nach scheinbar endlos langen Minuten, führte sie das Wesen in die „Magistratsgasse". Vor einem großen, mehrstöckigen Haus machten sie endlich halt.

Es war ein schönes altes Backsteinhaus mit vorgebauten Arkaden und vielen Sprossenfenstern.

»Magistrat« stand in riesigen goldenen Buchstaben über der mit Schnitzereien und Intarsien reich verzierten Tür.

»Was willst du, Eugel?«, fragte zur Verblüffung der Freunde die Tür mit knarrender Stimme.

»Ich bringe die Gefangenen für den Magister!«, antwortete der kleine, kräftige Mann würdevoll.

»Soso, die Gefangenen«, sagte die Tür scheinbar belustigt und schwang leise quietschend auf.

Sie betraten eine große Halle. Tische und Stühle waren im Raum verteilt und es herrschte geschäftiges Treiben. Vor jedem Tisch saßen zwei dieser Wesen, vor ihnen lagen Stapel beschrifteter, gelblicher Blätter. Einige studierten den Inhalt, während andere die vor ihnen liegenden Blätter abhefteten. Ein regelmäßiges Pochen hallte durch den Saal. Im hinteren Teil des Raumes setzte jemand im Akkord einen Stempel auf die Blätter eines Aktenstapels, der mindestens ein Meter hoch war und bei jedem Klopfen bedenklich schwankte.

Als der Fremde, der anscheinend Eugel hieß, sie hereinführte, verstummten die Gespräche schlagartig. Auch hier schlug ihnen Erstaunen und Abneigung entgegen. Simon spürte förmlich die feindseligen Blicke, während sie zur nächsten Tür geführt wurden.

»Da hinein!«, befahl Eugel.

Folgsam traten sie hindurch. Der nächste Raum war ein langer, schmaler Flur ohne Fenster. An jeder Wand hingen brennende Fackeln und erleuchteten die Kammer.

Die Wände und Decken waren mit Holzkassetten verziert, während der Boden mit kunstvoll hergestellten Steinfliesen ausgelegt war. Große Ölgemälde, die alte kleine Männer in Lebensgröße zeigten, waren ringsumher verteilt und es roch nach altem Holz und Bohnerwachs. Am Ende des Flures befand sich eine weitere Tür.

»Du schon wieder?«, sagte sie krächzend.

»Ich bringe die Gefangenen für den Magister«, antwortete Eugel wieder hoheitsvoll und ignorierte den etwas herablassenden Ton der Tür.

»Bitte lasse doch unsere lieben Besucher eintreten, Simpl!«, ertönte jetzt eine tiefe, laute Stimme von der anderen Seite der Tür.

»Stets gerne zu Diensten, mein Herr«, antwortete die Tür und schwang lautlos auf.

DER RAT DER SIEBEN

Der Raum, den sie jetzt betraten, war der wunderlichste, den Simon je gesehen hatte. Die Wände waren mit Büchern, Bildern und seltsamen Gegenständen vollgestellt. Nachbildungen von fremdartigen Tieren, die Simon noch nie gesehen hatte, standen auf schmalen, hohen Tischchen.

Vor der gegenüberliegenden Wand befand sich ein ausladender Schreibtisch. Er war voll mit einer verwirrenden Vielzahl an Schubladen.

Unter der Decke schwebte eine gelbe, leuchtende Kugel, um die mehrere kleinere Kugeln in elliptischen Bahnen kreisten. Durch das farbige Fensterglas fielen bunte Reflexe auf den Holzboden.

Ein großes, schweres Bücherregal bedeckte die ganze Wand hinter dem Schreibtisch. Erstaunt sah Simon, dass die Figur auf einer schmalen Ablage lebendig war. Es war eine kleine Frau, die sie mit leuchtendgrünen Augen neugierig anblickte.

Das lange silberfarbene Haar reichte ihr bis zur Hüfte und ihre fast unwirkliche Schönheit übertraf sogar die Armidas.

Simon hatte den Eindruck, er könne durch den zierlichen Körper hindurchsehen. Spitze Ohren lugten aus den Haaren hervor. Doch das Seltsamste an ihr waren die fast durchsichtigen Flügel, die sich zusammengefaltet auf ihrem Rücken befanden.

Als ihr Blick Simon traf, verschwand seine Angst mit einem Schlag und wich einem wohligen Gefühl völliger Entspanntheit. Überrascht starrte er sie an und sie lächelte ihm zu. An den Gesichtern seiner Freunde erkannte er, dass es ihnen nicht anders erging.

Vor dem Schreibtisch saß in einem mächtigen Sessel ein alter Mann mit langem schneeweißem Bart und Haaren, einer runden, knubbeligen Nase und zwei freundlichen Augen. Scheinbar amüsiert hatte er die Szene beobachtet.

»Meine jungen Freunde, darf ich euch zuallererst meine liebe Freundin Berylune vorstellen? Sie ist eine Fee und ihr habt sicherlich bereits bemerkt, welch ungewöhnliche Fähigkeiten sie besitzt.«

Die Fee neigte anmutig den Kopf und sah sie freundlich an.

Dann sprach der alte Mann weiter.

»Ich bin Alberich, Magister von Sindrikum, der schönsten aller Querxenstädte.«

Nach einer kurzen Pause sagte er vergnügt: »Es ist erstaunlich, wirklich ganz erstaunlich.«

Simon fasste sich endlich ein Herz. »Bitte, was ist so erstaunlich?«

»Es ist unglaublich erstaunlich, dass Menschen den Weg zu uns gefunden haben. Das letzte Mal war das vor vierhundertsiebenundneunzig Jahren der Fall. Seitdem haben wir alles getan, um zu verhindern, dass jemals ein Mensch wieder unsere Welt aufsucht.«

Der Magister streckte beide Arme in ihre Richtung. »Und nun habt ihr es geschafft. Das ist wirklich sehr erstaunlich.«

Dabei sah er von einem zum anderen.

»Ja, aber … aber ist das dann nicht ärgerlich … für Sie?«, sagte Nico. »Eigentlich war bis jetzt niemand begeistert darüber, dass wir hier sind.«

»Oh, ich bin überzeugt, dass nicht alle erfreut sind. Aber mir war immer bewusst, dass es eines Tages passieren musste. Das erschien unausweichlich. Und ich war gespannt darauf, unter welchen Umständen dies geschehen und …«, hier machte er eine kurze Pause, »… wer es sein würde. Doch noch nie ist es einem Nescia gelungen«, sagte der Magister.

»Heißt das, Sie verwandeln uns nicht – in irgendetwas, äh, oder so?«, fragte Boris zaghaft.

Magister Alberich lachte herzlich.

»Meine lieben Kinder, bitte verzeiht mir, wenn ich Kinder sage, aber wenn man vierhundertzweiundzwanzig Jahre alt ist, darf man sich das vielleicht herausnehmen, ich freue mich sehr, euch zu sehen. Seid unbesorgt, es wird euch nichts geschehen.«

»Wie alt sind Sie?«, fragte Simon ungläubig.

Der Magister schmunzelte. »Ja, unglaublich, nicht wahr? Ich staune auch immer wieder. Eigentlich fühle ich mich viel jünger.«

»Und … und was sind Sie?«

Die Frage war Simon herausgerutscht. Besorgt sah er den alten Mann an.

»Ah«, sagte der Magister. »Hat es euch unser Türwächter nicht erzählt? Wir sind Querxe oder Zwerge, wie ihr sagen würdet.«

Nico stöhnte leise.

»Verzeihung, aber ich habe immer geglaubt, Zwerge, äh, Querxe gäbe es nur in Märchen«, sagte er.

»Natürlich denkst du das. Genau genommen solltet ihr auch nichts von uns wissen«, entgegnete Magister Alberich.

»Warum?«, platzte es aus Boris heraus.

»Vielleicht haben wir später noch einmal Gelegenheit, darüber zu reden. Jetzt bitte ich euch, dass ihr mir erzählt, wie ihr hierher gefunden habt. Eigentlich ist es unmöglich, dass ein Nescia, so nennen wir die Menschen ohne Magie, den Weg zu uns findet.

Bei euch allerdings spüre ich zu meiner Überraschung eine Spur von Magie und …«, dabei sah er Simon durchdringend an, »… vor allem bei dir.«

Einen kurzen Moment überlegte Simon, ob es schlau war, Magister Alberich die Wahrheit zu erzählen. Aber konnte es klug sein, die erste Begegnung mit den Zwergen seit Hunderten von Jahren mit einer Lüge zu beginnen?

Nico und Boris sahen ihn gespannt an. Dann zog er langsam die Tarnkappe aus seinem Rucksack und legte sie auf den riesigen Schreibtisch.

»Ah, die gute alte Nebelkappe«, schmunzelte der Magister und nahm sie in die Hand.

»Wir benutzen sie schon lange nicht mehr. Einige liegen noch im Museum aufbewahrt. Wir haben andere Möglichkeiten gefunden, uns unsichtbar zu machen. Außerdem waren unsere Frauen der Meinung, dass sie ihnen nicht standen.« Er lächelte sie an. »Ja, die Eitelkeit!«

Belustigt stellte Simon sich vor, wie die Querxenfrauen vor einem Spiegel die Kappen aufsetzten, um sich darin zu betrachten. Aber er beschloss, lieber nichts zu sagen.

»Doch ich bin unhöflich«, unterbrach Magister Alberich seine Gedanken. »Ich weiß, dass die Nacht bei euch weit fortgeschritten ist. Ihr müsst sehr müde sein.«

Dann machte er eine Handbewegung und sofort standen hinter ihnen drei bequem aussehende Sessel. Boris und Simon ließen sich dankbar hineinsinken.

Der Magister sah Nico an. »Mein lieber Junge, setze dich in den Sessel. Du wirst merken, dass er wesentlich bequemer ist als dein Stuhl.«

Nico blickte zu seinen Freunden und stemmte sich dann aus dem Rolli. Simon wollte schon aufspringen, um ihm zu Hilfe zu eilen. Doch im selben Moment stand der Rolli an der Wand, und Nico stützte sich auf die Armlehnen des Sessels. Verblüfft sah er nach unten, um sich dann in den bequemen Sitz fallen zu lassen.

»So ist es besser, nicht wahr?«, sagte Magister Alberich. Stumm nickte Nico.

Dann vollführte der Magister eine Handbewegung durch die Luft und wie aus dem Nichts erschienen plötzlich drei Tischchen vor ihnen. Auf jedem stand ein großer Krug, gefüllt mit einer dampfenden Flüssigkeit.

Unbehaglich blickten die Freunde sich an. Auf den ersten Blick sah der Inhalt wie der geschäumte Milchkaffee von Herrn Campari aus, wenn diese Milch nicht eine leicht grünliche Farbe gehabt hätte.

Magister Alberich, der selbst einen Krug in der Hand hielt, schien über ihr Misstrauen keineswegs beleidigt.

»Trinkt, meine lieben jungen Freunde, trinkt. Es wird euch erfrischen«, sagte er und nahm einen tiefen Schluck aus seinem Krug.

Simon hielt es nicht für ratsam, den Magister zu verärgern und probierte zaghaft.

Überrascht sah er auf. Das war das Köstlichste, was er je getrunken hatte. Es gab nichts in ihrer Welt, woran ihn dieses leicht süßlich schmeckende Getränk erinnert hätte, aber nach den ersten Schlucken kehrten seine Lebensgeister schnell zurück.

Seine Freunde, die ihn gespannt beobachtet hatten, taten es ihm gleich, und im Nu standen drei leere Krüge auf den Tischen.

Magister Alberich hatte geduldig gewartet. Nun lehnte er sich zurück.

»Ich nehme an, dass ihr die Kappe nicht einfach gefunden habt. Bitte erzählt mir, wie ihr in ihren Besitz geraten seid!«

Simon schilderte die seltsamen Ereignisse seit Beginn der Ferien, vom Hund, der keiner war, von der verlorenen Kappe bis zu seinem Treffen mit dem Türwächter. Und je mehr er erzählte, umso leichter wurde ihm ums Herz.

Ohne ihn zu unterbrechen, hörte Magister Alberich aufmerksam zu. Nachdem Simons Erzählung geendet hatte, saß er still in seinem Sessel und betrachtete nachdenklich die drei Jungen.

»War das alles?«, wollte er von Simon wissen und sah ihn durchdringend an.

Er nickte unbehaglich. Würde der Magister ihm diese verrückte Geschichte glauben?

Alberich stand auf und begann im Zimmer umherzugehen. Er schien tief in Gedanken versunken zu sein. Eine Weile sagte niemand etwas, dann setzte er sich wieder in seinen Sessel und blickte die Jugendlichen ernst an.

»Zweifellos hast du die Aufmerksamkeit der Kobolde auf dich gezogen. Umso mehr, als du einem der ihren diese Kappe abgenommen hast. Normalerweise kümmern sich die Kobolde nur um Menschen, wenn es der Vermehrung ihres Wohlstands dient. Sie sind Einzelgänger und auch untereinander oft zerstritten, doch wenn es um ihren Reichtum geht, arbeiten die Sippen notwendigerweise zusammen. Nach deinen Erzählungen muss es sich um einen jungen und unerfahrenen Kobold gehandelt haben. In solchen Händen funktioniert die Nebelkappe nicht so zuverlässig wie bei uns Querxen oder Menschen.«

Simon nickte. Heimlich atmete er auf. Anscheinend verlangte Magister Alberich die Kappe nicht zurück. Und endlich erfuhr er, wer ihn die ganze Zeit beobachtet hatte.

Der Magister fuhr fort.

»Die entscheidende Frage ist aber, weshalb die Kobolde überhaupt auf dich aufmerksam wurden.«

Dabei sah der Magister Simon an.

»Ich … ich weiß nicht«, stotterte Simon.

Magister Alberich nickte schweigend.

Eine Weile starrte er grübelnd auf die Leuchtkugeln an der Decke. Endlich schien er einen Entschluss gefasst zu haben.

Er wandte sich an ihren Führer, der immerzu schweigend an der Tür gestanden hatte.

»Lieber Eugel, sei so gut und berufe ein Thing ein. Alle Patrizier des Rates der Sieben sollen sich im großen Saal einfinden.«

Der Querx nickte und verschwand.

»Ich hoffe, Eugel hat euch keine zu große Angst eingejagt?«, sagte der Magister. »Er ist der Gemeindediener und mir direkt unterstellt. Ihr würdet vielleicht sagen, er ist ein Polizist. Er tut keiner Fliege etwas zuleide. Aber er ist ganz wild darauf, seine magischen Fähigkeiten einsetzen zu können.«

Dann machte er wieder eine Pause.

»Gleich treffen sich die Patrizier unserer Stadt zu einem Thing. Das sind die Abgesandten der ältesten Familien der Stadt. Euer unerwartetes Eintreffen wird viele Querxe verunsichern und auch ängstigen.«

»Eigentlich war es eher umgekehrt und wir hatten Angst«, sagte Boris.

Der Magister lächelte verständnisvoll.

»Es gab eine Zeit vor vielen Jahrhunderten, als Menschenzauberer bei uns ein und aus gingen. Doch durch einen bösen Verrat der Menschenzauberer wurden viele von uns getötet. Das haben die Querxe bis heute nicht vergessen und wollen nichts mehr mit den Menschen zu tun haben. Euer unerwartetes Eintreffen wird vielen nicht gefallen. Deshalb werden wir bei einem Thing beraten, was mit euch geschehen soll.«

Besorgt sahen sich die drei an. Eben noch hatte Simon Hoffnung geschöpft, dass sich alles zum Guten wenden würde, doch was würde der Rat der Sieben mit ihnen anstellen?

»Aber nun lasst uns aufbrechen. Der Rat der Sieben ist es nicht gewohnt, lange zu warten.«

Ächzend erhob sich Magister Alberich und gemeinsam verließen sie das Magistrat.

»Wir wünschen den jungen Herren viel Erfolg«, sagte die Tür beim Verlassen des Zimmers würdevoll. Die Jungen nickten unsicher.

»Das ist sehr freundlich, Simpl«, antwortete Magister Alberich.

»Viel Glück für die jungen Herren«, sagte auch die Haustür, als sie hindurchtraten.

»Da … danke«, stotterten die drei.

»Vielen Dank, Simpl«, sagte der Magister wieder.

»Hieß nicht schon die erste Tür so?«, flüsterte Boris.

»Wir sind alle Simpl«, sagte die Tür und klang ein wenig verschnupft, weil sie das nicht wussten. Aus Nicos Richtung ertönte ein unterdrücktes Stöhnen.

Als sie auf die Straße traten, wurden sie von einer großen Schar Querxe empfangen, die anscheinend auf ihre Rückkehr gewartet hatten.

Mittlerweile war Eugel wieder da und schnauzte die Menge an.

»Geht wieder nach Hause, Leute und haltet nicht Maulaffen feil. Wir gehen jetzt zum Thing, wo der Rat der Sieben über diese Nescii entscheiden wird.«

Anscheinend besaß Eugel tatsächlich ein gewisses Maß an Autorität, denn die Menge löste sich zwar nicht auf, doch sie folgten ihnen nun mit einigen Metern Abstand.

Sie bogen in eine kleine Seitenstraße ein und nicht lange darauf standen sie vor einem runden, einstöckigen Fachwerkhaus.

Das Haus wirkte durch und durch gläsern. Pfosten, Streben und Schwellen sahen aus wie Balken und besaßen eine Maserung und viele Risse, doch man konnte ebenso durch sie hindurchsehen wie beim Gefach. Sogar die Holznägel waren durchsichtig wie Glas.

RAT DER SIEBEN

war in großen goldenen Buchstaben auf einem Schild zu lesen. Das Innere wurde durch die Sonne hell beleuchtet und bestand nur aus einem Raum, in dessen Mitte ein runder Tisch stand.

Acht Stühle waren im Kreis aufgestellt, auf denen schon die Mitglieder vom Rat der Sieben Platz genommen hatten. Nur ein Stuhl war noch frei.

Als sie eintraten, richteten sich alle Blicke auf sie. Draußen drückten die Querxe ihre Nasen an der Hauswand platt, um beobachten zu können, was drinnen geschah.

Einige Mitglieder des Rats der Sieben sahen Simon und seine Freunde feindselig an. Ein Querx mit rotem geflochtenem Haar und Bart betrachtete sie nur neugierig, und zu Simons Überraschung lächelten ihnen zwei dieser kriegerischen Gestalten freundlich zu.

Oben auf der Erde wäre diese abenteuerlich anmutende Versammlung gleich wieder aufgelöst und alle Teilnehmer verhaftet worden. Einer der Anwesenden trug einen riesigen Dolch in einem Futteral auf dem

Rücken und im Vorbeigehen glaubte Simon, den Griff eines Schwertes an der Seite eines anderen gesehen zu haben. Die versammelten Querxe wirkten eher wie eine Räuberbande als die Vertreter eines Stadtrates.

Da ihnen kein Stuhl angeboten wurde, blieben sie wie auf dem Präsentierteller stehen. Simons Herz klopfte bis zum Hals. Er war überzeugt, dass jedermann hier im Raum es hören musste.

Magister Alberich setzte sich auf den letzten freien Platz und räusperte sich. Verwundert sahen die Freunde, dass alle Anwesenden in ihre Jackentaschen griffen und einen Holzstab vor sich auf den Tisch legten.

»Wir geloben, dass jeder nach bestem Gewissen und nach Recht und Gerechtigkeit sprechen wird«, sagte Magister Alberich mit erhobener Stimme.

»Wir geloben!«, brummten die Mitglieder des Rates der Sieben in ihre Bärte.

»Wir geloben auf den Verzicht jeder Feindseligkeit, wie es das Thing gebietet«, sagte der Magister.

»Wir geloben!«, murmelten wieder alle.

Aus allen Stäben fuhren farbige Funken hoch in die Luft und trafen über den Köpfen der Anwesenden aufeinander. Flüchtig leuchtete ein gleißendes Licht auf, dann verteilten sie sich unter dem Dach, wo sie scheinbar ziellos umherflogen.

Nach einer kurzen Stille ergriff Magister Alberich wieder das Wort.

»Ehrenwerte Mitglieder vom Rat der Sieben«, begann er würdevoll. »Wir treffen uns heute unter ganz besonderen Umständen. Das, was wir so lange zu vermeiden suchten, ist jetzt eingetroffen. Diesen jungen Nescii ist es gelungen, unsere über Jahrhunderte verborgene Welt zu betreten.«

Er machte eine Pause und sah erwartungsvoll in die Runde.

»Wir sollten unbedingt herausfinden, wer das Geheimnis an diese hinterhältige Brut verraten hat. Er sollte sein Leben im Verlies beenden«, meldete sich auch gleich der Querx mit dem riesigen Dolch auf dem Rücken zu Wort. Er sah Simon und seine Freunde finster an. Der kriegerische Eindruck wurde durch sein wild abstehendes schwarzes Haar noch verstärkt.

»Genau!«, brummte ein steinalter Querx mit dem mächtigsten Bart, den Simon jemals gesehen hatte, auf der anderen Seite des Tisches. Er musste noch älter als der Magister sein. Auf dem Rücken trug er eine riesige Axt, unter deren Gewicht er fast zusammenzubrechen schien, und er war unglaublich dick.

Der Querx zu seiner Rechten nickte.

»Ich stimme Tothand zu. Das hätten die drei nicht allein schaffen können. Jemand hat Verrat begangen. Das Beste wäre es, wenn wir diese Nescii gleich einsperren würden. Nur so können wir verhindern, dass noch mehr von ihnen hier unten auftauchen«, rief er mit hoher, fistelnder Stimme.

Er war der Kleinste im Raum und der Einzige, der nur einen langen Kinnbart trug. Sein rundes Gesicht mit den vorstehenden Zähnen erinnerte Simon an einen bärtigen Biber.

»Genau!«, brummte der Alte wieder zustimmend.

Simons Magen zog sich zusammen. Das Gespräch schlug eine Richtung ein, die ihm überhaupt nicht gefiel. Boris trat unruhig von einem Bein aufs andere. Würden sie ihr Leben in einem dunklen Verlies bei Wasser und Brot fristen müssen? Ihm wurde ganz übel bei dem Gedanken.

»Warum sollte der Verräter von uns stammen? Noch wissen wir nicht, wie sie den Weg finden konnten«, warf ein junger Querx von der gegenüberliegenden Seite des Tisches ein.

Er gehörte zu denen, die sie beim Eintreten angelächelt hatten. Sein Gesicht zierte eine mächtige Nase, das von krausem Haar umrahmt war.

Zu Simons Verwunderung brummte der Alte wieder sein „Genau!" in den Raum.

»Warlich hat besonnen gesprochen«, rief ein anderer Querx. »Noch wissen wir nichts, was der Wahrheitsfindung dienen würde. Ich bin dafür, dass der Magister erzählt, was er bis jetzt in Erfahrung bringen konnte.«

Magister Alberich nickte ihm dankbar zu.

»Nun, ehrenwerte Mitglieder, diese jungen Nescii haben den Weg zu uns tatsächlich nicht durch Zufall gefunden.«

»Hört ihr's«, unterbrach der bärtige Biber ihn triumphierend.

»Genau!«, sagte der Alte wieder.

»Aber ...«, sprach Magister Alberich mit erhobener Stimme weiter, »... wurde ihnen der Weg nicht durch Verrat, sondern durch die Nachlässigkeit eines Koboldes ermöglicht.«

Der rothaarige Querx schlug vor Zorn krachend mit der Faust auf den Tisch. Alle Mitglieder des Rats der Sieben sprangen gleichzeitig von ihren Stühlen und schrien empört auf. Sie brüllten wild durcheinander und zeitweise konnte man kein Wort verstehen.

»Diese Kobolde taugen nichts. Sie sind alle Lügner und Verräter«, knurrte der rothaarige Querx wütend und rollte mit den Augen.

»Was haben die überhaupt bei den Nescii gewollt?«, rief Warlich aufgeregt dazwischen.

»Schließen sie wieder ein Bündnis mit den Menschenzauberern?«, fragte eine besorgte Stimme, die zu einem dicken Querx gehörte, dessen Kopf vollkommen kahl war.

Zum ersten Mal konnte Simon erkennen, dass die Ohren der Querxe denen der Kobolde ähnelten. Sie waren nicht ganz so groß, aber auch lang und spitz. Bei den meisten Querxen wurden sie durch die langen Haare verdeckt.

»Bitte beruhigt euch!«, rief Magister Alberich, als der Rat der Sieben immer wütender wurde. Nur mühsam gelang es ihm, sie wieder zu beruhigen.

»Ich bezweifle, dass die Kobolde über das übliche Maß hinaus mit den Menschen zusammenarbeiten wollen. Wir alle wissen, wie sehr sie die Menschen verachten. Und an einem Nescia werden sie schon gar kein Interesse haben.«

»Du glaubst es, aber du weißt es nicht!«, schrie Tothand. Voller Hass hatte er die ganze Zeit Simon, Nico und Boris angestarrt.

»Was schlägst du also vor, Tothand?«, fragte Magister Alberich freundlich lächelnd.

»Ich schlage vor, dass wir sie so lange hierbehalten, bis sie alles gesagt haben, was sie wissen. Dann löschen wir ihre Persönlichkeit, damit sie uns nicht verraten können und schicken sie wieder nach oben.«

Für einen Moment herrschte Stille und Simons Knie wurden butterweich. Hatte der Magister nicht eben noch versprochen, ihnen würde nichts passieren? Und nun sollte ihre Persönlichkeit gelöscht werden. Was immer das bedeutete, es klang schrecklich. Boris stieß ein leises Stöhnen aus.

»Aber du weißt, dass ein *homo perditus* verboten ist«, sagte Warlich ruhig. »Sogar bei den Nescii.«

»Genau!«, ertönte es wieder aus der Richtung des alten Querxes.

Tothand sah Warlich einen Moment an. Dann blickte er verächtlich zu Simon, Nico und Boris.

»Es sind doch nur verräterische Nescii«, sagte er geringschätzig. Seine Stimme war ohne jedes Mitgefühl.

Erneut brach Tumult aus und Simon glaubte schon, der Rat der Sieben würde übereinander herfallen.

Vielleicht sollten sie die Gelegenheit ergreifen und fliehen. Doch wo sollten sie hin, sie kannten sich hier nicht aus? Außerdem stand draußen eine Horde wild aussehender Querxe, die sie nicht so einfach laufen lassen würden.

Dieses Mal dauerte es wesentlich länger, bis der Magister den Rat der Sieben wieder beruhigen konnte.

»Diese drei jungen Nescii gerieten in den Besitz einer Nebelkappe, die ein Kobold verlor, als er versuchte, ihren Freund zu belauschen.«

Dabei deutete er auf Simon. Zaghaft grinste er in die Runde.

»Der Grund dafür ist mir bis jetzt nicht bekannt. Trotz ihrer Unwissenheit über Magie und die magische Welt gelang es ihnen aber, sich die Nebelkappe dienstbar zu machen und mit hohem persönlichem Mut die Schrecken des Ganges zu überwinden.«

Dass der Türwächter dabei mitgeholfen hatte, verschwieg Magister Alberich zum Glück.

»Und wer sagt dir, dass nicht die Kobolde ihnen alles erzählt haben?«, sagte Tothand, der nicht lockerließ.

»Welches Interesse sollten sie an diesen Nescii haben?«, fragte Warlich. »Wenn überhaupt, bedienen sich die Kobolde nur der Menschenzauberer und Hexen. Es ist kein Fall bekannt, in dem sich Kobolde mit Nescii zusammentaten.«

»Vielleicht gerade deshalb«, sagte Tothand störrisch.

»Genau!«, ertönte erneut die Stimme des alten Querxes, der zwischendurch eingenickt war.

Simon fragte sich allmählich, ob er noch alle fünf Sinne beisammenhatte.

Eine Weile stritten sie noch herum, dann erhob sich der Magister und sah in die Runde.

»In meiner Eigenschaft als Magister von Sindrikum habe ich nach Anhörung aller Meinungen beschlossen, diese drei Nescii wieder in ihre Welt zu schicken. Ich werde versuchen, zu ergründen, was hinter diesen Begebenheiten steckt. Danach werde ich sie einladen und gemeinsam beraten wir dann, wie wir weiter verfahren sollen.«

»Genau!«, hörten sie den Alten wieder rufen.

Dann wandte sich der Magister an die drei Freunde und sah sie sehr ernst an.

»Dafür müsst ihr das Versprechen abgeben, dass ihr niemandem von der Existenz unserer Welt erzählt. Des Weiteren versprecht ihr, dass ihr keinen Versuch unternehmt, wieder in unsere Welt zu gelangen, bevor ich euch einlade. Versprecht ihr das?«, fragte er sie streng und blinzelte ihnen verstohlen zu.

»Ja, natürlich«, sagten sie wie aus einem Munde. Allmählich wuchs in Simon die Hoffnung, dass alles noch einmal glimpflich ablaufen würde.

»Dann …«, sagte Magister Alberich zum Rat der Sieben, »sehe ich keinen Grund, unsere Besucher von ihrem dringend benötigten Schlaf abzuhalten«, und fuhr mit seiner rechten Hand durch die Luft. Die Funken, die bis jetzt ruhelos unter dem Dach schwebten, flogen herab und verschwanden in den Stäben, die immer noch auf dem Tisch lagen.

»Genau!«, rief der Alte wieder in den Saal, als hätte er das letzte Wort.

Simon sah an den Gesichtern, dass nicht alle damit einverstanden waren, aber niemand widersprach. Tothand und der bärtige Biber blickten sich verdrießlich an.

Ohne sich weiter um den Rat der Sieben zu kümmern, führte der Magister sie wieder zurück ins Magistrat.

»Puh«, stöhnte Nico, der noch nicht fassen konnte, dass sie frei waren. »Eine kurze Zeit glaubte ich, wir würden im Kerker landen.«

»Wieso konnten Sie das allein entscheiden?«, sagte Simon erstaunt.

»Als Magister dieser Stadt fälle ich letztlich die Entscheidungen. Allerdings bin ich verpflichtet, die Patrizier aus dem Rat der Sieben anzuhören. Das schreibt das uralte Gesetz vor. Ihr seht, zu keiner Zeit bestand die Gefahr, dass ihr Bekanntschaft mit unserem Kerker machen würdet.«

Der Magister schmunzelte.

Also würden sie wieder nach Hause kommen. Simon fiel ein Stein vom Herzen, auch wenn er zurzeit nicht wusste, wie er seinen Eltern sein nächtliches Fernbleiben erklären sollte. Doch hatte er eben noch befürchtet, nie wieder nach Hause zu kommen, dachte er jetzt mit Schrecken an den langen Rückweg.

Der Magister schien seine Gedanken zu erraten.

»Nein, macht euch keine Sorgen. Ihr müsst den Weg nicht laufen. Mir stehen andere Mittel zur Verfügung.

Wie ihr zweifellos bemerkt habt, hat euer Erscheinen viel Aufsehen erregt. Tothand steht mit seiner Meinung nicht allein da und es wird viel Zeit brauchen, damit Menschen in unserer Welt wieder willkommen sind.

Wahrscheinlich seid ihr euch der Tragweite eures Hierseins nicht bewusst, aber ich glaube, dass mit dem heutigen Tag ein neuer Abschnitt für uns und den Menschen beginnt. Veränderungen bringen immer Ängste mit sich.

Ängste sind wichtig, sie können ein weiser Ratgeber sein, sie dürfen nur nicht alles erstarren lassen oder den Blick trüben.

Aber auch Querxe wie Tothand können Veränderungen auf Dauer nicht aufhalten. Habt also bitte Geduld mit uns.«

»Genau!«, entfuhr es Boris, der jetzt wie der alte Zwerg klang.

Simon musste sich ein Grinsen verkneifen.

Magister Alberich sah Boris amüsiert an.

»Der, den du da auf so unnachahmliche Weise imitierst, lieber Boris, ist Krassbart. Er ist der Älteste unserer Stadt. Die Wurzeln seiner Familie reichen weiter zurück als bei den meisten von uns, und er hat einen Ehrensitz im Rat der Sieben«, erklärte er mit funkelnden Augen.

»Viele der Bürger unserer Stadt fragen sich, ob er nicht zu alt ist und sein Geist sich langsam zur anderen Seite neigt. Ihr habt gesehen, wie er ist. Aber manchmal … manchmal glaube ich, dass er einfach nur viel klüger ist als wir alle«, lächelte er verschmitzt.

Das konnte Simon sich nur schwer vorstellen. Sein Bruder Martin würde sagen, dass sich bei dem Alten die Schuhriemen verknotet hätten.

»Ihr habt mir heute mehr zum Nachdenken gegeben, als es jemand während der letzten hundert Jahre getan hat. Sicher habt ihr gehofft, mehr zu erfahren, aber ich sehe auch, dass ihr sehr müde seid.«

Als Magister Alberich das sagte, merkte Simon plötzlich, wie erschöpft er war.

»Bitte vertraut mir«, fuhr der Magister fort. »Ich werde viele eurer Fragen sicher noch beantworten. Aber zuerst benötige ich selbst einige Antworten und ihr unbedingt erholsamen Schlaf.

Falls ihr uns wieder besucht, worauf ich sehr hoffe, werdet ihr sehen, dass der Weg für euch ohne Schwierigkeiten begehbar sein wird.

Früher war er voller tödlicher Fallen. Aber ich konnte die Bewohner dieser Stadt überreden, es bei den

Hindernissen zu belassen, die Mut und Entschlossenheit von denen abverlangten, die unsere Welt aufsuchen wollten. Vielleicht wäre es nur klug, uns beim nächsten Mal des Tags zu besuchen«, schmunzelte er.

»Was ist mit dem Türwächter?«, fragte Nico besorgt.

Der Türwächter hatte ihnen den Durchgang gezeigt, obwohl es ihm verboten war. Simon hoffte inständig, dass er nicht für sie bestraft wurde.

»Genau!«, sagte er. Unwillkürlich grinste er. »Er hat es nur gut gemeint.«

»Macht euch keine Sorgen um ihn«, beruhigte der Magister sie. »Er hat ganz in meinem Sinne gehandelt.«

Dann erhob er sich aus seinem Sessel und trat vor die Freunde.

»Nur eines noch. Die Nebelkappe ist für euch ein wundersames und aufregendes Ding. Ich bitte euch aber, sie vorsichtig und weise zu benutzen. Sollte ihr Vorhandensein in eurer Welt bekannt werden, hätte das fatale Folgen für alle.«

Dann bewegte er eine Hand und sagte etwas in einer unbekannten Sprache.

Ein Schwall warmer Luft schien sie zu ergreifen, und Simon fielen die Augen zu. Es fühlte sich an, als würde er auf dem Wind reiten wie ein Papierdrache. Dann war er eingeschlafen.

WIEDER SCHULE

Als Simon erwachte, lag er in seinem Bett. Das Zimmer war sonnenüberflutet und er fühlte sich ausgeschlafen und putzmunter wie seit langem nicht mehr.

Mit geschlossenen Augen versuchte er, sich die Ereignisse der vergangenen Nacht in Erinnerung zu rufen. Was er zusammen mit seinen Freunden erlebt hatte, war ebenso unglaublich wie fantastisch. Falls nicht alles nur ein Traum gewesen war, existierte tatsächlich eine Welt in der Welt, von der die meisten Menschen nichts wussten.

Einen Moment lang horchte er in sich hinein, doch trotz der nagenden Angst war ihm, als sei er aus einem langen, beschwerlichen Traum erwacht und jetzt war alles so, wie es sein sollte.

Endlich hatte er erfahren, wer hinter den geheimnisvollen Vorgängen der letzten Wochen steckte. Es waren Kobolde, die ihn heimlich beobachteten. Doch zu welchem Zweck? Beunruhigend war auch, dass selbst Magister Alberich keine Antwort darauf hatte. Aber Simon war überzeugt, dass nur der Querx das Rätsel lösen konnte.

In der letzten Nacht hatte er die unglaublichsten und seltsamsten Dinge erlebt, doch nichts von all dem hatte ihn so tief beeindruckt wie der Magister der Stadt Sindrikum. Neben ihm fühlte sich Simon winzig, obwohl er einen guten Kopf größer war als Alberich. Er schien in seiner Welt eine wichtige Rolle zu spielen.

Langsam streckte Simon die Beine aus seinem Bett und setzte sich. Er musste unbedingt mit Nico und Boris sprechen. Gemeinsam konnten sie beraten, wie es nun weitergehen sollte.

Dann bemerkte er, dass er hungrig war wie ein Wolf. Er zog sich an und ging in die Küche. Alle hatten bereits das Haus verlassen, nur sein Frühstücksgeschirr stand noch auf dem Küchentisch.

Er frühstückte in aller Ruhe und verabredete dann mit seinen Freunden, dass sie zu ihm kommen würden.

Ungeduldig erwartete er ihr Eintreffen.

»Es war also kein Traum?«, vergewisserte Simon sich, als sie alle beisammensaßen.

»Da wir alle das Gleiche träumten, ist es mehr als unwahrscheinlich«, sagte Nico schlau.

»Wahnsinn«, murmelte Boris, der sich auf der Schlafcouch fläzte und an die Decke starrte. »Habt ihr die Fee gesehen?«, sagte er dann. »Die müsste bei uns im Unterricht sitzen, das wäre cool. Vielleicht wird der alte Bandel etwas ruhiger und brüllt nicht mehr so herum.«

Herr Bandel war ihr Kunstlehrer und wohl der unbeliebteste Lehrer der ganzen Schule. Er hielt sich selbst für einen großen Künstler und haderte mit seinem Schicksal, dass er junge und ignorante Kunstbanausen unterrichten musste, die von Kunst nicht die leiseste Ahnung hatten, statt mit seinen Bildern von einer Ausstellung zur nächsten zu reisen.

Im Kunstunterricht war ihm keine Arbeit gut genug. Er verriss alle Bilder seiner Schüler und wunderte sich, dass sie sich über seine Werke lustig machten. Dann brüllte er herum und gab allen Strafarbeiten auf.

Simon war ihm ein besonderer Dorn im Auge, da er in jungen Jahren schon mehr Erfolg hatte als Herr Bandel mit seinen Bildern in seinem ganzen Leben.

»Irgendwie erinnert er mich an diesen Brotkanten, oder wie der hieß«, sagte Simon.

»Du meinst wohl Tothand, oder?«, sagte Boris grinsend. »Stimmt, der Bandel könnte sein jüngerer Bruder sein. Ständig frustriert und immer übel drauf. Ihm fehlt nur das Messer auf seinem Rücken.«

Sie lachten.

»Mensch, eine Welt unter der Erde, ich fasse es nicht«, sagte Boris verträumt. »Was meint ihr, würde man viel Geld für eine solche Nachricht erhalten?«

»Kein Geld«, sagte Nico grinsend. »Aber einen Freiplatz in der Nervenklinik.«

»Ja, aber die Nachricht würde einschlagen wie eine Bombe«, widersprach Boris, der im Geiste wohl schon seine vermeintlichen Einnahmen zählte.

»Abgesehen davon, dass wir Magister Alberich versprochen haben, niemanden von ihnen zu erzählen, kann keiner den Eingang sehen, der nicht die Kappe trägt. Noch nicht einmal wir«, entgegnete Simon.

»Und ohne den Magister würden wir sicher noch bei den Zwergen in einem Verlies sitzen«, sagte Nico und sah Boris vorwurfsvoll an. »Das wäre eine schöne Art, sich zu bedanken!«

»Ja, ja«, sagte Boris schnell. »War ja nur so eine Idee.«

»Der Magister ist echt toll«, sagte Nico nach einer Weile. »Er schien richtig begeistert zu sein, dass wir den Weg nach unten gefunden haben.«

»Aber bis jetzt gibt es wahrscheinlich mehr Zwerge, die uns nicht mögen als umgekehrt. Wenn wir die Kobolde dazurechnen, sind wir nicht gerade beliebt«, gab Boris zu bedenken. »Dabei haben wir die Welt gerade erst entdeckt. Ziemlich starke Leistung, nicht?«

Er grinste seine Freunde an.

Simon musste eingestehen, dass Boris leider recht hatte. Sie hatten sich noch nicht richtig an den Gedanken gewöhnt, dass es diese andere Welt gab, und hatten dort schon mehr Feinde als sein Vater Haare auf dem Kopf. Obwohl, die Haare seines Vaters wurden immer weniger. Vielleicht funktionierte das mit ihren Feinden auch?

Magister Alberich schien ihr einziger Freund zu sein. Was er von Eugel zu halten hatte, war ihm nicht klar.

»Ob das Land da unten genauso weit reicht wie hier oben?«, sagte Nico, der versonnen aus dem Fenster blickte.

Verblüfft sah Simon ihn an. Darüber hatte er sich noch keine Gedanken gemacht.

»Wenn ich darüber nachdenke, platzt mir der Kopf«, stöhnte Boris.

»Was soll denn darin platzen können?«, frotzelte Nico.

Boris ging ausnahmsweise nicht darauf ein.

»Nein wirklich. Alle diese verrückten Dinge der letzten Wochen. Macht euch das gar nichts aus?«, sagte er und sah seine Freunde fragend an. »Es gibt Magie, es gibt Zwerge und Kobolde und wer weiß noch was.«

»Querxe«, verbesserte Nico ihn.

»Meinetwegen auch Querxe«, murrte Boris. »Durch Bonn laufen wahrscheinlich Zauberer und wir wissen nichts davon. Jeder da draußen könnte ein Zauberer oder eine Hexe sein.«

Eine Weile hing jeder seinen Gedanken nach.

Dann seufzte Nico. »Wenn ich daran denke, werde ich nie wieder einfach so durch die Stadt laufen können.«

»Als wenn sich da etwas geändert hätte«, spottete Boris und sah auf Nicos Rolli.

»Na ja, meine Räder sind wenigstens nicht nur dazu da, um mich vom Computer zum Kühlschrank zu transportieren«, entgegnete Nico giftig.

»Damit haben sie ihren wichtigsten Zweck erfüllt«, sagte Boris beleidigt und betrachtete liebevoll seine Beine.

Simon grinste und atmete tief durch.

Er war froh, Nico und Boris als Freunde zu haben. Durch sie bekam sein Leben das so dringend benötigte Stück Normalität zurück.

»Ich hoffe, wir kommen bald wieder hinunter«, sagte er nach einer Weile. »Ich möchte wissen, weshalb die Kobolde mich beobachten.«

»Falls wir wieder hinunterkönnen«, unkte Nico.

Fragend sahen seine Freunde ihn an.

»Magister Alberich hat den Rat der Sieben zwar gut im Griff. Aber was ist, wenn die Zwerge der Stadt das gar nicht wollen, was dann?«

»Vielleicht weiß der Türwächter etwas?«, sagte Simon hoffnungsvoll. »Ich werde zu ihm gehen, kommt ihr mit?«

Gemeinsam machten sie sich auf den Weg.

»Meinem Steinmetz sei Dank! Ihr seid wohlbehalten zurück«, rief der Türwächter erfreut, als sie wieder vor ihm standen. Da sie den unterirdischen Gang nicht für den Heimweg benutzt hatten, hatte er bereits das Schlimmste befürchtet.

Sie berichteten ihm ausführlich von den Erlebnissen in der Querxenwelt und ihrem Gespräch mit dem Magister von Sindrikum.

Simon hatte bisher geglaubt, dass durch das Gesicht des Türwächters auch nicht ein Tropfen Blut fließen würde. Als er aber berichtete, dass Magister Alberich der Meinung war, die Kobolde würden hinter allem stecken, verfärbte sich das Steingesicht des Türwächters leicht bläulich.

»Hat der Magister das wirklich so gesagt?«, meinte er sichtlich aufgeregt.

Sie nickten.

»Ja«, bestätigte Nico. »Und er möchte herausfinden, warum.«

»Tja«, meinte der Türwächter gedehnt. »Eigentlich wollen alle Kobolde unerkannt bleiben. So können sie ihre Geschäfte besser führen. Das Schlimmste, was man tun kann, ist, ihr Gold zu stehlen, oder sie um ein ertragreiches Geschäft zu bringen.«

Er sah Simon prüfend an. »Hast du etwas Derartiges getan?«

Simon schüttelte entschieden den Kopf. »Wie sollte ich? Vor kurzem wusste ich nicht einmal, dass es Kobolde überhaupt gibt.«

»Ist dein Vater vielleicht in Geldgeschäfte verwickelt?«, wollte der Türwächter wissen.

»Mein Vater? Nein, nein, der ist nur ein kleiner Angestellter und verdient nicht viel.«

»Werdet ihr in eurer Welt nach eurer Körpergröße bezahlt?«, fragte der Türwächter verwundert.

Sie lachten.

»Ich meine, er ist in seiner Firma nur ein kleines Tier«, versuchte Simon es noch einmal.

An dem Gesicht des Türwächters konnte er erkennen, dass auch diese Erklärung nicht hilfreich gewesen war.

»Ich, äh …, ich meine …«, stotterte er.

Boris grinste. »Sein Vater gehört nicht zum Führungspersonal«, sprang er Simon zur Seite.

»Und deine Mutter, wie verdient sie ihr Geld?«, bohrte der Türwächter nach.

Umständlich erklärte Simon ihm, was eine Hebamme macht.

»Aber reich wird man damit auch nicht«, schloss er.

Sein Onkel fiel ihm ein, der unaufhörlich dem Geld nachjagte.

»Aber mein Onkel verdient wohl viel Geld. Eigentlich bedeutet ihm Geld alles. Vielleicht hat er damit zu tun. Verrückt genug ist er.«

Doch sein Onkel und Kobolde? Das konnte Simon sich nun wirklich nicht vorstellen.

»Wie lange bewachen Sie schon den Durchgang?«, fragte Nico den Türwächter.

»Solange ich denken kann. Das müssen schon einige Jahrhunderte sein. Magister Alberich ist der dritte Magister, den ich erlebe.«

Simon staunte. Der Türwächter musste wirklich schon sehr lange den Durchgang bewachen, wenn man bedachte, wie alt der Magister war.

»Früher kamen viele Zauberer und Querxe, um einander zu besuchen. Sogar einige eingeweihte Nescii wohnten hier unten. Die anderen wussten selbstverständlich nichts davon«, erzählte der Türwächter.

Im Laufe der Jahrhunderte hatten die Querxe ihm die unterschiedlichsten Formen verliehen. Eine Weile musste er in der Gestalt einer bronzenen Nixe über den Durchgang wachen. Dabei verfinsterte sich sein Gesicht. Auf seinen Protest hatten die Zwerge aber nicht reagiert. Boris und Nico grinsten sich heimlich an.

»Und was ist dann passiert?«, wollte Boris scheinbar mitfühlend wissen.

»Eine verirrte Kanonenkugel während eines Krieges hat meine Figur zerschmettert«, erzählte der Türwächter. »Danach erhielt ich die Gestalt eines stolzen Hirsches.«

Es war nicht zu übersehen, dass ihm das besser gefallen hatte.

»Als dann diese Steinplatte in die Mauer eingesetzt wurde, beschlossen die Querxe, dass sie ein unauffälliger Platz für mich wäre. Und da die Aussicht gut ist, habe ich mich einverstanden erklärt.«

Während der langen Zeit hatte er einige Kriege der Menschen miterlebt. Doch dann veränderte sich alles.

Vor etwa 500 Jahren wurden die Hindernisse in den Gang eingebaut und zusammen mit einigen Querxen musste der Türwächter verhindern, dass Menschenzauberer in die untere Welt gelangten.

Anfangs versuchten noch einige Zauberer, in die Querxenwelt einzudringen. Aber mit der Zeit ging das Wissen um den Gang verloren und der Türwächter bewachte wieder allein den Durchgang.

»… und jetzt habt ihr den Durchgang wieder entdeckt«, sagte er. »Das wird vielen Querxen natürlich nicht gefallen. Ich staune, dass der Magister euch einfach wieder hat gehen lassen. Aber er wird schon seine Gründe haben. Von allen Magistern, die ich bis jetzt erlebt habe, ist er der weitsichtigste. Vielleicht denkt er, dass es wieder an der Zeit ist, mit den Menschen Kontakt aufzunehmen?«

»Aber warum? Ich meine, was ist damals passiert. Womit haben die Menschen die Zwerge verraten?«, wollte Simon wissen.

Die Frage schien dem Türwächter unangenehm zu sein. Er sah auf den Boden.

»Nun, das wird euch der Magister am besten selbst erzählen. Mein Wissen über die damaligen Geschehnisse ist bei weitem nicht vollständig«, meinte er ausweichend.

Simon das seltsame Gefühl, dass der Türwächter gerade gelogen hatte.

Der letzte Tag der Ferien neigte sich dem Ende entgegen. Voller Wehmut dachte Simon an den kommenden Morgen, und als wäre auch der Himmel traurig, hatten sich bereits am frühen Morgen dunkle Wolken vor die Sonne geschoben.

Wenn er zu Beginn der Ferien noch das Gefühl gehabt hatte, sechs Wochen wären eine lange Zeit, kam es ihm jetzt so vor, als seien sie wie Wasser im trockenen Boden versickert.

Am Nachmittag stand überraschend eine braun gebrannte Armida strahlend vor der Tür. Sie hatte mehrere große Portionen Eis in einer Kühltasche mitgebracht.

Martin war völlig aus dem Häuschen, als sie so unerwartet vor ihm stand. Beim fröhlichen Eislöffeln erzählten dann alle von ihren Urlaubserlebnissen.

Ihre Urlaubskarten aus der Karibik waren noch nicht eingetroffen, doch sie hatte wunderschöne Fotos dabei. Auf vielen Bildern war sie, sehr zur Erleichterung von Martin, allein zu sehen. Braungebrannt, lachend und wunderschön winkte sie in die Kamera. Ein anderes Foto zeigte sie Arm in Arm mit einem großen, schlanken Mann mit grau meliertem Haar. Während Armida glücklich in die Kamera strahlte, blickte der Mann sehr ernst.

»Das ist mein Vater«, sagte sie. »Seit dem Tod meiner Mutter ist er so ernst geworden.«

»Was ist denn passiert?«, wollte Frau Keller mitfühlend wissen. Für einen Moment verschwand die Fröhlichkeit aus Armidas Gesicht.

»Sie starb bei einem Unfall«, sagte sie leise und klang plötzlich verschlossen.

Frau Keller drang nicht weiter in sie ein, sondern nahm Armida kurz in den Arm.

Für Martin schienen die Ferien nur aus der Zeit mit Armida bestanden zu haben. In allen seinen Erzählungen kam immer Armida vor, was sie mit einem strahlenden Lächeln belohnte. Sie rückte näher an ihn heran und schmiegte ihren Kopf an seine Schulter.

»Das schlimmste Erlebnis in den sechs Wochen war aber, dass man aus dem Haus kaum noch mit dem

Handy telefonieren konnte«, sagte Martin und sah Simon schräg von der Seite an.

Dass er in der letzten Woche nur schlecht gelaunt war, weil Armida ohne ihn in der Karibik herumschipperte, erwähnte er nicht.

Simon grinste in sich hinein und schwieg. Natürlich konnte er nichts von seinen wirklichen Erlebnissen erzählen, und was übrigblieb, hörte sich sehr langweilig an.

Anscheinend war Martin zu dem gleichen Schluss gekommen.

»Also ich rekapituliere«, sagte er, mal wieder bemüht, sich vor Armida besonders gewählt auszudrücken. »Ihr habt gegessen, geschwommen und Karten gespielt. War das alles?«

Simon nickte.

»Und das sechs Wochen lang?« Martin grinste ungläubig.

Verdrossen sah Simon durchs Fenster nach draußen. Er verspürte wieder einmal den starken Wunsch, seinem Bruder vors Schienbein zu treten.

Sein Bruder glaubte tatsächlich, er hätte so tolle Ferien gehabt. Dabei waren sie nichts gegen seine Abenteuer. Es wurmte ihn mächtig, dass er nichts davon erzählen durfte.

Anschließend setzten sie sich in die Küche und spielten Karten. Während Herr Keller die Karten verteilte, griff Martin zum Handy und wollte rasch noch einen Schulfreund anrufen, um sich am nächsten Tag mit ihm zu verabreden.

Unruhig beobachtete Simon den vergeblichen Versuch. Er ahnte bereits, was jetzt kommen würde, und so war es auch.

Verärgert knallte Martin das Handy auf den Tisch. Angespitzt sah er Simon an.

»Was machst du eigentlich mit den Handys?«, fragte er genervt.

Simon brach der Schweiß aus.

»Wieso, was soll ich gemacht haben?«, murmelte er und starrte fasziniert auf die Hände seines Vaters, der flink die Karten verteilte. Warum musste Martin nur wieder davon anfangen?

»Aber darüber haben wir bereits geredet«, ging der Vater dazwischen. »Was glaubst du denn, was Simon getan haben könnte?«

Neugierig sahen alle Martin an.

»Ich weiß nicht, wie er das macht«, sagte er aufgebracht. »Aber das ist doch nicht von der Hand zu weisen. Simon weg, Handy geht, Simon da, Handy geht nicht.«

Beifallheischend blickte er sich um, sah aber nur in fragende Gesichter.

»Aber …«, setzte er wieder an, als Armida, die neben ihm saß, ihm einen Kuss auf die Wange hauchte. Spitzbübisch betrachtete sie Martin von der Seite.

»Willst du damit sagen, Simon hätte in den Ferien das Zaubern gelernt? Dann hat er uns aber einiges verschwiegen.«

Jetzt verknotete sich Simons Magen. Auch wenn Armida nur Spaß machte, kam sie der Wahrheit entschieden zu nah.

Zum Glück wollte sich Martin vor seiner Freundin nicht blamieren und schwieg.

»Michael will noch einmal Messungen vornehmen«, versuchte Herr Keller seinen Sohn zu beruhigen.

»Er glaubt, dass auch vorübergehende elektromagnetische Störungen schuld sein könnten.«

»Ach, der weiß nur nicht, woran es liegt«, nörgelte Martin.

»Dann kann man nichts machen«, mischte sich jetzt die Mutter ein.

»Es gab ein Leben vor den Handys. Seltsamerweise hatten wir trotzdem Spaß. Und gelegentlich kannst du ja mit deinem Gerät telefonieren, das muss eben genügen.«

»Ihr habt ja auch keins«, brummelte Martin verärgert.

Später lag Simon in seinem Bett und hörte dem leisen Plätschern des Regens zu, der mittlerweile eingesetzt hatte. Die letzten Wochen zogen noch einmal an ihm vorüber.

Das waren eindeutig die besten Ferien, die er je erlebt hatte. Eigentlich konnten alle folgenden Ferien nur noch langweilig werden. Diese letzten sechs Wochen waren nicht zu übertreffen. Er seufzte tief. Warum konnten die Ferien nicht ewig dauern?

Über Nacht setzte ein heftiges Gewitter ein, sodass er nur wenig schlief und als der Wecker am nächsten Morgen schellte, fiel er vor Schreck fast aus dem Bett.

Das frühe Aufstehen nach diesen sechs Wochen war eine Qual. Mit verquollenen Augen schleppte er sich an den Frühstückstisch.

Da er nicht das Risiko eingehen wollte, dass seine Mutter zufällig die Kappe fand, steckte er sie in seinen Rucksack. Außerdem, wer wusste schon, wofür er sie in der Schule brauchen konnte.

Im Bus fand er das übliche Gedränge vor, doch etwas war heute anders. Saßen eben noch zahllose Schüler über ihre Handys gebeugt, erhob sich jetzt nach seinem Einsteigen ein ärgerliches Gemurmel. Leise fluchend, schüttelten viele ihr Handy. Als die Betroffenen merkten, dass es allen anderen ebenso erging wie ihnen, schwirrten erstaunte Rufe und Fragen durch den Bus.

Simon schmunzelte. Zu seinem Glück stiegen an dieser Haltestelle immer viele Leute ein, sonst würde irgendwann auffallen, dass die Handys ständig streikten, wenn er den Bus betrat. Es war schon schlimm genug, dass sein Bruder aufmerksam geworden war.

Das neue Schuljahr begann mit der Verteilung des Stundenplans. Der Kunstunterricht wurde um eine Unterrichtsstunde gekürzt. Der allgemeine Jubel verstummte, als sie sahen, dass sie dafür eine Stunde Mathematik mehr in der Woche hatten.

»Muss das sein?«, stöhnte Boris und blickte Nico böse an, als wäre er schuld daran, weil ihm das Fach Spaß machte.

Nach der ersten Woche waren sie schnell wieder im Alltagstrott und es schien, als hätten sie nie Sommerferien gehabt.

Gelegentlich holte Simon die Nebelkappe heraus, um sich zu vergewissern, dass sich die Erlebnisse während der Ferien auch wirklich ereignet hatten.

Die Hitze war noch einmal zurückgekehrt, doch damit sollte in wenigen Tagen endgültig Schluss sein.

Bis jetzt hatte er sich an sein Versprechen gehalten und die Kappe trotz großer Versuchungen selten benutzt. Doch manchmal konnte er einfach nicht widerstehen.

Freitagnachmittags traf er auf dem Heimweg zufällig auf Karla und ihre Freundinnen. Sie saßen mit Greg und Ben auf dem Rand eines Brunnens und tranken Bier. Eine kleine Sammlung leerer Bierflaschen und die Lautstärke der Unterhaltung zeigten, dass sie schon länger hier herumlungern mussten. Außerdem waren sie in dichten Zigarettenrauch gehüllt.

Scheinbar hatten sie sich gestritten, denn Karla saß abseits von ihren Freunden und machte einen missmutigen Eindruck.

Helga, Viktoria und die beiden Jungs nahmen immer wieder tiefe Züge aus ihren Flaschen, während Karla gelegentlich an ihrer herum nuckelte.

Aus seiner Deckung heraus beobachtete Simon die Gruppe eine Weile. Dann setzte er entschlossen die Kappe auf. Versprechen hin oder her, manchmal ließ einem das Schicksal keine Wahl.

Die halb volle Flasche Bens löste sich plötzlich in Luft auf. Zwei Sekunden später stand sie wieder an ihrem Platz, nun aber bis oben hin gefüllt. Ohne hinzusehen, griff Ben nach ihr und setzte sie an den Mund. In hohem Bogen spuckte er den Inhalt wieder aus.

Zornig stieß er Greg an und sagte mit unsicherer Stimme: »Soll dat'n Scherz sein, wa. Biste bescheuert, mir Wasser ins Bier zu schüttn?«

Greg schien nicht zu verstehen, was sein Freund meinte.

»Sag mal, spinnste, oder wat! Ich hab hier nur gesessen«, blaffte er zurück, wobei er einen tiefen Schluck aus seiner Flasche nahm.

Wie sein Freund vorher prustete er das verwässerte Bier wieder aus.

»Wat iss 'n dat?«, lallte er mit schwerer Zunge und hob die Flasche vors Gesicht. »Ääääh«, grunzte er angewidert.

Er wandte sich an die beiden Freundinnen.

»Hey, habt ihr da Wasser reingetan?«, fragte Greg ärgerlich.

Verständnislos sahen Helga und Viktoria ihn an. Karla schüttelte nur den Kopf und verdrehte die Augen.

»Völlig bescheuert«, murmelte sie.

»Wat haste gesagt?«, lallte Ben und sah sie zornig an.

»Dat war's du wohl mit dem Wasser im Bier?«, brauste er dann auf.

»Ich habe die ganze Zeit meterweit weg von euch gesessen. Wie soll ich das wohl gemacht haben?«, funkelte Karla ihn an.

Sie stand auf und trat aufgebracht vor Ben.

»Du bis sowieso gegen uns!«, sagte Greg und ergriff grob Karlas Oberarm.

Das hätte er besser nicht getan. Karla sah auf die Hand, die ihren Oberarm hielt, und dann in Gregs Gesicht.

Blitzschnell gab sie ihm einen heftigen Stoß vor die Brust. Greg fiel nach hinten und landete mit einem lauten Klatschen im Brunnen. Prustend tauchte er auf und wischte sich das Wasser aus dem Gesicht.

Die anderen schrien empört auf. Doch das schien Karla nicht zu interessieren. Ohne auf ihre Rufe zu achten, drehte sie sich um und ging fort.

»Daran könnte man sich gewöhnen«, kicherte Simon. Er beobachtete noch eine Weile die Gruppe, dann machte er sich auf den Weg.

»Ich glaube, ich könnte mich in Karla verlieben«, strahlte Boris, als er seinen Freunden die Geschichte erzählte. Nico und Simon sahen ihn erstaunt an.

»Na ja, nicht wirklich, nur bildlich gesehen«, sagte er eilig.

DER FREMDE IM STADTHAUS

Die neuen Schulbücher waren eingetroffen, und Simon musste sie am nächsten Tag aus der Buchhandlung abholen. Auf dem Weg dorthin sah er von weitem, wie Karla zusammen mit ihren Freundinnen das Kaufhaus auf dem Münsterplatz betrat.

Unbemerkt folgte er ihnen in den riesigen Verkaufsraum. Um nicht aufzufallen, beugte er sich über eine Vitrine mit Geldbörsen und beobachtete aus den Augenwinkeln die Mädchen. Gemeinsam schlenderten sie gemächlich in die Schmuckabteilung und blickten sich interessiert um. Simon bezweifelte, dass eine von ihnen genug Geld hatte, um den teuren Schmuck zu kaufen.

Er musste unbedingt näher heran, doch dann würden sie ihn bemerken, und das wollte er auf jeden Fall vermeiden. Schnell trat er hinter einen der großen Stützpfeiler und setzte sich die Nebelkappe auf. Unsichtbar näherte er sich den Mädchen.

Eine Verkäuferin öffnete gerade die Schublade einer Vitrine und holte eine wertvoll aussehende Halskette heraus, die sie einer interessierten Kundin zeigte.

Verstohlen beobachteten die Mädchen die Szene, während sie sich scheinbar weiterhin für die anderen Auslagen interessierten.

Nach wenigen Minuten bedankte sich die Frau und verließ das Geschäft. Die Verkäuferin legte die Kette zurück in die Vitrine, um sich einer weiteren Kundin zu-zuwenden. Nicht nur Simon war aufgefallen, dass sie vergessen hatte, den Glasschrank zu sichern.

»Sie hat es nicht abgeschlossen«, flüsterte Helga aufge-regt und stieß Viktoria ihren Ellenbogen in die Seite.

»Kommt, wir ziehen es wie immer durch. Karla spricht mit der Verkäuferin, du stellst dich so, dass keiner sehen kann, was ich tue, und ich reiße mir die Kette unter den Nagel!«

»Ihr mit eurem blöden Schmuck«, meckerte Karla ge-nervt.

„Ach komm, ein bisschen Schmuck würde dir guttun«, sagte Viktoria kichernd und betrachtete sie etwas ver-ächtlich von oben bis unten.

Tatsächlich schien Karla sich im Gegensatz zu ihren Freundinnen weder zu schminken, noch trug sie ein Schmuckstück.

Simon kannte sie nur in abgetragenen Jeans und weiten Schlabbershirts.

Er folgte den Mädchen, die sich langsam der Vitrine näherten.

Helga sah sich unauffällig um und zischte Viktoria zu: »Stell dich da vor den Schrank, dann sieht niemand die Schublade! Und du …«, sagte sie zu Karla, »… du lenkst die beiden Tussis dort ab!«

Einen Moment lang glaubte Simon, Karla würde ablehnen, doch dann zuckte sie nur mit den Achseln und be-wegte sich gemächlich auf die beiden Frauen zu, um sie in ein Gespräch zu verwickeln. Dabei stellte sie sich so, dass die Verkäuferinnen mit dem Rücken zur Vitrine standen. Viktoria begab sich an Helgas rechte Seite und beide beugten sich tief über den Glaskasten. Helga zog schnell die Schublade auf, griff hinein und ließ den ge-stohlenen Schmuck in ihren am Boden stehenden

Rucksack fallen. Das ging so rasch, dass niemand etwas bemerkte.

Na wartet, dachte Simon grinsend. Euch werde ich die Suppe versalzen. Er langte vorsichtig in den offenen Rucksack. In Gedanken stellte er sich schon die Wut der Mädchen vor, wenn sie den Schmuck nicht mehr vorfanden. Er würde ihn einfach wieder in die Vitrine zurücklegen.

Simon fühlte die kühlen Steine der Kette schon in seiner Hand, als Helga sich rasch bückte und den Reißverschluss der Tasche zuzog.

Er steckte fest!

Dann warf Helga sich den Rucksack über die Schulter oder wollte es zumindest, doch der Rucksack blieb in der Luft hängen.

Verblüfft sah sie auf ihre Tasche und begann wild an ihr zu zerren. Derweil versuchte Simon vergeblich, sich zu befreien. Jedes Mal, wenn er zum Reißverschluss griff, zog Helga an der Tasche und verhinderte so, dass er seine Hand herausziehen konnte.

»Was machst du denn da?«, schnauzte Viktoria ihre Freundin empört an, während sie verständnislos ihren Kampf mit dem Rucksack beobachtete.

»Ich ... weiß ... nicht«, sagte Helga keuchend, die weiterhin die Tasche hin und her zerrte.

Simon geriet in Panik. Wenn er sich nicht bald befreien konnte, würde man ihn entdecken. Als Helga wieder an der Tasche zerrte, stolperte er und riss sie ihr dabei aus der Hand. Einige endlose Sekunden schwebte der Beutel bewegungslos in der Luft. Fassungslos starrten die beiden Mädchen auf die schwebende Tasche.

Rasch senkte Simon den Arm und sie fiel vermeintlich zu Boden. Mittlerweile waren auch die beiden Verkäuferinnen aufmerksam geworden und näherten sich den Mädchen.

Karla, die alles bestürzt beobachtet hatte, lief rasch in eine andere Abteilung und starrte von dort aus gebannt auf das sonderbare Treiben.

Simon hatte die Kette endlich wieder losgelassen, um seine Hand leichter befreien zu können. Durch den Ruck fiel er mit dem Rücken gegen ein Regal, das hinter ihm stand, und die Kappe verrutschte. Hastig schob er sie wieder zurecht und hoffte inbrünstig, dass ihn niemand gesehen hatte.

Zum Glück richtete sich alle Aufmerksamkeit auf die beiden Mädchen, die selbst zu verwirrt waren, um klar denken zu können.

Helga sah die beiden Verkäuferinnen auf sich zukommen und erwachte aus der Starre. Hastig griff sie nach dem Rucksack und riss ihn hoch. Er leistete jetzt keinen Widerstand mehr. Vom Schwung getragen, flog er hoch in die Luft. Der ganze Tascheninhalt ergoss sich zum Entsetzen der beiden Mädchen auf den Fußboden. Verblüfft sah Simon auf die verstreuten Gegenstände. Es war erstaunlich, wie viel Zeug die Mädchen in ihren Handtaschen hatten, dachte er.

»Was haben wir denn da für saubere Früchtchen erwischt?«, sagte der herbeigeeilte Hausdetektiv.

»Die beiden Gören wollten tatsächlich die Halskette stehlen«, antwortete eine der beiden Verkäuferinnen und überreichte ihm die Kette.

Er zog die Stirn in Falten und sah die zwei Frauen an.

»Wie konnte denn das passieren? Wer hat denn da nicht aufgepasst?«

Der Detektiv sah die Frauen vorwurfsvoll an. Die Verkäuferin, die die Lade nicht abgeschlossen hatte, wurde puterrot im Gesicht.

»Ich glaube, ich habe vergessen, die Lade zu schließen«, gestand sie kleinlaut.

Der Detektiv sah zu den Mädchen.

»Na, dann holen wir erst einmal die Polizei und dann schauen wir, was eure Eltern dazu sagen.«

»Wie alt seid ihr?«

»Vierzehn«, murmelte Viktoria.

»Wie bitte, ich habe dich nicht verstanden«, raunzte der Detektiv sie an.

»Vierzehn«, schnauzte Helga, die allmählich ihre Fassung wiedergewann.

»Ah«, grinste der Detektiv schadenfroh. »Mit vierzehn kommt ihr nicht mehr so einfach davon, wie schön. Ich finde ohnehin, dass man viel zu weich mit Typen wie euch ist. Na, dann kommt mal mit! Frau Brüning, würden Sie mich bitte als Zeugin begleiten?«

Zusammen gingen sie mit den verdatterten Mädchen in das Büro des Detektivs. Simon hatte den weiteren Verlauf aus sicherer Entfernung beobachtet.

Nach dem ersten Schrecken kam jetzt Schadenfreude auf. Das geschah den beiden recht. Schade war nur, dass Karla nicht mit dabei war. Sie hatte den Tumult anscheinend genutzt, um sich aus dem Staub zu machen.

Als er sich unbeobachtet fühlte, zog er die Kappe vom Kopf und betrachtete sie liebevoll. Wieder einmal konnte er es kaum fassen, dass er sie besaß. Vergnügt trat er auf den Münsterplatz.

Nach der angenehmen Kühle des Kaufhauses überfiel ihn draußen wieder die Hitze. Er erledigte rasch seinen Einkauf, dann wurde es Zeit, sich auf den Weg zu machen. Wahrscheinlich warteten seine Freunde schon auf ihn.

Simon beschloss, den Weg durch das Stadthaus zu nehmen. Es war die kürzeste und vor allem die schattigste Strecke in die Altstadt. Eine Passage führte unter dem Gebäude hindurch zur anderen Seite, in der man neben einigen Lädchen auch Zugang zu den öffentlichen Verwaltungsbüros der Stadt hatte.

Vorbei an der ehemaligen Stadtbücherei lief er durch ein Tor in die Straße, die in weitem Bogen zum Stadthaus führte, als sich die Sonne plötzlich verdunkelte. Verwundert blickte Simon hoch zum Himmel, aber keine Wolke war zu sehen. Trotzdem schien sich auf alles um ihn herum ein Schatten gelegt zu haben.

Sogar der Verkehrslärm vom anderen Ende der Straße drang nur noch gedämpft zu ihm durch. Ratlos blickte er sich um. Keine Menschenseele war in der sonst belebten Straße zu sehen. Dann bildete sich von einem Moment zum anderen dichter, wabernder Nebel und es wurde kalt.

Simons Magen schien sich zu verknoten und er lief so schnell er konnte, in Richtung Stadthaus. Aus den dichten Nebelschwaden tauchte urplötzlich ein Laternenpfahl auf. Er wollte ausweichen, prallte aber noch mit der Schulter gegen das Metall.

Ein stechender Schmerz fuhr hindurch und er schrie kurz auf. Vorsichtig hob er den Arm. Die Bewegung schmerzte ziemlich, aber anscheinend war nichts gebrochen.

Zwischen den Nebelschwaden konnte er undeutlich auf der anderen Seite der Straße eine kleine Menschengruppe auf dem Bürgersteig sehen.

Er rief und winkte mit den Armen, doch niemand hörte ihn, obwohl er nur wenige Meter entfernt war. Als wenn nichts wäre, liefen die Leute weiter.

Nach dem schmerzhaften Zusammenstoß mit dem Laternenpfahl schritt Simon jetzt vorsichtiger aus. Mehrmals glaubte er, Schritte zu hören. Aber immer, wenn er stehen blieb, um zu horchen, war es ganz still.

Hastig ging er weiter. Die Ampelanlage an der Straße zum Stadthaus war ausgefallen, und weit und breit war kein Auto zu sehen. Als er die Stufen zur Passage hochrannte, umfing ihn die für diesen Ort typische Dämmerung, die seine Sicht zusätzlich verschlechterte.

Keuchend trat er in die Passage, ging an den kleinen Läden vorbei und wandte sich nach links, dem nächsten großen Platz dieser Ebene, zu. Dort stand ein großer, flacher, mit Wasser gefüllter Brunnen, in dem meterhohe, halbrunde Bleche aufgestellt waren. Vor Jahren hatte er hier im Sommer mit seinem Vater und Martin Verstecken gespielt.

Eine Rolltreppe führte von diesem Platz nach unten und ein mit halbhohen Mauern gesäumter Gang wand sich wieder herunter bis zur Altstadt.

Abermals ertönten leise Schritte in seiner Nähe. Voller Panik sprang er in den Brunnen und verbarg sich in einem der halbrunden Metallbleche.

Beklommen sah er in wenigen Metern Entfernung durch den dichten Nebel die dunklen Umrisse einer kleinen Gestalt an seinem Versteck vorbeischleichen. Er hielt den Atem an und sein Herz trommelte so laut, dass er Angst hatte, sein Verfolger könnte es hören.

Dann verschwand die Gestalt wieder und für einige Zeit war es still.

Fieberhaft überlegte Simon, wie er aus diesem unheimlichen Nebel herauskommen konnte. Wenn er den Durchgang zur Altstadt erreichte, musste er nur noch den Gang herunterrennen. Er hatte eine leichte Neigung und keine Stufen, die ein Hindernis darstellten, und die unheimliche Gestalt war nicht besonders groß.

Da Simon sehr schnell rennen konnte, fasste er sich ein Herz und sprintete los. Das Wasser quietschte in seinen Schuhen. Der Nebel lichtete sich und einen Meter vor ihm lag die Straße in hellem Sonnenschein, auf der einige Passanten geschäftig hin und her liefen. Aufatmend beschleunigte er seine Schritte. Und als er gerade schon hoffte, er wäre entkommen, stieß er gegen eine Wand. Sie fühlte sich weich und nachgiebig an und war vollkommen unsichtbar.

„Oh nein!", schrie er verzweifelt. Wütend stampfte er gegen das Hindernis. Es war, als träte er gegen eine Gummiwand. Ratlos drehte er sich um. Doch da stand jemand, nur undeutlich durch den Nebel zu erkennen, und versperrte ihm den Weg. Zuerst dachte Simon, es sei ein Kind.

„Wer bist du?", rief er mit zitternder Stimme. Die unheimliche Gestalt gab keine Antwort. Dann setzte sie sich in Bewegung und kam langsam näher. Furchtsam sah sich Simon nach einem Fluchtweg um. Für einen kurzen Moment überlegte er, ob er über die Balustrade springen konnte. Aber dahinter war es recht tief, und er würde sich wahrscheinlich bei dem Sprung die Knochen brechen. Trotz der Kälte stand ihm der Schweiß auf der Stirn und die Angst schnürte ihm den Atem ab.

Der einzige Ausweg war der Weg nach vorn. Die Gestalt hatte sich jetzt bis auf wenige Schritte genähert, und Simon erkannte, dass kein Kind vor ihm stand. Als er das Gesicht sah, zuckte er zusammen.

An einem riesigen Kopf, der fast zu groß für den Körper schien, standen seitlich zwei riesige, lange und spitze Ohren ab. Eine riesige Nase prangte in dem faltigen Gesicht und die bösen funkelnden Augen, die selbst im Dämmerlicht leuchteten, sahen ihn hasserfüllt an. Es trug ein blaues Wams und eine ebenso blaue Hose. Die Füße steckten in klobigen Schnallenschuhen.

Die Worte des Magisters fielen ihm ein. Das musste ein Kobold sein.

Aber es war nicht das Gesicht, das er in den Ferien im Schaufenster gesehen hatte. Zudem schien dieser Kobold größer zu sein als der, der in Gestalt eines Hundes mit ihm damals auf der Rheinwiese gewesen war.

Nach einer Weile rief der Fremde mit krächzender Stimme: »Was weißt du? Wie hast du davon erfahren?«

»Was – was soll ich wissen?«, fragte Simon verwirrt zurück.

Das Wesen verzog ärgerlich das Gesicht. »Lüge nicht!«, zischte es, wobei es jedes Wort betonte. »Wer hat es dir verraten?«

»Ich weiß gar nicht, was Sie meinen«, sagte Simon, bemüht, das Zittern in seiner Stimme zu verbergen. »Wer sind Sie überhaupt?«

»Das geht dich gar nichts an!«, schnarrte der Kobold. Dann griff er unter seine Jacke und zog einen Stab hervor, den er sofort auf Simon richtete. »Du wirst mir alles sagen, oder du stirbst!«

Simon überlegte fieberhaft. Wenn er wenigstens wüsste, was dieses Wesen von ihm wollte.

Der Stab in der Hand des kleinen Kerls erinnerte Simon an den Rat der Sieben. Sie hatten ähnlich aussehende Stäbe vor sich auf den Tisch gelegt. Doch mit ihnen hatten die Querxe nur Funken erzeugt. Sonderlich bedrohlich wirkte das Stöckchen nicht, das der Kobold auf ihn gerichtet hatte. Was konnte dieses Wesen schon damit machen? Wollte es ihn damit schlagen?

Aber etwas an diesem kleinen Kerl mahnte ihn zur Vorsicht.

Er fasste einen verzweifelten Entschluss und rannte los, vorbei an dem Kobold. Er glaubte bereits, es wäre ihm gelungen, als wieder die krächzende Stimme ertönte. Es gab ein zischendes Geräusch, und der Kobold tauchte abermals vor ihm auf.

»Du kannst mir nicht entkommen«, höhnte er böse grinsend.

Verzweifelt wandte sich Simon um und versuchte, zur Rolltreppe zu gelangen. Erneut hörte er die Stimme des

Kobolds. Ein Zischen ertönte und abermals erschien das Wesen aus dem Nichts, einige Meter vor ihm.

»Du ermüdest mich, Nescia«, sagte es spöttisch.

Voller Angst rannte Simon in die Passage zurück. Er erreichte das Bürgeramt mit seinen großen Fenstern und sah die Angestellten im Großraumbüro arbeiten. Doch niemand betrat oder verließ das Amt und auch sein Hämmern gegen die Fensterscheibe und sein Rufen schien niemand zu hören.

Dort drinnen war Licht, dort drinnen war Sicherheit und er konnte nicht hineingelangen. Es war zum Verzweifeln.

Er wandte sich ab und wollte weiterrennen, als der Kobold etwas rief. Simon erhielt einen kräftigen Stoß in den Rücken und sofort begann sich alles um ihn herum zudrehen. Der Boden unter ihm schien in ständiger Bewegung und er schlug der Länge nach hin.

Der Versuch, sich aufzurichten, scheiterte kläglich, da er jedes Gefühl für oben und unten verloren hatte. Als er merkte, wie sinnlos seine Bemühungen waren, blieb er regungslos liegen. Seine Augen hatten ein Eigenleben entwickelt und rollten hin und her.

Langsam näherten sich die tapsenden Schritte des Kobolds. Leichte Übelkeit überkam Simon. Einige Momente hielt er die Augen geschlossen, um dem Gefühl der Seekrankheit zu entgehen. Als er sie wieder öffnete, hatte das ständige Auf und Ab und die Übelkeit ein wenig nachgelassen.

Der Kobold beugte sich über ihn und sah verächtlich auf ihn herab. Ächzend versuchte Simon, sich zu erheben. Am liebsten hätte er in seinen Rucksack gegriffen und die Nebelkappe aufgesetzt. Doch mit seinen unheimlichen Fähigkeiten war es für den Kobold sicher ein Leichtes, ihn daran zu hindern. Außerdem wäre die Kappe für immer verloren gewesen.

»Woher stammt dein Wissen?«, fragte der Kobold nun wieder.

»Abe i wei nic, woon Sie eden!«, lallte Simon verzweifelt. Seine Zunge hatte ein Eigenleben entwickelt.

Eine Weile schwieg der Kobold.

»Wo ist die Nebelkappe?«, wechselte er dann das Thema.

»Ah«, sagte Simon und versuchte erstaunt zu klingen. »Da wa Ihe?«

»Nicht meine, die meines Schülers, du Narr. Er sollte dich belauschen. Glaubst du, ich hätte so jämmerlich versagt? Aber er hat seine Strafe bereits erhalten. Also antworte, oder ich werde dir so lange Schmerzen bereiten, bis du es freiwillig sagst.«

Dabei erhob er drohend wieder den Stab.

»Das wirst du nicht tun!«, ertönte plötzlich eine helle Stimme.

Der Kobold und Simon sahen überrascht auf.

Aus dem Nebel erschien ein Schatten und prallte auf das fremde Wesen. Beide stürzten und schlitterten über den Steinboden. Dabei wurde dem Kobold der Stab aus der Hand gerissen.

Im selben Moment hörte die Welt auf, sich zu bewegen. Erst jetzt erkannte Simon, wer so unerwartet erschienen war. Es war Karla!

Er hatte wieder die Kontrolle über seine Glieder erlangt und rappelte sich ächzend auf. Immer noch unsicher auf den Beinen, wollte er zum Stab rennen, doch Karla war nicht umsonst die Beste im Sportunterricht.

Bevor der Kobold wieder auf seinen kurzen Beinen stand, hatte sie ihn schon ergriffen und stellte sich neben Simon.

»Du kannst mit dem Zauberstab nichts anfangen, Menschenweib. Gib ihn mir, bevor du noch Unheil damit anrichtest!«, krächzte der Kobold.

»Ich glaube, das tue ich lieber nicht«, sagte Karla mit zitternder Stimme.

Der Kobold hatte sich wieder erhoben und kam langsam auf sie zu. Dabei streckte er die Hand aus. Wie von unsichtbaren Fäden gezogen, begann der Stab, sich in Karlas Hand zu bewegen. Sie stieß einen entsetzten Ruf aus, als er ihr zu entgleiten drohte.

Mit aufeinandergepressten Lippen umfasste sie den Stab mit beiden Händen. Doch er zog sie immer näher auf den Kobold zu und ihre Füße rutschten über den glatten Steinboden. Er streckte bereits begehrlich die Hand aus, als Simon Karla endlich erreichte und sie gemeinsam den Stab umklammerten.

»Hör auf, oder wir zerbrechen ihn!«, rief Karla mit merkwürdig hoher Stimme. Sofort senkte der Kobold die Hand und der Stab hörte auf, sich zu bewegen.

»Mach dich nicht unglücklich, Menschenweib. Wenn du den Zauberstab zerbrichst, seid ihr mir auf jeden Fall ausgeliefert.«

»Wenn wir es nicht tun, noch viel mehr!«, rief Simon.

Plötzlich rannte der Kobold los. Simon stieß noch einen Warnschrei aus, aber da tauchte er schon dicht vor ihnen auf und entriss ihnen mit einer Kraft, die sie ihm nicht zugetraut hätten, den Stab.

»Ich habe dich gewarnt, Menschenweib. Und jetzt stirb!«

Er gab einen gellenden Schrei von sich und holte mit dem Zauberstab wie zum Schlag aus, als Simon sich vor Karla warf. Während er zu Boden stürzte, gelang es ihm, dem Kobold den Stab aus der Hand zu schlagen.

Der Blitz, der den Stab verließ, wurde von der Decke zurückgeworfen und traf den Kobold mitten ins Gesicht. Anscheinend hatte er bei ihm nicht die gewünschte Wirkung, aber er wälzte sich stöhnend über den Boden, während Simon sich mühsam aufrappelte. Karla kam ihm zu

Hilfe und stützte ihn. Noch immer hatte er das Gefühl, auf einem leicht schwankenden Schiff zu stehen.

Gemeinsam sahen sie auf den seltsamen Fremden. Erst jetzt bemerkte Simon, dass der Nebel verschwunden war. Er hatte sich sofort nach dem Sturz des Kobolds aufgelöst und alles schien wieder ganz normal zu sein.

»Wird er sterben?«, flüsterte Karla und sah ängstlich auf den am Boden liegenden Fremden.

»Ich weiß nicht«, sagte Simon zweifelnd. »Aber lass uns von hier verschwinden, ich möchte nicht hierbleiben, um es herauszufinden!«

Tatsächlich begann der Fremde, sich wieder zu regen.

»Ja«, sagte sie leise. »Ich denke, du hast recht.«

Zum ersten Mal im Laufe des letzten Jahres standen sich die beiden gegenüber, ohne dass Simon den Drang verspürte, Karla die Krätze an den Hals zu wünschen. Die starke, böse Karla, die jetzt nur wie ein ängstliches Mädchen aussah, und der nicht minder ängstliche Simon sahen sich wortlos an.

Dann lief er zum Fremden und nahm den Zauberstab auf. Schneller als sie befürchtet hatten, begann der Kobold, sich stöhnend zu bewegen.

Voller Angst flüchteten sie zur nächstgelegenen Treppe, die zum unteren Parkdeck führte. Simon hoffte, dass sie sich hier besser verstecken konnten als auf dem offenen Gelände vor dem Stadthaus. Das Parkdeck war voller Autos.

Ohne nachzudenken, rannten sie zwischen den Fahrzeugen hindurch und verbargen sich schließlich an einer schlecht beleuchteten Stelle des Parkhauses hinter einem Kleinbus. Mit dem Rücken an den Bus gelehnt und heftig keuchend lauschten sie. Anfangs hörte Simon nur sein laut pochendes Herz, aber dann vernahm er die tapsenden Schritte des Verfolgers. Er spürte Karlas Körper zittern und überlegte, ob die Kappe ihnen helfen konnte.

Doch die Schritte waren jetzt so nahe, dass er nicht wagte, sich auch nur zu rühren. Sie hielten den Atem an, als der Kobold an dem Bus vorbeilief. Unter dem Wagen konnte Simon die kleinen Beine des Kobolds sehen, der sich langsam und leise schimpfend wieder entfernte.

Dann näherten sich Stimmen. Wahrscheinlich kam ein Autobesitzer, um sein geparktes Auto zu holen. Es machte ein leises „Plopp", und zu Simons Überraschung waren die Beine des Kobolds verschwunden.

Misstrauisch warteten sie noch eine Weile, aber als sich nichts mehr rührte, standen sie auf und traten vorsichtig hinter dem Wagen hervor.

Schnell hasteten sie auf die Treppe zu, die zur Altstadt führte. Draußen herrschte wieder normales Tageslicht. Die Sonne brannte heiß vom Himmel und das Gelächter und Gerede vorbeilaufender Menschen ließen die letzten Minuten weniger unheimlich erscheinen.

»Wer war denn das?«, sagte Karla atemlos. »Was wollte der eigentlich von dir?«

Das Grauen stand ihr noch immer ins Gesicht geschrieben.

»Ich weiß nicht genau«, sagte Simon wahrheitsgemäß. »Aber in letzter Zeit sind schon seltsame Dinge passiert.«

»So wie heute im Kaufhaus?«, fragte Karla und musterte ihn aufmerksam.

Erschrocken blickte er sie an. „Du hast mich gesehen?"

Sie nickte: »Aber nur kurz. Gleich darauf warst du wie durch Zauberei wieder verschwunden.«

Kaum hatte sie es ausgesprochen, sah sie erschrocken zur Treppe.

»Wie hast du mich gefunden?«, wollte Simon wissen.

Karla lächelte freudlos.

»Ich bin dir vom Kaufhaus aus gefolgt und war in deiner Nähe, als es urplötzlich nebelig wurde. Ich wollte schon wieder fortlaufen, aber ich konnte diesen unheimlichen Nebel nicht mehr verlassen.«

Sie schauderte und sah sich um, als würde der Nebel jeden Moment wieder auftauchen. Doch anscheinend hatte der Kobold aufgegeben.

»Du hast mir das Leben gerettet«, sagte sie.

»Jap, aber du mir zuerst. Mann, ich bin froh, dass du gekommen bist. Ich glaubte schon, mein letztes Stündlein hätte geschlagen.«

Etwas verlegen standen sie sich gegenüber und schwiegen. Zum ersten Mal nahm Simon wahr, dass Karla fast einen Kopf größer war als er.

Er wollte unbedingt fort und fasste sich ein Herz. »Möchtest du nicht mit mir zu „Luigis Café" gehen? Nico und Boris warten dort sicher schon auf mich?«

Karla sah ihn überrascht an. »Ich glaube nicht, dass das so eine gute Idee ist«, meinte sie zweifelnd.

»Wenn sie die Geschichte hören, fallen sie vom Hocker«, widersprach Simon. »Ich werde ihnen alles erklären. Und Nicos Vater macht den besten Kakao der Stadt und so ein Eis wie dort hast du noch nicht gegessen.«

Es brauchte Simons ganze Überzeugungskraft, bis Karla sich überreden ließ, ihn zu begleiten.

FREUNDE ODER FEINDE?

Beklommen sahen sie noch einmal hoch zum Stadthaus, dann machten sie sich auf den Weg. Schweigend
liefen sie nebeneinanderher, jeder in Gedanken bei den
unheimlichen Geschehnissen der letzten Minuten.

Gelegentlich blickte Simon verstohlen zur Seite. Er
konnte es immer noch nicht fassen, dass er hier mit Karla
die Straße entlangging, ohne dass sie ihn beschimpfte
oder bedrohte.

Nico und Boris würden Augen machen. Wie würde
Nico wohl reagieren? Er hatte am meisten unter Karla
und ihren Freundinnen gelitten.

Karla schienen ähnliche Gedanken durch den Kopf zu
gehen. Sie sah sehr besorgt aus und brachte nur ein ver-
krampftes Lächeln zustande, als ihre Blicke sich kurz be-
gegneten. Vor dem Café blieben sie stehen.

»Ich glaube wirklich nicht, dass das so eine gute Idee
ist«, meinte Karla und wandte sich zum Gehen.

»Nein, bitte …, komm mit rein«, bat Simon und hielt
ihren Arm fest.

Als Karla auf seine Hand sah, glaubte er einen Moment
lang, er wäre zu weit gegangen. Doch dann schien sie in
sich zusammenzusinken und sagte leise: »Na gut.«

Gemeinsam betraten sie das Café. Wie so oft war es fast
leer. Nico und Boris hatten ihn bereits gesehen und

winkten ihm zu, als sie Karla bemerkten, die erstaunlich klein hinter Simon herlief.

»Was will die denn hier?«, sagte Boris, als wäre Karla ein ekeliges Ding.

Karlas Gesicht verfinsterte sich und sie lief auf den Ausgang zu.

»Warte!«, rief Simon und folgte ihr.

An der Tür holte er sie ein. Zu seiner großen Erleichterung ließ sie sich widerstandslos zum Tisch zurückziehen.

»Lasst sie in Ruhe!«, sagte er dann verärgert zu seinen Freunden.

»Boris hat recht. Warum ist sie hier?«, fragte jetzt auch Nico, während er Karla musterte.

»Wenn ihr mir etwas Zeit lassen würdet, könnte ich euch alles erzählen«, sagte Simon grinsend.

Dann begann er zu berichten. Er erzählte von dem eigenartigen Nebel, der Begegnung im Stadthaus, dem folgenden Kampf, den seltsamen Fähigkeiten des Kobolds und als er schilderte, wie Karla ihm das Leben rettete, starrten Nico und Boris sie ungläubig an.

Sie hatte während Simons Schilderung unentwegt an die Decke gesehen, als gäbe es nichts Interessanteres als die sich langsam lösenden alten Holzkassetten.

»Wenn Karla nicht gekommen wäre, hätte der Kobold mich sicher umgebracht«, schloss er seinen Bericht. Er erschrak, als ihm die Tragweite seiner letzten Worte bewusst wurde.

»Und wenn sie gehen soll, gehe ich auch!«, sagte er dann nachdrücklich und stellte sich neben Karla.

Boris und Nico schwiegen lange.

»Und …?«, fragte Simon nach einer Weile ungeduldig.

»Na ja«, brummte Boris. »Das konnte doch keiner wissen. Eigentlich hätte ich eher erwartet, dass sie die Arbeit des Kobolds beendet.«

Nico nickte dazu. Simon hatte einen weiteren Stuhl herangezogen und bat Karla, sich zu setzen. Zögernd ließ sie sich darauf sinken.

Dann legte Simon den erbeuteten Stab vor seinen Freunden auf den Tisch. Mit unbehaglichen Gesichtern rückten Nico und Boris ihre Stühle nach hinten.

»Ist …, ist es das, was ich denke?«, fragte Nico beklommen und stupste den Stab vorsichtig mit dem Zeigefinger an.

Mittlerweile war Herr Campari mit einer Riesenportion Eis an den Tisch getreten. Erst jetzt erkannte er Karla und seine Augenbrauen zogen sich zusammen.

Aber zu Simons Erleichterung war Herr Campari feinfühlig genug, und nach einem kurzen Blickwechsel mit Nico, der stumm nickte, stellte er vor jedem eine Portion Eis ab.

»Danne lasste esse euch schmeckene«, radebrechte er lächelnd, um dann die Bestellung des neuen Gastes aufzunehmen, der sich draußen gesetzt hatte.

Das Ganze hatte die Situation etwas entspannt und sie genossen das Eis. Karla war die ganze Zeit unruhig auf ihrem Stuhl hin und her gerutscht. Doch nun hielt sie es nicht mehr aus.

»Wer war denn dieser hässliche Zwerg? Erlebt ihr so etwas öfter?«, fragte sie leise.

Simon sah seine Freunde an. Wie viel sollten sie Karla erzählen? Konnten sie ihr vertrauen? Alles, was sie bisher über Karla wussten, war, dass man sich nicht mit ihr anlegte oder besser noch, ihr gleich ganz aus dem Weg ging.

Aber sie hatte ihm das Leben gerettet und eine Erklärung verdient. Simon entschloss sich, Karla in das meiste einzuweihen.

Er erzählte ihr von allen seltsamen Erlebnissen, gelegentlich unterbrochen von Nico und Boris, wenn er etwas ausgelassen hatte, und von der Nebelkappe. Nur von der verborgenen Welt der Querxe sagte er nichts.

Magister Alberich hatte sie gebeten, niemandem davon zu erzählen, und so weit ging sein Vertrauen zu Karla noch nicht.

Karlas Gesicht wurde mit der Zeit immer abweisender und schließlich sprang sie auf.

»Ihr verarscht mich!«, schnauzte sie Simon an und wollte aus dem Café stürmen.

Simon zog sich rasch in einen geschützten Winkel des großen Raumes zurück und holte die Kappe aus der Tasche.

»Karla!«, rief er hinter ihr her. »Schau mal.«

Als sie sich wütend umdrehte, um ihm eine giftige Entgegnung zuzurufen, setzte er die Kappe auf. Karla stieß einen spitzen Schrei aus, sodass Herr Campari besorgt zu ihnen herübersah. Nico winkte beruhigend ab.

Karla war zu Stein erstarrt und rührte sich nicht. Simon hatte ein wenig Mitleid mit ihr. Selbst nach all den Wochen ertappte er sich immer wieder dabei, dass er sich in den Arm kniff, um herauszufinden, ob nicht doch alles ein Traum war. Nur langsam gewöhnten sie sich an den Gedanken, dass es mehr als ihre kleine Welt gab, faszinierende, ja unheimliche Dinge. Und die arme Karla musste mit alldem an einem einzigen Nachmittag fertig werden.

Er ging auf sie zu und zog sie ein weiteres Mal zum Tisch zurück. Als eine unsichtbare Hand sie ergriff, zuckte sie wimmernd zusammen. Am ganzen Körper zitternd, sank die sichtlich mitgenommene Karla auf den Stuhl, als Simon wieder sichtbar wurde. Erst jetzt konnte sie das Unmögliche akzeptieren.

»Genau das haben wir auch gesagt«, meinte Boris, der seine Schadenfreude kaum verbergen konnte.

»Mann, halt die Klappe!«, sagte Nico.

Besorgt beobachtete er Karla. Sie warteten einige Minuten, bis sie sich wieder einigermaßen beruhigt hatte.

»Wir haben auch ein paar Tage gebraucht, um das alles wegzustecken«, sagte Nico tröstend.

»Ist das so was wie … ein … Zauberstab?«, fragte er wieder und deutete auf den Stab.

»Ich glaube, ja«, sagte Simon. »Als der Kobold Karla umbringen wollte, hielt er den Stab auf sie gerichtet.«

Bei seinen eigenen Worten erschauderte Simon und Karla stieß hörbar die Luft aus. Boris und Nico starrten sie an.

Bis zum Abend saßen sie beisammen und besprachen immer wieder die Ereignisse des Tages. Karla hockte stumm dabei und beteiligte sich nicht am Gespräch. Aber Simon wertete es als gutes Zeichen, dass sie blieb.

»Hast du Lust, mit uns am Montag zusammen Hausaufgaben zu machen?«, fragte er sie am Schluss.

Boris, der glücklicherweise hinter Karla stand, erstarrte. Dann raufte er sich die Haare und zeigte Simon einen Vogel.

Überrascht sah Karla zu Nico und wieder zu Simon.

»Ich muss sehen, ob ich Zeit finde«, sagte sie leise. »Mal sehen.«

Als Karla verschwunden war, äffte Boris sie nach. »Ich muss sehen, ob ich Zeit finde? Was hat sie denn den ganzen Tag zu tun, als andere Leute zu nerven?«, regte er sich auf. »Wie konntest du sie einladen? Hast du vergessen, was sie für eine Zimtzicke ist?«

Simon nickte, meinte aber: »Ihr habt sie heute Nachmittag nicht erlebt. Ich glaube, sie ist anders als wir denken.«

»Schön wär's«, grummelte Boris unversöhnlich.

Der Montagmorgen begann mit Regen. Nach dem Gong betraten sie wie jeden Morgen ihr Klassenzimmer und setzten sich auf ihre Plätze, und wie jeden Morgen war Karla noch nicht da.

Ihr Klassenlehrer sagte schon nichts mehr, sondern trug ihre Anwesenheit kommentarlos nach, sobald sie kam. Karla galt bei den Lehrern als hoffnungsloser Fall.

Sie war vollkommen durchnässt, als sie das Klassenzimmer betrat. Auf dem Weg zu ihrem Platz hinterließ sie kleine Pfützen, und ihre Schuhe quietschten leicht beim Gehen.

Da niemand Lust hatte, einen Tisch mit ihr zu teilen, hockte sie allein neben dem Fenster.

Auf dem Weg dorthin sah sie Simon kurz an, blickte aber sofort wieder weg. Sie erweckte den Eindruck, als hätte sie die ganze Nacht nicht geschlafen.

In den beiden Mathestunden nahmen sie den „Satz des Pythagoras" durch. Wie erwartet verstanden Simon und Boris nicht viel. Zu ihrem Glück war ihr Freund ein Mathe-As. Simon war sicher, dass Nico ihnen am Nachmittag alles noch einmal erklären konnte.

In der Pause hatte es aufgehört zu regnen, und die Sonne durchbrach immer wieder die Wolkendecke. Karla stand zusammen mit ihren Freundinnen nicht weit von ihnen entfernt. Sie beteiligte sich nicht an dem Gespräch und sah gelegentlich heimlich zu ihnen herüber.

Simon beobachtete, wie Helga auf Karla einredete, doch Karla schüttelte nur abweisend den Kopf. Daraufhin schien sich Helga über etwas zu ärgern, während Karla trotzig auf den Boden starrte.

Langsam schlenderte er zu ihr hinüber. »Hallo«, sagte Simon und lächelte Karla an.

Sie sah überrascht auf. »Hallo«, erwiderte sie leise.

»Was will denn der von dir?«, sagte Helga verdutzt und warf Simon einen giftigen Blick zu.

»Wie geht es dir?«, fragte er, ohne Helga zu beachten.

»Geht so«, sagte sie. »Ich bin ziemlich müde.«

»Ja«, sagte Simon. »Der Samstag war ziemlich heftig, was?«

Eine Weile stand er unschlüssig da.

»Wie sieht es aus? Hast du heute Nachmittag Zeit? Wir treffen uns in unserem Café. Zuerst machen wir Hausaufgaben, dann hängen wir ein wenig ab.«

Boris, der sich gerade mit Nico zu ihnen gesellt hatte, wurde bleich.

»Willst du dich wirklich mit diesen Verlierern abgeben?«, fragte Helga ungläubig.

Karla sah sie finster an.

»Das kann doch nicht wahr sein, geben die dir Geld dafür?«, fragte Viktoria höhnisch.

Nico fuhr seinen Rollstuhl vor Karla. Simon und Boris stellten sich links und rechts von ihm auf.

»Lasst sie in Ruhe!«, meinte Nico ruhig.

»Huch«, kreischte Helga belustigt. »Musst du dich jetzt von denen beschützen lassen?«

Die beiden Mädchen lachten.

Karla stieß Boris zur Seite und baute sich mit zornfunkelnden Augen vor Helga auf.

»Ich muss mich von niemandem beschützen lassen. Aber wenn ihr eure Klappe nicht haltet, benötigt ihr einen Beschützer!«, zischte sie angriffslustig. Ihr Gesicht war vor Wut rot angelaufen.

Erschrocken traten Helga und Viktoria einen Schritt zurück.

»Na, wenn du meinst ...«, versuchte Helga furchtlos zu klingen und zwinkerte Viktoria zu. Dann gingen die zwei langsam wieder zum Schulgebäude zurück.

»Das wird dir noch leidtun«, rief Helga aus sicherer Entfernung.

Wütend starrte Karla ihnen nach.

»Ihr müsst mich nicht beschützen!«, fuhr sie Nico an und stapfte davon.

Die drei wussten nicht, wie ihnen geschah.

»Habe ich es nicht gesagt«, meinte Boris zornig. »Die hat einen an der Klatsche. Wir haben es doch nur gut gemeint.«

Simon nickte nachdenklich und langsam folgten sie Karla zum Klassenzimmer. Als sie wieder auf ihren Plätzen saßen, beugte sich Boris zu ihm und fragte flüsternd: »Hältst du das Ganze immer noch für eine gute Idee?«

»Keine Ahnung«, wisperte Simon. »Wir werden sehen.«

Während der nächsten zwei endlosen Chemiestunden sah es so aus, als wäre alles wieder wie früher. Karla saß an ihrem Fensterplatz und starrte die ganze Zeit aus dem Fenster, als fände kein Unterricht statt. Anscheinend war sie immer noch wütend.

Ihr Klassenlehrer tat, was er stets tat; er ignorierte sie, weil sie ohnehin nichts mitbekam.

Doch nicht nur Karla war in Gedanken abwesend, denn Boris' aufgestützter Kopf rutschte immer tiefer. Das blieb Herrn Ziegler natürlich nicht verborgen.

Irgendwann wurde es ihm zu bunt.

»Herr Spaltmann befindet sich im falschen Unterricht«, rief er laut in die Klasse.

Simon stieß Boris an, der erschrocken aufblickte.

»Die Herstellung wirksamer Schlafmittel wird an der Uni gelehrt. Aber Sie haben das sicherlich nicht nötig. Ihres wirkt anscheinend perfekt.«

Die Klasse lachte.

In den letzten beiden Stunden hatten sie Sportunterricht. Obwohl der Platz vom Regen ziemlich aufgeweicht war, sollten sie Football spielen, der absolute Lieblingssport ihres Sportlehrers.

Herr Jahn hatte einen geradezu missionarischen Eifer entwickelt, ihnen diesen Sport schmackhaft zu machen.

Doch außer bei Karla und Rafael hielt sich die Begeisterung sehr stark in Grenzen.

Es war auch das einzige Fach, in dem die Mitschüler sich darum rissen, in Karlas Mannschaft zu sein. Zum einen gewann ihr Team immer, zum anderen hatte keiner der Schüler Lust auf blaue Flecken, denn sie spielte mit vollem Körpereinsatz.

Sogar der Sportlehrer war von Karlas Leistungen so angetan, dass sie immer die Bestnote erhielt. Bis auf Rafael hatte niemand in der Klasse den Ehrgeiz, es ihr gleichzutun.

Simon glaubte immer noch, die schmerzenden Stellen an seinem Körper zu spüren, die Karla ihm vor den Ferien beigebracht hatte. Sport war Karlas Ding. Hier war sie hart gegen sich selbst, aber leider auch gegen andere.

Im Gegensatz zu Boris, der Sport hasste, hätte Simon das Fach gemocht, wenn nur Karla nicht gewesen wäre.

»Wie kampferprobt ein Mann ist, stellt sich immer nach dem zweiten Brathähnchen heraus!«, dozierte Boris immer, wenn er auf seine sportlichen Leistungen angesprochen wurde.

Nico, der in einem Verein trainierte, war von den Sportstunden der Schule freigestellt, worum Boris ihn beneidete.

Ihr Hoffnungsschimmer, heute in Karlas Mannschaft gewählt zu werden, zerschlug sich ebenso wie die Hoffnung, dass sie nach dem Wochenende behutsamer mit ihnen umgehen würde.

Nach dem dritten Sturz fragte Simon sich, ob er sich nicht besser mit einem Kobold anlegen sollte.

Anders als sonst, half sie ihnen heute auf die Beine, wenn sie nach einem Rempler mal wieder am Boden lagen.

Wie üblich verloren sie haushoch. Und das eine Tor war auch nur durch Zufall entstanden.

Als beide am Schluss zur Umkleidekabine humpelten, rief Boris stöhnend: »Sie ist ein Tier, sie ist wirklich ein Tier.«

Er hielt sich mit einer Hand die rechte Pobacke. Nach einem Zusammenprall mit Karla war er hart darauf gefallen. Simon hatte ihm versichert, er hätte noch nie einen menschlichen Körper so fliegen sehen.

Doch auch er war mit zahllosen blauen Flecken übersät. Alles an ihm schmerzte heftig.

Nach Schulende beeilte sich Simon, um Karla noch vor dem Schultor abzufangen, ehe sie wieder verschwand.

»Hey, Karla!«, rief er ihr nach, während er mit vor Schmerz verzogenem Gesicht hinter ihr her humpelte.

Sie drehte sich zu ihm um.

»Bleibt es bei heute Nachmittag? Um fünfzehn Uhr treffen wir uns bei Nico.«

Karla zögerte zuerst, doch dann nickte sie.

»Toll«, sagte Simon erfreut. »Dann bis nachher.«

Karla war gerade verschwunden, als Boris mit Leidensmiene und leise vor sich hin fluchend den Schulhof verließ.

»Sie sagt, dass sie nachher kommt«, erklärte Simon rasch.

»Du hast sie tatsächlich noch einmal gefragt?«, nörgelte Boris. »Mir tun alle Knochen weh und du lädst sie ein?«

Er starrte Simon an, als stammte er von einem fernen Planeten.

»Zum Dank dafür wird sie dich sicher irgendwann verprügeln. Außerdem, ich mag Mathe nicht, aber Karla glaubt sicher, es wäre eine Teesorte.«

»Aber sie hat mir geholfen«, verteidigte sich Simon.

»Sicher steht sie jetzt bei den Kobolden direkt nach mir auf der Liste.«

Sein Magen zog sich bei seinen eigenen Worten zusammen.

Boris stutzte.

»Ein Grund mehr, um uns von ihr fernzuhalten, oder?«

»Dann müsstet ihr euch auch von mir fernhalten«, warf Simon ein. »Wenn ich Magister Alberich richtig verstanden habe, stehe ich ziemlich weit oben, und jetzt, wo ich den Zauberstab habe, erst recht.«

Boris öffnete den Mund, um etwas zu erwidern, dann brummte er resigniert: »Na ja, das ist etwas anderes, nicht wahr?«

»Meinst du nicht, wir sollten wieder hinuntergehen?«, sagte er nach einer Weile. »Es wäre sicher wichtig, dass der Magister davon erfährt.«

Der gleiche Gedanke war Simon durch den Kopf gegangen. Doch der Magister hatte sie ausdrücklich ermahnt, auf keinen Fall die Querxenwelt aufzusuchen, bevor er sie rufen würde. Wer wusste schon, was geschah, wenn sie ein zweites Mal unangemeldet dort auftauchten?

Nein, er hielt es für besser, noch zu warten. Vielleicht tauchte der Kobold nicht mehr auf, versuchte er sich zu beruhigen.

Nach dem Mittagessen machte sich Simon sofort auf den Weg. Nico saß schon im Café an ihrem Tisch und wartete. Kurz nach Simon erschien auch Boris. Er humpelte mit schmerzverzerrtem Gesicht zu seinem Stammplatz und ließ sich vorsichtig nieder.

»Hattest du einen Unfall?«, fragte ihn Nico mitleidig. Boris und Simon erzählten ihm von der heutigen Sportstunde. Nico konnte sich ein Grinsen nicht verkneifen.

»Ihr lasst euch von einem Mädchen verhauen?«, frotzelte er.

»Was du nicht sagst«, sagte Simon. »Aber du würdest sie mit dem Rollstuhl durch die Halle jagen, nicht wahr?«

»Dafür falle ich nicht so leicht auf den Hintern«, lachte Nico.

»Klar, weil du immer darauf sitzt«, spottete Boris.

In dem Moment betrat Karla das Café, und sie verstummten. Zögernd stand sie am Eingang. Als Simon ihr zuwinkte, kam sie langsam zu ihnen herüber. Sie nickte kurz, flüsterte ein leises „Hallo" und setzte sich zu ihnen.

Herr Campari brachte schon den obligatorischen Hausaufgaben-Kakao. Boris hatte einmal Stein und Bein geschworen, dass er mit dem Kakao wesentlich besser lernen würde.

Eine Weile unterhielten sich die Jungs, wobei Karla nur zuhörte. Dann packten sie die Mathesachen aus.

Nico bemühte sich, ihnen zu erklären, wie sich der am Morgen durchgenommene Lehrsatz entwickelte.

»Mann«, stöhnte Boris nach einer Weile. »Wie kann ein einzelner Mensch da draufkommen?«

Er raufte sich die Haare. Simon hatte sich schon die gleiche Frage gestellt.

Später packte Boris genervt seine Mathesachen ein.

»Hey, wir sind noch nicht fertig«, protestierte Nico.

»Ich schon«, stöhnte Boris. »Aber völlig.«

»Trotzdem …«, widersprach Nico. »In ein paar Tagen hinkst du hinterher.«

»Ich hinke jetzt schon«, meinte Boris und sah Karla vorwurfsvoll an, die sich ein Grinsen nicht verkneifen konnte. Dann gähnte er und sagte:

»Was du heut nicht kannst besorgen, das verschiebe schnell auf morgen.«

Das Fach Deutsch bereitete Simon selbstverständlich keine Probleme und auch Boris tat sich hier wesentlich leichter.

Dann brachte Nicos Vater die zweite Runde.

»Also, ich hätte lieber Kochunterricht statt Mathematik oder Sport«, sagte Boris und sah Karla schräg von der Seite an, während sie genüsslich den Kakao tranken.

»Wieso?«, fragte sie lächelnd. »Sitzt du beim Sport nicht schon genug auf deinem Hintern?«

»Woran du natürlich völlig unschuldig bist!«, giftete Boris sie an.

Simon und Nico lachten, während ihr Freund sich ein mühsames Grinsen abrang.

Zur großen Verwunderung des Klassenlehrers fragten die Jungen am nächsten Morgen, ob Karla bei ihnen sitzen dürfte. Herr Ziegler und der Rest der Klasse sahen sie erst ungläubig an, dann nickte er nur. Strahlend wechselte Karla auf den noch freien Stuhl neben Nico.

In den Pausen hing sie nicht mehr mit ihren Freundinnen ab, sondern verbrachte sie zusammen mit ihren neuen Freunden.

Als sie am Nachmittag gemeinsam durch das Schultor traten, warteten Helga und Viktoria schon auf sie.

»Das ist doch nicht dein Ernst, oder? Was willst du mit diesen Typen?«, redete Helga auf sie ein.

Durch Erfahrung schlau geworden, hielten sich Simon, Nico und Boris zurück.

»Wenn du meine Freunde noch einmal beleidigst, hilft dir kein Make-up mehr«, sagte Karla mit knirschenden Zähnen und ging drohend auf Helga und Viktoria zu.

Erschrocken sahen die zwei ihre ehemalige Freundin an, dann drehten sie sich wortlos um und verschwanden.

»... dann hilft dir kein Make-up mehr?«, kicherte Boris. »Den habe ich noch nie gehört. Der war gut.«

Karla lächelte zaghaft. Dann tat sie etwas völlig Überraschendes. Sie ging zu jedem ihrer neuen Freunde und drückte ihn an sich.

Von diesem Tag an gehörte Karla zu ihnen.

DER ZAUBERSTAB

Simons abendliche Versuche, die Geheimnisse des Zauberstabes zu ergründen, blieben leider erfolglos. Der Stab bestand aus einem sehr dunklen Holz, war etwa drei Handbreit lang, rund und lief konisch zu. Bis auf einige eingeschnitzte Zeichen war er glatt geschliffen und lag kühl in der Hand, als ob er aus Metall bestünde.

Simon hatte Wünsche ausgesprochen, ihn geschüttelt, mit ihm geredet und angeschrien. Aber nichts brachte den Zauberstab dazu, etwas zu tun, was jeder andere Stock nicht auch getan hätte, nämlich nichts. Nach einer Weile begann Simon daran zu zweifeln, dass dieser Stock überhaupt eine Fähigkeit besaß.

Er war heilfroh, dass ihn keiner bei seinen Versuchen beobachtete. Ein heimlicher Betrachter hätte ihn bestimmt für verrückt gehalten.

Für den folgenden Samstag hatten sie sich bei Simon verabredet, um den Zauberstab gründlich zu untersuchen. Er hoffte, dass er gemeinsam mit seinen Freunden die Geheimnisse des Stabes lüften konnte.

Am Samstagmorgen schien der Himmel alle Schleusen geöffnet zu haben. Es schüttete schon seit Stunden wie aus Kübeln. Herr Campari hatte Nico mit dem Auto gebracht und kurze Zeit später traf Boris ein, der mit dem Bus gekommen war.

Karla verspätete sich und als sie endlich an der Haustür schellte, war sie mal wieder völlig durchnässt und hinterließ Pfützen auf ihrem Weg in den Flur.

»Wie schön, dass du kommen konntest«, begrüßte Frau Keller sie herzlich und nahm sie erst einmal mit in die Küche, wo sie ihr ein Handtuch zum Trocknen reichte.

Simon, Nico und Boris hörten vom Zimmer aus, wie sich die beiden unterhielten und zwischendurch lachten.

Nach einer Weile klopfte es leise und Karla trat trocken und strahlend ein. Anscheinend hatte Frau Keller ihr eine abgelegte Jeans von Martin und ein T-Shirt geliehen. Simon, der es sich auf seiner Schlafcouch bequem gemacht hatte, grinste sie an, als sie sich auf einem freien Sessel niederließ.

»Aber was kann der Kobold von dir gewollt haben?«, fragte Nico gerade zum wiederholten Male. »Du meinst, er glaubt, dass du eines ihrer Geheimnisse kennst?«

Simon sah nachdenklich zum Fenster hinaus.

»Ich habe nicht die geringste Ahnung. Die ganzen Nächte habe ich gegrübelt, was es sein könnte. Aber woher soll ich etwas wissen, was für Kobolde wichtig ist?« Er seufzte.

Den Zauberstab und die Kappe hatte Simon auf den kleinen runden Tisch gelegt, um den sie sich jetzt alle versammelten. Erwartungsvoll sahen sie auf die beiden so unscheinbar wirkenden Gegenstände.

»Ein magischer Moment«, flachste Boris.

Mutig nahm er den Stab als erster in die Hand.

»Abrakadabra«, rief er und schwang den Stab hin und her.

Doch nichts geschah, außer dass seine Freunde sich vor Lachen schüttelten.

»Was war das denn?«, fragte Nico atemlos. »Soll das ein Zauberspruch gewesen sein? Höchstens ein Lachzauber.«

»Dann versucht ihr es doch bitte, wenn ihr es besser könnt«, sagte Boris verschnupft und reichte den Zauberstab an Nico weiter.

Der drehte ihn unschlüssig in den Händen und musterte ihn von allen Seiten.

Dabei klopfte er mit dem Stab leicht auf den Tisch. Im nächsten Moment schoss ein Wasserstrahl aus der Spitze und traf Karla mit einem klatschenden Geräusch mitten ins Gesicht. Zum zweiten Mal an diesem Morgen war sie völlig durchnässt. Erschrocken schrie sie auf und sprang aus ihrem Sessel.

»Bist du verrückt geworden!«, fauchte sie Nico entrüstet an, dem die Sache sichtlich unangenehm war. Boris gab ein grunzendes Geräusch von sich, das wie unterdrücktes Lachen klang.

»Ach, halt die Klappe«, schnauzte Karla ihn an, während das Wasser an ihr heruntertropfte.

»Geh doch mal zum Blumentopf«, sagte Boris zu Nico. »Die Blume könnte auch etwas Wasser gebrauchen.«

Boris hatte recht. Immer wenn sie herkamen, schwankte der Zustand der Pflanze zwischen Vertrocknen und Ertrinken. Heute war wieder einmal Vertrocknen an der Reihe. Doch sie hatte bis jetzt alles überlebt.

Simon sprang auf und holte Karla ein großes Badetuch, mit dem sie sich notdürftig abtrocknete. Dann wischte er den Boden trocken.

Dem armen Nico war alles sehr unangenehm, und erst nach seiner dritten Entschuldigung beruhigte sich Karla langsam wieder.

Sie rätselten eine weitere Stunde herum, aber niemandem von ihnen gelang es, dem Zauberstab irgendeine Reaktion zu entlocken.

Frustriert setzten sich alle wieder auf ihre Plätze, während draußen der Regen gegen die Fensterscheibe plädderte. Ratlos sahen sie auf den Stab, als ein pochendes Geräusch ertönte. Rasch verstaute Simon die Kappe und den Zauberstab in eine Schublade.

»Ja, komm rein«, rief Simon, der annahm, jemand stünde vor der Zimmertür. Stattdessen klopfte es noch einmal.

»Ja!«, rief Simon lauter, als Karla erschrocken auf die Fensterscheibe deutete. Etwas kleines Weißes bewegte sich hektisch draußen vor dem Fenster und schlug immer wieder gegen die Scheibe. Einen Moment starrten alle verblüfft auf die Fensterscheibe. Dann öffnete Simon es vorsichtig.

Er sah nur noch einen Schatten durch den Fensterspalt huschen; dann klatschte etwas auf seinen Schreibtisch, wobei es reichlich Wassertropfen verspritzte.

Erschrocken waren alle aufgesprungen und beobachteten das seltsame Ding. Es sah aus wie ein Briefumschlag und zappelte hin und her, wie ein Fisch auf dem Trockenen.

Als Simon behutsam den zappelnden Briefumschlag in die Hand nahm, stellte er verwundert fest, dass das Papier des Umschlages durchnässt war, während der Brief, den er herauszog, sich vollkommen trocken anfühlte. Kaum hatte er das Pergament in der Hand, erschlaffte der Briefumschlag und blieb leicht zitternd auf dem Tisch liegen. Gespannt sahen ihn die anderen an.

»Nun lies schon!«, sagte Boris aufgeregt. »Von wem ist er? Sicher von den Zwergen ... äh ... Querxen.«

Seine Vermutung war richtig. Der Brief war von Magister Alberich. In schön geschwungener Schrift war in goldenen Buchstaben zu lesen:

Meine lieben Freunde,

ich bitte euch dringend, mich nächsten Samstag zu besuchen.

Lasst mir eine kurze Bestätigung zukommen. Benutzt dazu den Briefumschlag. Das Porto ist bereits bezahlt.

Hochachtungsvoll

Alberich – Magister der Stadt Sindrikum
PS:
Der Türwächter wird euch ungehindert hineinlassen. Hindernisse wird es für euch nicht mehr geben.

Sie sahen sich an.

»Was kann er wollen?«, sagte Nico nachdenklich.

»Auf jeden Fall hört es sich sehr dringend an. Vielleicht hat er endlich etwas erfahren.«

»Sicher geht es um die Kobolde. Schließlich haben wir jetzt auch noch einen Zauberstab«, meinte Simon düster.

»Ja, aber mit dem können wir nur deine Zimmerpflanze gießen. Würde sie sicher glücklich machen«, sagte Boris trocken.

»Moment mal«, unterbrach sie Karla, die immer zappeliger geworden war. »Was redet ihr da über Zwerge und Quark? Wollt ihr mir sagen, dass es auch Zwerge gibt?«

»Querxe«, verbesserte Nico sie.

Alle sahen sie an. Nun hatten sie keine Wahl mehr und mussten ihr auch das letzte Geheimnis preisgeben.

»Aber wie haben sie davon erfahren?«, wollte sie am Schluss der Erzählung wissen. Sie überging, dass die drei ihr die ganze Geschichte bis jetzt verschwiegen hatten.

Boris zuckte mit den Achseln.

»Wissen wir auch nicht. Der Magister ist sehr alt, aber ziemlich cool. Mich würde es gar nicht wundern, wenn einige von denen hier oben herumlaufen würden.«

Überrascht sah Simon ihn an. »Meinst du wirklich?«

»Klar«, sagte Boris im Brustton der Überzeugung. »Er lässt uns sicher nicht unbeobachtet.«

Simon nickte nachdenklich und sah Karla an.

»Gehst du mit?«, wollte er wissen, obwohl er die Antwort kannte. Um nichts in der Welt hätte sie versäumt, die Querxenwelt kennenzulernen.

Dann kramte er ein Blatt Papier aus seiner Schultasche und schrieb in großen Buchstaben darauf:

Sehr geehrter Herr Magister,
wir kommen gerne!
Liebe Grüße,
Simon Keller

»Klingt die Anrede nicht etwas geschwollen?«, fragte Boris.

Sie überlegten eine Weile, da aber niemandem etwas Besseres einfiel, faltete Simon das Blatt und steckte es in den nassen Briefumschlag. Kaum hatte er ihn verschlossen, begann sich der Umschlag zu regen. Er flatterte wie ein Vogel und flitzte dicht über Nicos Kopf hinweg zum Fenster.

Simon hatte es noch nicht ganz geöffnet, da schoss der Briefumschlag durch den Spalt und stieg senkrecht hoch in die Luft. Kurze Zeit später war er nicht mehr zu sehen.

»Wir sollten einen Briefpostdienst eröffnen«, sagte Boris, der dem Brief verträumt nachsah. »Damit werden wir schwerreich.«

Alle waren auf das nächste Wochenende gespannt. Leider wurde die Vorfreude getrübt. Am Tag vor ihrem erneuten Besuch der Querxenwelt teilte Nico ihnen mit, dass er und seine Familie wieder nach Italien ziehen würden.

Bestürzt sahen sie ihren Freund an.

»Was soll das heißen?«, fragte Simon.

»Wir werden in spätestens zwei Jahren wieder nach Italien ziehen, wenn das Café nicht besser läuft. Das haben meine Eltern mir gestern Abend gesagt«, meinte Nico traurig.

»Aber das darf nicht sein«, sagte Simon.

»Genau«, rief Boris dazwischen. »Kann man nicht mehr Werbung machen? Oder kann dein Vater etwas ganz anderes arbeiten?«

»Ich könnte meinen Vater fragen«, sagte Simon. »Vielleicht suchen sie jemanden in seiner Firma.«

Nico schüttelte den Kopf.

»Das habe ich meinem Vater auch vorgeschlagen«, erklärte er niedergeschlagen. »Aber er meint, er hätte nie etwas anderes gelernt und in Deutschland sei er nur eine ungelernte Arbeitskraft. In Italien kann er mit seinem Bruder zusammen ein neues Café eröffnen.«

Simon bemerkte, dass Nico mit den Tränen kämpfte.

»Aber er hat mir versprochen, dass wir noch zwei Jahre hierbleiben.«

»Dann haben wir noch Zeit, um uns etwas auszudenken. Ihr dürft nicht wegziehen«, sagte Boris erleichtert.

»Kennst du denn den Bruder deines Vaters?«, fragte Karla.

»Ach, er ist ganz nett. Aber ich will trotzdem nicht nach Italien.«

In dieser Nacht konnte Simon lange nicht einschlafen. Dass Nico eines Tages nicht mehr da sein sollte, war unvorstellbar. Sie mussten sich auf jeden Fall etwas einfallen lassen.

Aber morgen würden sie wieder nach unten gehen. Vielleicht erfuhr er endlich den Grund, weshalb die Kobolde ihn verfolgten.

Die Nachricht des Magisters klang sehr dringend. Immer wieder hatte Simon sich das Pergament durchgelesen.

Ruhelos wälzte er sich von einer Seite auf die andere und schlief erst ein, als der erste stahlgraue Lichtstreifen am Horizont den Samstagmorgen ankündigte.

DIE STADTFÜHRUNG

Als der Wecker klingelte, fiel Simon vor Schreck fast aus dem Bett. Müde schlurfte er in die Küche. Unter dem missbilligenden Blick seiner Mutter schlang er rasch das Frühstück herunter und machte sich dann auf den Weg. Am anderen Ende der Brücke warteten seine Freunde schon auf ihn und gemeinsam suchten sie den Türwächter auf.

Der Himmel heute war wolkenverhangen und der Rhein leuchtete nicht mehr im sommerlichen Postkartenblau wie noch zu Ende der Sommerferien. Er wälzte sich jetzt in einem schmutzigen, lehmbraunen Farbton durch sein Bett.

Es war das erste Septemberwochenende. Die lange Trockenheit hatte den Blättern der Bäume früh einen herbstlichen Goldton verliehen.

Als sie ankamen, erwartete der Türwächter sie bereits.

Der Durchgang öffnete sich auf die gewohnte Weise und ohne jede Unterbrechung betraten sie die Querxenwelt. Ungewöhnlich schweigsam und blass war Karla ihnen gefolgt. Simon konnte sich nur zu gut erinnern, wie es ihm damals ergangen war.

Wie schon beim ersten Besuch versetzte sie der Anblick des sonnenüberfluteten Platzes mit dem herrlich schillernden Springbrunnen in Erstaunen.

Die Blätter der Bäume hier unten leuchteten noch in einem kräftigen sommerlichen Grün.

Karla, die alles zum ersten Mal sah, betrachtete stumm, mit großen Augen den Anblick, der sich ihr bot. Als Eugel plötzlich vor ihnen stand, zuckte sie zusammen.

»Na, da seid ihr ja«, brummte er mit seiner tiefen Stimme und grinste sie freundlich an.

Dann fiel sein Blick auf Karla und er erstarrte. Schließlich verneigte er sich tief.

»Seid willkommen in unserer Welt, schöne Menschenfrau. Lasst mich euer Diener sein!«

Boris grinste Simon verstohlen zu.

Karla zog misstrauisch die Augenbrauen zusammen. Anscheinend wusste sie nicht, was sie von ihm halten sollte. Simon befürchtete schon einen Wutausbruch, doch glücklicherweise hielt sie sich zurück.

»Dann folgt mir!«, forderte Eugel sie würdevoll auf. «Der Magister erwartet euch.»

Ihr Erscheinen erregte zu Simons Erleichterung nicht mehr die Aufregung wie beim ersten Besuch, doch auch heute war in vielen Gesichtern Ablehnung und manchmal sogar Hass zu erkennen.

Er machte große Schritte, um neben Eugel herlaufen zu können.

»Wird hier eigentlich nie Nacht?«, fragte er neugierig. »Oder schlaft ihr nicht?«

Er erinnerte sich, dass bei ihrem ersten Besuch hier unten die Sonne vom Himmel gestrahlt hatte, obwohl sie spätabends losgegangen waren. Jetzt war es oben Tag, und wieder stand hier unten die Sonne hoch am Himmel.

Zudem verwunderte es Simon, dass oben in ihrer Welt dunkle Wolken den Himmel bedeckten, während hier unten kein einziges Wölkchen zu sehen war.

Doch das schien für Eugel völlig normal zu sein. »Natürlich müssen auch wir schlafen«, sagte er überrascht. »Wir regeln das nur anders als ihr.«

Simon wollte nicht dumm erscheinen und fragte erst gar nicht, was das bedeutete. Er war sicher, dass er es nicht begriffen hätte.

Etwas atemlos, da Eugel trotz seiner geringeren Größe ein schnelles Tempo vorgab, standen sie nach wenigen Minuten vor dem Magistrat. Breitbeinig stellte sich er vor die Tür und sah sie an.

»Die Gäste für den Magister«, dröhnte seine Stimme feierlich, als ob er die Königin von Großbritannien ankündigen würde.

»Soso, die Gäste«, knatschte die Tür und ging leise quietschend auf. »Haben sie Widerstand geleistet?«, fragte sie mit belustigtem Unterton.

»Wenn du nicht still bist, ersetze ich dich durch einen Stoffvorhang«, drohte Eugel grimmig.

»Herein mit den jungen Herren …, oh und der jungen Dame. Stört euch nicht an dem Griesgram«, sagte die Tür und ignorierte Eugels drohenden Blick.

Magister Alberich erwartete sie bereits.

»Ah …«, sagte er mit vergnügt funkelnden Augen, als er Karla anblickte. »… und ihr seid nicht allein gekommen. Diese junge, hübsche Dame ist also zu euch gestoßen?«

Karla blickte verlegen zu Boden.

Aus irgendeinem Grund schienen die Querxe Menschenfrauen bedeutend lieber zu mögen als die Menschenmänner. Schon auf dem Weg zum Magistrat war Simon aufgefallen, dass man ihn, Nico und Boris finster angesehen hatte, während die Querxenmänner Karla mit leuchtenden Augen sehnsüchtige Blicke zuwarfen. Das betraf aber nur die Männer.

Vor dem Café, an dem sie vorbeigekommen waren, hatte Simon beobachtet, wie eine Frau ihren Mann, einen wild aussehenden Querxen mit einem Morgenstern an der Seite, lautstark zur Schnecke gemacht hatte, weil er Glupschaugen bekam, als Karla vorbeilief. Kleinlaut hatte der Gescholtene immer wieder beteuert, dass er eigentlich nur Augen für sie hätte. Doch sie schien ihm das nicht zu glauben, denn ihr Gezeter hatte sie noch lange verfolgt.

Magister Alberich sah Karla freundlich an.

»Willkommen in meinem bescheidenen Heim. Ich denke, deine Freunde haben dir alles Wichtige bereits erzählt. Ich bin Alberich, der Magister dieses kleinen Städtchens.«

Dann sah er sie der Reihe nach an und lehnte sich in seinem Sessel zurück.

»Sicher seid ihr schon sehr gespannt, weshalb ich euch zu uns gebeten habe?«

Sie nickten stumm und sahen den Magister erwartungsvoll an.

»Mir wurde die Nachricht zugetragen, dass du in Besitz eines weiteren magischen Gegenstandes aus der Koboldwelt gelangt bist«, sagte er zu Simon. »Und du hattest dabei einen großen Anteil, wie ich gehört habe.«

Freundlich sah er Karla an.

Simon war erstaunt. Woher hatte der Magister seine Informationen?

»Nun denn, Simon sei doch so nett und zeige mir die Kappe und den Zauberstab.«

Simon legte beide Gegenstände vor den Magister auf den Schreibtisch. Er nahm sie und betrachtete sie stumm.

Dann beschrieb er mit dem Stab einen Kreis in der Luft und sagte: »*patescera!*«

Leichter Rauch kam aus der Spitze des Stabes und formte das Gesicht des Kobolds, der Simon bedroht hatte.

Erschrocken fuhren Simon und Karla zurück.

»Das ist er! Das ist er!«, rief Simon aufgeregt und sah abwechselnd von Karla zu Magister Alberich.

»Das ist der Kobold, der uns angegriffen hat.«

Karla nickte zustimmend.

»Ich habe es mir gedacht«, sagte der Magister mit leiser Stimme.

Er sah Simon durchdringend an.

»Außerdem ist mir zu Ohren gekommen, dass du dich als Schriftsteller ausprobiert hast, und zwar recht erfolgreich.«

Wieder fragte sich Simon, woher der Magister das alles wissen konnte. Hatte Boris recht und es gab Querxe in ihrer Welt, so was wie Querxenspione?

Er nickte, aber er verstand weiterhin nicht, was das mit den Kobolden zu tun haben sollte?

»Sicher fragst du dich, was das mit den Kobolden zu tun hat«, sagte der Magister, als hätte er Simons Gedanken gelesen.

»Mit großer Spannung habe ich deine Geschichte gelesen. Ich nehme an, dass sie voll und ganz deiner Fantasie entsprungen ist?«

Erneut nickte Simon. Worauf wollte der Magister hinaus?

»So spannend deine Geschichte auch ist …«, sagte Magister Alberich bedeutungsvoll, »… bist du damit einem Geheimnis gefährlich nahegekommen. In deiner preisgekrönten Geschichte wird eure gesamte menschliche Welt heimlich durch ein mysteriöses Volk gesteuert.

Sie lassen die Menschen Kriege führen und erzeugen Hungersnöte, um sich zu bereichern.«

Erschrocken sah Nico auf. »Gibt es diese Buki …, diese Bukiri …?«

»Bukanurei«, verbesserte Simon.

»Diese Bukanurini gibt es nicht wirklich?« Betroffen sah Nico den Magister an.

»Bukanurei«, flüsterte Simon etwas genervt.

»Nein, nein und ja«, sagte der Magister rätselhaft.

»Was Simon sich so fantasievoll ausgedacht hat, betreiben die Kobolde in Wirklichkeit in eurer Welt. Sicher mit etwas anderen Mitteln, aber deine Geschichte kam der Wahrheit so nahe, dass du die gesamte Koboldwelt aufgeschreckt hast. Die Kobolde steuern ohne euer Wissen die menschliche Finanzwelt, angefangen von den Börsenkursen der Welt bis zu vereinzelten Kriegen, wenn es nur Gewinne bringt.«

»Dann sind das gar nicht die Menschen, sondern die Kobolde, die am Unglück unserer Welt schuld sind?«, platzte es wütend aus Boris heraus.

Der Magister sah ihn freundlich an.

»Mein lieber Boris, so einfach ist es dann doch nicht, fürchte ich«, sagte er. »Die Kobolde steuern zwar eure Finanzwelt, um sich zu bereichern. Aber sie steuern sie nur. Letztlich ereignet sich nichts, was die Nescii nicht ohnehin getan hätten. Manches wird beschleunigt, manches nach dem Willen der Kobolde verzögert. Aber was passiert, wäre auch ohne sie eingetreten.

Die beiden treibenden Kräfte eurer Finanzwelt sind die Gier nach Reichtum und die Angst davor, den Reichtum wieder zu verlieren. Doch weder Gier noch Angst sind gute Ratgeber. Deshalb versuchen die Nescii, allem, was sie tun, einen rationalen Mantel zu verleihen, was natürlich immer wieder scheitert.«

Betreten sah Nico zu Boden. Simon ahnte, was in ihm vorging.

Magister Alberich fuhr fort.

»In ihrer Gier ähneln sie den Kobolden mehr, als es für sie gut ist. Und das nutzen die Kobolde für ihre eigenen Zwecke aus. Und nun denken sie, ein Nescia hätte davon erfahren und ihre Macht, ihr Einfluss, aber vor allem ihr Reichtum seien in Gefahr.«

»Und ... und was wollen die Kobolde?«, fragte Karla.

»Nun ...«, fuhr der Magister fort. »Das hängt davon ab, wie hoch sie die Gefahr einer Entdeckung einschätzen. In früheren Zeiten haben sie manchmal Nescii entführt, die sie für gefährlich hielten. Diese armen Geschöpfe tauchten nie wieder auf. Doch da deine Geschichte einer breiten Öffentlichkeit zugänglich gemacht wurde, kann es natürlich sein, dass sie Simons Tod wollen.«

Einen Moment lang hatte Simon das Gefühl, jemand hätte eiskaltes Wasser über ihn ausgeschüttet und sämtliches Blut wich aus seinem Gesicht.

»Ich bedaure, dich mit meinen Äußerungen zu ängstigen«, sagte der Magister, der seine Angst wohl bemerkt hatte.

»Doch in diesem Falle denke ich, dass jede Verniedlichung eine weitaus größere Gefahr für dich bedeuten würde. Und leider ist das noch nicht alles. Du bist in den Besitz dieser beiden Gegenstände gelangt. Du hast erst einem Diener von Barikor und dann ihm selbst diese Dinge abgenommen. Wenn Barikor sein Gesicht nicht verlieren will, muss er die Gegenstände wieder zurückholen. Für ihn ist es auch eine persönliche Sache geworden. Du hast ihn gedemütigt. Er ist jetzt dein persönlicher Feind.

»Na, dann gute Nacht«, murmelte Simon niedergeschlagen. »Was soll ich tun, in den Rhein springen?«

»Vorzugsweise nicht«, sagte Magister Alberich lächelnd, während er aufstand. Er ging im Zimmer auf und ab, dann blieb er vor Simon stehen.

»Erst einmal wirst du einen Leibwächter bekommen.«

Simon erschrak.

»Aber ich kann doch nicht den ganzen Tag mit einem Leibwächter herumlaufen. Ich muss zur Schule und was würden meine Eltern sagen?«, rief er verzweifelt.

»Keine Sorge«, beschwichtigte Magister Alberich. »Du wirst feststellen, dass dein Leibwächter sich ganz klein machen kann. Niemand wird ihn bemerken.«

»Aber selbst mit einer Tarnkappe wird es schwierig«, entgegnetet Simon.

»Dieser Leibwächter benötigt keine Tarnkappe, höchstens mangelt es ihm manchmal an Geduld. Aber er beherrscht genug Magie, um dich vor einem Kobold beschützen zu können«, beruhigte ihn der Magister.

»Außerdem ...«, Magister Alberich erhob ein wenig seine Stimme, »... habe ich in Anbetracht der neuen Situation beschlossen, euch auszubilden.«

»Bitte ...?«, entfuhr es Simon.

Verblüfft sahen sich die Freunde an.

»Wir gehen doch schon zur Schule«, protestierte Nico.

»Nichts von dem, was ihr lernen werdet, kann eure Schule euch beibringen«, sagte Magister Alberich.

»Was lernen wir dann?«, fragte Karla argwöhnisch.

Die Augen des Magisters blitzten sie fröhlich an.

»Zauberei, meine liebe Karla, Zauberei. Ihr besitzt jetzt diesen Stab. In eurer Welt gibt es nichts, was euch vor den Kobolden beschützen könnte. Also werdet ihr lernen, wie er funktioniert, und hoffentlich ein wenig mehr.«

»Bekommen wir jeder einen Zauberstab?«, platzte es aus Boris heraus, der aussah, als wäre Weihnachten vorgezogen worden.

»So ist es, lieber Boris, so ist es«, sagte der Magister vergnügt.

»Cool«, sagte Boris mit großen, glänzenden Augen.

»Ich muss aber darauf hinweisen, dass ihr sehr verantwortungsvoll damit umgehen müsst. Setzt die Stäbe nicht leichtfertig ein. Niemand soll wissen, dass ihr sie habt. Es wäre nicht gut, wenn die Kobolde erfahren, dass wir Querxe euch ausbilden.«

Alle nickten.

»Ist denn der Rat der Sieben damit einverstanden?«, wollte Simon besorgt wissen.

»Sicherlich bedurfte es einiger Überredungskunst, doch am Ende gab der Rat seine Zustimmung.«

Der Magister sah sie der Reihe nach an.

»Habt ihr sonst noch Fragen?«

Sie schüttelten die Köpfe, noch völlig durcheinander von dem, was sie eben erfahren hatten.

»Sehr gut«, sagte Magister Alberich. »Dann erwarte ich euch nächste Woche Samstag um die gleiche Zeit wie heute. Eugel wird euch in die Grundlagen der Zauberei einweisen. Doch jetzt wartet er auf euch. Ich habe ihn gebeten, euch unser Städtchen zu zeigen, natürlich nur, wenn ihr es wollt. Aber seid achtsam und bleibt in seiner Nähe.«

Endlich hatte Simon den Grund für alle Ereignisse der letzten Wochen und Monate erfahren. Obwohl die Erklärung für ihn erschreckend war, fühlte er sich seltsam erleichtert. Aber alles wurde überdeckt von der Ankündigung des Magisters, sie ausbilden zu lassen.

Sie würden zaubern lernen.

Als Eugel sie nach draußen führte, glaubte Simon, er würde schweben, und ein Schauer der Begeisterung lief ihm den Rücken herunter. Die vier Freunde konnten nicht anders, als um die Wette zu strahlen.

Aufgeregt folgten sie Eugel, der ihnen die Stadt zeigen wollte.

Das verrückte pyramidenförmige Gebäude, das sie schon bei ihrem ersten Besuch gesehen hatten, war das Postamt. Es erweckte den Eindruck, als hätte es der Erbauer beim Errichten versehentlich auf den Kopf gestellt.

Jeder Architekt oben in ihrer Welt wäre erst blass geworden und hätte anschließend sein Diplom zurückgegeben, beim Anblick dieses Gebäudes.

Briefe flogen wie weiße Tauben aus einem offenen Fenster und verschwanden in unterschiedlichen Richtungen.

»Das Gleiche passiert auf der Rückseite des Gebäudes mit den Päckchen und Paketen«, brummte Eugel.

»Ist das da oben ein Paket, Herr Eugel?«, wollte Karla wissen und deutete auf einen schwarzen Fleck, der hoch am Himmel rasch vorüberzog.

»Nö«, sagte Eugel, der anscheinend Augen wie ein Falke haben musste.

»Das ist ein fliegender Teppich. Früher benutzten wir Besen wie die Menschenzauberer, aber die Teppiche haben sich durchgesetzt. Die sind viel familienfreundlicher als ein Besen. Bei langen Reisen kann man gemütlich essen und trinken oder sogar mal ein Nickerchen machen. Und sie können erstaunlich große Lasten transportieren.«

»Kann man die auch kaufen?«, wollte Nico wissen.

»Klar«, sagte Eugel. »Aber ein guter Teppich kostet schon was. Die ganz billigen Modelle saufen beim ersten Regenguss ab. Die neuesten Modelle haben jetzt einen Regenschutz.«

Nico sah mit verträumten Augen nach oben.

»Super«, hauchte er hingerissen.

»Bisweilen fliegen unsere Jugendlichen noch mit einem Besen. Der ist viel schneller als ein Teppich«, sagte Eugel. »Denen kann es nicht schnell genug gehen. Verursachen aber immer wieder Flugunfälle, diese jungen Rowdys«, grinste er.

»Aber lasst mal den Herrn Eugel«, meinte er dann gutmütig. »Einfach nur Eugel genügt.«

»Wie konnte der Magister den Rat der Sieben überreden?«, fragte Simon. »Die meisten hassen uns.«

Eugel schmunzelte.

»Macht euch mal keine Sorgen. Der Magister hat einen großen Einfluss. Und auch der Rat der Sieben wird sich hüten, sich gegen eine Entscheidung des Magisters zu stellen.«

Während sie durch die Straßen marschierten, erklärte Eugel ihnen, dass die Zwerge seit jeher große Handwerker waren. Viele Gassen der Stadt trugen die Namen der darin lebenden Zunft.

Die Bäckergasse kannten sie noch von ihrem ersten Besuch. Hier reihte sich eine Bäckerei an die andere. Es gab die unterschiedlichsten Konditoreien und Süßwarenhersteller stellten die leckersten Süßigkeiten her. Auch heute duftete die ganze Gasse wieder wunderbar nach frisch gebackenem Brot und Kuchen.

Aus der Schmiedegasse ertönte das fröhliche Klimpern von Hämmern, die auf einen Amboss schlugen. Das Geräusch kam aus einer offenen Schmiede. In einer Esse brannte ein gleißendes Schmiedefeuer, angefacht durch einen Blasebalg.

Mit offenen Mündern blieben sie stehen. Kein Querx bewegte den Blasebalg und auch der Hammer schlug von selbst so heftig auf ein glühendes Stück Eisen ein, dass die Funken nur so sprühten.

»Hammerschlag, so heißt der Schmied, macht sicher gerade Pause«, erklärte Eugel. Für ihn schien es völlig normal zu sein, dass Hammer und Blasebalg ohne Zutun arbeiteten.

Außerdem konnte man in der Gasse die Waffen kaufen, die viele Querxe trugen und liebten.

»Früher waren wir mal ein kriegerisches Volk«, erzählte Eugel. »Doch diese Zeiten sind schon lange vergangen und heute dienen die Äxte und Schwerter nur noch dem Prahlen untereinander.«

Am Ende der Schmiedegasse bogen sie in die wohl prächtigste Straße der Stadt ein. Die Münzallee war breiter als die anderen, die sie bisher gesehen hatten, und die Häuser waren aufwendiger und höher gebaut. Große Bäume säumten die Straßenränder bis zum Ende der Allee.

Es gab Geldverleiher, Wechselstuben, Banken und mittendrin befand sich die Münzdruckerei. Nico war ganz angetan und stellte Eugel viele Fragen, die dieser geduldig beantwortete.

Doch die bei Weitem interessanteste Gegend war das Jammerviertel. Das Einkaufsviertel auf der anderen Seite der Stadt erstreckte sich über vier Straßen.

»Eigentlich heißt sie die Alles-was-du-willst-Promenade«, erklärte Eugel.

Simon grinste.

»Ich glaube, mein Vater stammt von den Querxen ab. Als wir letztens durch die Bonner Einkaufsstraße liefen, nannte er sie die „Alles-was-der-Mensch-wirklich-nicht-braucht-Allee".«

»Warum wird sie dann Jammerviertel genannt?«, wollte Karla wissen.

Eugel grinste und führte sie zu einer großen bronzenen Skulptur, die sich mitten auf einem kleinen Marktplatz befand. In stolzer Haltung stand dort eine Frau aufrecht, mit einem überquellenden Einkaufskorb neben ihrem Fuß, während vor ihr, kläglich zusammengebrochen und scheinbar weinend, ein Mann lag.

»Nach einer alten Legende ist vor etwa vierhundert Jahren Modsognir, der Unbesiegbare, verzweifelt in diesen Straßen zusammengebrochen, als seine Frau, Sigird, die Freigiebige, an einem Nachmittag die Hälfte des

Familienvermögens ausgegeben hatte. Seitdem wird die Promenade so genannt.

Unsere Frauen behaupten heute noch, ihre Männer seien von Natur aus geizig und würden nur klagen und jammern, wenn sie hier einkaufen«, grinste Eugel verschmitzt und sah dabei aus, als wäre er froh, dass er nicht verheiratet war.

»Habt ihr alle solche Beinamen?«, fragte Boris.

»Klar, aber wir benutzen sie heute kaum noch.

»Hast du auch einen?«, fragte Karla neugierig.

Eugel nickte verlegen.

»Und, wie lautet er?«

»Eugel, der aaaee.«

Das Letzte hatte er nur noch verlegen gemurmelt.

»Wie bitte?«, fragte Simon, der außer „Eugel" nichts verstanden hatte.

»Eugel, der Starke«, sagte ihr Lehrer jetzt laut. Dabei sah er verlegen zu Boden, als müsse er etwas suchen.

Simon musste zugeben, dass dieser Name durchaus zu ihm passte. Auch wenn ihr Freund nicht sehr groß war, war er fast so breit wie hoch und verfügte bestimmt über enorme Körperkräfte. Er war sicherlich nicht umsonst der Polizist der Stadt.

Schon nach den ersten Geschäften konnte Simon erkennen, dass die Angebote wirklich verführerisch waren. Hier gab es so viele Dinge zu kaufen, die er noch nie gesehen hatte.

In einem winzigen Laden wurden Zauberstäbe im Schaufenster angeboten. Eugel erzählte ihnen, dass zwar jeder Zauberstab alles konnte, aber nicht alles gleich gut. So gab es Zauberstäbe, mit denen die hervorragendsten Kochgerichte gelangen, während man mit anderen ausgezeichnete medizinische Zauber erzeugen konnte.

Zwei Ausstellungstäbe schwebten nebeneinander in der Luft und demonstrierten ihre besonderen Fähigkeiten.

Aus dem dickeren Stab ergoss sich eine Brühe in den darunter stehenden Suppenteller. War der Teller voll, versiegte der Suppenstrom. Dann leerte er sich von selbst und alles begann von vorn.

Unter dem anderen Stab lag ein sichtlich gelangweilter Querx mit einem riesigen Furunkel auf seiner großen Nase.

Berührte der Stab die Nase, verschwand der Furunkel wie von Geisterhand, nur um kurze Zeit später wieder zu erscheinen.

»Liegt der hier den ganzen Tag?«, fragte Boris verdutzt.

»Genau der richtige Job für dich, nicht wahr?«, spottete Karla.

Boris warf ihr einen bösen Blick zu.

»Das ist Koras«, sagte Eugel. »Ein ganz fauler Strick, der den ganzen Tag nur herumlungert. Er ist immer pleite, und der Zauberstabmacher gibt ihm ein bisschen Geld dafür. Abends verjubelt er das ganze Geld dann im Drachentod.«

»Heißt er Koras, der Faule?«, kicherte Nico.

Sie lachten.

Direkt neben dem Zauberstabladen gab es ein Tiergeschäft. Der Zoologische Garten bot Haustiere wie Vögel und Katzen an, aber auch Spinnen und andere seltsam anmutende Wesen konnte man erhalten.

Vor einigen Geschäften waren Kisten mit unbekannt aussehendem Gemüse oder Obst gestapelt. Andere Läden verkauften Getränke. In einem besonders großen Schaufenster wurden Töpfe und Pfannen angepriesen.

In Großbuchstaben schwebte das Wort

HAUSHALTSWAREN

über dem Schaufenster.

»Es gibt auch noch etwas Normales«, stellte Nico erleichtert fest.

»Wieso?«, fragte Eugel verdutzt. »Ist doch alles normal.«

Simon grinste.

Dann sahen sie sich die Auslage an. An der Innenseite der Scheibe war ein Werbeplakat befestigt.

DIE NEUE KÜCHENSENSATION AUS
IRLAND

Nie wieder verbranntes Fleisch

Sagen sie ihrer Pfanne, wie das Fleisch gebraten werden soll.

Ob englisch, medium oder durchgebraten,
nichts ist diesem Küchenwunder aus Irland unmöglich

Und das Beste:
Diese erstaunliche Pfanne ist selbstwendend.
Das Fleisch wird nach Fertigstellung automatisch herausgeworfen.

Der Preis für dieses irische Küchenwunder:
Nur 120 Kreutzer und 10 Heller

Simon grinste Nico an. »Völlig normal, haben wir auch zu Hause.«

»Die sind ganz gut«, meinte Eugel. »Man muss nur bei der Pfanne bleiben, sonst schlittert dein Steak über den Boden. Da müssen die noch etwas nachbessern. Das hat deine Mutter bestimmt auch gemerkt«, meinte er zu Simon, dessen Bemerkung er anscheinend ernst genommen hatte.

Boris und Nico gaben erstickte Laute von sich, womit sie sich giftige Blicke von Karla einhandelten.

Im Schaufenster eines Bekleidungsgeschäftes hing ein Sommer-Winter-Mantel.

Angeblich wuchs das Innenfell mit sinkenden Temperaturen und verschwand langsam, wenn es wärmer wurde.

»Du, Eugel, was ist ein Spargelv ... Spa ...«, stotterte Karla, als sie an einem Haus vorbeikamen, in dessen Schaufenster verschiedene Kräuter und Gefäße angeboten wurden.

»Ein Spagyrikus ist ein Heiler«, erklärte er. »Magnus Paracelsus war früher einmal der bekannteste Heiler weit und breit.

Er ist aber alt geworden und vergesslich. Einmal bin ich wegen Ohrensausen zu ihm gegangen. Versehentlich hat er mir dann ein Haarwuchsmittel gegeben.

Es hat mehrere Wochen gedauert, bis mir keine Haare mehr aus den Ohren wucherten.«

Bis heute waren Stadtführungen für Simon ein Gräuel gewesen. Wenn er mal mit seinen Eltern in Urlaub fuhr, versuchte er immer, sich davor zu drücken, was leider selten gelang. Doch heute war es anders.

Er hatte noch nie eine derart spannende Stadtführung erlebt, sodass er die finsteren und ablehnenden Blicke, die ihnen von vielen Querxen zugeworfen wurden, nur selten wahrnahm. Und da Eugel bei ihnen war, traute sich niemand, etwas zu sagen.

Am Nachmittag führte er sie zu einem Lokal in der Bäckergasse. Es hieß „Zur stumpfen Axt".

Das Lokal war ihnen schon beim ersten Besuch aufgefallen. Ein steter Strom gefüllter Gläser, Tassen und Teller flog durch die Eingangstür und landete, als wenn sie wüssten, wer sie bestellt hatte, auf dem richtigen Tisch.

Wenn die Gäste das Café verließen, schwebte das ganze Geschirr wieder zurück. Heute saßen nur wenige Besucher vor dem Lokal.

Der Hocker, auf den Nico zurollte, verschwand plötzlich. Skeptisch betrachteten Simon, Karla und Boris ihre eigenen Stühle. Doch als sie sie heranzogen und sich setzten, blieben sie an Ort und Stelle. Obwohl keine Kissen auf den harten Holzsitzen lagen, saß man so weich und bequem, dass Boris verwundert sofort wieder aufstand und den Sitz abtastete.

»Polsterzauber«, erklärte Eugel schmunzelnd. »Du sitzt mit deinem Hintern auf einer weichen Luftschicht. Im Winter kann sie auch aufgewärmt werden. Ziemlich praktisch, nicht wahr?«

»Achtet nicht auf die«, meinte er beruhigend, als sie von einigen Gästen finster angestarrt wurden. Er strahlte die Freunde an.

»Wartet ab. Irgendwann werden sich auch die letzten Querxe daran gewöhnen. Sicher hat euch der Magister schon erzählt, dass wir vor vielen Jahrhunderten mit den Menschenzauberern befreundet waren. Es gab Zauberer und Hexen, die bei uns lebten. Doch dann kam es zu Streitigkeiten mit den Kobolden, und viele Zauberer schlugen sich aus Habgier auf ihre Seite. Sogar einige Nescii hatten sich hier unten niedergelassen. Doch alle mussten schließlich unser Land verlassen, nachdem viele von uns gestorben waren. Seitdem meiden wir jeden Kontakt zu den Menschen. Aber der Groll ist bis heute geblieben.«

»Gibt es wirklich heute immer noch Hexen und Zauberer bei uns Menschen?«, wollte Nico wissen.

„Sicher gibt es die", erwiderte Eugel. »Aber sie zeigen sich den Nescii nicht. Und da ihr bald auch dazu gehört, solltet ihr es auch nicht tun. Das bringt euch nur noch mehr Schwierigkeiten.«

»Ja, das käme sicher gut, wenn ich zu meinem Bruder sage: Hallo Martin, ich kann zaubern und du nicht. Wenn du dich nicht benimmst, verwandle ich deine Nase in einen kleinen Ventilator. Dann hast du im Sommer immer kühle Luft unter der Nase.«

»Na, um das zu können, musst du mir erklären, was ein Wendilatur ist«, sagte Eugel.

»Du meinst, wir lernen wirklich, wie man Dinge verwandelt?«, fragte Simon aufgeregt.

»Immer mit der Ruhe«, brummte Eugel schmunzelnd. »Erst wollen wir mal schauen, wie ihr euch überhaupt anstellt. Noch nie wurde versucht, Nescii zu Zauberern auszubilden.«

In diesem Moment trat ein kleiner Mann mit weißer Schürze heraus und bediente einige Gäste. Den langen Bart hatte er, wohl um ungehindert arbeiten zu können, links und rechts um den Hals geknotet. Es sah aus, als trug er einen dicken Schal.

»Hallo Brondi!«, rief Eugel freundlich und grinste breit. »Was macht das Geschäft?«

Erfreut wandte sich der Wirt ihnen zu.

»Eugel, altes Haus. Wie geht es dir? Du warst ja lange nicht mehr hier«, rief er mit tiefer Stimme, die so gar nicht zu dem kleinen Körper passte.

»Viel zu tun, viel zu tun«, meinte Eugel. »Aber ich habe dir neue Gäste mitgebracht.« Dabei deutete er auf die Vier.

Ihre Sorge, dass Brondi zu den Querxen gehören könnte, die Menschen nicht mochten, bewahrheitete sich zu ihrer Erleichterung nicht. Trotz des wilden Namens seines Cafés schien Brondi ein ebenso gutmütiges Naturell wie Eugel zu besitzen. Er strahlte sie an.

»Ihr seid also die Nescii, die den Weg zu uns gefunden haben? Alle Achtung, das ist wirklich eine Leistung.«

Dann sah er Karla und seine Augen begannen zu leuchten.

Simon hatte schon bemerkt, dass auch Eugel es nicht lassen konnte, wenn er sich unbeobachtet glaubte, immer wieder einen Blick auf Karla zu werfen.

»Darf ich den jungen Herrschaften etwas zu trinken bringen?«, fragte er eifrig. Dabei legte er vor jeden eine Speisekarte.

Die vier sahen sich an.

»Leider haben wir kein Geld dabei«, meinte Simon verlegen.

»Oh, ihr habt gerade den Weg zu uns gefunden. Wir haben selten Besuch aus der oberen Welt. Eigentlich nie. Darf ich Euch auf Kosten des Hauses ein Glas Warkenmilch bringen?«, fragte er höflich und sah sie erwartungsvoll an.

»Vielen Dank, das ist sehr nett von Ihnen«, sagte Simon schüchtern.

Boris beugte sich vor und flüsterte: »Hoffentlich schmeckt das Getränk besser, als der Name klingt.«

Neugierig studierten sie die Speisekarte. Der Teil mit den Vorspeisen war nicht sehr lang. Alle Speisen und Getränke waren auch auf einem Bild zu sehen.

Kleiner Drecksack   **Stück. 20 Pfennig**

war da zu lesen.

Daneben war ein Bild, auf dem die Frucht abgebildet war. Ein grauer, fast durchsichtiger Beutel lag auf einem Teller. Die Frucht war, wie Eugel erklärte, etwa zehn Zentimeter groß und mit einem schleimigen Inhalt gefüllt.

»Hier müssen wir mal zusammen essen gehen«, sagte er begeistert. »Kein anderer Koch in unserer Stadt kann den kleinen Drecksack so lecker herstellen.«

Simon nickte und schüttelte sich innerlich.

»Es gibt noch den großen Drecksack«, erzählte Eugel weiter. »Der ist aber ungenießbar.«

Als weiterer Gaumenschmaus wurde eine Krötensuppe angeboten. Die Kröten sahen fast so aus wie die bei den Menschen, nur dass diese einen kleinen, hühnerähnlichen Kopf besaßen.

Auch die Getränkekarte zeigte nichts, was sie aus ihrer Welt kannten.

Sie bot zum Beispiel einen Ragnarök an. Eugel erklärte ihnen, dass dieses Getränk auch Götterschicksal oder Weltuntergang genannt wurde. Es war stark alkoholisch, schmeckte gut und warf den kräftigsten Mann um.

Drachenmilch – frisch vom Warken

stand als Nächstes auf der Getränkekarte.

»Sind damit wirkliche Drachen gemeint?«, wollte Simon ungläubig wissen.

»Gewiss«, meinte Eugel verwundert. »Habt ihr bei euch keine?«

Sie schüttelten die Köpfe.

»Natürlich ist das eine kleine und zahme Drachenart, Warken nennen wir sie«, erzählte er.

»Kein Zwerg mit Verstand würde versuchen, ein ausgewachsenes Großdrachenweibchen zu melken. Das versucht man nämlich nur einmal«, grinste er.

»Gibt es die auch hier?«, fragte Karla und sah sich besorgt um.

»Nö, keine Sorge. Die leben weit entfernt im Drachengebirge zusammen mit den Riesen. Der letzte Drache wurde hier vor mehr als hundert Jahren gesehen. Die interessieren sich nicht für uns. Ist auch besser so. Aber die Warkenmilch ist wirklich köstlich. Magister Alberich hat euch damals einen Krug serviert. Wisst ihr nicht mehr?«

Simon erinnerte sich noch gut an ihren ersten Besuch. Das Getränk hatte tatsächlich lecker geschmeckt und ihre Lebensgeister sofort wieder geweckt. Zum Glück hatten sie damals nicht gewusst, dass es Milch von kleinen Drachen war.

»Nennt eine Speise beim Namen«, forderte Eugel sie schmunzelnd auf.

Gehorsam suchte jeder etwas aus und las den Namen vor. Sofort stieg von der Karte ein Duft in ihre Nasen, der zu dem entsprechenden Gericht oder Getränk gehörte.

Eine Weile probierten sie die Speisekarte aus. Erstaunlicherweise rochen viele von den angebotenen Speisen besser, als ihre Namen vermuten ließen.

»Ooooh, was ist das denn?«, stöhnte Boris plötzlich und hielt die Karte weit von seinem Gesicht weg.

Der strenge Geruch wehte bis an Simons Platz. Eugel lachte gutmütig.

»Das ist der Geruch von frisch gebratenem Elwetritsch. Das Fleisch von diesem Vogel wird etwa sechs Wochen lang abgehangen und dann noch einmal zwei Wochen im Moorbad gelagert. Das Moorbad gibt dem Fleisch seinen unverwechselbaren und einzigartigen Geschmack«, erklärte er, als ob er aus einem Kochbuch vorlesen würde.

Dann kamen dampfende Krüge angeflogen und jeder ließ sich vor einem von ihnen nieder.

Eugel erhob seinen Krug mit Ragnarök und rief so laut, dass jeder es hören konnte: »Na, dann Prost, meine Freunde. Lasst es euch schmecken.«

Er beugte sich zu Simon vor und fragte: »Man sagt doch Prost bei euch, nicht wahr?«

Simon nickte und sie nahmen einen kräftigen Schluck. Nur Karla steckte misstrauisch die Nase in den Krug. Der Gedanke, dass sie Drachenmilch trinken sollte, war ihr scheinbar unheimlich.

»Trink ruhig!«, rief Boris nach dem ersten Schluck.

»Mmmhh, das schmeckt toll.«

Wie zum Beweis leckte er sich die grünen Lippen.

Als Karla sah, mit welchem Genuss ihre Freunde tranken, nippte sie vorsichtig an dem Krug. Nach dem ersten kleinen Schluck ging ein Leuchten über ihr Gesicht, und im Nu war der Krug leer.

»Das müsstet ihr in eurem Café verkaufen«, schlug Boris Nico vor.

»Was trinkt ihr denn so in eurer Welt?«, fragte Eugel.

Nico erklärte, dass es in der Menschenwelt Kühe gab, deren Milch man trinken konnte.

»Aber sie schmeckt bei Weitem nicht so gut wie das hier«, sagte er dann.

»Wenn mein Vater diese Milch hier verkaufen könnte, bräuchten wir vielleicht nicht nach Italien zu ziehen«, meinte er hoffnungsvoll und betrachtete den Krug mit seinem köstlichen Inhalt.

Simon erklärte Eugel, dass Nico wahrscheinlich mit seinen Eltern wieder nach Italien ziehen musste.

Nachdenklich sah er ihren Freund an.

»Tja«, meinte er gedehnt. »Die Sache hat nur einen Haken. Ich glaube nicht, dass selbst Querxe, die nichts gegen eure Anwesenheit haben, irgendetwas an die Nescii verkaufen würden.«

Nico betrachtete enttäuscht den Krug.

Dann sprachen sie darüber, was der Magister ihnen erzählt hatte. Simons Sorgen waren nur noch größer geworden.

»Alles wegen einer erfundenen Geschichte«, meinte Boris.

Simon nickte. »Kobolde regieren unsere Welt! Das kann einem ziemliche Angst machen.«

»Ich habe schon immer gewusst, dass mit unseren Lehrern etwas nicht stimmt«, sagte Boris.

»Ihr wärt auch dumm, wenn ihr keine Angst hättet«, meinte Eugel ernst. »Doch wenn wir fleißig üben, könnt ihr in drei bis vier Jahren …«

»Drei bis vier Jahre?«, unterbrach ihn Karla entsetzt. »Bis dahin können sie Simon schon erwischt haben.«

»Na, dafür bekommt er ja einen Leibwächter«, grinste Eugel verschmitzt. »Der wird schon auf ihn aufpassen und auch auf euch ein Auge werfen.«

»Wer ist es denn?«, wollte Boris wissen. »Hoffentlich ein mächtiger Zauberer?«

Insgeheim hoffte das auch Simon.

»Das darf ich euch nicht verraten«, meinte Eugel vergnügt. »Ihr werdet schon sehen, ihr werdet schon sehen.«

Am frühen Abend geleitete er sie zum Platz mit dem Kristallbrunnen. Der große Platz, auf dem sich auch die Eingangstür zu dieser Welt befand, nannte sich Querxenrund und war der Mittelpunkt der Stadt Sindrikum. Die Straßen, die sternförmig in den Platz mündeten, wurden in regelmäßigen Abständen von weiteren Gassen und Straßen durchschnitten, die kreisförmig um die Stadtmitte angelegt worden waren.

Dass die Zwerge außerordentlich begabte Handwerker waren, wurde nirgendwo deutlicher als bei dem kristallenen Brunnen Querxenfeuer.

Er war wunderschön, und wenn das Licht der Sonne durch die vier Kristallschalen fiel, schien der Platz in Flammen zu stehen.

»Leider müsst ihr heute nach Hause laufen«, sagte Eugel zum Schluss.

»Den Zauber, Lebewesen von einem Ort zum anderen zu versetzen, beherrschen nur eine Handvoll Querxe.

Der Magister ist einer davon«, sagte er stolz, als sei er der Vater des Magisters.

Nach der Stadtführung mit den vielen Eindrücken waren sie müde, aber recht aufgekratzt. Die Kühle des Ganges weckte ihre Lebensgeister, und sie erreichten rasch den Türwächter.

Er war sehr erstaunt, als sie ihm erzählten, dass sie das Zaubern lernen sollten.

»Bei meinem Steinmetz. Das ist ein großer Vertrauensbeweis von Magister Alberich. Enttäuscht ihn nicht«, ermahnte er sie.

»Wissen Sie, wer der Leibwächter sein könnte?«, fragte Simon.

»Es ist noch nie vorgekommen, dass die Querxe einen Nescia beschützt haben. Der Magister muss die Lage sehr ernst einschätzen, wenn er sich zu solchen Maßnahmen gedrängt sieht. Ich kenne aber keinen Querx, der freiwillig bei den Nescii leben würde.«

»Vielleicht ist es Eugel«, sagte Nico hoffnungsvoll.

»Das wäre zu auffällig«, meinte Karla. »Er würde ziemliches Aufsehen erregen.«

»Vielleicht jemand, der unsichtbar ist?«, sagte Boris.

»Aber wo sollte derjenige wohnen?«, warf Simon ein. »Er muss auch essen und trinken. Ich hoffe, dass der Magister sich alles gut überlegt hat.«

»Seid unbesorgt«, tröstete sie der Türwächter. »Magister Alberich ist nach allem, was ich gehört habe, der weiseste und weitblickendste Magister, den die Stadt je hatte.«

Das kann ich nur hoffen, dachte Simon und seufzte tief.

DER UNTERRICHT BEGINNT

Die Aussicht, Zauberei zu erlernen, ließ Simon in der folgenden Woche an nichts anderes mehr denken. Während des Schulunterrichts konnte er sich kaum noch auf den Lehrstoff konzentrieren.

Nicht, dass er die Schule jemals spannend gefunden hätte, aber die Dinge, die sie hier lernen konnten, erschienen ihm auf einmal noch langweiliger als sonst und ziemlich unbedeutend. Was war das alles schließlich gegen Zauberei?

Mehrmals fiel er seinen Lehrern auf, weil er mit seinen Gedanken im Unterricht immer wieder abschweifte.

Vor seinem geistigen Auge verwandelte er Helga und ihre Freundin in fette Kröten. Gregor ließ er jeden auf der Straße ansprechen.

»Guten Tag, ich bin Gregor. Ich bin stark und dumm wie Bohnenstroh.«

Und Ben fügte immer hinzu: »Ich bin Ben und noch viel stärker.«

Dabei grinsten beide so, als wäre es das Wunderbarste auf der Welt und alle müssten mit ihnen glücklich sein.

Simon musste wohl versonnen gelächelt haben, denn plötzlich stand sein Kunstlehrer neben ihm und riss ihn mit gehässigem Grinsen aus seinen Träumen.

»Sicher wäre es interessant, mehr über die Verzückung des Herrn Keller zu erfahren, aber leider war das Thema nicht das Lächeln der Mona Lisa.«

Die Klasse lachte.

Nur Karla war mit Feuereifer bei der Sache. Sie hatte sich völlig verändert und schien alles aufsaugen zu wollen, was sie in den Jahren zuvor verpasst hatte, und ließ sich auch vom bevorstehenden Samstag nicht ablenken.

Am Freitag vor dem großen Tag fieberten sie alle dem nächsten Morgen entgegen. Der Tag begann mit zwei Stunden Englischunterricht. Ihre Lehrerin, Frau Magerka, war groß und schlank und mochte um die sechzig Jahre alt sein. Als sie in die sechste Klasse kamen, begann sie gerade als Englischlehrerin an ihrer Schule.

Während der ersten Unterrichtsstunde stellte sie sich den Schülern mit ihrem Namen vor und Nico rutschte dabei „Frau Magerquark" heraus. Damit handelte er sich zwei Stunden Nachsitzen ein, doch von da an war sie für alle Schüler bloß noch „Frau Magerquark"; natürlich nur, wenn sie nicht dabei war.

Frau Magerka besaß zwei graue und durchdringende Augen in ihrem langen und schmalen Gesicht, die die Schüler immer zu durchbohren schienen.

Simons Gedanken glitten ständig vom Unterricht ab und sehnsüchtig wartete er auf den Schulschluss. Mehrmals ertappte seine Lehrerin ihn dabei, wie er verträumt aus dem Fenster starrte. Gerade fragte sie Vokabeln ab.

»Simon, sage mir, was *very important person* bedeutet!«

Boris stieß ihm den Ellenbogen in die Seite, da er nicht reagierte.

Simon zuckte erschrocken zusammen. »Wa! Very impotent person, ähm?!?«

Im nächsten Moment lachte die ganze Klasse los. Ein verdächtiges Glitzern trat in die Augen der Lehrerin.

«Ruhe!», rief sie in die Klasse, »Ruuuuhe!«

»Na, soweit sind wir doch hoffentlich noch nicht«, meinte sie leise. Ihre Mundwinkel zuckten.

Tränenüberströmt lag Boris fast auf seinem Tisch und beruhigte sich kaum, während Nico beinahe aus seinem Stuhl gerutscht wäre.

Anscheinend hatte Frau Magerka Mitleid mit Simon, denn sie ließ ihn während des restlichen Unterrichtes in Ruhe.

In der Pause hockten die vier an einem Steintisch auf dem Schulhof.

»Ich bin gespannt, was wir lernen werden«, sagte Nico ganz zappelig vor Aufregung.

Eugel hatte ihnen nichts verraten und nur gemeint, sie sollten sich überraschen lassen.

»Richtig krasse Sachen, hoffe ich«, sagte Karla mit glänzenden Augen. „Wenn wir mit Kobolden fertig werden sollen, hilft gutes Zureden nicht.«

»Ein Lernzauber wäre nicht schlecht«, sagte Boris hoffnungsvoll. »Dann könnte ich mir den ganzen Lernstoff vom Schuljahr anzaubern und müsste dieses Jahr nicht mehr zur Schule.«

»Jetzt bin ich aber überrascht«, sagte Nico und sah Boris erstaunt an.

»Ich habe gedacht, es wäre ein Zauber, mit dem du deinen Schreibtisch in ein tragbares „Tischlein deck dich" verwandeln könntest.«

»Oder Herrn Jahn in einen goldspuckenden Esel«, kicherte Karla.

Herr Jahn war ihr Sportlehrer und ließ immer wieder durchblicken, dass er Boris im Sport für einen absoluten Versager hielt.

Insgeheim musste Simon ihm recht geben. Sport war nicht das Ding seines Freundes. Neben ihrem Kunstlehrer mochte Boris Herrn Jahn am allerwenigsten.

»Keiner von uns hat je gezaubert«, sagte Nico. »Ich glaube nicht, dass ein bisschen Herumwedeln mit dem Zauberstab ausreicht.«

Er war zwar Klassenbester, aber die Möglichkeit, dass hier was anderes als Intelligenz gefordert war, machte ihn ganz unruhig. Und die Tatsache, dass er auf den Rolli angewiesen war, stimmte ihn nicht optimistischer.

»Zerstöre meine Träume nicht!«, sagte Boris grinsend.

»Immerhin können wir damit ein Feuer löschen«, meinte Simon trocken und erinnerte sich dabei an ihre ersten Versuche mit dem Zauberstab, als Nico Karla mit einem versehentlich hervorgerufenen Wasserstrahl nass gespritzt hatte.

Karla hörte nicht zu, sondern starrte mürrisch auf zwei Schülerinnen, die sich ihnen langsam näherten.

Es waren Helga und Viktoria. Sie grinsten verächtlich, als sie an den Tisch traten.

»Was wollt ihr?«, fragte Boris verärgert.

Helga und Viktoria beachteten ihn gar nicht.

»Na, wie gefällt es dir mit solchen Freunden?«, fragte Helga ihre ehemalige Freundin.

Karlas Gesicht hatte sich schon verfinstert, als die zwei sich näherten, doch jetzt funkelte Zorn in ihren Augen.

»Es geht mir sehr gut mit ihnen, aber das geht euch gar nichts an!«, zischte sie.

»Sicher«, erwiderte Helga. »Ein Niemand, ein Dickerchen und so jemand«, dabei sah sie Nico herablassend an. »Darüber würde ich auch nicht reden wollen.«

Das hätte Helga besser nicht gesagt. Karla stieß einen Wutschrei aus und sprang sie wie eine Wildkatze an. Es ging so schnell, dass ihre Freunde nicht reagieren konnten. Im Nu lag Helga auf dem Boden und riss die Arme hoch, um nicht von Karlas herab prasselnden Schlägen getroffen zu werden.

Viktoria stand regungslos dabei, ohne ihrer Freundin zu helfen. Sie kreischte so laut, als ob sie von Karlas Fäusten getroffen wurde.

Es dauerte nicht lange, und sie waren von einer Schar von Schülern umgeben, die begeistert zuschauten.

Simon und Boris waren aufgesprungen und bemühten sich nach Kräften, ihre Freundin von der am Boden liegenden Helga wegzuziehen, als auch schon ihr Klassenlehrer erschien.

Böse sah er Karla an, die seinen Blick frech erwiderte.

»Die ist total plemplem!«, kreischte Helga, als sie sich wieder aufgerappelt hatte. Ihre Nase blutete etwas, sonst schien ihr aber nichts passiert zu sein.

»Die gehört doch in eine Klapse!«, sprang Viktoria ihrer Freundin zur Seite. »Die ist gemeingefährlich!«

»Und ihr seid natürlich völlig unschuldig?«, sagte Herr Ziegler barsch.

»Ihr kommt jetzt mit!«, wandte er sich dann an die Freunde. Mit gesenkten Häuptern folgten ihm die drei Jungen. Karla warf trotzig den Kopf in den Nacken und trottete hinterher.

Als sie an Helga und Viktoria vorbeigingen, hörte Simon noch, wie Helga flüsterte: »Das wird dir noch leidtun.«

Für einen Moment sah es so aus, als wolle Karla sich erneut auf sie stürzen. Erschrocken wich Helga zurück, doch dann ging Karla weiter, ohne sie noch eines weiteren Blickes zu würdigen.

Im Lehrerzimmer stellte sich Herr Ziegler vor ihnen auf. Vorwurfsvoll sah er Karla an.

»Was fällt dir ein, dich so herumzuprügeln?«, schimpfte er.

Karla biss sich auf die Lippen und sah trotzig zum Fenster heraus. Stattdessen antwortete Nico.

„Helga hat es verdient", meinte er.

»Wie kann jemand so etwas verdienen?«, schimpfte Herr Ziegler aufgebracht.

»Sie hat meine Freunde beleidigt«, zischte Karla jetzt wütend.

Herr Winkler sah Simon, Nico und Boris an.

»So, ihr wurdet beleidigt, und deshalb lasst ihr zu, dass Karla jemanden verprügelt?«

»Helga hat förmlich darum gebettelt«, erwiderte Boris empört.

»Du bettelst wohl um Nachsitzen«, schimpfte Herr Ziegler. »Das trifft sich nämlich gut. Zufällig bin ich morgen Vormittag hier und habe etwas Zeit.«

Boris wurde bleich. Auf keinen Fall wollte er die ersten Zauberstunden versäumen.

Herr Ziegler atmete tief durch.

»Weißt du eigentlich, wie kurz du Ende der Sommerferien vor einem Schulverweis gestanden hast?«, fragte er Karla. »Als die Ferien zu Ende waren, wollte ich nicht glauben, dass du dich mit den Dreien befreundet hattest. Ich vermutete, du würdest ein böses Spiel mit ihnen treiben. Aber mit der Zeit habe ich wirklich geglaubt, dass es dir ernst ist. Deine Noten werden besser, und ich habe alles getan, um den Schulverweis zu verhindern. Die meisten Lehrer glauben nämlich nicht, dass du dich wirklich verändert hast. Willst du das alles jetzt wirklich wegen einer idiotischen Beleidigung aufs Spiel setzen? Merkst du nicht, dass es vielleicht genau das ist, was die beiden erreichen wollen?«

Karla, die immer kleiner geworden war, senkte den Kopf. Eine Zeit lang schwieg Herr Ziegler.

»Ich muss mir überlegen, was ich dem Kollegium sage. Versprich mir, dass du dich in Zukunft beherrschen wirst, sonst werde ich kaum noch etwas für dich tun können.«

Karla nickte. »Muss Boris morgen nachsitzen?«, fragte sie besorgt.

Herr Ziegler sah sie an.

»Raus hier!«, brummte er mit zuckenden Mundwinkeln. »Ich will euch hier vor Montag nicht mehr sehen!«

»Haben wir dann jetzt frei?«, fragte Boris frech.

»Halt die Klappe!«, raunzte Simon ihn an. Ehe Herr Ziegler noch etwas sagen konnte, zog er ihn aus dem Lehrerzimmer.

Endlich brach der Morgen ihres ersten Zauberunterrichts an. Vor Aufregung hatte Simon die ganze Nacht kaum geschlafen. Bereits früh am Morgen brachen sie auf, um ja den ganzen Tag ausnutzen zu können.

Ein gut gelaunter Eugel stand schon am Tor, um sie abzuholen.

»Na, aufgeregt?«, wollte er wissen. »Nun, dann lasst uns mal sehen, was ich euch beibringen kann. Heute werden wir noch im Haus des Magisters trainieren«, sagte er.

Der große Ausbildungsraum lag im hinteren Bereich des Gebäudes, und durch die Sprossenfenster fiel das Tageslicht in die Halle. Eugel baute sich vor ihnen auf und gespannt sahen sie ihn an.

»Am Anfang werde ich euch einige grundlegende Dinge zeigen. Wenn sich herausstellt, dass ihr die notwendigen Fähigkeiten besitzt, steigen wir tiefer in die Magie ein, zum Beispiel die Levitation. Das ist die Fähigkeit, Dinge schweben zu lassen.«

Begeistert sahen sie sich an. Dann fuhr Eugel fort.

»Um Magie erfolgreich zu benutzen, sind drei Dinge wichtig. Der Weg, der feste Wille und – nicht zuletzt – eine deutliche Aussprache. Als Erstes müsst ihr eine genaue Vorstellung davon haben, was ihr bewirken möchtet. Euch muss das Mittel klar sein, das heißt, welcher

Zauber oder Fluch zum Erreichen des Zieles der Angemessenste ist.

Stellt euch vor, ihr könnt euch nicht entscheiden, ob ihr einen Verwechslungszauber benutzt oder ob ihr euer Gegenüber in ein Huhn verwandeln wollt, und zaubert trotzdem. Habt ihr schon einmal einen Menschen mit Hühnerkopf gesehen, der beim Körnerpicken kein Korn mehr trifft und ständig die Tür verfehlt. Das ist wahrlich kein schöner Anblick.«

Er machte eine kleine Pause.

»Und dann, nicht weniger wichtig, müsst ihr den festen Willen haben, den Zauber ausführen zu wollen. Unsicherheit oder Verwirrung schwächen die magische Kraft oder verhindern sie sogar. Ihr müsst eindeutig sein.«

Eugel sah sie fragend an. »Habt ihr bis hierhin alles verstanden?«

Sie nickten eifrig.

»Und zu guter Letzt ist es wichtig, dass ihr deutlich sprecht. Eine undeutliche Aussprache und dann auch noch bei ähnlich klingenden Zaubersprüchen oder Flüchen kann fatale Folgen haben.«

Er machte eine Pause.

»Nun denn, im Alltag hat man meist genügend Zeit, um sich vorzubereiten und irgendwann geht einem das Zaubern in Fleisch und Blut über. Aber wenn ihr einem Kobold gegenübersteht, kann es auf jede Sekunde ankommen.«

Als er die skeptischen Gesichter der Jugendlichen sah, lächelte er.

»Keine Sorge, genau deswegen sind wir ja hier. Ihr werdet es lernen. Und es ist schon viel wert, wenn ihr dadurch die Zeit gewinnt, um euch aus dem Staub zu machen.«

Dann griff er in seine Jackentasche und zog drei Zauberstäbe hervor.

»Tataaa«, rief er und hob sie hoch.

»Das sind ab heute eure Stäbe«, sagte er und reichte Karla, Nico und Boris einen Stab.

»Der Magister hat jeden auf euch abgestimmt. Was das bedeutet, werdet ihr im Laufe der Zeit noch merken.«

Simon betrachtete etwas enttäuscht seinen Zauberstab. Er hatte gehofft, auch einen neuen Stab zu erhalten. Seiner sah ziemlich abgegriffen aus, und der Gedanke, dass er eigentlich einem Kobold gehört hatte, der überdies noch seinen Tod wollte, behagte ihm überhaupt nicht.

Eugel schien seine Enttäuschung zu bemerken. »Magister Alberich sagt, dass du den Zauberstab behalten sollst«, sagte er zu Simon.

»Er sieht nicht neu aus, aber er ist mindestens vierhundert Jahre alt und besitzt mehr Magie als diese drei zusammen.«

Mit neuem Interesse betrachtete Simon seinen Zauberstab, konnte aber nichts Auffälliges entdecken.

Eugel räusperte sich laut und zog ein wichtiges Gesicht.

»Zauberstäbe sind kein Spielzeug. Ihr wärt nicht die Ersten, die sich versehentlich einen Fuß wegzaubern oder in einen Blumentopf verwandeln. Sie gehören auch nicht in die Hosentasche. Eine versengte Pobacke ist nicht angenehm. Achtet auch immer darauf, wohin ihr den Stab haltet. Einmal mussten wir einen Schüler vom Gipfel des Mount Everest holen. Er war plötzlich verschwunden. Drei Tage haben wir gesucht und ihn dann halb erfroren gefunden. Zum Glück beherrschte der arme Kerl halbwegs einen Wärmezauber. Und genau damit werden wir heute auch beginnen!«

Er stellte sich vor Karla auf und richtete seinen Zauberstab auf sie.

»He he«, rief sie erschrocken und sprang zurück.

»Keine Sorge«, meinte Eugel beruhigend. »Es tut nicht weh, dir wird nur ein wenig wärmer.«

Karla schloss schicksalsergeben die Augen und blieb ruhig stehen.

»*calefacere minima!*«, rief Eugel mit dröhnender Stimme. Die Luft vor seinem Zauberstab begann zu flimmern, sonst schien nichts zu passieren.

»Und?«, wollte er von ihr wissen. »Wie war es?«

»Angenehm«, meinte Karla erleichtert, während sie an sich herabblickte. Anscheinend war nichts in Brand geraten und alles an ihr sah aus wie vorher.

Eugel wiederholte an jedem von ihnen den Zauber. Es war, als würde man von einem warmen Luftstrom umhüllt. Erst nach einigen Minuten ebbte das Wärmegefühl langsam ab.

»Wichtig ist, dass ihr den Zauber, den ihr erzielen möchtet, auch wirklich wollt. Stellt euch vor, wie der warme Luftstrom dem Zauberstab entströmt. Sonst gelingt es nicht.«

Dann machte er mit dem Stab einen Schlenker und vier Pappfiguren standen plötzlich nebeneinander vor ihnen.

»So, jetzt seid ihr an der Reihe. Sprecht langsam und stellt euch genau vor, was ihr erreichen möchtet.«

»*calefacere minima!*«, riefen alle fast gleichzeitig.

Simons Pappfigur flog trudelnd durch den Raum und krachte gegen die Wand. Offenbar hatte er einen starken Luftstoß erzeugt. Betreten sah er Eugel an. Doch der schien nicht im Mindesten überrascht zu sein.

Zu Simons Erleichterung erging es seinen Freunden auch nicht besser. Karla wurde bleich, als ihre Pappfigur die Form einer zerknüllten Zeitung annahm, während Boris seine Figur in Flammen gesetzt hatte.

»Feuer!«, rief er erschrocken.

Ihr Lehrer löschte die Flammen mit einem Wasserstrahl aus seinem Zauberstab.

Nur Nico war es gelungen, immerhin einen leichten, wenn auch eiskalten Luftstrom zu erzeugen. Es hatte sich sogar etwas Raureif an der Spitze seines Zauberstabes gebildet.

»Ausgezeichnete Konzentration«, lobte ihr Lehrer den strahlenden Nico und klopfte ihm auf die Schulter.

Boris betrachtete kopfschüttelnd Karlas zerknüllte Figur.

»Sag mal, woran hast du denn da gedacht?«, wollte er von ihr wissen.

Sie sah ihn böse an, warf ihren Kopf in den Nacken und sagte: »Immerhin habe ich den Zauberspruch richtig ausgesprochen.«

Dann drehte sie sich um.

Es stimmte. Boris hatte laut etwas gesagt, was nach „katzenverzehren minimal" geklungen hatte.

»Das macht nichts, das macht überhaupt nichts«, rief ihnen Eugel beruhigend zu.

»Ihr werdet jetzt eine Weile üben!«

Sie trainierten den ganzen Vormittag, bis ihr Lehrer zufrieden war. Danach sollten sie ihn an ihm ausprobieren.

»Meinst du, wir sind schon so weit?«, fragte Simon besorgt.

»Klar«, sagte Eugel. »Nur so kann ich beurteilen, ob der Zauber auch wirklich korrekt ausgeführt wurde.«

Das hatte sie nicht beruhigt. Boris war zu aufgeregt und verkokelte Eugel den Bart, was Karla ein hämisches »ha« entlockte.

»Sehr schön«, sagte ihr Lehrer am Schluss zufrieden. »Das war für den Anfang doch gar nicht schlecht.«

Um die Mittagszeit war die Temperatur im Raum stark angestiegen und allen lief der Schweiß in Strömen von der Stirn. Deshalb waren sie froh, als ihr Lehrer verkündete, dass es Zeit für eine Pause sei.

Gemeinsam machten sie sich auf den Weg ins Wirtshaus „Zur Stumpfen Axt".

Um nicht zu großes Aufsehen zu erregen, setzte er sich mit ihnen in den rustikalen Innenraum. Die Butzenscheiben beleuchteten den Raum nur spärlich. Gegenüber der Eingangstür stand ein kleiner Tresen aus dunklem Eichenholz. Im halbdunklen linken Teil des Raumes war ein Kamin eingebaut. Ein großer Topf hing über der Feuerstelle, in der jetzt aber kein Feuer brannte.

Bis auf einen Querx mit einem riesigen Messer auf dem Rücken, der einige Tische weiter saß, waren sie die einzigen Gäste. Er hatte wildes, schwarzes Haar und sah mit grimmigem Gesicht zu ihnen herüber. Es war Tothand, eines der Mitglieder vom Rat der Sieben.

Brondi betrat den Schankraum und begrüßte sie herzlich. Sie bestellten alle einen Krug von der köstlichen Warkenmilch, auf das Angebot, sich etwas von der Speisekarte kommen zu lassen, verzichteten sie vorsichtshalber.

Obwohl er es schon oft gesehen hatte, beobachtete Simon fasziniert, wie die dampfenden Krüge durch den Raum schwebten und sich vor ihnen auf den Tisch stellten.

Tothand hatte sie die ganze Zeit unablässig angestarrt. Doch nach einer Weile hielt er es anscheinend nicht mehr aus und trat an ihren Tisch.

»Verschwindet wieder, ihr habt hier nichts zu suchen«, grollte er.

Dann sah er Eugel an. »Wie kannst du nur so friedlich mit diesen Nescii zusammensitzen? Hast du vergessen, was sie uns angetan haben?«

»Aber nicht diese Nescii«, antwortete Eugel ruhig. »Und auch nicht deren Eltern. Die, von denen du sprichst, leben schon seit einigen Jahrhunderten nicht mehr.«

»Glaubst du wirklich, diese hier wären so anders?«, wollte Tothand wissen. »Nur, weil sie noch jung sind, heißt das nicht, dass sie vertrauenswürdig sind.«

»Ja, das glaube ich tatsächlich und der Magister auch!«, erwiderte Eugel jetzt mit erhobener Stimme.

»Jetzt noch. Aber irgendwann sind wieder Magisterwahlen. Mal sehen, was er meint, wenn er nicht wiedergewählt wird.«

»Ach, halt die Klappe, Tothand«, erwiderte Eugel zornig. »Gerade du solltest aufpassen, was du sagst.«

Mittlerweile war auch Brondi aufmerksam geworden.

Er trat heran und schob Tothand wieder an seinen Platz. »Mach keinen Ärger«, schimpfte er. »Sonst bekommst du Lokalverbot.«

»Das wirst du nicht wagen. Ich gehöre zum Rat der Sieben und wenn ich will, werden dir die Gäste ausgehen«, drohte Tothand.

Aufgebracht setzte er sich wieder auf seinen Platz, warf aber gelegentlich zornige Blicke zu ihnen herüber.

»Seht ihr, das ist der Grund, weshalb ihr noch nicht allein durch die Stadt gehen solltet. Es gibt noch zu viele Holzköpfe, die die Vergangenheit nicht vergessen können.«

»Ist es denn wahr, dass der Magister unseretwegen vielleicht nicht wiedergewählt wird?«, fragte Simon besorgt. Bei dem Gedanken kribbelte sein Magen unangenehm.

»I wo, die meisten hier wissen sehr wohl, was sie Magister Alberich alles zu verdanken haben. Macht euch mal keine Gedanken.«

Er stand auf. »Kommt noch mit zu mir. Da können wir ungestört noch eine Tasse Tee trinken.«

Dann sagte er laut: »Die Gesellschaft hier behagt mir nicht.« Böse sah er Tothand dabei an.

Hastig leerten sie ihre Tassen und folgten ihm. Kaum waren sie aufgestanden, erhob sich das Geschirr wie von Geisterhand und flog zurück ins Innere der Küche.

Eugels Haus lag etwas abseits am Rande des Städtchens unweit vom Magistrat. Es war ein hübsches altes Fachwerkhaus mit bunten Butzenscheiben. Voller Stolz zeigte er ihnen den Garten hinter seinem Haus.

Viele Pflanzen, die hier wuchsen, hatte Simon noch nie gesehen. Der hintere Teil des Gartens grenzte an einen Feldweg. Hier baute Eugel Gemüse an. Dahinter erstreckten sich Wiesen und Felder, bis sie in der Ferne auf einen riesigen Wald stießen. Am Horizont erhob sich eine Gebirgskette.

Ausgiebig bestaunten sie die selbst gezogenen Sonnenblumen. Sie waren mehrere Meter hoch, ihre Stängel so dick wie der Oberschenkel eines ausgewachsenen Mannes, und die Blüten hatten mindestens zwei Meter Durchmesser. Eine einzige Pflanze ersetzte leicht einen Sonnenschirm.

Über eine überdachte Holzterrasse betraten sie einen großen Raum, der zweifellos das Wohnzimmer war. Neugierig sahen sie sich um.

Ein kunstvoll geschnitzter Schrank stand an der hinteren Wand neben einer Tür. Die eingelassenen Scheiben glitzerten fluoreszierend.

In der Mitte des Raumes hatte Eugel einen massiven Holztisch mit sechs Stühlen aufgestellt, und unter einem Fenster befand sich eine durchgesessene Couch, anscheinend Eugels Lieblingsplatz.

Neben dem Schrank hing eine Uhr. Eigentlich hing sie nicht, sie schwebte. Die Uhr besaß auch kein Gehäuse, sondern Zahlen und Zeiger schwebten ebenso ohne jeden Zusammenhalt in der Luft. Gerade rückte der große Zeiger weiter vor, und eine melodische Stimme erklang:

»Zeit fürs Mittagessen und der Magister bittet heute Abend um einen Bericht über den ersten Unterrichtstag.«

Dann ertönte aus dem Raum nebenan ein lautes Klatschen. Eugel schlug sich mit seiner Pranke vor die Stirn.

»Du meine Güte, das Drachensteak habe ich ganz vergessen.«

Auf dem Boden der Küche lag etwas, das wie ein Stück dampfendes Fleisch aussah, nur dass es die grünliche Farbe verdorbener Lebensmittel besaß. Bei dem Anblick drehte sich Simon der Magen um.

Über der Feuerstelle schwebte eine dieser selbstwendenden Pfannen, die sie in einem Geschäft gesehen hatten, und in der Luft hing ein seltsamer Geruch.

»Du, Eugel?«, meinte Simon beklommen und deutete auf den Kamin. »Was ist das?«

Mitten im Kamin hockte in all dem Qualm und Feuer ein kleines Wesen. Es hatte Ähnlichkeit mit einem dürren alten Männlein und war damit beschäftigt, voller Inbrunst in die Flammen zu pusten.

Eugel blickte auf das Wesen.

»Das? Ach, das ist ein Bodach. Sie leben am liebsten in Kaminen. Je mehr Feuer und Rauch, umso wohler fühlen sie sich. Dieser hier ist eines Tages in meinen Kamin eingezogen und einfach dageblieben. Er kümmert sich darum, dass ich immer Feuer habe, wenn ich eins brauche. Nützlicher Kerl. Habt ihr keine bei euch oben?«

Simon schüttelte den Kopf.

In diesem Moment sprang ihnen ein Tier von der Größe einer Dogge entgegen. Es sah aus wie die kleine Ausgabe eines Drachen, wie man sie in Filmen oft sehen kann. Aus den Nüstern des Tieres kringelten Rauchwolken empor.

Der kleine Drachen stützte sich auf seinen Schwanz und leckte Eugels Hand, als dieser über seinen Kopf strich.

»Das ist Wurzel«, stellte er das Tier vor.

»Er ist ein Warken. Eigentlich sollte er eingeschläfert werden, weil er so klein war. Er wuchs auch nicht und hätte niemals Milch gegeben.«

Liebevoll sah er auf den kleinen Drachen herab.

»Und Fleisch ist auch nicht dran. Deshalb habe ich ihn zu mir genommen. Ein prima Haustier ist er geworden.«

Der kleine Drache blickte sie aus seinen roten Augen neugierig an. Als Simon ihm mit seiner Hand vorsichtig über den Kopf strich, hielt das Tier ganz still. Die lindgrüne Haut fühlte sich lederig und kühl an. Vom Rücken bis zur Schwanzspitze wuchsen kleine Stacheln heraus.

Karla trat aufgeregt von einem Bein auf das andere. Als Wurzel wie ein Hund Simons Hand abschleckte, war es um ihre Beherrschung geschehen. Sie kniete nieder und umarmte das Tier.

»So eins will ich auch«, sagte sie mit hoher, piepsiger Stimme.

»Da würden die Nescii aber ganz schön gucken«, brummte Eugel vergnügt.

Er nahm das Fleisch vom Boden auf und spülte es mit einem Wasserstrahl aus seinem Zauberstab ab. Dann versuchte er, es zu zerschneiden.

»Es muss mindestens sieben Stunden braten«, erklärte er. »Drachenfleisch ist sehr zäh und fest, müsst ihr wissen. Aber nach sieben Stunden ist es zart wie Taubenfleisch.

Das hier braucht noch eine Winzigkeit. Wir können die Sache auch beschleunigen«, sagte er dann.

Er spießte das Fleisch auf eine Gabel und hielt es Wurzel vor die Drachenschnauze. Simon glaubte schon, er würde es Wurzel zum Fressen hinhalten, als Eugel mit seiner tiefen Stimme rief: »Heiß Wurzel, heiß!«

Wurzel sah auf das Stück Fleisch, als wollte er es hypnotisieren. Dann öffnete er das Maul und ein gleißender Feuerstrahl umströmte fauchend das Fleisch auf der Gabel. Es begann zu zischen und heißes Fett troff auf den Fußboden. Erschrocken fuhren sie zurück.

Er sah die vier fragend an. »Wollt ihr auch etwas davon? Es ist genug da.«

Er legte den riesigen Fleischlappen auf einen Teller und stellte ihn auf den massiven Tisch in der Mitte der Küche.

Als Boris das Fleisch ansah, nahm sein Gesicht die Farbe des Fleisches an. Angewidert schüttelte er den Kopf. So groß konnte selbst sein Hunger nicht sein. Auch Nico und Karla verzichteten auf eine Probe.

Da Simon ihn nicht beleidigen wollte, ließ er sich einen kleinen Brocken auf einen Teller legen. Kaum steckte er das erste Stück in den Mund, glaubte er, der Magen drehe sich ihm um. Es schmeckte entsetzlich.

Die anderen mussten es wohl gemerkt haben und grinsten sich verstohlen an. Simon konnte sich nicht erinnern, jemals etwas so Schreckliches gegessen zu haben. Nichts an dem Fleisch war zart und er kaute lange an daran herum, nur um es dann in einem Stück herunterzuschlucken.

»Na«, meinte Eugel und sah Simon erwartungsvoll an. »Noch ein Stück?«

»Nein, danke, ich bin nicht hungrig«, schwindelte Simon. Eugel schien es nur recht zu sein. Er schmatzte genüsslich und hatte sein Stück im Nu verputzt. Anscheinend besaß er ein Gebiss aus Stahl.

Dann nahm er die Pfanne vom Feuer und stellte einen Wasserkessel darauf.

Nach kurzer Zeit kochte das Wasser und der Kessel pfiff eine muntere Melodie vor sich hin. Schließlich schüttete er den Tee auf und füllte ihn in große Tassen. Mit dem dampfenden Getränk setzten sie sich in den Garten.

Zu Simons Erleichterung schmeckte der Tee angenehm und nahm ihm den ekeligen Geschmack des Fleisches aus dem Mund.

»Na, das klappt doch besser, als ich erwartet hatte«, meinte Eugel zufrieden, als sie auf den Unterricht zu sprechen kamen.

»Insgeheim hatte ich schon befürchtet, wir müssten nach der ersten Stunde wieder aufgeben«, gestand er.

»Warum? Hast du gedacht, wir könnten nicht zaubern?«, wollte Boris wissen.

»Doch, ihr könnt es, ihr könnt es. Den Nescii liegt es aber nicht im Blut«, erwiderte Eugel.

»Eigentlich sind Nescii nicht in der Lage, die Zauberei zu erlernen. Außer ein paar schwachen Kunststückchen kommt nicht viel dabei heraus.«

»Heißt das, wir sind keine Nescii?«, fragte Karla verunsichert.

Nachdenklich sah Simon sie an. Sie hatte recht. Eigentlich hatte ihr Lehrer eben nichts anderes gesagt.

»Es war allein die Idee des Magisters, euch zu unterrichten", meinte Eugel, der nicht auf Karlas Frage einging.

»Es ist etwas an den Menschenkindern, was ich nicht erklären kann, sagte er zu mir. Und es stimmt. Irgendetwas ist mit euch. Vielleicht gab es vor Jahrhunderten einmal Zauberer unter euren Vorfahren. Aber wer weiß das schon?« Er zuckte mit den Schultern.

Nach dem Mittagessen ging der Unterricht weiter. Da sie nichts gegessen hatten, knurrte ihnen der Magen, aber die weiteren Stunden waren so spannend, dass sie den Hunger schnell wieder vergaßen.

Die beiden nächsten Zauber, die ihr Lehrer ihnen vorführte, waren ein Lösch- und ein Trockenzauber.

Der Löschzauber *„aqua grandis"* ließ einen starken Wasserstrahl aus dem Zauberstab hervorquellen, während *„aqua modicus"* einen gesteuerten leichten Strahl erzeugte. Mit etwas Übung, so hatte Eugel es ihnen erklärt, konnte man sogar die Stärke und die Kraft des Wasserstrahls genau bestimmen.

Bei ihren ersten Versuchen brachten Nico und Boris immerhin ein Tröpfeln zustande.

Bei Karla tat sich zunächst gar nichts, während Simons Zauberstab aus seiner Hand gerissen wurde, so stark war der Wasserstrahl, den er erzeugt hatte. Durch den hohen Druck flog der Stab wild umher und innerhalb weniger Sekunden waren alle tropfnass.

Allmählich glaubte Simon zu verstehen, was Eugel am Morgen über seinen Zauberstab gesagt hatte.

Aus Eugels Bart lief das Wasser in Rinnsalen herunter, und es dauerte eine ganze Weile, bis ihr Lehrer den Stab wieder unter Kontrolle hatte.

Nach etwa zwei Stunden waren alle in der Lage, einen leichten stetigen Wasserfluss zu erzeugen und froh, als sie endlich den Trocknungszauber üben durften.

Er war relativ einfach, und sie lernten ihn schnell. Ihre Kleider dampften heftig und im Nu war der Raum mit Wasserdampf gefüllt.

»Na, wie war der Unterricht?«, fragte Eugel am Ende der Stunde neugierig, als überraschend Magister Alberich eintrat.

»Super«, sagte Karla mit glänzenden Augen. »Einsame Spitze«, meinte auch Boris begeistert.

»Schön, meine Fragen sind bereits zur Genüge beantwortet«, schmunzelte der Magister zufrieden.

»Na, dann werde ich euch mal wieder nach Hause schicken. Übt so oft ihr könnt, aber bitte nur, wenn ihr allein seid.«

Sie versprachen es und abermals trug sie ein Lufthauch nach Hause. Wieder in ihrer Welt, stellten sie fest, dass in ihrer Welt nicht mehr als drei Stunden vergangen waren.

Hungrig und müde, aber überglücklich kamen sie gerade noch rechtzeitig zum Mittagessen. Gemeinsam suchten sie die Küche auf, in der Frau Keller zusammen mit ihrem Mann das Essen richtete.

»Wo kommt ihr denn her?«, fragte sie erstaunt. Ich dachte, ihr wärt in der Stadt."

»Ach, wir wollten dich nicht stören und sind gleich in mein Zimmer gegangen«, flunkerte Simon.

Betreten sahen seine Freunde zu Boden.

Als Frau Keller Simons Freunde zum Mittagessen einlud, nahmen alle gerne an und heißhungrig setzten sie sich an den Tisch. Verwundert sah Simons Mutter, wie die vier Freunde ihr Essen verschlangen.

Simon glaubte, noch nie etwas Besseres gegessen zu haben. Und da sie immer noch hungrig waren, als alle Töpfe leer waren, kochte Frau Keller eine weitere Portion. In der Zwischenzeit kehrte Martin heim.

»Hast du ein Restaurant eröffnet?«, fragte er seine Mutter erstaunt.

Dann winkte er Nico und Boris zu. Erst jetzt bemerkte er Karla, die er nur aus Simons Erzählungen kannte.

»Das ist mein Bruder Martin. Ich kann aber nichts dafür«, stellte Simon seinen Bruder vor.

Karla grinste. »Ich bin Karla«, sagte sie. »Ich gehe mit Simon in eine Klasse.«

»Freut mich, Karla«, sagte Martin und sah sie interessiert an.

Aus Simons Erzählungen wusste er natürlich von den Schwierigkeiten, die sein Bruder und seine Freunde mit ihr gehabt hatten.

»Wenn dich mein Bruder nervt, trag es mir bitte nicht nach. Er ist der Bruder, den ich nie wollte«, sagte er grinsend.

Eugel war der Meinung, dass es für den weiteren Unterricht unerlässlich war, Nicos Rolli mit größerer Beweglichkeit auszustatten. Deshalb motzte er ihn in der nächsten Stunde ein wenig auf.

Nicht nur, dass der Rolli jetzt allein fahren konnte, als hätte er einen Motor, er brach auch jeden persönlichen Geschwindigkeitsrekord, den Nico je mit ihm aufgestellt hatte. Es schien, als könne der Rolli Nicos Gedanken lesen. Er reagierte oft, bevor Nico selbst eine Entscheidung getroffen hatte.

Zudem wurde er mit einem Antikippzauber belegt, sodass es fast unmöglich war, ihn umzustoßen. Zur Probe fuhr Nico einige Runden mit Höchstgeschwindigkeit. Nichts, was er tat, vermochte den Rolli zum Kippen zu bringen, und wenn er wirklich einmal auf der Seite lag, richtete er sich sofort wieder auf.

Als Eugel bemerkte, welche waghalsigen Manöver Nico vollführte, belegte er ihn vorsichtshalber noch mit einem Unkaputtbarzauber.

»Bei deinem Fahrstil bricht er sonst noch auseinander«, brummte er mit einem leichten Vorwurf im Blick.

Nicos Glück war vollkommen, als Eugel die Räder magisch so veränderte, dass sie auf allen unebenen Untergründen wie auf einer glatt asphaltierten Straße fahren konnten.

»Aber sei bei euch oben vorsichtig«, brüllte er Nico nach, als der strahlend wieder losfuhr. »Tu wenigstens ein bisschen so, als ob du selbst fahren würdest!«

Mit einer Vollbremsung kam Nico vor ihnen zu stehen. »Was hast du eben gesagt?«, fragte er scheinheilig grinsend. »Der Fahrtwind war so laut.«

»Ein tiefer gelegter und frisierter Rolli, nicht schlecht«, staunte Boris und betrachtete den Rollstuhl von allen Seiten.

Der nächste Zauber, den sie lernen sollten, war der Stolperfluch *„labitus"*. Er machte ihnen von allen bisherigen Zaubersprüchen den meisten Spaß. Er legte einem Gehenden unsichtbare Fesseln um die Fußknöchel und ließ ihn straucheln.

Sie begannen mit einigen Trockenübungen. Dann legte ihr Lehrer durch einen Schwenker mit dem Zauberstab einige Gummimatten aus. Sie rannten, sprangen und hechteten durch den Raum, um den Flüchen ihrer Freunde zu entgehen.

Nico, der jetzt die neuen Fähigkeiten seines Rollis voll ausspielen konnte, rollte und drehte ihn in waghalsigen Manövern hin und her, während er einen Zauber nach dem anderen abschoss. Zwischendurch wurden seine Räder durch einen Fluch blockiert und er kippte um. Aber der Aufrichte-Zauber richtete den Rolli sofort wieder auf.

Karla bewies einmal mehr, dass sie nicht umsonst die Beste im Sportunterricht war. Immer wieder landete sie Treffer, während sie gewandt hin und her hechtete. Geschickt entging sie dabei den meisten der gebrüllten Flüche ihrer Freunde.

In ihrer Begeisterung brachte sie sogar Eugel damit zu Fall, obwohl er gar nicht beteiligt war. Völlig verzückt lobte er Karla besonders und beobachtete sie den ganzen Nachmittag mit glänzenden Augen.

Nach einiger Zeit fiel Simon auf, dass sie wesentlich häufiger am Boden lagen als ihre Freundin. Boris und Nico hatten das ebenfalls bemerkt. Immer öfter versuchten sie, Karla zu Fall zu bringen, bis sie ihre Stäbe endlich gemeinsam auf ihre Freundin richteten. Gegen eine derartige Übermacht stand sie auf verlorenem Fuß. Und als die drei gleichzeitig den Fluch brüllten, lag sie keuchend und laut lachend am Boden.

»Ich gebe auf, ich gebe auf!«, japste sie und rang nach Luft. Die drei ließen ihre Zauberstäbe sinken. Das hätten sie besser nicht getan, denn sofort war Karla wieder auf den Beinen und brachte sie alle nacheinander zu Fall.

Doch nun standen ihre Freunde in einer Reihe und jagten den Stolperfluch ein ums andere Mal auf ihre Freundin los. Minutenlang konnte sie sich nicht mehr erheben.

Am Schluss der Stunde lagen oder saßen sie keuchend, japsend und glücklich auf den Matten. Vor Lachen liefen ihnen die Tränen die Wangen herunter.

»Leider kann ich euch die nächste Woche nicht unterrichten«, trübte Eugel ein wenig ihre Hochstimmung. »Ich habe einen wichtigen Auftrag für den Magister zu erledigen. Aber ihr habt schon einiges gelernt und könnt die Wochenenden dazu nutzen, um das Gelernte zu vertiefen.«

Er sah ihre Enttäuschung.

»Dafür werde ich euch beim nächsten Mal etwas Besonderes beibringen. Das ist ein Zauber, den nicht einmal die Kobolde kennen«, tröstete er sie.

Sofort war ihre Neugier geweckt.

»Ein Abwehrzauber?«, fragte Simon gespannt.

»Könnte man so sagen«, tat Eugel geheimnisvoll und schmunzelte.

Glücklich und todmüde kamen die Freunde wieder heim. Bevor Simon das Haus betrat, setzte er die Tarnkappe auf. Nach all den tollen Erlebnissen wollte er sich mit niemandem unterhalten.

Mittlerweile hatte er sich daran gewöhnt, dass Katze ihn trotz seiner Unsichtbarkeit jedes Mal bemerkte. Seine

Eltern fanden Katzes Benehmen sehr wunderlich, wenn das Tier schnurrend an jemanden entlangstrich, der nicht vorhanden war.

»Ich glaube, sie wird langsam alt«, vermutete Frau Keller dann.

Simon schlich in sein Zimmer und streckte sich auf dem Bett aus. Katze legte sich gemütlich auf seinen Bauch. Belustigt sah er an sich herab. Das Tier schwebte etwa dreißig Zentimeter über der Matratze zusammengerollt in der Luft und schnurrte. Das sah schon ziemlich verrückt aus. Er grinste. Wenn jetzt jemand unerwartet hereinkäme, würde er einen Riesenschrecken bekommen.

Im Geiste ging er noch einmal alle Zaubersprüche durch, die sie gelernt hatten. Katzes Schnurren wirkte so beruhigend, dass er nach wenigen Minuten eindöste.

Kurze Zeit später riss ein Schreckensschrei ihn grob aus dem Schlaf. Er fuhr erschrocken hoch und sah sich verwirrt um. Die Katze war von seinem Bauch gesprungen und verschwand an den Beinen von Frau Keller vorbei aus seinem Zimmer. Rechtzeitig fiel Simon noch ein, dass er ja unsichtbar war, und er verhielt sich mucksmäuschenstill.

Er schimpfte mit sich, wegen seines Leichtsinns. Die Tür war unverschlossen gewesen, und seine Mutter hatte wohl nachschauen wollen, ob er daheim war.

Blass im Gesicht starrte sie auf die Stelle, an der eben noch Katze schwebend in der Luft Bett gehangen hatte. Wenn sie nur nicht näherkam, um in ihrem Schrecken das Bett zu untersuchen.

Zu seiner Erleichterung verließ sie kreidebleich und leicht schwankend das Zimmer und setzte sich zu ihrem Mann an den Küchentisch, der gerade die Zeitung las.

Vorsichtig betrat Simon die Küche. Sein Vater legte besorgt die Zeitung beiseite.

»Geht es dir nicht gut?«, fragte er fürsorglich.

»Ich glaube, ich verliere den Verstand«, klagte Simons Mutter und erzählte, was ihr eben passiert war.

Herr Keller legte tröstend den Arm um seine Frau.

»Schatz, du verlierst sicherlich nicht den Verstand. Manchmal, wenn man in Gedanken ist, meint man Dinge zu sehen, die so nicht sein können. Ich habe letzte Woche Freitag ein spannendes Buch im Wohnzimmer auf der Couch gelesen. Als ich hochschreckte, glaubte ich doch tatsächlich für einen Moment, der Sessel hätte sich von allein bewegt.«

Dabei lachte er laut über sich selbst.

Simon erinnerte sich, dass er sich nur so aus Spaß ins Wohnzimmer geschlichen hatte, während sein Vater in ein Buch vertieft war. Als er dann versehentlich über das Lampenkabel stolperte, stieß er gegen den Sessel, sodass dieser verrutschte. Simons Schreck war bestimmt so groß gewesen, wie der seines Vaters, der irritiert auf den Sessel gestarrt hatte.

»Du arbeitest auch in letzter Zeit sehr viel. Vielleicht kannst du mal ein paar Tage freimachen und fährst zu deinem Bruder. Wir kommen hier schon zurecht.«

Simon atmete tief durch und verließ erleichtert die Küche. Das schien gerade noch einmal gut gegangen zu sein. Er musste unbedingt vorsichtiger sein, sonst kam alles heraus. Daraufhin würde man seine Freunde und ihn für verrückt erklären lassen und ihr Geheimnis war keins mehr. Ob es ihnen dann noch gelang, den Weg zu den Zwergen geheim zu halten, wagte er zu bezweifeln.

Die Frage war nur, um wen er sich größere Sorgen machen musste, um die Menschen oder die Querxe.

REIßWÖLFE

Bereits am nächsten Tag konnte Nicos Rolli zeigen, was wirklich in ihm steckte. Seine Mannschaft hatte an diesem Sonntagnachmittag ein Heimspiel gegen den BV Worheim.

Nico galt bereits schon jetzt als einer der besten Spieler. Doch heute schlug er die gegnerische Mannschaft fast im Alleingang. Er vollführte mit seinem Rolli atemberaubende Wendemanöver und mit Leichtigkeit erreichte er Geschwindigkeiten, die jeder Beschreibung spotteten.

Mehrmals rieb Simon sich verwundert die Augen, als Nico sich durch Lücken schlängelte, in die kein normaler Rolli gepasst hätte.

Tosenden Applaus bekam er, als er, zur Seite geneigt, auf zwei Rädern einmal die Halle umrundete. Anscheinend hatte Eugel mehr Veränderungen an dem Fahrzeug vorgenommen, als er erzählt hatte.

Nach kurzer Zeit waren ihre Stimmen heiser gebrüllt. Niemand konnte sich an einen so eindeutigen Sieg erinnern, und die begeisterten Mitspieler klopften dem glücklichen und verschwitzten Nico immer wieder anerkennend auf die Schulter.

Später, in Luigis Café, beschrieb er seinen Freunden noch einmal freudetrunken den Spielverlauf. Es war Karla, die nach einer Weile seiner Freude einen Dämpfer verpasste.

»Wenn du so weiterspielst, wird bald jemand merken, dass etwas nicht mit rechten Dingen zugeht«, warf sie besorgt ein.

»Ist doch egal«, winkte Boris ab. »Was kann man denn beweisen?«

»Vorhin nannte einer aus der anderen Mannschaft Nico einen *Hexer im Rollstuhl*«, sagte Simon.

»Ja, aber das war doch nur ein Spruch, oder?«, tat Boris ab.

»Jetzt noch!«, sagte Karla zweifelnd. »Aber eines Tages vielleicht nicht mehr.«

»Ihr habt ja recht«, sagte Nico, der sich die gute Laune nicht verderben ließ. »Aber es war toll.«

Sprachs, grinste breit und trank in einem Zug seinen Kakao aus.

Nachdem sie nun alle einen Zauberstab besaßen, der die Magie der Kappe noch übertraf, waren ihre Handys wertlos und sie verschenkten sie an einige sprachlose Mitschüler.

In der Stadt erzählte man sich bereits wunderliche Geschichten über geheimnisvolle Funktionsstörungen bei den Handys, die auftraten und wieder verschwanden.

Die Stadtwerke hatten schon mehrere Busse ausgetauscht, weil man vermutete, dass die massiven Störungen morgens und nachmittags eventuell mit der Technik der Fahrzeuge zu tun hatten. Doch als keine Besserung eintrat, gab man die Untersuchungen trotz aller Proteste der Schüler wieder auf.

Da sie die Zauberstäbe auf Wunsch des Magisters jetzt immer bei sich trugen, kam es jetzt auch in der Schule täglich zu den unerklärlichen Störungen. Im Gegensatz zu den vielen Schülern, die völlig entnervt waren, schienen einige Lehrer sonderbarerweise regelrecht erleichtert zu sein.

Die Zahl der Krankmeldungen nahm von einem auf den anderen Tag deutlich zu. Heimlich amüsierten sich die Freunde über die Aufregung, die entstand, wenn sie sich in eines der Cafés in der Stadt setzten.

Allerdings gab es auch einen Wermutstropfen. Wegen der ständigen Störungen kamen noch weniger Gäste in das Café als vorher.

Techniker der Stadt wurden beauftragt, nach den Ursachen der mysteriösen Störungen zu suchen. Einige Zeitungen und das Fernsehen berichteten von den unerklärlichen elektromagnetischen Phänomenen in der Stadt.

Ein Boulevardblatt kam sogar mit dem reißerischen Titel:

Geisterstunde in Bonn?
Welche geheimnisvollen Mächte sind in der Stadt Bonn am Werk?

Es entwickelte sich außerdem ein regelrechter Schaulustigentourismus mit Leuten, die erleben wollten, wie ihre Handys nicht funktionierten und die sich diebisch darüber freuten, wenn auch ihr Gerät tatsächlich den Geist aufgab.

Etwas Gutes hatte die Aufregung aber. Da die Störungen in der Stadt auch auftraten, wenn Simon sich in seinem Zimmer aufhielt, konnte Martin nicht mehr behaupten, sein Bruder sei die Ursache dafür.

Es wurden zwei lange Wochen bis zur nächsten Zauberstunde. Am Abend vorher trafen sie sich bei Boris, um noch ein wenig zu üben.

Er hatte ein winziges Zimmer mit einem kleinen Fenster, das zur Straßenseite zeigte. Tagsüber hielt er es geschlossen, da ständig Autos vorbeifuhren.

Ein alter Monitor stand auf einem Tischchen und auf der Ablage daneben die Spielkonsole, die Simon und Nico ihm zum Geburtstag geschenkt hatten. Sie hatten sie zwar gebraucht erstanden, die Konsole lief aber noch ganz ordentlich und Boris, der leidenschaftlich gerne spielte, war überglücklich. An den Wänden hingen große Poster mit den Helden seiner Spiele.

Wie immer lagen einige Kleidungsstücke nachlässig über dem Boden verstreut.

»Was kann das für ein geheimnisvoller Zauber sein, den Eugel uns beibringen will?«, fragte Boris. »Vielleicht etwas, mit dem man fliegen kann?«, meinte er dann hoffnungsvoll.

»Oder ein Aufräumzauber«, sagte Karla mit gerümpfter Nase und sah sich im Zimmer um.

Boris schnitt ihr eine Grimasse.

»Warten wir mal ab, bis wir dein Zimmer sehen. Vielleicht gibt es ja auch einen Zauber, der Stimmbänder schrumpfen lässt«, sagte er gehässig.

Karla senkte nur den Kopf und schwieg.

»Auf jeden Fall sollte es mal etwas Stärkeres sein, als wir bis jetzt gelernt haben«, sagte Nico, ohne sich um die Frotzeleien seiner Freunde zu kümmern.

»Ich glaube kaum, dass die Kobolde Angst bekommen, wenn wir sie nass spritzen und dann trocken pusten.«

Ungeduldig und gespannt eilten sie am nächsten Morgen durch den dunklen Gang. Wie gewöhnlich erwartete Eugel sie bereits, als sie durch das große Tor traten. Mittlerweile kündigte sich der Herbst auch hier unten an, wenn auch noch sehr zaghaft.

Die Luft wurde kühler und die ersten Blätter begannen sich zu verfärben.

»Na, da seid ihr ja«, sagte Eugel gut gelaunt.

Nachdem sie endlich im Trainingsraum angekommen waren, konnte Karla ihre Neugierde nicht mehr zügeln.

»Ach Eugel, nun sag schon, was lernen wir heute?«

»Nur Geduld, nur Geduld«, ermahnte er sie lächelnd.

»Stellt euch erst einmal in einer Reihe auf.«

Mit erwartungsvollen Augen sahen sie ihn an.

»Ich hatte euch einen besonderen Zauber versprochen.«

Er holte tief Luft. »Also heute zeige ich euch den „mutare". Er ist ein schwieriger Täuschungszauber«, erklärte er.

»Er erfordert mehr Fantasie und Vorstellungskraft als die anderen Zauber, die ihr bis jetzt gelernt habt. Richtig ausgeführt, könnt ihr jeder beliebigen Person Dinge vorgaukeln, die gar nicht da sind.«

Er machte eine Pause und sah in die gespannten Gesichter.

»Allerdings dauert der Zauber höchstens zwanzig Sekunden, wenn er besonders gut gelungen ist, vielleicht vierzig. Mehr aber nicht.«

»Komm doch mal zu mir!«, forderte er Boris auf. Gehorsam trat er näher.

»Passt genau auf!«, meinte er zu den anderen.

»Stell dir vor, du bist jetzt ein Kobold und ich bin du«, sagte er zu Boris. »Du, der Kobold, willst mir, der ich du bin, an den Kragen. Ich, also du, will jetzt das Weite suchen. Einfach verschwinden geht aber nicht, weil du, also der Kobold, mir, also dir, in den Rücken zaubern würde. Deshalb wäre jetzt ein Zauber gut, der ein bisschen Verwirrung stiftet. Und das könnte so aussehen.«

Anscheinend war Eugel besorgt, Boris könne seinen Erklärungen nicht gut folgen.

»Ich gestehe, ich bin jetzt schon völlig verwirrt«, flüsterte Nico. Simon nickte grinsend.

Eugel hob seinen Zauberstab und rief mit donnernder Stimme: »*mutare*!«

Zuerst glaubte Simon, der Zauber wäre misslungen, weil gar nichts geschah. Doch dann schrie Boris entsetzt auf und rannte panisch zur Tür.

Verständnislos sahen Simon, Karla und Nico sich an. Was hatte Boris nur, da war doch gar nichts?

»Haut ab«, brüllte er schreckensbleich.

Bevor er die Tür erreichte, rief Eugel ihm nach: »Alles ist gut, Boris, bleib stehen.«

Boris erstarrte mitten im Lauf und drehte sich langsam um. Seine aufgerissenen Augen suchten den Raum ab. Aber anscheinend war das furchteinflößende Etwas wieder verschwunden. Am ganzen Körper schlotternd, kehrte er zurück.

Eugel rief sie wieder zu sich. Gespannt traten sie näher.

»Sicher habt ihr euch gewundert, als Boris scheinbar ohne sichtbaren Grund die Beine in die Hand nahm. Ihr müsst wissen, dass nur der Zaubernde und sein Opfer den Zauber wahrnehmen können.«

Er wandte sich an Boris.

»Erzähle doch mal, was du gesehen hast?«

»Ei … ein … einen riesigen Drachen, der Feuer gespuckt hat«, stotterte Boris, der immer noch zitterte. »Er kam direkt auf mich zu.«

Furchtsam sah er sich wieder um.

»Wahnsinn«, sagte Nico fast ehrfürchtig.

»Erstaunlich, du bist schneller, als ich dachte«, spottete Karla.

Eugel grinste wieder.

»Ja, ein hilfreicher kleiner Fluch. Und das Beste an ihm ist, dass weder Menschenzauberer noch Kobolde ihn kennen. Für eventuelle Überraschungen ist also gesorgt.«

Simon war begeistert. Das war zwar nicht die von ihnen erhoffte Waffe, aber damit würde man jedem Gegner einen gehörigen Schrecken einjagen können.

Nun waren sie an der Reihe. Eugel stellte Nico und Simon gegenüber, und Karla musste mit Boris trainieren.

»Jeder von euch denkt sich jetzt etwas aus, mit dem er den anderen verwirren möchte. Zu Anfang nehmt etwas Kleines, nichts Schwieriges und bloß nichts Lebendiges. Das ist noch zu kompliziert.«

Simon versuchte, sich ein großes Schild mit der Aufschrift „Vorsicht, bissiger Hund", vorzustellen. Doch der Zauber erwies sich als so schwierig, wie Eugel es gesagt hatte. Sie übten bis zum Mittag, ohne dass einer von ihnen etwas Sichtbares zustande gebracht hatte.

Bei seinem letzten Versuch glaubte Simon, einen Schatten gesehen zu haben, war sich aber nicht sicher.

»Das macht überhaupt nichts«, versuchte ihr Lehrer sie zu trösten. »Das ist eigentlich ein Zauber für Fortgeschrittene. Es hätte mich sehr gewundert, wenn ihr ihn sofort hinbekommen hättet. Wir machen jetzt Mittagspause und üben nachher weiter.«

Als sie Eugels Garten betraten, blieben sie erschrocken stehen. Die vorderen Blumenbeete waren völlig zerrupft, und der Boden war mit den Überresten der Blüten und Blätter bedeckt. Ein ständiges Geräusch wie von zerreißendem Papier lag in der Luft.

»Oh nein«, jammerte Eugel. »Die schönen Blumen.«

Fassungslos blickte er auf die verwüsteten Blumenbeete. »Diese Mistviecher«, schimpfte er.

»Welche Mistviecher?«, fragte Boris erschrocken.

»Reißwölfe«, quetschte ihr Lehrer wütend zwischen seinen Zähnen hervor.

»Reißwölfe?«, wiederholte Nico beunruhigt und sah sich besorgt um.

«Ja«, sagte Eugel grimmig. »Dahinten ist einer.«

Sie sahen in die Richtung, in die er deutete. An einem der Büsche wirbelten Blätter in kleinen Stücken zu Boden. Aus dieser Richtung kamen auch die reißenden

Geräusche. Zwei Büsche zur Linken passierte dasselbe. Den Erzeuger der Verwüstung sah Simon erst auf den zweiten Blick. Etwas Kleines flatterte um den Busch herum.

»Meinst du das da?«, vergewisserte sich Simon, der etwas Größeres und Gefährlicheres erwartet hatte.

Eugel nickte. »Schreckliche Biester«, brummte er. »Einmal sind drei von denen in das Büro des Magistrats gelangt. Das Chaos könnt ihr euch nicht vorstellen. Ich glaube ja, dass sich jemand rächen wollte. Es hat Wochen gedauert, bis sie alles wieder notiert und geordnet hatten.«

Verwundert und erleichtert sah Simon wieder zu den Büschen. Was da herumflatterte, hatte überhaupt keine Ähnlichkeit mit einem Wolf. Der Reißwolf war etwa so groß wie eine Amsel und flatterhaft wie ein Kolibri. Beim Näherkommen sahen sie, dass das Wesen auch den Körper eines Vogels besaß, nur der Kopf ähnelte eher dem eines winzigen Dackels, und knurrende Laute kamen aus seiner Kehle. Zähnefletschend fuhr es mit seinem Werk der Zerstörung fort.

Nico, der näher herangerollt war, rollte erschrocken zurück, als der Reißwolf drohend auf ihn zu flatterte und knurrte, um sich gleich darauf wieder dem Busch zuzuwenden.

Boris kicherte schrill. Das schien den anderen Reißwolf zu stören, denn sofort stürzte er sich auf ihn und riss mit seinen Zähnen ein Haarbüschel aus seinem dichten, braunen Haarschopf. Boris schrie auf und schlug mit den Händen nach dem Tier.

Es war viel zu flink und nach wenigen Sekunden sah er aus, als wäre er in einen Sturm geraten. Nass und klebrig standen die Haare von seinem Kopf ab.

Wurzel hatte den Lärm gehört und kam neugierig aus dem Haus gelaufen. Interessiert betrachtete er den

Reißwolf und so schnell, dass Simon die Bewegung gar nicht richtig wahrnahm, schnappte er zu und hatte das Tier im Maul. Er glaubte schon, der Warken würde den Vogel fressen, doch Wurzel erstarrte und sah Eugel einige Sekunden erstaunt an.

Dann spuckte er den Reißwolf in hohem Bogen wieder aus. Er klatschte hinter dem Busch zu Boden, torkelte ein wenig, um taumelnd davonzufliegen. Unbeeindruckt setzte er sein zerstörerisches Werk fort.

Blass und atemlos stand Boris erstarrt da und gab einen fiependen Laut von sich. Dann, nach endlosen Sekunden, begann er wieder keuchend zu atmen.

Das sah so komisch aus, dass seine Freunde lachten und selbst Eugel konnte sich ein Schmunzeln nicht verkneifen.

»Coole Frisur«, sagte Karla kichernd. »Du solltest dein Haar immer so tragen.«

Allmählich kehrte auch die Farbe wieder in Boris' Gesicht zurück.

»Heute ist nicht mein Tag«, stöhnte er.

»Habe ich ja gesagt«, meinte Eugel. »Schreckliche Dinger. Sie schmecken noch nicht einmal.« Dabei verzog er das Gesicht.

»Nicht, dass ich schon mal einen probiert hätte«, setzte er schnell hinzu, als sie ihn fragend ansahen.

»Sogar Wurzel hat es nicht geschmeckt. Das habt ihr ja gesehen.«

Wurzel hustete noch immer und fuhr sich mit den Vordertatzen über sein Maul.

»Ich muss Reißwolffallen aufstellen«, sagte Eugel nachdenklich.

»Wo zwei sind, werden sicher noch mehr auftauchen.«

»Und was passiert dann mit ihnen?«, wollte Karla wissen.

»Zuerst stelle ich die Kisten auf und fülle sie mit ein wenig Papier und Grünzeug. Die sind nicht besonders klug. Das wird sie anlocken. Dann bringe ich die Kisten in den Wald und lasse sie dort frei. Da haben sie dann genug zu tun und können keinen Schaden mehr anrichten.«

Nachdem sie ihren Proviant verputzt hatten, übten sie weiter. Eine Stunde später gelang es Karla für zwei Sekunden, einen kleinen, hauchdünnen Nebelschleier zu erzeugen.

»Entzückend«, spottete Boris, der ebenso wie die anderen noch keinen Erfolg hatte. »Der Nebel des Grauens.«

Karla blickte ihn vernichtend an.

Dann musste Boris erzählen, was er gerade gesehen hatte.

»Sehr gut, Karla«, lobte Eugel sie. »Für den Anfang wirklich nicht schlecht.«

Stolz strahlte sie über das ganze Gesicht und zeigte Boris hinter Eugels Rücken einen Vogel.

Verbissen übten sie weiter und am Ende der Stunde war es allen gelungen, für kurze Zeit den gewünschten Gegenstand mehr oder weniger deutlich erscheinen zu lassen.

Simon brachte für zwei Sekunden ein Warnschild hervor. Bis auf einen kleinen Schreibfehler – auf dem Schild stand nämlich „Vorsicht, biestige Hand" – war er sehr zufrieden.

Und auch Boris, der sich mit dem Zauber am schwersten getan hatte, erzeugte für einen kurzen Moment den schattenartigen Umriss eines Brathähnchens.

»Wen willst du denn damit erschrecken?«, fragte Simon erstaunt.

»Warum müssen wir denn immer nur Angst einjagen?«, tat Boris sehr erwachsen. »Ich finde den gelegentlichen Anblick eines knusprigen Brathähnchens höchst entspannend.«

In der folgenden Woche übten sie in der ersten Stunde noch einmal den *„mutare"*. Einen weitaus einfacheren, aber überaus praktischen Zauber, wie Simon fand, probten sie für den Rest des Tages.

Richtig ausgeführt, erschien beim *„luminare"* eine kleine Kugel wie eine Seifenblase an der Zauberstabspitze, um sich dann mit einem leisen Plopp von ihr zu lösen. Dabei begann sie zu leuchten.

Eugel führte ihnen vor, dass man sie von leicht glimmend bis grell leuchtend strahlen lassen konnte. Außerdem erzeugte er die Lichtkugeln wahlweise in wunderschönen Farben und Größen. Das war die ideale Beleuchtung, um nachts heimlich in seinem Zimmer zu lesen oder zu schreiben, fand Simon.

Boris war ganz angetan, weil er jetzt abends das Licht löschen konnte, ohne sich bewegen zu müssen.

Als sie sich wieder in Simons Zimmer befanden, verdunkelten sie den Raum und stellten sich im Kreis auf. Schemenhaft konnte Simon erkennen, dass alle den Zauberstab erhoben. Leise, um nicht in der Wohnung gehört zu werden, murmelten sie den Zauberspruch. Gleich beim ersten Mal erglühte die Spitze des Zauberstabs bei Boris. Jetzt jedoch heller als in der Trainingsstunde mit Eugel.

Die Zauberstäbe von Simon, Nico und Karla begannen kurze Zeit später immerhin zu glimmen. Verbissen übten sie weiter, bis eine kleine rote Lichtkugel aus Boris Zauberstab quoll und sich mit einem leisen Plopp von der Stabspitze löste. Langsam schwebte sie im Raum auf und ab.

Als es Karla endlich gelang, eine grüne Lichtkugel zu erzeugen, sah sie ihr strahlend nach. Simon hatte sie noch nie so glücklich erlebt.

Am späten Nachmittag hatten es alle geschafft, den Zauber auszuführen. Vier kleine Lichtkugeln in verschiedenen Farben schwebten in Simons Zimmer und folgten gehorsam den Bewegungen ihrer Zauberstäbe.

»Wahnsinn«, seufzte Boris und steuerte sein Licht gegen Simons Lichtkugel.

Doch sie stießen nicht zusammen, sondern durchdrangen sich, leuchteten kurz violett auf, um dann wieder getrennt durch den Raum zu schweben.

DER SELTSAME LEIBWÄCHTER

Der nächste Montag war verregnet, und Karla erschien, wie immer an solchen Tagen, völlig durchnässt zum Unterricht. Simon hatte sich schon oft gefragt, ob sie keine Regenjacke oder einen Schirm besaß. Seine Eltern hätten nicht zugelassen, dass er, nass bis auf die Haut, den Vormittag mit klappernden Zähnen im Klassenraum sitzen musste.

In solchen Stunden bedauerte er sie zutiefst. Aber er hütete sich, es ihr zu sagen. Karla reagierte auf Mitleid sehr empfindlich.

Doch heute war es anders. Die gelernten Zauber erwiesen sich rasch als nützlich. Kaum war sie da, verschwanden sie eilig im Abstellraum, in dem der Hausmeister der Schule Putzmittel und die große Putzmaschine gelagert hatte. Simon zückte seinen Zauberstab und im Nu war Karla wieder trocken. Dafür war der kleine Raum jetzt mit Wasserdampf gefüllt.

Zu allem Überfluss betrat im selben Moment Herr Wald, der Hausmeister der Schule, die Kammer. Wenn er kleiner gewesen wäre, hätte man ihn für einen Zwerg halten können. Ein dichter Vollbart rahmte das finstere Gesicht ein, und er war ziemlich dick.

»Was treibt ihr denn hier?«, sagte er wütend, als er die Zwei sah. »Habt ihr was in Brand gesetzt?«

Als er Karla anblickte, wurde sein Blick noch finsterer. Geschwind rannten sie aus dem Raum, bevor Herr Wald zu einer Strafpredigt ansetzen konnte, und suchten das Klassenzimmer auf. Die Glocke hatte bereits geläutet.

Sooft sie konnten, besuchten sie den Türwächter. Bevor er Simon kennenlernte, hatte er monatelang, manchmal jahrelang, mit niemandem sprechen können. Umso mehr genoss er die Zeit mit Simon und seinen Freunden.

Solange es das Wetter noch zuließ, breiteten sie eine Decke unter dem Türwächter aus. Vier Jugendliche, die Spaß hatten, fielen nicht auf, wenn sie sich unauffällig mit dem Türwächter sprachen.

Mittlerweile benötigten sie die Kappe nicht mehr, um ihn zu sehen. Der Türwächter hatte ihnen erklärt, dass Magie durch den ständigen Umgang mit ihr zu einem Teil von ihnen geworden sei. In Zukunft würden sie immer mehr Dinge sehen können, die dem normalen Menschen verborgen blieben.

Bei ihren Treffen schwelgte er gerne in Erinnerungen, die Jahrhunderte zurückreichten, und konnte spannende Geschichten erzählen.

»Wie alt sind Sie eigentlich?«, fragte Karla.

»Äh ... ich glaube ..., so neunhundert Jahre werden es schon sein«, brummte er.

Sie sahen ihn ungläubig an.

»In etwa«, setzte er stolz hinzu. »Als die Kobolde ihr großes Kokarukurru-Fest feierten, muss ich schon um die dreihundert Jahre den Durchgang bewacht haben.«

»Ist nicht wahr«, staunte Nico. »Sieht man ... ähm, sieht man Ihnen gar nicht an.«

»Was für ein Fest haben sie gefeiert?«, wollte Simon wissen.

»Das Kokarukurru-Fest«, wiederholte der Türwächter, als wunderte er sich, dass sie das Fest anscheinend nicht kannten.

»Was wurde denn gefeiert?«, fragte Nico.

»Na, die Entdeckung Amerikas natürlich.«

»Aber Kolumbus hat Amerika entdeckt«, widersprach Nico.

Der Türwächter versuchte ein Grinsen und Simon befürchtete mal wieder, das Gesicht würde zerbröckeln.

»Die Kobolde haben ihn Amerika entdecken lassen. Sie versprachen sich davon, das größte Geschäft ihrer uralten Geschichte.

Kolumbus wäre mit seinem Schiff fünfhundert Meilen vor der Küste untergegangen, hätte sich nicht ein Kobold an Bord befunden, um die Entdeckung auch wirklich geschehen zu lassen.

Die Kobolde und die Querxe kannten den Kontinent damals schon seit vielen Jahrhunderten und auch das viele Gold, das dort lagerte. Die Ureinwohner hatten kein großes Interesse daran, deshalb beschlossen sie, der Neugier der Menschen etwas nachzuhelfen.«

»Warum haben sie das Gold nicht selbst geholt, wenn sie es unbedingt wollten?«, fragte Simon.

»Kobolde vermehren ihren Reichtum im Gegensatz zu den Querxen nicht durch körperliche Arbeit«, erklärte der Türwächter. »Außerdem versprachen sie sich größere Schätze, wenn sie nur im Hintergrund die Fäden zogen. So tun sie es auch heute noch.«

Der Oktober hatte bereits begonnen und bis jetzt war Simons angekündigter Beschützer noch nicht aufgetaucht. Er sprach Eugel während der Unterrichtsstunden mehrmals darauf an, aber der hatte immer nur gebrummt: »Keine Sorge, der kommt schon noch«, und vertröstete Simon jedes Mal. Doch allmählich begann Simon, sich Sorgen zu machen.

Ende Oktober hatte der Herbst endgültig Einzug gehalten und mit ihm kamen auch die ersten Herbststürme. Der Wind heulte und verbog den Baum vor Simons Fenster, während sie alle zusammen in seinem Zimmer saßen, um sich für den nächsten Tag vorzubereiten. Boris erschien als Letzter und ließ sich in den gemütlichen Sessel neben der ständig vertrocknet wirkenden Zimmerpflanze plumpsen, nur um sofort wieder erschrocken aufzuspringen.

Ein schriller Schrei tönte durch den Raum. Verwirrt sahen die vier sich um. Doch außer ihnen war niemand im Zimmer.

»Hier unten, du Riesentölpel!«, ertönte eine helle Stimme.

Auf dem Sitz des Sessels, in dem Boris sich niedergelassen hatte, stand ein Männchen, nicht größer als ein Unterarm, und funkelte Boris zornig an.

»Tschuldigung«, sagte er verdattert. »Ich habe Sie nicht gesehen.«

»Dann öffne doch deine Augen, schließlich bin ich nicht durchsichtig«, fauchte es ihn an.

»A – a – aber auch nicht sehr groß«, stotterte Boris verdattert.

»Glaubst du, ich wäre mit Absicht so klein?«, kreischte der Knirps. »Mach dich nur nicht lustig über mich, das kann ich überhaupt nicht leiden.«

»Wer sind Sie denn?«, fragte Simon möglichst vorsichtig. Scheinbar war der kleine Kerl sehr empfindlich.

»Ich bin …«, antwortete der Knirps und verbeugte sich vornehm, »… Herkules.«

Boris konnte im letzten Moment ein Lachen unterdrücken, und Herkules sah ihn warnend an.

»Und was, ähm, sind Sie?«, fragte Simon noch einmal.

»Ich bin ein Wichtelmann«, erwiderte der kleine Mann so stolz, als wäre es eine große Auszeichnung.

»Ihr Nescii habt uns früher Heinzelmann genannt.«

»Euch gibt es wirklich?«, entfuhr es Nico unbedacht, der Herkules die ganze Zeit mit großen Augen angestarrt hatte.

Schon fauchte Herkules ihn an. »Natürlich gibt es mich, oder kannst du mich nicht sehen? Der Hellste bist du aber auch nicht.«

Jetzt prustete Boris los. Nico wurde überall, wo sie hinkamen, als der Intelligenteste von ihnen angesehen. Boris gönnte ihm diese kleine Abfuhr.

Fassungslos sah Nico Simon an. Dieser kleine Kerl war wirklich leicht reizbar.

»Das schon, aber ich dachte, ihr wärt freundlicher. Ihr sollt so nett sein und den Menschen immer helfen. Kannst du mir beim Aufräumen in meinem Zimmer helfen?«, mischte sich Boris wieder ein.

Das hätte er besser nicht gefragt, denn jetzt wurde Herkules richtig wütend.

»Fauler Bursche, was fällt dir ein? Ich mache doch nicht deine Drecksarbeit. Putz deinen Dreck selbst weg. Schwockel damals in Köln war völlig aus der Art geschlagen. Ganz wild war er auf Arbeit. Einen Sinn für sein Leben hat er gesucht. Als wenn Arbeit ein Lebenssinn wäre«, schrie er empört.

»Eigentlich will ich gar nicht hier sein«, verfiel er plötzlich in einen jammernden Ton. »Ich könnte so schön mit einem Glas Milch in der Sonne liegen. Aber nein, ich muss mich um neugierige Jugendliche kümmern, die sich in Sachen einmischen, die sie nichts angehen.«

Ein schrecklicher Verdacht beschlich Simon. Sollte das etwa der angekündigte Leibwächter sein? Um Himmels willen, wie sollte dieser Knirps ihn beschützen? Hatte sich Magister Alberich einen Scherz mit ihm erlaubt? Erfolglos bemühte sich Simon, ihn zu beruhigen.

Da klopfte es an der Tür. Zum Glück verstummte der Kleine sofort und verschwand vor ihren Augen.

»Ist bei euch alles in Ordnung?«, erklang die besorgte Stimme seiner Mutter durch die Tür.

»Alles in Ordnung!«, rief Simon. »Das war nur das Computerspiel.«

»Wir essen bald«, rief sie noch und ging wieder.

»Es ist vielleicht besser, wenn Sie etwas leiser sind. Falls meine Mutter Sie sieht, gibt es ein Unglück«, sagte Simon zu Herkules, der gerade wieder sichtbar wurde.

»Haben Sie auch eine Nebelkappe?«, fragte Nico neugierig.

»Wichtelmänner brauchen so einen Tand nicht«, erwiderte Herkules hochmütig. »Wir haben genügend Magie«.

Simon hatte sich bis jetzt nicht entschieden, ob er Herkules mochte, und den anderen schien es nicht besser zu ergehen.

»Auf wen sollen Sie aufpassen?«, fragte Simon mit klopfendem Herzen.

Herkules sah ihn einige Sekunden mit seinen winzigen Augen an.

»Hat Alberich es dir nicht gesagt?«, fragte er. »Ich bin dein Leibwächter.«

Simons Magen zog sich zusammen. Dann war seine Vermutung also wahr.

»Ich … äh, ich hatte Sie mir anders vorgestellt.«

Die Worte waren heraus, bevor er nachgedacht hatte. Das kleine Gesicht seines Beschützers nahm einen gefährlichen Rotton an.

»Du sollst auf uns aufpassen?«, fragte Boris und starrte ungläubig auf den kleinen Wichtelmann. Doch damit hatte er den Bogen überspannt.

Herkules begann wieder zu kreischen. »Glaubst du, ich könnte das nicht? Ob ich auf dich aufpasse, muss ich mir aber überlegen. Wahrscheinlich tue ich allen einen Gefallen, wenn ich es lasse.«

Karla war anscheinend überzeugt, dass der kleine Kerl allmählich zu frech wurde. Sie ergriff Herkules an seinem Krägelchen und schüttelte ihn drohend.

»Nun hör mal zu, du frecher Kerl. Wenn du dich nicht höflicher benimmst, stecke ich dich in die Mülltonne!«

Simon rechnete schon mit einem erneuten Wutausbruch, doch plötzlich veränderte sich Herkules' Gesichtsausdruck. Er strahlte Karla an, als wäre sie der erste Mensch, den er sehen würde.

»Oh, du wunderschönes Menschenwesen, deine Augen leuchten wie die Sterne und deine Stimme ist wie der Gesang des Phönix.«

»Und ihre Hand wie der Hammer Thors«, hauchte Boris fassungslos Simon zu.

Karla war für einen Moment sprachlos und ihr Gesicht wurde von einer leichten Röte überzogen. Hastig setzte sie den kleinen Mann auf dem Tisch ab.

Simon hatte nicht den Eindruck, dass Herkules so bald mit dem Süßholzgeraspel aufhören würde, und fiel dem Kleinen ins Wort.

»Aber das war doch nur eine Geschichte«, verteidigte er sich, während er gedankenverloren mit dem Zauberstab seine welke Zimmerpflanze wässerte.

»Ich habe mir das alles nur ausgedacht. Außerdem habe ich bis dahin gar nicht gewusst, dass es so was wie Zauberei wirklich gibt.«

»Aber mit deiner Geschichte hast du alle Kobolde südlich und nördlich des Äquators aufgescheucht. Sie nehmen an, dass ihre Vormacht und damit ihre Reichtümer in Gefahr sind. Und sie werden alles tun, um das zu verhindern.

Außerdem hast du einem der ihren die Nebelkappe entwendet und was noch schlimmer ist, du hast dem Boss der hiesigen Kobold-Goldbank den Zauberstab abgenommen und ihn damit vor allen Kobolden gedemütigt. Kein Kobold verliert seinen Zauberstab und schon gar nicht an einen Nescia. Und mit dir hast du alle deine Freunde und auch deine Familie in Gefahr gebracht.

Auch wenn deine Geschichte nur eine Kurzfassung der Wirklichkeit ist, sind alle Kobolde davon überzeugt, dass du für sie gefährlich bist. Sogar in den eigenen Reihen suchen sie nach dem Verräter, den es aber wohl nicht gibt, wenn es stimmt, was du mir erzählst. Magister Alberich ist sehr besorgt und hat mich geschickt, damit ich ein Auge auf dich ...«

Mitten im Satz hörte Simon die Haustür aufgehen und Stimmen im Flur drangen durch die Zimmertür zu ihnen durch.

Es musste Martin sein und er hatte anscheinend Armida mitgebracht. Karla stieß Simon an, weil er nicht bemerkt hatte, dass das Wasser mittlerweile über den Rand des Blumentopfes floss. Dann klopfte es.

Rasch rief Simon: »Einen kleinen Moment!«

Hastig trocknete Karla das Wasser und eine Dampfwolke stieg vom Boden aus hoch.

Alle ließen ihre Zauberstäbe verschwinden und stellten sich nebeneinander aufgereiht vor dem dampfenden Blumentopf auf. Simon stopfte den Stab und die Kappe rasch in seinen Schrank.

»Bitte, Sie müssen verschwinden«, flehte er Herkules an. Die Umrisse des kleinen Mannes begannen zu flimmern, dann war er nicht mehr zu sehen.

Simon rief: »Ok, kommt rein!«

Die Tür öffnete sich und Armida, gefolgt von Martin, trat ein.

»Na, musstet ihr erst eure geheimen Schätze vergraben?«, grinste Martin. Dann bemerkte er die Wolke aus Wasserdampf.

»Macht ihr eine Sauna aus dem Zimmer?«, sagte er misstrauisch, während er vergeblich versuchte, einen Blick hinter die Drei zu werfen.

»Na, da wird sich Mums aber freuen«, grinste er.

»Nur, wenn du ihr etwas verrätst«, sagte Simon.

»Das wirst du natürlich nicht tun, nicht wahr, Schatz?«, sagte Armida und hauchte Martin einen Kuss auf die Wange.

Simon atmete auf. Er war sicher, dass sein Bruder ihrer Mutter nun nichts mehr erzählen würde. Martin konnte ihr keinen Wunsch abschlagen.

Obwohl sein Bruder von Simons Geheimnissen nichts wusste, fühlte er sich ertappt und sah betreten zu seinen Freunden. Doch die hörten gar nicht zu, sondern starrten mit weit offenen Mündern Armida an.

Karla hatte eine Augenbraue missfallend erhoben und betrachtete wütend abwechselnd Martins Freundin und dann Nico und Boris.

»Ich wollte nur Hallo sagen«, meinte Armida lächelnd und tat so, als würde sie die Blicke der Jungen nicht bemerken. »Lasst euch nicht stören!«

»Nein«, meinte Simon. »Du störst überhaupt nicht.«

»Nein, wirklich nicht«, flüsterte Boris albern grinsend, und sah sie hingerissen an.

Nico war anscheinend zu keinem Wort fähig und nickte nur stumm. Aber auch er wandte den Blick nicht von Martins Freundin.

Karla räusperte sich laut und unüberhörbar. Nico und Boris zuckten zusammen und sahen sie verlegen an.

Dann stellte Simon seine Freunde vor. Als Karla ihre Hand ergriff, machte sie ein Gesicht, als ob sie etwas

Glibberiges anfassen würde. Schnell ließ sie wieder los und wischte sich verstohlen die Handfläche ab.

Für einen Moment glaubte Simon, Ärger oder Zorn in Armidas schwarzen Augen aufblitzen zu sehen. Doch dann lächelte sie schon wieder ihr bezauberndes Lächeln.

»Noch viel Spaß«, meinte sie und blinzelte Simon zu. Sie ergriff Martins Hand. »Komm, Schatz, wir müssen noch über die Party nächste Woche sprechen«, strahlte sie ihn an und zog ihn aus dem Zimmer.

Nico und Boris starrten noch eine Weile auf die Tür, als hätten sie ein Gespenst gesehen.

»Macht den Mund zu, es zieht!«, zischte Karla sie an und ihre Münder klappten zu.

Herkules erschien flimmernd aus dem Nichts.

„Das war Martins Freundin?", staunte Nico fassungslos.

»Ich glaube, ich bin verliebt«, flüsterte Boris und starrte auf die Tür, als müsse Armida jeden Moment wieder eintreten.

»Ich auch«, piepste Herkules und fiel in den Sessel zurück.

»Hallo!«, rief Karla und schnippte mit den Fingern. »Erde an Raumstation, ihr könnt jetzt landen!«

Böse funkelte sie Nico, Boris und Herkules an. »Was findet ihr so großartig an der?«, fauchte sie.

»Na ja …«, sagte Simon gedehnt. »Sie sieht toll aus, oder?«

Nico und Boris nickten zustimmend. Anscheinend waren sie froh, dass Simon die Antwort gegeben hatte.

»Mag sein«, sagte Karla aufgebracht. »Aber sie ist eine ätzende Zicke. Ich erkenne eine Hexe, wenn ich ihr begegne.«

»Ach, du bist ja nur eifersüchtig«, sagte Boris böse.

»Ich soll eifersüchtig sein? Worauf? Auf ihre Schickimickikleider?«, fuhr sie Boris an.

»Ihr Vater ist ziemlich reich«, versuchte Simon, die Stimmung zu entschärfen. »Sie haben eine eigene Jacht. Und jedes zweite Wort von Martin ist: »Armida macht, Armida hat gesagt, Armida hat gemeint, Armida hat getragen. Das ist ganz schön nervend.«

»Und auf so etwas fährt dein Bruder ab? Ich habe ihn für gescheiter gehalten«, fauchte sie und sah wütend aus dem Fenster.

Simon fielen die letzten Worte von Herkules wieder ein. Er hatte seine Familie und die Freunde in Gefahr gebracht. Sein Hals schnürte sich zusammen.

»Wenn meine Familie in Gefahr ist, wäre es dann nicht besser, ich würde meinen Eltern alles erzählen?«, fragte Simon mit brüchiger Stimme.

»Auf keinen Fall«, sagte Herkules bestimmt. »Je weniger Nescii Bescheid wissen, umso besser ist es. Das würde alles nur noch komplizierter machen. Bis jetzt ist die Aufmerksamkeit der Kobolde hauptsächlich auf dich und Karla gerichtet. So soll es auch bleiben. Und da es für Barikor mittlerweile zu einer persönlichen Sache geworden ist, sind die Aussichten dafür gut.«

Karla, die immer noch wütend war, sah Herkules betroffen an. »Barikor jagt auch mich?«, sagte sie.

Herkules nickte mit seinem kleinen Kopf. Simon fühlte sich, als hätte er einen riesigen Stein im Magen. Was konnte er schon gegen den Kobold ausrichten? Im Stadthaus hatte er Glück gehabt, dass Karla gerade noch rechtzeitig erschienen war, sonst wäre es Barikor bereits damals gelungen, ihn zu töten. Noch einmal würde Glück nicht ausreichen, davon war er überzeugt.

Herkules, der seine Gedanken zu erraten schien, piepste beruhigend: »Keine Sorge, deshalb bin ich ja da.«

Nachdenklich sah Simon auf Herkules herab. Das war nicht der Beschützer, den er erwartet hatte. Wie sollte der Wichtelmann ihn retten?

Er nickte und versuchte, eine zuversichtliche Miene aufzusetzen. Simon hoffte nur, dass der Magister wusste, was er tat. Eine Weile saßen sie stumm da.

»Wir müssen noch mehr und länger trainieren«, brach Karla irgendwann das Schweigen. »Wir müssen so viel lernen, wie wir können.«

»Nehmt euch ein Beispiel an dieser wunderbaren Menschenfrau«, piepste Herkules und sah Karla hingebungsvoll an.

Mittlerweile war es Zeit fürs Abendessen geworden. Frau Keller lud Simons Freunde dazu ein. Da Nico und Boris zu Hause erwartet wurden, blieb nur Karla, die das Angebot gerne annahm.

Während sie sich noch mit Frau Keller unterhielt, ging Simon mit dem unsichtbaren Herkules auf seiner Schulter in die Küche.

Aus Angst, sein Beschützer könnte bei einer unbedachten Bewegung herunterfallen, bemühte er sich, den Oberkörper möglichst ruhig zu halten.

»Hat Karla dich vermöbelt?«, fragte Martin lästernd, der schon am Küchentisch saß. »Du wirkst etwas hüftsteif«, grinste er.

Im selben Moment betraten Karla und Frau Keller die Küche. Anscheinend hatte Karla Martins letzte Bemerkung gehört, denn ihr eben noch fröhliches Gesicht erstarrte und mit gesenktem Kopf setzte sie sich neben Simon.

Am liebsten hätte Simon seinen Bruder geohrfeigt. Frau Keller blickte ihren Sohn über den Tisch hinweg vorwurfsvoll an. Martin errötete und schwieg. Simon grinste schadenfroh. Da würde sein Bruder aber etwas zu hören bekommen.

Während des Essens krabbelte Herkules von Simons Schulter. Immer wieder schnitt Simon von seinem Brot kleine Stücke ab und sah, wie sie sich in die Luft erhoben und dann verschwanden. Karla bemühte sich nach Kräften, die schwebenden Brotkrumen zu verdecken.

Doch die Eltern und Martin besprachen gerade, welchen Film sie heute Abend gemeinsam anschauen wollten, und bemerkten glücklicherweise nichts von alledem.

Simons Milchglas leerte sich nach und nach, ohne dass er auch nur einen Schluck daraus getrunken hatte.

Nach einiger Zeit blieben die Brotkrumen, die Simon für Herkules bereitgelegt hatte, liegen. Ein Rülpsen ertönte. Frau Keller sah Simon vorwurfsvoll an.

»Tschuldigung«, sagte ihr Sohn rasch und schnipste vorsichtig mit dem Finger dahin, wo er Herkules vermutete. Zu seinem Entsetzen bemerkte er, dass nun auf Martins Teller der Rest seines Honigbrotes in Bewegung geriet und dann verschwand.

Wie kam der verflixte kleine Kerl auf diese völlig blöde Idee? Martin musste nur einen Blick auf seinen Teller werfen und alles flog auf.

Besorgt sah er Karla an, die hilflos mit den Achseln zuckte.

Rasch stand Simon auf und verkündete zum Erstaunen aller, dass er zu Bett gehen würde, und auch Karla hatte es auf einmal ziemlich eilig, nach Hause zu kommen.

Während Simon an Martins Stuhl vorbeilief, spürte er Herkules wieder auf seiner Schulter. Der Kleine war nahe dran, herunterzufallen. Rasch langte Simon an seine Schulter, um ihn aufzufangen. »Muskelkater«, meinte er nur, als er die fragenden Blicke seiner Eltern sah.

Herkules hickste leise und kicherte. Schnell flüchtete Simon aus der Küche, rannte die Treppe hoch und schloss seine Zimmertür hinter sich zu.

Erleichtert setzte er sich auf sein Bett. Sofort wurde der kichernde Herkules wieder sichtbar und ließ sich von Simons Schulter auf das Kopfkissen fallen.

»Ich möchte Sie wirklich nicht ärgern, aber wenn meine Eltern oder mein Bruder bemerken, dass ein unsichtbares Wesen von ihrem Teller isst, können Sie nicht lange hierbleiben. Und ich brauche dann keinen Schutz mehr vor den Kobolden, sondern vor meiner Mutter.«

Herkules kicherte. »Hicks, hi, d-du bis aber höflich. Kannst ruhig du su mir ssagen.«

Dann kippte er nach hinten.

»Wenn du hicks, dir was Gescheites, hicks, auf deinen Teller gelegt hätts … hätestes …«, er kicherte wieder.

»Was ist denn mit Ihnen? Ich meine, mit dir los?«, fragte Simon verwundert, der sich nicht erklären konnte, weshalb der kleine Kerl sich so aufführte.

»Das isst ein hicks, äh, tolles Abn … Abendgetränk«, antwortete Herkules lallend.

»Du meinst das Glas Milch? Aber das ist doch nur Milch«, meinte Simon verblüfft.

»To … tolles Zeug, hicks. Ganss andes alss die … hicks … Mi … Mi … Milch bei unss«, murmelte Herkules und begann zu schnarchen.

Simon konnte es nicht fassen. Sein Beschützer war von der Milch auf dem Küchentisch betrunken? Er schüttelte den Kopf und nahm sich vor, so bald wie möglich mit Magister Alberich zu reden.

Nicht nur, dass Herkules keinen allzu heldenhaften Eindruck machte, wie sollte ein so kleiner Kerl ihn beschützen? Eigentlich wirkte er, als könne er selbst Schutz gebrauchen.

Doch erst einmal benötigte Herkules ein Bett. Leise holte er einen Karton aus dem Keller, legte einen Kopfkissenbezug hinein und bettete seinen Beschützer vorsichtig darauf. Dann deckte er ihn mit einem Handtuch zu. Herkules bekam von allem nichts mehr mit und schnarchte leise weiter.

Am nächsten Morgen fiel Simons erster Blick auf den Karton, der auf seinem Nachttischschränkchen stand. Also hatte er nicht geträumt. Leise Schnarchgeräusche ertönten aus dem Karton. Offensichtlich schlief sein Beschützer noch seinen Rausch aus. Simon grinste.

Langsam kleidete er sich an und machte sich nachdenklich auf den Weg in die Küche. Der Tisch war bereits gedeckt und die anderen saßen schon vor ihren Tellern und bissen in ihre Brötchen.

Gedankenverloren bestrich er eine Scheibe Brot. Was sollte er mit so einem Beschützer anfangen? Seine Familie durfte nichts von Herkules Anwesenheit erfahren. Außerdem benötigte er Essen und Trinken. Da hatte der Magister ihm was Schönes eingebrockt. Es war zum Verzweifeln.

Ein weiteres Problem war die Wirkung, die Milch auf Herkules hatte. Er musste ihn unbedingt fragen, was er aß, bevor es ein Unglück gab. Wer wusste schon, was der Kleine sonst nicht vertrug.

Plötzlich spürte Simon eine leichte Berührung an seiner Hand. Herkules war da. Rasch leerte er sein Glas Milch. Auf keinen Fall durfte der Heinzelmann sich wieder betrinken.

Sein Vater sah ihn erstaunt an.

»Gibt es eine drohende Milchknappheit, die in den Morgennachrichten gemeldet wurde, von der ich nichts weiß?«, fragte Herr Keller seine Frau.

»Ich beeile mich nur«, sagte Simon schnell. »Ich will mich etwas früher mit Boris treffen«, schwindelte er.

Hastig ergriff er seine Schultasche und verließ das Haus.

»Wieso gehst du ohne mich los?«, piepste die Stimme seines Beschützers vorwurfsvoll in sein Ohr.

»Weil du noch fest geschlafen hast«, murmelte Simon unwirsch. Gerade Herkules musste ihm Vorwürfe machen, nachdem er sich letzte Nacht betrunken hatte.

«Und deshalb soll ich verhungern?«, nörgelte Herkules. »Ich habe noch gar nichts gegessen. Außerdem soll ich dich beschützen.«

»Wir müssen uns unbedingt über Tischregeln unterhalten«, flüsterte Simon und sah sich um. Zum Glück war niemand auf der Straße.

»Bedeuten Tischregeln etwa, ich soll nichts essen?«, piepste Herkules ungläubig in Simons Ohr.

»Nein, aber wenn du so weitermachst, werden die anderen bemerken, dass etwas nicht stimmt. Warte bis zur Pause, dann gebe ich dir etwas von meinem Pausenbrot.«

An der Bushaltestelle nutzte Simon die Zeit, um Herkules zu erklären, wie er sich am unauffälligsten bei Tisch benahm.

»Am wichtigsten ist es, dass du bei meinem Teller bleibst!«, meinte er am Schluss nachdrücklich und hoffte inständig, dass der kleine Kerl sich daranhalten würde.

Natürlich war der Bus auch heute wieder völlig überfüllt. Dicht an dicht standen die Mitfahrenden und jeder trat jedem auf die Füße. Die Luft war schlecht und Simon befürchtete, dass sein Leibwächter jeden Moment von seiner Schulter fiel und zertrampelt wurde. Ungeduldig sehnte er sich die Haltestelle an seiner Schule herbei.

»Was wollen denn die vielen Nescii hier?«, piepste es leise in sein Ohr. Simon zuckte nur mit den Schultern. Er traute sich nicht, in der Gegenwart so vieler Menschen ein Gespräch mit seinem unsichtbaren Beschützer zu führen. Dann flüsterte Herkules etwas und ein übler Geruch stieg in Simons Nase.

»Was ist denn das?«, hörte er jemanden entrüstet rufen. Er sah sich um. Obwohl die Leute dicht gedrängt standen, nahmen sie Abstand von ihm. Simon begann zu schwitzen, während Herkules auf seiner Schulter kicherte.

»Was hast du gemacht?«, zischte er wütend mit zusammengebissenen Zähnen.

»Ich habe uns nur ein wenig Platz verschafft«, wisperte Herkules, der nicht aufhörte zu kichern.

»Ja, aber alle denken, ich hätte damit zu tun«, hauchte Simon entrüstet.

»Für seine Freiheit muss man Opfer bringen, hi hi hi. Was halten die Nescii für seltsame schwarze Kästen in der Hand?«, flüsterte Herkules.

»Das sind Handys«, zischte Simon, obwohl er bezweifelte, dass der Heinzelmann wusste, was Handys waren.

Der Mann ihm gegenüber wurde schon aufmerksam und sah ihn argwöhnisch an. Wahrscheinlich hielt er Simon für verrückt.

Zwei Meter entfernt telefonierte ein junges Mädchen seit einiger Zeit. Sie sagte nur wenig und zog ein trotziges Gesicht.

Simon stutzte. Etwas stimmte hier nicht. Zuerst konnte er nicht sagen, was es war. Dann fiel es ihm wie Schuppen von den Augen. Wieso funktionierten die Handys?

Aufgeregt durchwühlte er seinen Schulrucksack. Er hatte doch tatsächlich bei all der Aufregung die Nebelkappe und den Zauberstab vergessen.

Plötzlich hallte die Stimme eines jungen Mannes durch den Bus. Sie gehörte offensichtlich der Person, mit der das Mädchen sich die ganze Zeit unterhielt.

»… mache ich Schluss mit dir. Du bist mir zu zickig.«

Erschrocken starrte das Mädchen auf ihr Handy.

»Außerdem hast du Britta lauter Lügen über mich erzählt", dröhnte es durch den Bus.

Vergeblich versuchte das Mädchen mit hochrotem Kopf, das Gespräch leise zu stellen.

»Ich habe Cornelia nicht angebaggert«, ertönte die zornige Stimme wieder. »Es war Biggi …«, rutschte es dem jungen Mann heraus, ehe er bemerkte, was er gerade sagte.

Gelächter ertönte und das Mädchen verstaute hastig das Handy mit der weiter plappernden Stimme in ihre Handtasche. Man hörte noch, wie er sprach, konnte aber nichts mehr verstehen. An der nächsten Haltestelle floh sie aus dem Bus.

Kurze Zeit später warf ein junger Mann vor Schreck sein Handy quer durch den Innenraum. Eine der Spielfiguren hatte plötzlich den Kopf aus dem Handy gesteckt und ihn nach der Uhrzeit gefragt.

Stammelnd versuchte er den Umstehenden zu erklären, was vorgefallen war. Die schüttelten nur verständnislos mit dem Kopf. Einer tippte sich an die Stirn und ein älterer Herr erklärte laut, er hätte schon immer gewusst, dass Handys krank machten.

Dann schien es mehreren Handynutzern ähnlich zu ergehen, und es entstand ein Tumult. Zum Glück erreichten sie jetzt die Haltestelle und erleichtert verließ Simon den Bus.

»Bist du verrückt!«, raunzte er Herkules wütend an. »Willst du unbedingt, dass die Leute etwas merken?«

»Wieso?«, fragte sein Beschützer scheinheilig. »Ich habe die Spiele nur spannender gemacht.«

»Aber die Menschen kennen keine Zauberei«, zischte Simon empört.

»Jetzt schon«, kicherte Herkules.

»Ich weiß nicht, ob dem Magister das gefällt«, versuchte Simon nun ein stärkeres Druckmittel.

»Der Magister muss ja nicht alles erfahren.«

Simon nahm sich fest vor, morgen unbedingt die Kappe wieder mitzunehmen.

Mittlerweile hatten sich seine Freunde zu ihnen gesellt.

»Alberich vertraut mir, weshalb sonst hätte er mich als deinen Beschützer ausgesucht«, beteuerte Herkules.

Simon schilderte seinen Freunden die Erlebnisse während der Busfahrt. Erst sahen sie ihn ungläubig an, dann schüttelten sie sich vor Lachen, während Herkules unablässig kicherte.

»Die meisten Sachen sind nicht so schlimm. Was bei den Querxen wirklich verboten ist, sind Flüche, die die Persönlichkeit verändern, und Wahrheitszauber«, erklärte er.

»Ja, aber der Magister hat uns ausdrücklich ermahnt, vor den Nescii nicht zu zaubern«, widersprach Karla, die gar nicht bemerkt hatte, dass sie die Menschen Nescii nannte.

»Die wenigsten Nescii glauben an Magie und versuchen, wenn sie ihr tatsächlich begegnen, vernünftig klingende Erklärungen zu finden.«

Dann ertönte die Schulglocke.

»Mach jetzt keinen Blödsinn mehr«, flehte Simon unglücklich und suchte das Klassenzimmer auf.

Sehr zu Simons Bedauern und Boris' Leidwesen hatten sie in den ersten beiden Stunden Mathematik. Aber zuerst verteilte Herr Ziegler die Klassenarbeiten der letzten Woche.

Wie erwartet waren Simon und Boris nicht über eine Drei hinausgekommen, und selbstverständlich hatte Nico mit einer Eins die beste Note der Klasse erreicht.

Karlas *Ausreichend* war eine so deutliche Verbesserung, dass Herr Ziegler sie ausdrücklich vor der ganzen Klasse lobte. Glücklich nahm sie ihre Arbeit entgegen. Simon konnte sich nicht erinnern, dass sie, außer beim Sport, jemals gelobt worden war.

Heute begannen sie ein neues Thema. Es ging um Koordinatensysteme. Nach wenigen Minuten rutschte Boris der Kopf herunter. Auch Simon hatte Probleme, die Augen aufzuhalten.

Damit waren sie nicht allein. Eigentlich hörten nur Karla und Nico aufmerksam zu. Herr Ziegler, der die ganze Zeit mit dem Rücken zur Wand gestanden hatte, wandte sich zur Tafel, um eine Formel aufzuschreiben, als er stutzte.

In großen Buchstaben war auf der Tafel zu lesen:

Mathematik ist laaaaangweilig. Ich habe Hunger

Die ganze Klasse kicherte und auch Herr Ziegler konnte sich ein Schmunzeln nicht verkneifen.

Simon wusste, wer das geschrieben hatte, denn zu Beginn der Stunde hatte der Tafeldienst die Tafel abgewischt, dessen war er sich sicher. Auf die Frage, wer der Urheber sei, meldete sich natürlich niemand.

Glücklicherweise ertönte der Pausengong, bevor Herr Ziegler weitere Fragen stellen konnte.

Den Samstag verbrachten sie mit dem Üben der bisher gelernten Zauber und Flüche. Eugel war sehr zufrieden mit ihren Fortschritten und zeigte ihnen zum Abschluss noch einen hübschen kleinen Zauber, mit dem sie ihre Füllfederhalter belegen konnten.

Wenn sie sich verschrieben hatten, strichen sie die Stelle einmal durch und sofort verschwand der falsch geschriebene Teil komplett und ohne Rückstände.

Das kam vor allem Simon und Boris zugute. Fast alle Lehrer beschwerten sich ständig, weil man weder ihre Hausaufgaben noch ihre Klassenarbeiten wirklich lesen konnte, was Simon gar nicht verstand, da er der Meinung war, dass seine Schrift einen künstlerischen Ausdruck hatte.

Martin hatte mal gesagt, der künstlerische Ausdruck sei eine Sauklaue, sein Vater hielt Simons Schrift für herausfordernd.

Außerdem konnten sie jetzt alle mit dem Füllfederhalter erzeugten Absätze, Rechenaufgaben oder auch Zeichnungen mit gezeichneten Pfeilen an eine andere Stelle des Blattes verschieben. Bereits geschriebenes machte bereitwillig Platz und auch die Pfeile verschwanden wieder. Nico meinte, dass das der bisher beste Zauber sei, da er nun seine Matheaufgaben vorbildlich geordnet abgeben konnte.

Der Sonntag begann sonnig und wolkenlos. Martin hatte Armida zum Frühstück eingeladen. Auch wenn sie nur die Freundin seines nervigen Bruders war, wollte Simon auf keinen Fall bei ihrem Eintreffen noch im Bett liegen. Ihr Anblick verursachte immer ein eigenartiges Schwurbeln in seinem Bauch.

Er war froh, dass Karla nichts von seinen Gedanken wusste. Sie hätte ihn verächtlich angesehen und mindestens eine Stunde lang mit Missachtung gestraft. Ihre unerklärliche Abneigung gegen Armida hatte nicht nachgelassen. Im Gegenteil. Simon, Nico und Boris stritten oft erfolglos mit ihr, die jedes Mal auf stur schaltete. Alles gute Zureden perlte von ihr ab.

In letzter Zeit verschwand Karla häufiger vorzeitig von ihren Treffen. Nico war aufgefallen, dass sie immer dann ging, wenn Armida gerade das Haus der Kellers verlassen hatte.

Als Boris sie darauf ansprach, gestand sie kleinlaut, dass sie Armida heimlich folgte.

»Aber mit ihr stimmt etwas nicht, da bin ich mir sicher. Sie verschwindet nach einer Weile plötzlich spurlos. Einfach so.«

»Vielleicht ist sie einfach nur cleverer als du«, frotzelte Boris. »Sie hat sicher bemerkt, dass du ihr nachspionierst.«

Für einen Moment glaubte Simon, Karla würde sich auf Boris stürzen, doch dann wandte sie nur den Kopf und schmollte den ganzen Nachmittag.

Pünktlich und strahlend schön stand Martins Freundin vor der Haustür und schellte. Frau Keller trat ihrem Mann kräftig auf die Füße, als sie bemerkte, wie er die Freundin seines Sohnes anstarrte.

Er gab ein dumpfes Stöhnen von sich und mit Tränen in den Augen führte er Armida in die Küche. Sie hatte Brötchen besorgt und da der Küchentisch von Martin gedeckt und mit Blumen geschmückt worden war, konnte das Frühstück beginnen.

Wie nicht anders zu erwarten, war Martin wieder so begeistert, dass er die „Mann von Welt"-Masche herauskehrte. Simons Beschützer, nicht minder hingerissen, stieß einen Seufzer nach dem anderen aus. Simon hoffte flehentlich, dass keiner etwas von seiner Anwesenheit bemerkte.

Zum Glück hatte Herkules in solchen liebestrunkenen Momenten keinen Appetit, und Simon konnte sich ungehindert an der fröhlichen Unterhaltung beteiligen.

»Was haltet ihr davon, wenn wir nachher ins Siebengebirge fahren und den Drachenfels hochlaufen?«, schlug Armida nach dem Frühstück vor.

Alle Vorschläge von ihr waren für Martin einzigartig und niemand sonst hätte diese wundervolle Idee haben können. Natürlich war er sofort einverstanden. Auch ihr Vater wollte schon zustimmen, als ihn der warnende Blick seiner Frau traf.

»Ächm, ich glaube heute nicht«, meinte er schnell. »Geht ihr jungen Leute mal allein.«

Der Blick von Frau Keller änderte sich von Alarmstufe Rot auf Grün.

»Genau, wir werden einen ruhigen Tag im Garten verbringen und die letzten warmen Sonnenstrahlen in diesem Jahr genießen, nicht wahr, mein Schatz?«, flötete sie und tätschelte seinen Arm.

»Wir könnten auch Schloss Drachenburg besichtigen«, überlegte sie. »Da wollte ich schon lange Mal rein.«

»Dann bekommt unser Schriftsteller auch eine Portion Kultur ab. Das wird ihm guttun«, lästerte Martin.

Simon verdrehte innerlich die Augen. Er war überzeugt, dass sein Bruder auch nicht mehr über das Schloss wusste als er, zog es aber vor zu schweigen. Martin plapperte munter weiter.

»Unser Schriftsteller hat wieder mit dem Schreiben begonnen. Er glaubt aber, wir hätten nichts bemerkt«, grinste er.

Am liebsten hätte Simon Martin unter dem Tisch vors Schienbein getreten. Bevor er etwas sagen konnte, klatschte Armida begeistert in die Hände.

»Wunderbar! Können wir uns einmal dazusetzen? Ich würde zu gerne mal bei der Entstehung einer Geschichte dabei sein.«

Eigentlich war Simon beim Schreiben lieber allein. Sogar seinen Freunden hatte er nie erlaubt, zuzusehen. Doch dann bemerkte er Martins Gesicht. Es sah aus, als hätte er in eine saure Zitrone gebissen. Schadenfroh grinste Simon seinen Bruder an.

»Aber sicher, gerne«, sagte er und bemühte sich, auszusehen, als meine er das auch so.

In Wirklichkeit war ihm nicht wohl bei dem Gedanken. Wenn Armida dabei war, würde ihm garantiert nichts einfallen und er wäre blamiert.

Dann machten sie sich auf den Weg nach Königswinter. Der Aufstieg zur Burgruine begann sehr steil.

Entlang den Schienen der Zahnradbahn führte der Weg vorbei an dem Reptilienzoo mit der Drachenhöhle und der Nibelungenhalle.

Das Siebengebirge zeigte sein schönstes Gesicht und erstrahlte zwischen den Nebelbänken leuchtend gelb, unterbrochen von warmen roten Farbklecksen.

Etwas außer Atem erreichten sie auf halbem Weg das Schloss Drachenburg. Es war erst im neunzehnten Jahrhundert erbaut worden und besaß prunkvoll eingerichtete Räume und Hallen. Der seitliche Eingang wurde von zwei großen goldenen Hirschstatuen bewacht.

Armida hatte viel über das Schloss gelesen und konnte ihnen einiges erzählen. Nach ihrem Rundgang machten sie bei einer Apfelschorle Pause. Simon bedauerte, dass es hier oben keine Warkenmilch gab. Zu gerne hätte er jetzt einen Krug davon getrunken.

Auf Anordnung von Herkules trug Simon den Zauberstab und die Nebelkappe nun ständig bei sich. Außerdem hatte er sich ein Reagenzglas mit passendem Korken besorgt, damit sein Leibwächter immer etwas zu trinken hatte. Auch wenn Armida und Martin meist nur Augen für sich hatten, wollte er auf keinen Fall riskieren, dass sein Beschützer entdeckt wurde.

»Warum bekomme ich lauwarmes Wasser und ihr trinkt verdünnten, eiskalten Apfelsaft?«, nörgelte Herkules leise in sein Ohr. Simon zuckte nur mit den Achseln. Hastig griff er an seine Schulter, sonst wäre sein Beschützer auf den Tisch gefallen.

Nachdem sie sich erfrischt hatten, beschlossen sie auch noch den restlichen Weg zur Burgruine hochzulaufen. Sie waren nur wenige Meter gegangen, als Armida plötzlich stehen blieb und sich mit der Hand vor die Stirn schlug.

»So etwas Dummes, ich habe meine Handtasche liegen lassen«, rief sie entsetzt. »Wartet hier, ich bin sofort wieder da. Hoffentlich hat sie niemand mitgenommen.«

Sie wandte sich zu Simon und Martin um.

»Setzt euch doch dort auf die Bank und genießt die Aussicht. Aber vertragt euch!«, sagte sie und drohte scherzhaft mit erhobenem Zeigefinger.

»Wir hätten doch mitgehen sollen«, meinte Martin, als Armida verschwunden war. »Wahrscheinlich muss sie das halbe Schloss durchsuchen.«

»Oder sie erbricht gerade ins Klo, weil sie dein Süßholzgeraspel nicht mehr erträgt«, entgegnete Simon. Herkules kicherte leise in sein Ohr.

»Mädchen wie Armida behandelt man nicht wie jede x-beliebige Frau«, antwortete Martin weltmännisch und rümpfte die Nase. »Das wirst du auch noch merken.«

Schneller als erwartet und außer Atem stand Armida wieder vor ihnen. Sie zog ein schuldbewusstes Gesicht.

»Verzeih mir, mein Schatz.«

Dabei gab sie Martin einen Kuss auf den Mund.

»Aaarghs, müsst ihr Nescii euch dauern küssen?«, wisperte Herkules.

Simon, der vor den anderen herlief, blieb plötzlich stehen und griff an seine Brust. Etwas hatte sich in der Innentasche seiner Sommerjacke bewegt.

»Na, schon außer Atem?«, lästerte Martin.

Armida gab ihm einen Knuff in die Seite.

»Sei nett zu deinem Bruder, sonst lässt er uns heute nicht dabei sein, während er schreibt.«

»Na, das wollen wir doch auf keinen Fall versäumen«, sagte Martin bissig.

Simon hatte gar nicht zugehört. Es war, als hätte man ihm einen Kübel kalten Wassers über seinen Kopf ausgeschüttet. Der Zauberstab und die Nebelkappe versuchten anscheinend, aus seiner Tasche herauszukommen.

Er drückte die Hand fest auf seine Brust, während er erschrocken um sich blickte. Er lief ein paar Meter zurück, als wollte er die tolle Aussicht genießen. In Wirklichkeit suchte er bestürzt die Büsche ab, ohne etwas Auffälliges zu sehen. Nur die Bewegungen in seiner Brusttasche wurden immer stärker.

»Was ist denn?«, fragte sein Beschützer, der Simons Unruhe bemerkt hatte.

»Ich weiß nicht«, quetschte Simon zwischen den Zähnen hervor. »Der Zauberstab bewegt sich.«

Mittlerweile war sein Verhalten auch Armida und Martin aufgefallen. Sie sahen fragend zu ihm herüber.

»Irgendetwas ist hier«, flüsterte Herkules. Es raschelte in den Büschen gegenüber. Hastig flüsterte Simons Leibwächter einige Worte. Sofort erstarben die Bewegungen in der Brusttasche.

»Danke«, flüsterte Simon.

»Nicht der Rede wert«, kicherte Herkules.

»Tolle Aussicht«, rief Simon und deutete auf den Rhein.

Martin schüttelte nur den Kopf und sagte etwas zu Armida, die forschend zu ihm herüberblickte.

»Lasst uns weitergehen«, meinte Simon schließlich und bemühte sich, ganz entspannt auszusehen. Doch sein Herz klopfte ihm bis zum Hals. Jemand war hier und versuchte, in den Besitz des Zauberstabes und der Nebelkappe zu gelangen.

»Wir werden beobachtet«, meldete sich Herkules jetzt wieder. »Verhalte dich ganz normal.«

»Warum?«, murmelte Simon. »Die haben doch sicherlich mitbekommen, dass ich etwas bemerkt habe.«

»Sicher mitbekommen haben die vor allem, dass ihre Magie bei dir offensichtlich nicht wirkt. Dabei sollten wir es belassen. Es wird sie genug beschäftigen.

Erst als sie das Städtchen Königswinter wieder erreichten, ließ Simons Anspannung etwas nach. Das war genug Aufregung für heute. Eigentlich hätte er jetzt lieber mit seinen Freunden zusammen über die Erlebnisse auf dem Drachenfels gesprochen. Doch da war sein Versprechen, Armida beim Schreiben zusehen zu lassen, und er hätte ihr keinen triftigen Grund nennen können, weshalb er es nicht einhielt.

Simons heimliche Hoffnung, sie hätte ihre Nachmittagsplanung vielleicht vergessen, wurde enttäuscht. Nach dem Mittagessen erinnerte Armida ihn an sein Versprechen. Anscheinend bemerkte sie, dass er keine Lust hatte.

»Nur ein wenig«, sagte sie halb schmollend, halb bettelnd. Dabei sah sie ihn mit ihren großen schwarzen Augen bittend an und es war ihm unmöglich, Nein zu sagen.

Da Martin keine Lust hatte, setzten sich die zwei allein in Simons Zimmer.

»Das ist richtig spannend«, meinte Armida aufgeregt. »Woran schreibst du denn?«

Simon ließ sie lesen, was er bis jetzt aufgeschrieben hatte, und schilderte, wie er sich die weitere Handlung vorstellte.

Sie hörte aufmerksam zu. Zu seiner Verblüffung war sie erstaunlich bewandert in den Sagen und Legenden, und es wurde ein unterhaltsamer Nachmittag.

Sie wusste ebenso viel über Lindwürmer und Einhörner wie er und hatte noch vor wenigen Tagen über große, schwarze Hunde gelesen, die sich vorwiegend auf Friedhöfen herumtrieben und Bargaste genannt wurden.

Wie im Flug waren mehr als zwei Stunden vergangen, als Martin etwas verschnupft an die Tür klopfte. Armida fiel ihm um den Hals und erzählte ihm begeistert, wie spannend es gewesen war und was für großartige Ideen Simon hatte.

Da Martin Wachs in ihren Händen war, konnte er ihr nicht lange böse sein und als Frau Keller zum Kaffee rief, waren alle wieder bei bester Laune. Für kurze Zeit hatte Simon sogar die Ereignisse auf dem Drachenfels vergessen, und ein ganzes weiteres Kapitel füllte die Seiten seines neuen Buches.

Armida und Martin setzten sich abends noch in den Garten. Während Simon etwas schrieb, hörte er leise Stimmen durch sein Fenster dringen. Die Sonne war schon untergegangen, als Herkules plötzlich vor ihm auftauchte.

»Das ist ja schrecklich, wirklich schrecklich«, jammerte er.

»Was ist so schrecklich?«, fragte Simon besorgt.

»Ich glaube, Armida frisst gerade deinen Bruder auf. Vielleicht ist sie Kannibalin?«

Ungläubig blickte Simon vorsichtig aus dem offenen Fenster nach draußen. In der hinteren Ecke des Gartens saßen Armida und Martin auf einer Bank und knutschten heftig.

»Ist es nicht schrecklich?«, kicherte Herkules.

»Wichtelmänner«, murmelte Simon und schüttelte mit dem Kopf. Dann zog er die Vorhänge vors Fenster.

Während der folgenden Zeit stellte Simon zu seiner Erleichterung fest, dass Herkules sich weitgehend an sein Versprechen hielt, möglichst wenig Aufsehen zu erregen.

Er hatte sich so schnell an seine Gegenwart gewöhnt, dass er sich kaum noch vorstellen konnte, wie es ohne seinen Beschützer gewesen war.

Nur wenn sie die Welt der Querxe aufsuchten, blieb Herkules beim Türwächter und leistete ihm Gesellschaft.

BARIKOR

In den letzten beiden Stunden der Woche hatten sie in diesem Jahr Sportunterricht. Sosehr die Sportstunden für Karla der Höhepunkt der Woche bedeuteten, waren sie für Boris der blanke Horror. Es war, als hätten seine Arme und Beine einen eigenen Willen und widersetzten sich allen seinen Anweisungen.

Heute war Geräteturnen angesagt. Das stand auf der Schreckensskala des Sports für Boris ganz oben. Sooft er konnte, ließ er sich vom Sportunterricht befreien. Doch heute gab es kein Entrinnen.

Im Gegensatz zu Boris machte Simon der Sportunterricht leidlich Spaß, vor allem, seit Karla zu ihnen gehörte und sich deutlich rücksichtsvoller verhielt. Sie war eine Sportskanone und beherrschte schnell jedes Gerät.

Die Stunde begann mit Bockspringen und Karla flog wie gewohnt höher und weiter als alle Klassenkameraden. Auch Simon gelangen die Sprünge halbwegs, nur Boris rutschte gleich beim ersten Versuch ab und landete auf seinem Rücken. Wie ein Käfer streckte er alle viere von sich.

Einige seiner Mitschüler kicherten, als sie ihn fallen sahen. Rafael und seine Freunde klatschten sich wiehernd auf die Oberschenkel. Missmutig sah Boris zu ihnen hinüber.

Simon, der sich bereits wieder in die Schlange eingereiht hatte, beobachtete, wie sich Karla neben ihre kleine zerrupfte Sporttasche setzte. Sie griff hinein und legte sich ihr Handtuch auf den Schoß. Dann beobachtete sie nur noch ihre Schulkameraden beim Bockspringen. Das war verwunderlich, denn normalerweise ließ sie keine Möglichkeit aus, um sich an den Geräten auszutoben.

Nachdem Simon seinen Sprung mit mehr oder weniger Bravour hinter sich gebracht hatte, gesellte er sich zu ihr.

Gemeinsam sahen sie zu. Schließlich war Rafael wieder an der Reihe. Mit kräftigen Sprüngen näherte er sich dem Gerät. Aus den Augenwinkeln sah Simon, wie Karla ihre Hand unter dem Handtuch bewegte und eine Bemerkung zischte.

Zuerst glaubte er, dass sie eine abfällige Bemerkung über Rafael gemacht hatte. Im selben Moment stürzte Rafael in seiner ganzen Länge auf die Turnmatten. Es klatschte so laut, dass alle erschrocken aufsahen. Leises Gelächter war zu hören.

Karla griente Simon frech an und ließ ihn kurz den Zauberstab sehen, den sie unter ihrem Handtuch verborgen hielt. Belustigt grinste Simon zurück.

Wütend stand Rafael auf und stieß Paul beiseite, der sich gerade für seinen Sprung bereitmachte.

»Hey!«, protestierte der Gestoßene, doch Rafael ignorierte ihn und nahm wieder Anlauf. Es sah so aus, als würde es dieses Mal gelingen, doch dann verhakten sich Rafaels Füße und abermals schlug er der Länge nach hin.

Zornig klatschte Rafael mit beiden Händen auf die Matte.

»Wenn er wenigstens einen Fuß vor den anderen setzen könnte«, lästerte Paul. »Aber sich über andere lustig machen.«

Drohend sah Rafael zu ihm herüber.

Grinsend verstaute Karla Handtuch und Zauberstab wieder in ihre Tasche. Alle kicherten. Es war Boris anzusehen, wie groß seine Genugtuung war. Aber jetzt war er wieder an der Reihe. Finster, als wäre der Springbock ein erbarmungsloser Feind, fixierte er ihn. Dann lief er zaghaft los.

Zu aller Überraschung gelang ihm der Sprung sensationell gut. Er flog unglaublich hoch, vollführte mehrere Saltos und landete sicher auf beiden Füßen. Sprachlose Stille legte sich auf die Halle und niemand war überraschter als Boris. Erstaunt sah Simon Karla an, doch sie war selbst offensichtlich sprachlos. Also hatte sie ihre Finger nicht im Spiel gehabt.

Herr Jahn ließ Boris gleich noch einmal springen. Anscheinend vermutete er einen unglaublichen Zufall. Beim zweiten Sprung stand Boris für zwei lange Sekunden bewegungslos in der Luft, um dann mit einer schraubenförmigen Drehung sicher auf seinen Füßen zu landen.

Eine Weile herrschte Totenstille.

Ungläubig starrte ihr Sportlehrer auf Boris, der nicht wusste, wie ihm geschah. Dann hallte tosender Applaus und Gebrüll durch die kleine Halle und als Boris an den Ringen Unglaubliches vollführte, tobte die Halle und fast alle Mitschüler stürmten auf ihn ein, um ihm auf die Schulter zu klopfen.

In Karlas Gesicht spiegelte sich Eifersucht wider. Simon verstand sie gut. Sport war bisher das einzige Fach, in dem sie mehr Lob und Anerkennung einheimsen konnte als die anderen, und jetzt stahl ihr ausgerechnet Boris die wenige Aufmerksamkeit, die sie genoss.

Sie hätte ihm in jedem Fach den Erfolg gegönnt, aber nicht im Sport.

Simon war überzeugt, dass hinter Boris' plötzlich erwachtem Sporttalent nur Herkules stecken konnte. Er hatte sich die ganze Zeit nicht mehr bemerkbar gemacht und hielt sich irgendwo in der Halle auf, wo er Boris wahre Wundersprünge vollführen ließ.

»Habt ihr das gesehen?«, fragte der verzückte Boris, als er sich wieder zu ihnen setzte. »Es ging wie von selbst. Es war ganz einfach«, strahlte er.

»Glaubst du wirklich, du wärst von einer Minute zur anderen zum Sportcrack mutiert?«, fragte Karla schnippisch.

Herkules, der mittlerweile wieder auf Simons Schulter saß, kicherte: »Ja, ja, du bist ein großer Sportler. Heute hättest du auch bis zum Mond fliegen können.«

»Sag nicht, dass du das warst?«, sagte Boris mit einer Mischung aus Enttäuschung und Ärger. Einige Sekunden lang schwieg er.

»Ich war es nicht«, flunkerte Herkules grinsend.

»Was war eigentlich mit dem Schönling? Hatte der heute zwei linke Füße? Oder warst du das auch?«

»Karla hat ein wenig nachgeholfen«, klärte Simon ihn auf.

»Du bist ein Engel«, strahlte Boris Karla an.

»Kommst du nächste Woche wieder mit zum Sportunterricht?«, fragte er Herkules.

Karla boxte ihm auf den Arm. »Alter Schwindler!«, fauchte sie ihn an.

»Beim nächsten Mal hilfst du – hilfst du ihm – nur ein wenig«, befahl sie Herkules.

»Wie du mir befiehlst, liebliche Karla«, flötete Herkules.

»Feigling«, flüsterte Boris so laut, dass alle ihn hören konnten.

Am folgenden Montag schlenderte Simon nach der Schule gemächlich durch die Stadt, vorbei an Schaufenstern, Cafés und einigen Ständen, an denen Schnittblumen verkauft wurden.

Für Herkules waren die Besuche in der Stadt äußerst kurzweilige Stunden. Hier konnte er sich über die für ihn seltsamen Gebräuche und Sitten der Nescii lustig machen. Außerdem tat sich ihm eine Fundgrube an Möglichkeiten auf, um seine Späße zu treiben.

Er wohnte jetzt schon eine ganze Weile bei Simon. In der ganzen Zeit war, mal abgesehen von dem Vorfall auf dem Drachenfels, nichts passiert, vor dem Herkules ihn hätte beschützen müssen.

Langsam keimte in Simon schon die Hoffnung auf, die Kobolde hätten aufgegeben. Herkules widersprach aber jedes Mal ausdrücklich, wenn er die Vermutung äußerte.

»Kobolde vergessen nie«, sagte er dann nur.

Wenn er etwas besonders lustig fand, hörte Simon ein leises Kichern an seinem Ohr. Heute hatte er bei einem sehr dicken Mann die Hosenträger aufspringen lassen. Beim nächsten Schritt rang der Arme um sein Gleichgewicht, weil seine Hose plötzlich der Schwerkraft nachgab und herunterrutschte.

Verdattert und mit knallrotem Gesicht blickte der Mann sich um und zog unter dem Gelächter der Vorbeilaufenden mühsam seine Beinkleider wieder hoch.

Einige Kinder, die besonders laut lachten, waren plötzlich klatschnass, weil der Wassereimer des Blumenstandes sich über sie ergossen hatte. Da der dicke Mann alle Blicke auf sich gezogen hatte, hatten die Umstehenden nichts von dem fliegenden Wassereimer bemerkt.

Die Kinder schrien entsetzt auf und sahen sich entrüstet nach dem Übeltäter um. Doch jetzt lachten alle über sie und sie rannten davon.

»Tut mir leid«, piepste Herkules kichernd in Simons Ohr.

»Glaube ich nicht«, grinste Simon.

»Es kam so über mich. Ich konnte mich nicht wehren.«

Schon am Morgen waren finstere Wolken am Himmel aufgezogen, und es wurde noch dunkler. Wahrscheinlich würde es gleich regnen. Dann spürte er die hektischen Bewegungen seines Beschützers auf seiner Schulter.

»Was ist denn los?«, murmelte er aus den Mundwinkeln.

Im selben Moment waren sie von dichtem Nebel umgeben.

»Gefahr!«, piepste Herkules aufgeregt.

Es lief Simon eiskalt den Rücken herunter, als ihm auffiel, dass der Straßenlärm nur noch gedämpft zu hören war. Hastig drehte er sich um, aber außer den Passanten, die seltsamerweise einen großen Bogen um ihn machten, konnte er niemanden entdecken.

»Geh langsam zum Markt«, befahl Herkules.

»Warum?«, fragte Simon verwirrt.

»Mach schon!«, drängte sein Leibwächter.

Simon tat, wie ihm geheißen wurde. Er hatte seinen Leibwächter noch nie so energisch und nervös erlebt.

Wie schon im Sommer wanderte dieser seltsame Nebel Schritt um Schritt mit.

»Wir haben dort mehr Platz«, piepste Herkules ihm aufgeregt zu. »Dort kann er sich nicht so gut verstecken.«

»Er ... du meinst ...?«

»Ja«, unterbrach ihn Herkules. »Barikor ist hier.«

Auf dem Markt lotste Herkules Simon an eine möglichst menschenleere Stelle. Und dann sah er den Kobold, der langsam hinter einem Gemüsestand hervortrat. Finster blickte er Simon an.

»Nimm deinen Zauberstab in die Hand! Rasch!«, flüsterte Herkules aufgeregt.

»Aber ... aber ... ich habe ...«, wollte Simon widersprechen.

War Herkules verrückt geworden? Er konnte unmöglich von ihm verlangen, mit Barikor zu kämpfen.

»Nun mach schon«, drängte Herkules ungeduldig.

Simon seufzte und zog gehorsam den Zauberstab hervor, um ihn auf den Kobold zu richten.

Ein hämisches Grinsen glitt über das runzelige Gesicht Barikors. Stumm stand er da und sah Simon an. Doch dann hob er blitzschnell seinen Zauberstab und rief etwas in einer fremden Sprache.

Ein greller Lichtstrahl verließ den Zauberstab des Kobolds und raste auf Simon zu. Er machte instinktiv eine abwehrende Bewegung, doch kurz bevor ihn der Fluch erreichte, traf er auf eine unsichtbare Wand. Es gab einen heftigen Knall und der Strahl zerplatzte in tausend bunte Lichtpunkte, die knallend und pfeifend umherflogen. Dann vergingen sie in hellem Glühen. Bei dem Knall zuckte Simon heftig zusammen. Fast hätte Herkules seinen Halt verloren.

Das hämische Grinsen des Kobolds war einer ungläubigen Grimasse gewichen. Bestürzt sah er von seinem Zauberstab zu Simon. Anscheinend konnte er es nicht fassen, dass dieser Menschenjunge seinen Zauber abgewehrt hatte.

Schließlich verschwand er in einem Luftwirbel und mit ihm der Nebel. Augenblicklich drang der normale Straßenlärm wieder an seine Ohren.

Der Schreck steckte Simon in den Gliedern und erst allmählich drang die Erkenntnis zu ihm durch, dass der Kobold wirklich versucht hatte, ihn zu töten. Seine Nackenhaare richteten sich auf und pfeifend stieß er die Luft aus. Dann versagten seine Beine den Dienst und er ließ sich auf einen Stuhl sinken, der neben ihm stand.

Eine junge Frau mit einem Tablett in der Hand eilte herbei.

»Was kann ich dir bringen?«, fragte sie geschäftig.

Hastig stand Simon wieder auf.

»Äh, danke, ich glaube, ich will doch nichts.«

Schnell ging er weiter.

»Ist alles in Ordnung?«, wollte Herkules wissen.

»Für einen Moment dachte ich, du wolltest mich gegen den Kobold kämpfen lassen«, sagte Simon benommen.

»Wie kommst du denn darauf?«, kicherte Herkules. »Ich soll dich beschützen und nicht umbringen.«

»Ja, aber als du verlangt hast, ich soll den Zauberstab ziehen, da habe ich …«

»… geglaubt, ich würde dir den Kobold als Jagdtrophäe überlassen?«, vollendete Herkules kichernd den Satz.

Plötzlich schämte sich Simon.

»Ja, für einen Moment …«, murmelte er, als er merkte, dass die Leute ihn schon beobachteten, weil er mit sich selbst sprach.

»Der Kobold hat mich nicht gesehen«, piepste Herkules. »Weißt du, was das bedeutet?«

»Ich denke, er nimmt an, ich hätte seinen Fluch abgewehrt.«

»Genau«, bestätigte Herkules. »Er wird nun überlegen, wie ein Nescia solche magischen Fähigkeiten haben kann.«

»Ja, aber ich habe diese Fähigkeiten überhaupt nicht«, widersprach Simon.

»Aber das weiß Barikor nicht. Und das hat ihn jetzt verunsichert. Er wird sich dreimal überlegen, dich in nächster Zeit noch einmal anzugreifen. Zumindest nicht, bevor er weiß, was du wirklich kannst.«

»Denkt er denn jetzt nicht, dass die Querxe mir Unterricht geben?«, sagte Simon zweifelnd.

»Vielleicht?«, sagte Herkules. »Aber es war ohnehin nur eine Frage der Zeit, bis sie es bemerken würden.«

Vorsichtig griff Simon nach Herkules.

»Wenn du nicht gewesen wärst, wäre ich wahrscheinlich tot«, sagte er dankbar und tiefe Zuneigung für seinen Leibwächter erfasste ihn.

»Immer wieder gerne«, wisperte Herkules nur.

Wie sehr hatte er sich von der Größe des Wichtelmannes und seinem aufbrausenden Wesen täuschen lassen, dachte Simon beschämt.

Er beeilte sich, um Luigis Café zu erreichen, wo seine Freunde schon mit den Hausaufgaben begonnen hatten.

Als Simon ihnen von der Begegnung mit Barikor erzählte, wurden sie still.

Nico besorgte Herkules ein Stück des Kuchens, den er so liebte, und etwas Apfelsaft. Fasziniert beobachteten sie, wie der Kuchen immer kleiner und kleiner wurde.

»Sie meinen es also wirklich ernst«, sagte Boris nach einer Weile betroffen, während von Karlas Schulter ein leises Schnarchen ertönte.

Am nächsten Samstag erzählte Simon Eugel gleich von seinem Zusammentreffen mit dem Kobold. Eigentlich hatte er damit gerechnet, dass Eugel sich aufregen würde, doch zu seiner Überraschung wirkte er äußerst zufrieden.

»Ich glaube, Barikor hat jetzt etwas, worüber er nachdenken kann, und wird dich erst einmal in Ruhe lassen«, sagte er richtig vergnügt, als Simon fertig war.

DER SCHILDZAUBER

Anfang November war es endlich so weit. Eugel teilte ihnen mit, dass ihre Probezeit um sei.

»Ihr habt alle Aufgaben zur vollen Zufriedenheit erledigt, und der Magister meint, dass es an der Zeit sei, euch in die tiefere Zauberkunst einzuführen.«

Begeistert sahen sie sich an.

Eugel fuhr fort.

»In der nächsten Stunde werden wir einen starken Defensivzauber üben, einen Schildzauber. Und zur Feier des Tages habe ich überlegt, ob wir uns nicht dafür ein ganzes Wochenende Zeit nehmen sollten. Für den Schildzauber benötigen wir etwas mehr Platz, als die Halle bietet. Deshalb dachte ich, dass wir Proviant einpacken und das Wochenende draußen im Wald verbringen. Ich habe mir dort ein kleines Blockhaus gebaut. Das Wetter ist noch schön, wir sind ungestört und können in aller Ruhe üben.«

Erwartungsvoll sah er sie an.

»Was haltet ihr davon?«

Diese Frage war nicht notwendig. Die Aussicht, ein ganzes Wochenende hier unten verbringen zu können, begeisterte sie so, dass alle sofort zustimmten.

»Fragt aber eure Eltern, ob sie nichts dagegen haben!«, ermahnte er sie.

Die folgende Woche war gefüllt mit Klassenarbeiten und schien kein Ende nehmen zu wollen. Doch endlich war der Samstag da.

Eugel führte sie zu seinem Haus, wo er schon alles eingepackt hatte. Wurzel sprang ihnen freudig entgegen. Anscheinend spürte er, dass es ein ganz besonderer Tag werden sollte.

Sein Reisegepäck bestand aus einem kleinen Rucksack, der nach seinen Worten Proviant für zwei Tage enthielt.

Da sie seiner Vorstellung von schmackhaftem Proviant misstrauten, hatte jeder von ihnen vorsichtshalber genügend Vorräte eingepackt.

»Der Schildzauber ist der schwierigste Zauber, den ihr bis jetzt lernen musstet, und ihr werdet einige Wochen benötigen, um einen wirksamen Schild zu erzeugen«, erklärte er ihnen, bevor sie aufbrachen.

»Aber er ist wichtig und kann euch, selbst schwach ausgeführt, die Zeit bringen, die ihr benötigt, um euch aus dem Staub zu machen, wenn ihr einem Kobold gegenübersteht. Falsch ausgeführt, kann der Zauber großen Schaden anrichten. Auch deshalb werden wir heute draußen üben.«

Dann marschierten sie los. Ein schmaler festgetretener Pfad führte vorbei an Feldern und Wiesen, die sich bis zu einem riesigen Wald erstreckten. Am Horizont waren die Berggipfel eines mächtigen Gebirges erkennbar.

Auf dem leeren Feld, an dem sie vorbeikamen, schien der Boden in ständiger Bewegung zu sein. Zuerst glaubte Simon an eine optische Täuschung und sah genauer hin. Überall wirbelten Erdkrumen herum und warfen kleine Hügel auf. Das vermittelte den Eindruck von Wellenbewegung des Erdbodens. Gelegentlich huschte ein Schatten herum und verschwand blitzschnell im Boden.

»Was ist denn das?«, fragte Karla neugierig und trat näher an das Feld.

Eugel grunzte. »Gierschnäuzler. Das haben wir bei den irischen Querxen abgeguckt. Und die haben es von den Kobolden. Gierschnäuzler sind ganz scharf auf Zuckerrohr. Wir vergraben einige Stücke auf dem Feld. Die Viecher wühlen dann das ganze Feld um, damit sie an die Leckerei gelangen. Der Bauer sieht nur zu und muss nachher nur noch säen. Das ist ziemlich arbeitssparend.«

»Und wenn kein Zuckerrohr mehr da ist?«, fragte Simon.

»Och, die sind zu dumm, um das wirklich zu begreifen. Die merken das gar nicht. Sie sind so scharf darauf, dass sie wie wild eine Weile weitersuchen.«

Eugel zog seinen Zauberstab hervor. Er machte mit dem Stab eine kreisförmige Bewegung. Zuerst glaubte Simon, ein Brocken Erde hätte sich vom Boden gelöst und käme auf sie zugeflogen. Doch dann stellte es sich als ein kleines zappelndes Tier heraus. Es quiekte laut und strampelte wild mit den Pfoten.

»Lass es!«, schimpfte Karla mit ihm. »Es hat Angst.«

»I wo«, sagte Eugel gut gelaunt und hielt Karla das Kerlchen hin. »Es ist nur sauer, weil es nicht graben kann. Es hat Sorge, dass die anderen ihm das Zuckerrohr wegessen.«

Karla nahm das Tier auf den Arm. Es ähnelte ein wenig einem Maulwurf. Das Fell war grau und es besaß ein kleines Mausgesicht mit schwarzen Knopfaugen. Auf dem Kopf saßen zwei kleine Hörner, ähnlich winzigen Kuhhörnern.

»Oh, ist der süß!«, strahlte sie und strich ihm vorsichtig mit dem Finger über die winzige Nase.

Die Knopfaugen starrten die entzückte Karla an. Dann biss es in ihren Finger.

»Autsch!«, schrie Karla auf und warf vor Schreck das kleine Tierchen von sich. In hohem Bogen flog der Gierschnäuzler durch die Luft und landete geschickt auf allen vieren. Es warf Karla noch einen empörten Blick zu, quietschte schrill und verschwand so schnell im Erdboden, dass ihnen die Erdkrumen und Steinchen nur so um die Ohren flogen.

»Dieses kleine Miststück«, nuschelte Karla, während sie an dem blutenden Finger nuckelte.

Eugel lachte gutmütig. »Ja, ja, die können ganz schön beißen.«

»Du hast gewusst, dass es das tun würde?«, empörte sich Karla.

»Dabei war es so süß«, spottete Boris mit zuckersüßer Kleinkinderstimme.

Drohend sah Karla ihn an.

Als sie den Waldrand erreichten, blieb Eugel stehen.

»Das ist der Fänggenwald«, sagte er stolz.

Der Name kam Simon bekannt vor. Aber er konnte sich nicht erinnern, woher. War in der Stadt alles etwas kleiner als in der Menschenwelt, so war dieser Wald riesig. Er erstreckte sich bis zum Horizont, wo die Berge begannen. Die Bäume waren mächtig und standen sehr dicht. Finster lag der Fänggenwald vor ihnen.

»Wir werden jetzt ein kleines Stück in den Wald hineingehen und werden auf einer geschützten Lichtung trainieren«, erklärte Eugel ihnen.

»Ich muss euch dringend bitten, diesen Wald nie ohne mich zu betreten«, ermahnte er sie ernst.

Sie sahen sich besorgt an.

»Ist etwas Gefährliches in dem Wald?«, erkundigte sich Simon.

»Nicht, wenn ihr euch am Rande des Waldes bewegt«, beruhigte Eugel sie. »Aber er ist riesig groß. Wenn ihr tiefer hineingeht, werdet ihr nie wieder herausfinden. Der Wald erstreckt sich viele Tausend Klafter in alle Richtungen.«

»Was sind Klafter?«, fragte Karla.

»Äh«, stotterte Eugel. »Etwa so lang«, sagte er und machte zwei große Schritte, die das Maß anzeigen sollten.

Ein Pfad führte in den Wald. Er war so schmal, dass sie nur hintereinandergehen konnten. Nach kurzer Zeit mündete er in eine große, sonnenbeschienene Lichtung.

»So«, meinte Eugel. »Wir sind am Ziel.«

Am anderen Ende der Lichtung stand das kleine Blockhaus, in dem sie übernachten würden. Neugierig besichtigten sie die Innenräume. Es bestand aus einem großen Zimmer, einer kleinen Küche und zwei Toiletten. In dem Zimmer standen ein Tisch und mehrere Stühle. Fünf Pritschen zum Schlafen waren an die Wände gelehnt.

Die Küche enthielt eine kleine Kochstelle unter einem Kamin und Eugels selbstwendende Pfanne. An der gegenüberliegenden Wand hingen Schränke mit Geschirr und verschiedenen Teesorten.

Dann begann der Unterricht.

»Der Schildzauber ist ein überaus schwieriger Zauber. Zauberlehrlinge wie ihr verursachen mit ihm immer wieder schwere Unfälle. Deshalb probiert ihn bitte nicht an euch aus. Noch nicht«, fügte er hinzu, als er ihre fragenden Blicke sah. »Es wird dauern, bis ihr ihn wirklich beherrscht. Aber selbst ein schwacher Schildzauber kann euer Leben retten.«

Dann wandte er sich an Karla.

»Du wendest jetzt bitte einen deiner gelernten Zauber bei mir an. Und ich werde ihn mit einem Schildzauber abwehren. Und ihr anderen stellt euch zwei Klafter seitlich von mir auf.«

Nervös sah Karla ihre Freunde an. Sie hatte einen Wasserstrahl auf ihn schießen wollen, doch vor Aufregung misslang er. Aus ihrem Zauberstab tröpfelte nur ein wenig Wasser zu Boden.

Eugel hatte den Schildzauber ausgeführt. Die Luft vor ihm flimmerte rot. Sonst passierte nichts.

»Das macht nichts, das macht gar nichts«, beruhigte er sie. »Bleib ganz ruhig und versuche es noch einmal.«

Karla nickte und atmete tief durch. Dann schloss sie kurz die Augen.

»*aqua grandis*«, rief sie laut und ein scharfer Wasserstrahl schoss auf Eugel zu.

»*scutumos*«, sagte er lässig und schwang dabei den Zauberstab.

Wieder flammte die rote Wand vor ihm auf. Der Wasserstrahl dampfte beim Auftreffen und floss nach allen Seiten ab.

»Hey«, rief Nico erschrocken und rollte rasch beiseite.

Karla senkte den Zauberstab. »Tut mir leid!«, rief sie lachend.

»Klar, ist deutlich zu sehen«, meckerte Nico.

»Ach, das trocknet wieder«, meinte Eugel nur.

Nacheinander versuchten Karla, Nico und Boris, seinen Schild zu durchdringen. Doch so sehr sie sich auch abmühten, er wehrte mühelos alle Zauber ab.

Als Simon an der Reihe war, erzeugte er versehentlich einen Luftstoß, der mit brachialer Gewalt auf den Schutzzauber traf. Der Schild hielt, doch Eugel wurde von dem Stoß immerhin ins Gebüsch geschleudert.

Erschrocken sah Simon auf seinen Zauberstab. Seine magischen Fähigkeiten unterschieden sich nur unwesentlich von denen seiner Freunde, doch der Zauberstab hatte wieder einmal gezeigt, wie anders er war.

Mühsam krabbelte Eugel aus dem Busch hervor.

Simon konnte nicht aufhören, sich zu entschuldigen.

»Eigentlich war ich das gar nicht. Das war der Zauberstab«, sagte er immer wieder.

»Die Ausrede muss ich mir merken«, grinste Boris.

»Lass mal«, meinte Eugel fröhlich und wirkte zu Simons Überraschung ganz zufrieden. »Der Schild hat ja gehalten.«

Dann forderte er sie auf, sich nebeneinander in einer Reihe aufzustellen.

»Jetzt seid ihr dran. Blickt auf die Sträucher, die dort am Rande der Lichtung stehen.«

Gehorsam drehten sich alle in die Richtung der Büsche.

»Und denkt an die Regel: „Was wollt ihr, wie wollt ihr vorgehen?" Und ganz wichtig, ihr müsst den festen Willen haben und klar daran denken. Und jetzt sprecht mir laut und deutlich nach.« Laut rief er: »*scutumos*!«

Im Chor wiederholten sie es. Simon versuchte, sich genau vorzustellen, wie ein starker, undurchdringlicher Schild vor ihm entstand. Doch es war wie verhext. Je mehr er versuchte, seine Gedanken auf ein Ziel auszurichten, umso stärker wurden sie abgelenkt.

»So«, meinte Eugel nach einer Weile und sah sie auffordernd an. »Jetzt kommt der Einzelunterricht. Wer will als Erster?«

Nicos Hand schoss nach oben.

Eugel stellte ihn neben sich und Nico erhob den Zauberstab.

„*scutumos*!"

Wabernd verließ ein gelber Strahl die Spitze seines Zauberstabs. Als er auf die Büsche am Rande der Lichtung traf, begannen sie in einem violetten Licht zu leuchten. Karla, die direkt neben dem Buschwerk gestanden hatte, schrie auf, weil ihre Jacke Feuer gefangen hatte.

»Nico Campari«, rief sie wütend, während sie versuchte, die Flammen auszuschlagen. »Du bist ein Trottel!«

Betreten sah Nico seine Freundin an.

»Seht ihr? Das ist der Grund, weshalb wir hierhergekommen sind», brummte Eugel belustigt, während er mit dem Zauberstab über die verbrannte Stelle von Karlas Jacke fuhr. Sofort sah sie aus, als wäre nie etwas geschehen.

Boris brachte nur ein wenig kräuselnden Rauch zustande. Karla gelang immerhin die Andeutung eines Schildes. Allerdings konnte sie ihn nicht fixieren, und so flog er ziellos umher und hüllte einen kleinen Baum ein, der sofort alle Blätter verlor.

Simons Schild war der beste. Er war zwar schwach, aber für kurze Zeit stabil. So schnell wie er erschien, war er allerdings auch wieder verschwunden.

Eugel gab allen immer wieder Hinweise und Ratschläge, und gegen Mittag machten sie erschöpft Pause. Niemandem von ihnen war es bis jetzt gelungen, einen dauerhaften Schild zu erzeugen.

Er hatte ihnen, wie schon so oft, versichert, dass das völlig normal war. Es würde sicher noch einige Wochen dauern, bevor sie diesen überaus schwierigen Zauber perfekt hinbekämen.

Nach den vielen missglückten Versuchen war die Lichtung zerrupft, und Rauch stieg an verschiedenen Stellen auf.

Mittlerweile war der Nachmittag fortgeschritten und das Licht der Sonne fiel nicht mehr in die kleine Lichtung.

Zum Glück war ihre Sorge um das Essen unbegründet gewesen.

Eugel zauberte ihnen ein schmackhaftes Abendessen, das Bratkartoffeln glich. Auch die Frucht ähnelte einer Kartoffel, nur dass sie die Farbe von roten Beeten besaß und bedeutend besser schmeckte.

Danach servierte er ihnen noch Warkenmilch und endlich saßen sie satt und zufrieden vor dem Haus und sahen zu, wie es langsam dunkler wurde.

»Ich dachte, dass wir noch eine kleine Nachtwanderung machen, bevor wir uns schlafen legen«, schlug Eugel vor.

»Leben hier keine wilden Tiere?«, fragte Nico, während sie durch den Wald liefen. Sein magisch veränderter Rolli glitt über den Waldboden, als fuhr er auf Asphalt.

»Die gibt es sicher, aber die meisten von ihnen jagen erst nach Mitternacht. Außerdem, solange ich bei euch bin, braucht ihr keine Angst zu haben.«

Nahe dem Gebirge, so erklärte Eugel, lebten die Fänggen. Daher hatte der Wald auch seinen Namen. Jetzt erinnerte sich Simon wieder, woher er den Namen kannte. Als sie zum ersten Mal die untere Welt betraten, hatten einige Querxe den Vorschlag gemacht, sie den Fänggen vorzuwerfen.

»Sie haben unbekannte magische Kräfte und wissen angeblich viel mehr über die Heilkräfte der Pflanzen als jeder andere. Doch die meisten überleben ein Zusammentreffen mit ihnen nicht. Es sei denn, es gelingt einem, sie betrunken zu machen. Dann kannst du von ihnen alle ihre Geheimnisse erfahren.

Sie sind riesengroß und der ganze Körper ist voller Haare. Mit ihren riesigen Zähnen könnten sie einen wilden Eber zerreißen und ihre Augen jagen auch dem furchtlosesten Querx Angst ein.«

»Aber du sagtest, der Wald wäre nicht gefährlich«, sagte Nico entrüstet.

Eugel schmunzelte. »Ach, die wohnen weit entfernt von hier. An der Grenze vom Wald zum Gebirge hausen sie in Höhlen. Ihr werdet wohl nie einem begegnen.«

Mittlerweile war es dunkel geworden und der Wald wurde immer dichter. Eugel forderte sie auf, ihre Zauberstäbe hervorzuholen.

»*luminare*«, riefen sie, und im nächsten Moment tanzten kleine bunte Lichtkugeln vor ihnen auf dem Weg und erhellten das Dickicht.

Nach einiger Zeit erreichten sie eine kleine mondbeschienene Lichtung und legten sich zwischen den Büschen auf die Lauer.

»Jetzt seid ganz still«, forderte Eugel sie leise auf.

»Was ist denn da?«, flüsterte Nico mit besorgter Stimme.

»Du wirst schon sehen«, meinte er geheimnisvoll.

Dann knackte es auf der anderen Seite im Unterholz. Gespannt hielten sie den Atem an. Etwas Weißes schimmerte durch die Büsche und dann trat eine Gestalt vorsichtig auf die Lichtung.

»Ist das …«

»Ja, Karla, das ist ein Einhorn.«

Das schneeweiße Fell dieses wunderschönen Tieres schimmerte, als würde es aus sich heraus leuchten, und auf der Stirn prangte ein großes, gewundenes Horn.

Misstrauisch sah es sich nach allen Seiten um und sog die Luft durch seine Nüstern ein. Dann begann es zu äsen.

Simon wagte nicht zu atmen, aus Angst, er würde dieses edle Tier verscheuchen. Eine ganze Weile sahen sie dem Einhorn ehrfurchtsvoll zu, dann verschwand es wieder im Unterholz.

Schließlich machten sie sich auf den Rückweg. Im Blockhaus erklärte Eugel, dass Einhörner sehr scheue Wesen waren, die man nur selten zu Gesicht bekam. Man konnte monatelang durch diesen Wald laufen, ohne je eins zu sehen.

Als sie zu Bett gingen, war es weit nach Mitternacht. Lange konnte Simon nicht einschlafen. Vor seinen Augen sah er immer wieder das herrliche Einhorn aus dem Dickicht treten.

In aller Frühe warf Eugel sie aus den Betten.

»Aufstehen, ihr Schlafmützen«, rief er, während es nach gebackenem Brot zu duften begann. Verschlafen setzten sie sich an den Tisch und frühstückten.

Danach traten sie gähnend auf die nebelverhangene Lichtung. Die kühle, frische Luft weckte rasch ihre Lebensgeister und sie übten noch eine Weile den Schildzauber.

Nach dem Mittagessen packten sie müde, aber glücklich ihre Sachen und machten sich wieder auf den Heimweg.

Während sie den Feldweg entlangliefen, vorbei an den Gierschnäuzlern, die noch immer wie wild das Feld umgruben, drehte sich Simon noch einmal um.

Ein Blitz zuckte auf und für einen kurzen Moment schimmerte der Himmel über einem Teil des Waldes wie weißer Schnee. Unwillkürlich wartete Simon auf den Donner, doch es blieb still.

»Autsch!«, beschwerte sich Boris, dem Simon in die Hacken getreten war.

»Was habe ich getan, dass du immer mich trittst?«, fragte er mit leidender Miene.

»Tschuldigung", sagte Simon in Gedanken. »Gibt es hier oft Gewitter, Eugel?"

»Nicht um diese Jahreszeit, warum?«

»Ich dachte, ich hätte eben über dem Wald einen Blitz gesehen«, sagte Simon.

Eugel sah kurz zum Wald. »Kein Wölkchen am Himmel«, brummte er und zuckte mit den Schultern.

»Du musst dich getäuscht haben. Zum Glück, wir müssten uns sonst beeilen. Die Gewitter hier sind ziemlich heftig.«

Simon war überzeugt, dass er den Blitz wirklich gesehen hatte, schwieg aber.

Am Ortsrand schickte Eugel sie vor, um am Magistrat auf ihn zu warten.

»Keine Angst, ich habe noch eine schnelle Besorgung zu machen«, beruhigte er sie. »Es ist nur ein kurzes Stück, und alle wissen mittlerweile, dass der Magister euch unter seine Fittiche genommen hat. Niemand wird euch etwas tun.«

Dann verschwand er in einer Seitengasse.

Nach kurzer Zeit erreichten sie das Magistratsgebäude. Nicht weit entfernt stand das Posthaus. Sie gingen weiter und warfen neugierig einen Blick durch die Fenster.

Jedes Mal, wenn Simon an dem Gebäude nach oben blickte, wurde ihm schwindelig und er hatte das Gefühl, es würde jeden Moment einstürzen.

Schließlich marschierten sie zurück. Sie waren erst einige Meter weit gegangen, als hinter ihnen ein Knirschen ertönte. Erschrocken sahen sie sich um.

Das Postgebäude war ins Schwanken geraten, dann begann es aufzuleuchten und ein Stockwerk nach dem anderen löste sich auf. Die unteren Etagen brachen krachend zusammen.

Es entstand ein heilloses Durcheinander. In kürzester Zeit schien sich die ganze Stadt um das eingestürzte Gebäude versammelt zu haben. Entsetzte und wütende Rufe waren zu hören. Dann richtete sich die Aufmerksamkeit der Querxe auf sie.

»Habt ihr das getan?«, brüllte einer.

»Nein, wir waren das nicht«, rief Simon erschrocken zurück. Er wusste nicht, ob die Querxe ihnen glauben würden.

»Kommt, lasst uns zurückgehen«, drängte er seine Freunde voller Panik und rasch suchten sie das Magistratsgebäude auf.

»Was haben die jungen Herrschaften denn angestellt?«, fragte die Tür, als sie aufgeregt vor dem Haus standen.

»Wir müssen unbedingt zu Magister Alberich«, rief Simon. »Bitte, lass uns herein. Es ist dringend.«

Ängstlich sahen sie sich um.

»Na, wenn ihr so höflich bittet …«, meinte die Tür und schwang leise quietschend auf.

Als sie zum Magister vorgelassen wurden, hatte der schon von dem Vorfall erfahren. Die Freunde schilderten aufgeregt, was sie beobachtet hatten.

»Das ist nicht gut«, meinte der Magister. »Nur ein mächtiger Zauber kann das Gebäude auf diese Weise zerstören. Und ihr habt nichts Auffälliges bemerkt?«

Als sie verneinten, wurde er wieder still. Sorgenvoll sah der Magister sie an.

»Schlimm genug, dass hier heimliche Mächte am Werk sind, werden einige Querxe nun glauben, dass ihr die Täter seid.«

Dann machte sich die Tür bemerkbar.

»Herr, draußen versammelt sich eine Horde aufgebrachter Querxe vor dem Haus.«

Magister Alberich erhob sich seufzend.

»Ihr vier bleibt bitte hier und rührt euch nicht. Ich komme gleich wieder!«

Er fuhr mit dem Zauberstab durch die Luft und vier Krüge standen auf seinem Schreibtisch.

»Lasst es euch schmecken.«

Dann verschwand er, um mit der aufgebrachten Menge zu reden.

Es dauerte eine ganze Weile, bis er wieder erschien. Er setzte sich in seinen Sessel und betrachtete sie nachdenklich.

»Nun …«, meinte er dann. »Es ist, wie ich vermutet habe. Einige Querxe glauben, dass ihr hinter dem Vorfall steckt, zumal Eugel euch in die Zauberei einführt.«

»Aber wir waren das nicht«, riefen sie erschrocken durcheinander.

Beschwichtigend erhob der Magister die Hände.

»Ich bin überzeugt, dass ihr nichts damit zu tun habt. Ihr seid noch gar nicht in der Lage, einen solch mächtigen Zauber zu erzeugen. Aber allein, dass ihr kurz zuvor noch vor dem Postgebäude gestanden habt, sehen einige als Beweis, dass ihr die Missetäter seid.«

Inzwischen war Eugel ziemlich aufgebracht eingetreten.

»Das ganze Postgebäude zerstört, einfach so. Es ist unglaublich. Wer kann das gewesen sein?«

Der Magister schüttelte den Kopf.

»Noch wissen wir zu wenig, um etwas Intelligentes sagen zu können. Aber dass so etwas mitten am Tag unter uns geschehen konnte, ist mehr als beunruhigend.

Suche dir bitte ein paar vertrauenswürdige Männer und stelle Erkundigungen an. Je eher wir die Geheimnisse erklären können, umso besser.«

»Tothand versucht gerade, die Leute zu überzeugen, dass die vier hier schuld sind. Was bildet sich diese Bande ein? Ich sollte sie alle in den Karzer bringen. Nur weil ihr Nescii seid, glauben sie, ihr hättet das Posthaus zerstört.«

»Wir sind keine Nescii!«

Karla schrie diese Worte förmlich heraus und ihre Augen sprühten Feuer, als sie das rote Haar wütend nach hinten warf.

Erschrocken sah Simon sie an. Eine Weile herrschte Stille. Eugels Augen funkelten, während er Karla anblickte.

»Zum Glück sind viele schlau genug, um zu wissen, dass ihr so einen mächtigen Zauber noch gar nicht beherrschen könnt. Trotzdem, man sollte ihm das Maul stopfen.«

Magister Alberich lächelte wieder.

»Lieber Eugel, wir müssen die Bürger dieser Stadt von der Unschuld unserer Freunde überzeugen. Mit Gewalt geht das nicht. Es wird noch eine Weile dauern, bis auch der letzte Querx wieder Vertrauen zu den Menschen fasst.«

»Klar, Magister«, brummte Eugel jetzt etwas ruhiger. »Aber dieser Tothand versucht schon seit ihrer Ankunft, die anderen gegen sie aufzuhetzen. Es sind Nescii und man kann ihnen nicht trauen und so. Ihr wärt nur Spione, um unsere Welt auszukundschaften. Dieser Hohlkopf von Tothand, wenn man den Kopf schrumpfen würde, hätte das Hirn immer noch eine Menge Platz.«

Karla hatte sich wieder beruhigt und wandte sich erschrocken an Eugel. »Gibt es so etwas? Gibt es einen – einen Schrumpfzauber?«

Er nickte und wog bedenklich den Kopf hin und her. »Oh ja«, brummte er. »So was gibt es schon. Der war mal sehr modern. Man sollte ihn aber möglichst nicht an Menschen oder Querxen ausprobieren.«

»Warum?«, wollte Nico wissen. »Ist er gefährlich?«

Eugel nickte wieder. »Ja, aber ganz anders, als ihr vielleicht denkt. Man kann damit Dinge, Tiere und sogar Menschen schrumpfen lassen.«

Dabei zeigte er mit Daumen und Zeigefinger, wie klein der Zauber Dinge machen konnte. Er schüttelte den Kopf.

»Früher, als er noch häufig benutzt wurde, haben wir ständig nach den geschrumpften Dingen suchen müssen, da wir die Sachen nicht wiederfanden. Teilweise wurde gar nicht mehr gearbeitet, weil wichtige Dinge verschwunden waren. Viele machten einen Scherz damit. War aber gar nicht lustig.«

Boris kicherte, trotz der unangenehmen Lage, in der sie sich befanden.

»Ich habe mich einmal selbst versehentlich geschrumpft.«

Grimmig sah Eugel auf seine Füße.

»Es war schrecklich. Bevor ich mich wieder groß zaubern konnte, wurde ich von einer kleinen Spinne angegriffen. Sie sprang mich an und ich verlor den Zauberstab. Glücklicherweise habe ich ihn rechtzeitig wiedergefunden. Der Zauber hat vielen Querxen das Leben gekostet. Deshalb war er lange Zeit verboten. Aber es gibt auch heute noch Spaßvögel, die es nicht lassen können.«

Magister Alberich hatte der Unterhaltung zugehört. Jetzt klatschte er in die Hände.

»Für heute hattet ihr genug Aufregung. Wir sehen uns nächste Woche wieder. Übt fleißig.«

»Oh, entschuldigen Sie, Magister«, unterbrach Eugel ihn.

»Fast hätte ich es in all der Aufregung vergessen. Ich habe euch doch eben ein kleines Geschenk für eure bestandene Probezeit besorgt.«

Er griff in seine Jackentasche und holte vier kleine schmale Stoffhüllen heraus und reichte jedem eine.

»Das sind Taschen für eure Zauberstäbe. Die könnt ihr an einem Kleidungsstück festmachen. Sie haben einen Verschluss und der Zauberstab lässt sich nur vom Besitzer herausziehen. Der Clou ist aber, dass er, sobald ihr ihn am Körper tragt, sich eurer Kleidung anpasst. Es sind Chamäleon-Taschen.«

Sie bestaunten die Geschenke und probierten sie gleich aus. Kaum hatte Simon die Tasche befestigt, passte sie sich farblich an und wurde praktisch unsichtbar.

Boris versuchte aus Spaß, Simons Zauberstab herauszuziehen, doch so sehr er sich auch bemühte, er bekam weder den Zauberstab aus der Hülle, noch ließ sich die Tasche vom Gürtel lösen. Simon langte nur kurz hin und es war, als sprang der Zauberstab von selbst in seine

Hand. Das war großartig. Jetzt konnten sie ihre Zauberstäbe offen mit sich führen.

»Klasse, danke, Eugel!«

»Ich wünschte nur, ich könnte sie euch unter schöneren Bedingungen geben. Lasst die Köpfe nicht hängen. Ich bin sicher, dass der Magister schon bald das Rätsel lösen wird«, versuchte er sie aufzumuntern.

Erleichtert atmete Simon auf. Er hatte schon befürchtet, dass der Magister den Unterricht verbieten würde. Doch künftig würde er diese Welt nur noch mit einem mulmigen Gefühl betreten, dachte er mit Bedauern. Dann waren sie wieder zu Hause.

Als sie sich übergangslos in Simons Zimmer wiederfanden, war der Sonntagmittag gerade angebrochen.

»Wie macht der Magister das bloß?«, fragte Boris verwundert. »Als ich eben auf meine Uhr gesehen habe, war es genau viertel nach sechs, jetzt ist es aber halb eins.«

Dabei deutete er ratlos auf Simons Wecker.

»Ich weiß es«, warf Karla wie nebenbei ein.

Ruckartig wandten sich ihr alle Köpfe zu und sahen sie an, als sei sie das siebte Weltwunder.

»Woher?«, fragten alle drei wie aus einem Munde.

Karla grinste. »Von Eugel«, meinte sie. »Fragen hilft.«

»Und, wie funktioniert es?«, fragte Nico neugierig.

»Der Magister schickt uns durch ein magisches Wurmloch nach Hause. Dabei kann er gleichzeitig die Zeit zurücksetzen.«

»Das erklärt natürlich alles«, spottete Boris.

»Das geht aber nur bis zu vierundzwanzig Stunden«, fuhr Karla unbeirrt fort. »Außerdem gibt es da ein Gesetz. Wir dürfen höchstens bis zu dem Zeitpunkt zurück, an dem wir unsere Welt verlassen haben, damit wir uns nicht selbst begegnen. Stellt euch vor, Simon würde zu Hause zum Abendessen doppelt erscheinen. Eugel meint, dass derjenige, der dagegen verstößt, schwer bestraft wird. Das Manipulieren der Zeit ist wohl sehr riskant.«

SCHLIMMER VERDACHT

Der Montag folgte wieder einmal viel zu schnell. Als der Gong nach der großen Pause ertönte, machten sie sich zusammen auf den Weg ins Klassenzimmer. Doch dann stellte sich der Rektor vor die drängelnden und schubsenden Schüler.

»Alle mal herhören!«, rief er.

Da es nicht leiser wurde, forderte er sie noch einmal auf. »Alle Schüler, bitte herhören! Bitte seid ruhig, seid ruhig.«

Allmählich verstummte das Stimmengewirr.

»Es tut mir leid, aber ihr werdet euch noch etwas gedulden müssen. Leider ist etwas passiert, was zuerst geklärt werden muss.«

Neugierig geworden, verstummten die Gespräche.

»Die ganzen Klassenarbeiten der letzten Woche, die im Tresor des Lehrerzimmers lagen, sind seit gestern verschwunden!«, fuhr er fort.

Freudiges Gejohle war zu hören.

»Klasse« oder »Sucht sie bitte nicht« waren einige der Zwischenrufe.

Herr Schuhmacher erhob abwehrend die Hände. »Wie wir erfahren konnten, war ein Schüler der Täter«, rief er in die Menge.

»Wer war der Held?«, ertönte eine Frage aus den hinteren Reihen.

»Der Held, wie ihr ihn nennt, ist noch nicht bekannt. Doch nicht genug, dass die Klassenarbeiten entwendet wurden, hat der Täter auch das Lehrerzimmer in Brand gesetzt. Zum Glück war der Versuch sehr stümperhaft. Ich fordere den Täter auf, sich jetzt freiwillig zu melden!«

»Ja klar«, erklang es spöttisch aus der Menge.

Wie erwartet, meldete sich niemand.

Herr Schuhmacher fuhr fort.

»Aber wir haben Hinweise erhalten und hoffen, dass wir den Dieb heute noch überführen können. Deshalb haben wir das Schultor geschlossen. Stellt euch bitte in Dreierreihen auf. Dann holen wir aus jeder Reihe immer einen Schüler in den Flur.«

»Warum?«, wollte ein ängstlich wirkendes Mädchen aus der neunten Klasse wissen.

»Den Grund bekommt ihr mitgeteilt, sobald ihr in das Schulgebäude gerufen werdet«, antwortete der Rektor.

Während einige Lehrer versuchten, die aufgeregte Menge auf dem Schulhof in Reihen aufzuteilen, hatten sich der Rektor und der Hausmeister vor den Spinden postiert.

Dann wurden die Schüler zu dritt aufgefordert, den Flur zu betreten. Es dauerte eine ganze Weile, bis Simon an der Reihe war. Mit ihm wurden Karla und Florian, ein Junge aus der Parallelklasse, hereingerufen.

»Bitte holt eure Spindschlüssel und öffnet eure Spinde!«, forderte Herr Schuhmacher sie auf.

»Mein Spind ist leer«, sagte Karla zu Simon.

Herr Schuhmacher blickte sie missbilligend an und Simon überkam ein ungutes Gefühl. Er öffnete seinen Spind. Wie erwartet enthielt er nur einige unwichtige Utensilien. Obwohl er wusste, dass er nicht der Täter war, fiel ihm ein Stein vom Herzen, als sich die vermissten Klassenarbeiten nicht darin befanden.

Als Florian seinen Spind öffnete, fiel der halbe Inhalt heraus. Der Spind ähnelte eher einem Mülleimer als einem Aufbewahrungsort für Schulutensilien. Wenn Simon sich nicht irrte, hatte er auch einige Obst- und Brotreste herausfallen sehen, und es roch leicht muffig. Doch die gesuchten Klassenarbeiten befanden sich nicht darunter.

Florian sah mit hochrotem Kopf auf den verstreuten Inhalt, während der Hausmeister nur den Kopf schüttelte.

Als Karla ihren Spind geöffnet hatte, drängte der Hausmeister sie zur Seite. Er verdeckte die Öffnung mit seinem breiten Rücken und zögerte kurz. Dann griff er hinein und holte einen großen Papierstapel heraus.

»Das nennst du nichts?«, fragte er Karla gehässig und hielt ihr den Stapel unter die Nase. Karla war jede Farbe aus dem Gesicht gewichen.

»Aber ...«, stotterte sie. »Aber ... das war ich nicht!«, rief sie entsetzt. »Das war ich nicht.«

Herr Schuhmacher sah sie nur streng an.

»Nein, Karla, dieses Mal hast du den Bogen überspannt. Du kommst gleich zu mir in mein Büro. Ich denke, du warst die längste Zeit an der Schule.«

Mittlerweile hatten die draußen Wartenden gemerkt, dass etwas vor sich ging, und drängten in den Flur. Herkules stieß ein empörtes Schnauben aus.

Die Freunde hatten bis jetzt bestürzt geschwiegen, doch nach dem letzten Satz brach es aus ihnen heraus.

»Das geht nicht! Das können sie nicht tun! Sie war es nicht!«, riefen sie durcheinander.

»Sie müssen sich irren«, brüllte Simon.

»Ja, verdammt!«, fluchte Boris.

»Woher wissen sie das überhaupt?«, empörte sich Nico.

»Es hat keinen Zweck«, erwiderte Herr Schuhmacher genervt. »Ich habe nie verstanden, weshalb ihr nach all der Zeit, die ihr Karla kanntet, euch mit ihr befreundet habt. Gerade du hast doch einiges mit ihr erlebt.« Dabei sah er Nico an.

Es war still geworden. Alle sahen jetzt auf Nico.

»Weil sie ganz anders ist, als Sie denken«, entgegnete er ruhig.

Karla starrte bewegungslos mit herabhängenden Armen auf den Boden.

»Morgen Nachmittag entscheidet das Kollegium, was mit dir passiert«, wandte sich Herr Schuhmacher wieder an Karla.

Der Hausmeister grinste schadenfroh.

Das war zu viel. Karla stürmte aus dem Schulgebäude und verschwand durch das Schultor.

Viele Schüler nickten jetzt mit den Köpfen. Auch wenn sie nach den Ferien viel zugänglicher geworden war, würde niemand von ihnen sie vermissen.

Simon und seine Freunde stürmten wieder auf den Rektor ein, doch der brüllte jetzt ein »Ruhe!« in den Flur. »Sonst könnt ihr gleich auch zu mir kommen.«

»Genau, das wollen wir!«, rief Simon aufgebracht.

»Simon, du hast am Mittwochnachmittag zwei Stunden Nachsitzen!«, schnauzte Herr Schuhmacher ihn an.

»Wir auch!«, riefen Boris und Nico gleichzeitig.

Entnervt drehte sich der Rektor um und murmelte etwas in sich hinein, das wie „völlig verrückte Bande" klang.

Als sich alle wieder in ihren Klassenräumen befanden, war an Unterricht nicht zu denken. Die Schüler waren begierig darauf, näheres zu erfahren. Ständig wurde aufgeregt getuschelt und noch so viele ermahnende Worte des Klassenlehrers brachten keine Ruhe in die Klasse.

»Woher wissen Sie überhaupt, dass Karla es war?«, rief Simon aufgebracht. Einige Schüler lachten spöttisch.

»Warst du nicht auch im Flur?«, fragte Herr Ziegler verwundert. »Die Klassenarbeiten befanden sich in ihrem Spind. Und der Spind war abgeschlossen. Was möchtest du sonst noch wissen?«

»Ich habe nur gesehen, dass Herr Baum sie aus Karlas Spind herausgeholt hat. Vielleicht hat er sie hineingelegt? Er konnte Karla noch nie leiden.«

Herr Zieglers Gesicht verfinsterte sich.

»Ganz im Gegensatz zu euch natürlich«, meinte er sarkastisch.

Wieder lachten einige Schüler.

»Wenn man solche ungeheuren Vorwürfe erhebt, sollte man auch Beweise dafür haben. Sei also vorsichtig mit dem, was du sagst«, meinte Herr Ziegler warnend.

»Und was ist mit den alten Freundinnen?«, rief Nico jetzt in den Klassenraum.

»Ach, hör auf!«, tönte Rafael aus der letzten Reihe. »Sie war es. Der würde ich alles zutrauen.«

»Du kannst sie nur nicht leiden, weil sie dich mal vermöbelt hat«, schrie Nico wütend.

»Aber sie hatte sich doch in der letzten Zeit wirklich verändert, oder?«, sagte Luise zweifelnd.

Einige wenige nickten zustimmend.

»Es hat keinen Sinn, jetzt darüber zu streiten. Wir machen mit dem Unterricht weiter«, unterbrach Herr Ziegler die Diskussion.

Als er die Tafel aufklappte, erstarrte er. In großen, leuchtenden Buchstaben stand dort geschrieben:

Du bist ungerecht und dumm! Karla ist ein wundervolles Menschenwesen

Einige Schüler kicherten.

Herr Ziegler wischte mit einem nassen Schwamm über die Tafel, doch wider Erwarten ließ sich die Kreide nicht wegwischen. Es war, als hätte jemand sie in die Oberfläche hineingebrannt.

Der Klassenlehrer schrubbte immer heftiger über die Tafel und war schon ganz rot im Gesicht. Aber je mehr er schrubbte, umso stärker leuchtete die Schrift.

Auch der herbeigeeilte Hausmeister war nicht in der Lage, den Satz von der Tafel zu wischen. Er versuchte sogar, mit Schleifpapier die Schrift zu entfernen, doch außer, dass er die Tafel zerkratzte, passierte gar nichts.

Sogar das übel riechende Lösungsmittel ließ die Kreide nicht verschwinden. Im Gegenteil, jetzt leuchtete die Schrift nicht nur, sie begann nun zu blinken. Was er auch unternahm, es gelang ihm nicht, auch nur einen Buchstaben verschwinden zu lassen.

»So etwas ist mir noch nicht untergekommen«, fluchte Herr Wald. »Wir werden sie in den nächsten Tagen austauschen müssen.«

In der großen Pause gab es auf dem Schulhof nur ein Thema. In Gruppen standen die Schüler beieinander und diskutierten über das Feuer und den Diebstahl. Plötzlich wollten viele gleich gewusst haben, dass nur Karla der Dieb sein konnte.

Simon, der zufällig an Helga und Viktoria vorbeikam, hörte, wie sie in einer Gruppe über Karla herzogen. Da sie lange mit ihr befreundet gewesen waren, wollten natürlich alle von ihnen etwas über Karla erfahren.

»Klar, habe ich mir gedacht, dass sie es war!«, tönte Helga. »Der kann man alles zutrauen.«

»Es weiß ja auch niemand, woher sie wirklich kommt«, mischte sich Viktoria ein. »Wir haben ihre Eltern nie kennengelernt. Wahrscheinlich sind die auch kriminell.«

»Genau«, sagte Helga. »Wir wissen noch nicht einmal, wo sie wohnt. Sie wollte uns nie mit nach Hause nehmen. Ich frage mich nur, warum?«

Simon wurde immer wütender.

»Ich habe gehört, dass Karlas Vater im Gefängnis sitzt«, meinte Helga. »Vielleicht wegen Mord«, flüsterte sie geheimnisvoll.

Entsetztes Getuschel ertönte.

»Da muss man sich nicht wundern, dass Karla so ist. Der Apfel fällt nicht weit vom Stamm«, meinte Paul und erntete zustimmendes Gemurmel.

Jetzt reichte es Simon. »Ihr seid ja verrückt, wenn ihr den zweien da glaubt!«, schnauzte er. »Außerdem habe ich Karlas Eltern kennengelernt, die sind total nett!«, log er.

Helga, Viktoria und einige der Umherstehenden lachten.

»Wer weiß, wann sie jemanden umbringt?«, redete Helga jetzt weiter. »So gewalttätig, wie sie ist.«

Simon hörte Herkules auf seiner Schulter schnaufen. Gerade wollte Helga weiterreden, als sie sich entsetzt an den Mund griff. Sie machte einige verzweifelte Versuche, noch etwas zu sagen, doch sie bekam nur noch ein »mmmh rrrmhpf mmmhh« heraus. Etwas schien ihr die Lippen verklebt zu haben.

Verstört rannte Helga schließlich davon, gefolgt von Viktoria, die nicht begriff, was mit ihrer Freundin los war.

»Na, so ganz richtig tickt die aber auch nicht«, rief einer der älteren Schüler spöttisch.

Simon berichtete Boris und Nico, was er eben gehört hatte. Als er an die Stelle kam, an der Herkules Helgas Lippen verklebte, rief Boris anerkennend:

»Guter Mann, hoffentlich bringt sie nie wieder einen Ton hervor.«

»Vielleicht eine Stunde, dann verfliegt der Zauber wieder«, piepste Herkules.

»Na ja, nobody is perfekt"«, meinte Boris etwas enttäuscht.

»Die beiden müssen gerade was sagen«, entrüstete sich Nico. »Die klauen wie die Raben und ziehen über andere her.«

Als endlich der Schlussgong dröhnte, stürmten sie aus dem Schulgebäude.

Sie eilten mit Nico nach Hause, um zu beratschlagen, wie sie Karla helfen konnten.

»Am liebsten würde ich die zwei in eine Trollhöhle sperren!«, kreischte Herkules unterwegs aufgebracht.

»Pst!«, flüsterte Simon dem Wichtelmann zu. »Gleich werden die Leute auf dich aufmerksam. Warte doch, bis wir bei Nico sind.«

Erst jetzt verstand er, was Herkules soeben gesagt hatte. »Trolle, hast du eben Trolle gesagt?«, platzte es aus ihm heraus.

»Jetzt hört er auch noch schlecht«, piepste Herkules jammernd. »Natürlich habe ich Trolle gesagt. Zeigt mir, wo ihr hier Trollhöhlen habt, dann bringe ich die beiden dorthin.«

»Aber wir haben keine Trollhöhlen«, meinte Nico. »Und bitte, rede etwas leiser.«

»Wo wohnen eure Trolle denn?«, fragte Herkules.

»Es gibt bei uns keine Trolle«, klärte ihn Boris auf.

Jetzt begann Herkules zu kichern. »Hihi, das glaubt ihr aber auch nur.«

Die drei sahen sich ratlos an.

»Willst du behaupten, es gäbe Trolle in unserer Welt und wir wüssten nichts davon? Ich kann kaum glauben, dass es bei euch welche geben soll«, sagte Simon erschrocken.

»Braucht er immer so lange?«, kicherte Herkules.

»Nun ja«, sagte Boris nachdenklich und rieb sich gleich darauf den schmerzenden Oberarm.

»Ich werde auf jeden Fall morgen beim Kollegium dabei sein«, meinte Simon.

»Bist du verrückt?«, entgegnete Nico. »Die lassen dich da niemals rein.«

»Hiermit schon«, sagte Simon und zog die Nebelkappe aus seinem Rucksack. »Wir müssen erfahren, wer Karla eins auswischen will. Ich hatte den Eindruck, dass die schon wussten, bei wem sie die Klassenarbeiten finden würden.«

»Bestimmt ihre ehemaligen Freundinnen?«, mutmaßte Boris.

»Kann sein«, sagte Nico. »Aber Karla hat sich bei den meisten nicht sehr beliebt gemacht. Simon hat recht. Bevor wir nicht genau wissen, wer es war, können wir sowieso nichts unternehmen.«

Als Simon nach Hause kam, sah man ihm anscheinend an, dass er sehr besorgt war.

»Ist etwas passiert?«, fragte sein Vater.

»Ach, Karla ist von der Schule geflogen. Angeblich hat sie Klassenarbeiten gestohlen und versucht, Feuer zu legen.«

»Hat sie denn?«, fragte Martin.

»Natürlich nicht«, erboste sich Simon. »Jemand will ihr das in die Schuhe schieben.«

Seine Mutter kam ihm zu Hilfe.

»Ich glaube auch nicht, dass Karla das getan hat«, sagte sie ruhig.

»Na ja, ich kann mich an andere Zeiten erinnern«, sagte Martin.

»Du bist nur sauer auf sie, weil sie Armida nicht mag«, schnauzte Simon seinen Bruder an.

»Was passiert denn jetzt mit ihr?«, wollte Herr Keller wissen.

»Weiß nicht«, murmelte Simon. »Sie ist weggerannt und wir haben sie seitdem nicht mehr gesehen.«

»Das arme Mädchen«, meinte Frau Keller mitleidig. »Haben sich die Eltern gemeldet?«

»Keine Ahnung.«

Ratlos und verwirrt suchte er sein Zimmer auf. Er legte den schlafenden Herkules in den Karton. Manchmal beneidete er ihn um seinen Schlaf.

Lange Zeit wälzte er sich schlaflos im Bett herum. Nico zog wahrscheinlich bald nach Italien und jetzt war zu allem Übel ihre Freundin verschwunden. Erst weit nach Mitternacht fiel er in einen unruhigen Halbschlaf. Irgendwann wurde er durch ein Geräusch geweckt. Draußen war es noch dunkel. Er lauschte eine Weile und schlief wieder ein.

Am folgenden Tag schlich sich Simon mit Herkules vor Beginn der Besprechung heimlich ins Konferenzzimmer. Karla hatte sich nicht bei ihnen gemeldet und sie machten sich große Sorgen.

Allmählich trudelten die Lehrer ein und nahmen Platz. Als Letztes kamen der Rektor und ihr Klassenlehrer. Nachdem alle Platz genommen hatten, eröffnete Herr Schuhmacher die Konferenz.

»Liebe Kolleginnen und Kollegen, ich denke, wir müssen nicht lange beraten. Karla ist nicht anwesend, und ich rechne auch nicht mit ihrem Erscheinen. Nach dem Diebstahl der Klassenarbeiten und dem Feuer bleibt uns auch keine andere Wahl, als sie von der Schule zu verweisen.«

»Wird sie angezeigt?«, wollte Frau Magerka, die Englischlehrerin, wissen.

»Ich habe mich eingehend mit ihrem Klassenlehrer unterhalten«, meinte Herr Schuhmacher.

»Er meint, dass wir auf diesen Schritt verzichten sollten.«

Die meisten Lehrer nickten zustimmend.

»Aber um einen Schulverweis kommen wir nicht umhin«, fuhr Herr Schumacher fort.

»Vielleicht haben Sie recht«, meldete sich Herr Ziegler zu Wort. »Trotzdem kann ich es nicht glauben. Sicher, Karla war oft nicht auszuhalten. Aber seit sie sich mit Simon und den anderen befreundet hat, habe ich wirklich geglaubt, dass es jetzt aufwärts mit ihr geht. Ihre Leistungen wurden langsam besser und sie beteiligte sich am Unterricht.

Sie wirkte viel fröhlicher. Ich kann nicht glauben, dass sie das alles einfach wegwirft. Vor allem, weil sie in der Mathearbeit zum ersten Mal deutlich besser als mangelhaft abgeschnitten hat. Drei Punkte mehr und es hätte für ein befriedigend gereicht. Vor einem halben Jahr wäre das völlig undenkbar gewesen. Sie hat das eigentlich nicht nötig gehabt.«

»Stecken die drei vielleicht mit ihr unter einer Decke?«, wollte Herr Korten, der Klassenlehrer der Parallelklasse, wissen.

Entrüstet wehrte Herr Ziegler mit erhobenen Händen ab.

»Nein, auf keinen Fall! Sie haben sich in letzter Zeit zwar etwas von der Klasse isoliert. Aber ich glaube nicht, dass sie dazu fähig wären. Warum auch?«

Simon grinste. Er nahm sich vor, etwas netter zu seinem Klassenlehrer zu sein.

»Aber Sie sagten, Sie hätten Zeugen für den Diebstahl gehabt?«, wandte sich Herr Ziegler an den Rektor.

Herr Schuhmacher nickte. »Helga Ludwig und Viktoria Schlemmer haben Karla mit dem Paket aus dem Lehrerzimmer kommen sehen.«

Also doch, dachte Simon wütend.

Herr Ziegler überlegte. »Sind das nicht Karlas ehemalige Freundinnen?«

»Kann schon sein«, entgegnete Herr Schuhmacher. »Aber wir müssen jetzt Konsequenz zeigen. Wenn die

Schüler mitbekommen, dass Diebstahl keine Konsequenzen hat, was sollte sie dann noch beeindrucken?«

Zustimmendes Gemurmel kam auf.

»Genau«, rief Frau Bilstein, die Chemielehrerin. »Dann tanzen sie uns auf dem Kopf herum.«

»Ja, Zeit wirds, meiner Meinung nach war Karla schon lange genug an dieser Schule!«, meldete sich ein anderer Lehrer zu Wort. »Sie hätte schon längst gefeuert werden sollen!«

Herr Schuhmacher und einige andere Lehrer nickten zustimmend.

Im selben Moment brachen unter den Lehrern die Stühle zusammen. Alle kugelten über den Boden und stießen erschrockene Rufe aus.

»Bist du verrückt?«, flüsterte Simon halb entsetzt, halb belustigt, während sich die verdutzten Lehrer wieder aufrappelten.

Herkules schwieg.

Verwirrt sah Herr Schuhmacher sich um. Alle Lehrer standen jetzt vor den Tischen und blickten ungläubig auf die Überreste der Stühle, auf denen sie gerade noch gesessen hatten.

»Also, wir sollten …, ähm …, Herrn Wald beauftragen, sämtliche Stühle in der Schule zu kontrollieren. Nicht auszudenken, wenn sie auch einen Fabrikationsfehler hätten. Ähm, also werden wir … ähm … einen Schulverweis für Karla aussprechen, ja … gut.«

Da außer Herrn Ziegler keiner widersprach, schloss Herr Schuhmacher die Sitzung ab.

»Dann ist es beschlossen. Ich werde ein Schreiben aufsetzen und Karlas Eltern über den Schulverweis informieren!«

Er sah in die Runde. »Na, dann wünsche ich euch einen schönen Nachmittag.«

Fluchtartig verließ er den Konferenzraum, der sich jetzt schnell leerte. Etwas verloren stand Herr Ziegler da und sah nachdenklich durch die Fenster nach draußen. Dann ging er zum Ausgang. An der Tür, dicht neben Simon, blieb er plötzlich stehen.

Simon, der auf keinen Fall eingeschlossen werden wollte, beeilte sich, um hinter ihm den Raum zu verlassen und wäre fast auf Herrn Ziegler geprallt. Erschrocken hielt er die Luft an. Er befürchtete schon, dass sein Klassenlehrer etwas bemerkt hatte. Im letzten Moment gelang es ihm, noch durch die Tür zu schlüpfen. Dann verschloss Herr Ziegler sie.

Auf Zehenspitzen verließ er das Schulgelände und rannte, ohne die Kappe abzunehmen, los. Sie mussten beweisen, dass ihre Freundin unschuldig war.

Als Simon bei Boris eintraf, verschlang sein Freund gerade eine Fertigpizza.

Simon schilderte den Verlauf der Sitzung. Wie er, regten sie sich über die Gleichgültigkeit auf, mit der die Lehrer Karla einfach aus der Schule geworfen hatten. Alle waren aber froh, dass wenigstens Herr Ziegler sich für Karla eingesetzt hatte.

»Also doch die zwei!«, knurrte Boris. »War ja klar.«

Nico und Simon nickten.

»Aber wo ist Karla jetzt?«, warf Nico in die Runde. »Hat sie sich bei euch gemeldet?«

Doch keiner hatte seit ihrem Verschwinden von ihr gehört.

»Kannst du die beiden nicht dazu bringen, die Wahrheit zu sagen, mit so einem Zauber?«, fragte Simon hoffnungsvoll seinen Leibwächter.

Herkules schüttelte den Kopf.

»Heute Nacht habe ich Alberich aufgesucht und ihm von den Ereignissen erzählt.«

»Und, was hat der Magister gesagt?«, drängte Boris ungeduldig.

»Der Magister ist überzeugt, dass es am besten wäre, wenn wir ohne magische Beeinflussung von außen unsere Probleme lösen. Ich musste ihm versprechen, dass ich nur im äußersten Notfall einen Wahrheitszauber anwenden werde. Wichtiger sei es, dass wir Karlas Unschuld auch wirklich beweisen können.«

Damit hatte sich ihre Hoffnung, den Fall mithilfe der Querxe zu lösen, erst einmal zerschlagen.

Simon seufzte. Wahrscheinlich war der Magister der Meinung, dass er sich schon genug in ihre Geschicke eingemischt hatte.

»Wir müssen die beiden rund um die Uhr beobachten«, schlug Nico vor. »Mit der Nebelkappe sollte es doch möglich sein, etwas zu erfahren.«

»Genau«, stimmte Boris zu. »Wenn die etwas damit zu tun haben, werden sie sicher damit angeben.«

»Ja, aber damit haben wir noch nichts bewiesen«, warf Simon ein.

»Immer eins nach dem anderen. Erst einmal müssen wir wissen, ob sie es wirklich waren«, sagte Nico.

»Also abgemacht. Ich schlage vor, dass jeder von uns im Wechsel einen Abend lang die beiden belauscht«, meinte Boris grimmig.

Da auch Herkules keinen besseren Vorschlag hatte, beschlossen sie, es so zu machen. Simon sollte beginnen und die Kappe am nächsten Tag an Nico weiterreichen.

Leider erwies sich sein erster Versuch als Fehlschlag. Der Platz, an dem man die Mädchen sonst mit ziemlicher Sicherheit vorfand, war heute leer und auch an den anderen möglichen Orten suchte er vergebens. Nach zwei Stunden beschloss er frustriert, wieder nach Hause zu gehen.

Herkules war während der missglückten Beschattung eingeschlafen und schnarchte leise vor sich hin.

Durch die Kappe vor Blicken geschützt, betrat er das Haus. Leise schlich er durch den Flur. Er wollte schon die Tür öffnen, als aus seinem Zimmer Geräusche drangen. Sein erster Gedanke war, dass Martin heimlich herumstöberte.

Vorsichtig öffnete er die Tür und trat leise ein. Vor ihm stand eine schwarzhaarige Frau, die mit dem Rücken zu ihm stand und in seinem Schreibtisch herumwühlte.

Es war Armida.

Entgeistert sah Simon, wie sie an ihm vorbeiging und die Schranktür öffnete. Langsam nahm er die Nebelkappe vom Kopf.

»Suchst du etwas?«, fragte er und versuchte seiner Stimme einen ruhigen Klang zu geben.

Überrascht wirbelte sie herum. Einige Sekunden standen sie sich wortlos gegenüber. Dann zuckte sie mit den Schultern.

»Schade, so hatte ich mir das nicht vorgestellt«, sagte sie lächelnd.

»Was machst du in meinem Zimmer?«, fragte Simon misstrauisch. Zorn kochte in ihm hoch.

Doch statt zu antworten, ging sie gemächlich an ihm vorbei und verließ ohne ein weiteres Wort das Haus.

Wie vom Donner gerührt, stand Simon in seinem Zimmer, während seine Gedanken sich überschlugen. Was hatte Armida in seinem Zimmer verloren?

Gedankenverloren setzte er die Kappe wieder auf und ging die Treppe hinunter zum Wohnzimmer. Seine Eltern und Martin saßen noch zusammen und unterhielten sich.

Überrascht sahen sie auf, als die Tür sich öffnete. Simon wollte schon fragen, weshalb sie ihn so komisch anblickten, als er bemerkte, dass er die Nebelkappe noch trug. Stocksteif vor Schreck stand er da und starrte in die irritiert blickenden Gesichter seiner Familie. Langsam und mit angehaltenem Atem trat er Schritt für Schritt den Rückzug an.

Erst als er wieder in seinem Zimmer war, stieß er zischend die Luft aus. Na, das war gerade noch einmal gut gegangen.

Hastig verstaute er die Nebelkappe in seiner Schultasche und begab sich wieder nach unten.

»War Armida heute da?«, fragte er möglichst beiläufig.

»Tja, wärst du eine Stunde eher gekommen, hättest du sie noch angetroffen«, sagte Martin.

Simon überlegte, ob er seinem Bruder von seinem Zusammentreffen mit ihr erzählen sollte. Seine Eltern wären maßlos enttäuscht. Aber vielmehr sorgte er sich um seinen Bruder, für den Armida eine Heilige war. Er würde ihm kein Wort glauben.

Simon erwartete nicht, dass die Freundin seines Bruders noch einmal auftauchen würde, und so beschloss er, ihm erst einmal nichts zu verraten. Doch wie würde Martin es verkraften, wenn Armida sich nicht mehr melden sollte?

Es war, wie Simon vermutet hatte. Armida blieb verschwunden und hinterließ einen verzweifelten Martin. Auch die Eltern waren ratlos und enttäuscht. Alle Versuche, sie über das Telefon zu erreichen, scheiterten. Er bekam nur die Nachricht zu hören, dass es keinen Anschluss unter dieser Nummer gab.

Wenn er nach Hause kam, verkroch er sich gleich in sein Zimmer und war untröstlich. Mit der Zeit verwandelte sich die Verzweiflung in schlechte Laune und er schnauzte jeden an, der ihn scheinbar schief ansah.

Aus Mitleid hatte Simon von der Begegnung mit Armida in seinem Zimmer nichts erzählt. Doch manchmal, wenn Martin wieder besonders unausstehlich war, verspürte er große Lust, ihm zu verraten, was für ein Früchtchen seine Freundin war.

Immer wieder zerbrach er sich den Kopf darüber, was sie eigentlich in seinem Zimmer gesucht hatte. Simons Freunde waren ebenso ratlos wie er.

»Vielleicht hatte sie nur was in deinem Zimmer vergessen?«, startete Boris einen kläglichen Versuch, sie in Schutz zu nehmen.

»Oder Karla hat recht und sie ist wirklich nicht die, die sie zu sein scheint«, meinte Nico.

Simon nickte. Er glaubte auch nicht an Boris' Erklärung. Nico hatte recht. Karla hatte sich im Gegensatz zu ihnen nicht von Armidas Erscheinung blenden lassen.

Doch sie hatten keine Zeit, sich um Armida Gedanken zu machen. Sie mussten so schnell wie möglich Karla finden.

Stundenlang folgte jeder von ihnen Karlas ehemaligen Freundinnen, in der Hoffnung, etwas über den Diebstahl zu erfahren. Sie waren sich einig, dass sie die wirklichen Übeltäter waren.

Fast jeden Tag trafen sich Helga und Viktoria mit ihren beiden Freunden. Benjamin und Gregor hatten zwar viele Muskeln, doch sie waren nicht die hellsten.

Entsprechend inhaltslos waren ihre Gespräche und nach der ersten Flasche Bier protzten die Jungen vor ihren Freundinnen mit ihren sogenannten Heldentaten, was die beiden Mädchen mit Gegiggel und bewundernden Blicken honorierten.

Die Heldentaten bestanden gewöhnlich darin, anderen Jugendlichen die Handys wegzunehmen und gelegentlich mal jemanden zu verprügeln. Später versandeten die Gespräche dank des Alkohols und man konnte nach Hause gehen.

Am Ende der Woche waren sie erschöpft und hatten so gut wie nichts herausgefunden.

»Das hat alles keinen Zweck«, stöhnte Nico. »So kommen wir nicht weiter.«

»Ja«, stimmte Boris zu. »Wenn ich denen noch einen Abend zuhören muss, rede ich bald so wie die.«

»Es kann doch nicht sein, dass sie so gar nichts erzählen.« Simon war verzweifelt. »Die sind doch sicher auch noch stolz auf sich, weil Karla von der Schule geflogen ist.«

»Weiß denn keiner, wo sie wohnt?«, piepste Herkules in die Runde.

Betreten sahen sich die drei an. Sie hatten nicht die geringste Ahnung, wo Karla wohnen könnte. Sie kam und verschwand, wie es ihr gerade passte. Simon konnte sich auch nicht erinnern, dass Karla jemals über ihre Eltern geredet hatte.

»Ihr seid mir schöne Freunde!«, wetterte Simons Leibwächter, dem das Verschwinden von Karla ebenso naheging wie ihnen.

Simon musste sich eingestehen, dass Herkules recht hatte. Er wusste fast alles über Boris oder Nico, aber er hatte sich nie gefragt, woher Karla eigentlich kam oder wer ihre Eltern waren.

Eigentlich wusste er noch nicht einmal, ob sie überhaupt Eltern hatte. Sie war da gewesen, als er sich in höchster Not befand. Das hatte ihm die ganze Zeit genügt. Beschämt sahen sie zu Boden.

»Vielleicht meldet sie sich ja noch bei uns«, meinte Boris hoffnungsvoll. »Immerhin ist sie unsere Freundin, nicht?«

Eine Weile sagte niemand ein Wort.

»Wir geben nicht auf«, sagte Simon entschlossen, und sie entschieden, Karlas ehemalige Freunde eine weitere Woche zu beschatten.

Am nächsten Tag machten sie sich ohne Karla auf den Weg zum Zauberunterricht. Ziemlich niedergedrückt erreichten sie Sindrikum. Die Laune der drei verbesserte sich nicht, als sie merkten, dass sich die Zahl der Querxe, die sich bei ihrem Erscheinen von ihnen abwendeten, deutlich vergrößert hatte.

Eugel erkundigte sich gleich nach Karla und wirkte ein wenig enttäuscht, als sie nur melden konnten, dass sie verschwunden sei. Er war ebenso empört, dass man Karla verdächtigte, eine Diebin und Brandstifterin zu sein.

»Warum ist sie denn weggelaufen? Hat sie gedacht, ihr würdet ihr nicht glauben?«

»Aber natürlich glauben wir ihr!«, meinte Boris entrüstet.

Sie erzählten Eugel, wie sie ihre Freundin kennengelernt hatten. Seine Augen begannen wieder zu leuchten, als ob Karla selbst anwesend wäre.

»Mir war gleich klar, dass Karla eine Kriegerin ist«, meinte er nur.

Normalerweise war der Samstag der schönste Tag der Woche. Doch heute waren sie nicht bei der Sache, und als Boris dann noch versehentlich Eugels Füße mit einem Schrumpffluch belegte, brach er den Unterricht ab und nahm sie auf eine Tasse Tee mit nach Hause.

Auch der Abend war von keinem Erfolg gekrönt. Simon wurde von einem Regenschauer überrascht und traf vollkommen durchnässt bei Boris ein. Er hatte Helga oder Viktoria noch nicht einmal zu Gesicht bekommen.

Nico richtete den Zauberstab auf ihn und sagte: »*calefacere*.«

Schwaden aus Wasserdampf hüllten den Raum in dichten Nebel, und Boris riss das beschlagene Fenster auf, um zu lüften.

»Es ist zum Heulen«, klagte Simon. »Früher liefen sie einem ständig über den Weg. Jetzt, wo wir sie finden möchten, sind sie nie da.«

Nico hatte am nächsten Tag nicht mehr Glück. Zwar fand er die Gruppe wieder am gewohnten Platz vor, doch sie verloren kein Wort über Karla.

Das ging einige Tage so weiter und sie wollten schon entmutigt aufgeben, als Boris am Freitagabend strahlend in „Luigis Café" erschien.

»Ich hab's, ich hab's!", rief er seinen Freunden schon von Weitem zu. Aufgeregt setzte er sich zu ihnen.

»Nun erzähl schon!«, rief Nico ungeduldig.

»Sie waren es nicht«, strahlte Boris.

»Und das nennst du eine gute Nachricht?«, stöhnte Nico enttäuscht. »Das wussten wir bereits.«

»Wartet ab!«, meinte Boris immer noch strahlend. »Sie haben es nicht selbst getan, aber sie haben dabei geholfen.«

Simon schlug klatschend mit seiner Faust in die offene Hand.

»Ha, ich wusste es. Haben sie gesagt, wer es war?«

»Nein, leider nicht. Aber sie erzählten, dass sich vor einiger Zeit ein unbekanntes Mädchen zu ihnen an den Brunnen gesetzt hatte. Anscheinend kannte sie Karla. Als Helga und Viktoria erzählten, dass sie Karla gerne eins auswischen würden, erklärte das Mädchen sich bereit, ihnen dabei zu helfen.«

»Einfach so?«, fragte Nico erstaunt.

»Ja, die haben sich auch darüber gewundert«, meinte Boris.

»Wie hat das Mädchen denn ausgesehen?«, wollte Simon wissen.

»Das ist allerdings seltsam«, meinte Boris nachdenklich. »Sie können sich alle nicht mehr so genau daran erinnern. Viktoria meint, sie wäre blond gewesen, während

Helga schwört, sie hätte rote Haare gehabt. Auf jeden Fall soll sie ziemlich hässlich gewesen sein. Einige Tage nach Karlas Rausschmiss trafen sie sich noch einmal. Sie war es, die alles aus dem Safe gestohlen und in Karlas Spind gelegt hatte.«

»Jetzt haben wir nur noch ein Problem«, meinte Nico düster.

Simon und Boris sahen ihn fragend an.

»Na, wie beweisen wir das alles? Ich glaube nicht, dass der alte Schuhmacher sie wieder in die Schule aufnimmt, weil ein unbekanntes, hässliches Mädchen mit blonden, roten oder auch grünen Haaren, das aber niemand kennt, die Klassenarbeiten stiehlt, um Karla eins auszuwischen, und dann versucht, die Schule in Brand zu setzen. Das klingt nicht sehr glaubwürdig, oder?«

»Nico hat recht, wir können rein gar nichts beweisen«, sagte Simon niedergeschlagen.

»Vielleicht taucht Karla wieder auf«, meinte Boris, aber er klang dabei nicht sehr zuversichtlich.

KARLA

Aber die Hoffnung, dass Karla sich bei ihnen meldete, erfüllte sich auch in den nächsten Tagen nicht. Sie blieb verschwunden.

Am Ende der folgenden Woche baten die drei Freunde Herrn Ziegler, ihnen Karlas Adresse zu geben. Er hatte sie ihnen nur widerwillig aufgeschrieben. Doch da auch er besorgt schien, tat er ihnen den Gefallen.

An diesem Nachmittag wollten sie ihre Freundin zu Hause aufsuchen. Simon war bereits auf dem Weg zu Nico, als er Karla in der Nähe des Stadthauses sah.

Sie hatte ihn nicht bemerkt und ging langsam in Richtung Bahnhof.

Er wollte Ihr schon etwas zurufen, doch irgendetwas hielt ihn davon ab. Unschlüssig stand er da und überlegte. Dann setzte er sich die Kappe auf und folgte ihr.

»Willst du sie nicht ansprechen?«, fragte Herkules verwundert.

»Jep, sollte ich vielleicht. Aber lass uns mal sehen, wo sie hinwill.«

Simon wusste selbst nicht genau, weshalb er Karla nicht ansprach.

»Wenn du meinst«, piepste Herkules wenig überzeugt.

Zuerst sah es so aus, als würde Karla in einen Bus steigen. Sie schien es nicht eilig zu haben und ging langsam weiter. Fast kam es Simon wie Verrat vor, als er ihr heimlich folgte.

Sie lief immer weiter, ohne Halt zu machen, und schließlich gelangte sie in die Außenbereiche der Stadt. Ihm taten mittlerweile die Füße weh und er schimpfte leise vor sich hin. Irgendwann musste sie ihr Ziel doch erreichen. Er verwünschte Karla, weil sie keinen Bus benutzte. Das war die Strafe dafür, dass er sie nicht angesprochen hatte. Aber jetzt traute er sich nicht mehr.

Allmählich lichteten sich die Häuserreihen und außerhalb der Stadt bog sie endlich in eine Seitenstraße ein. Die Straße machte einen heruntergekommenen Eindruck und besaß fast mehr Löcher als Straßenbelag. Viele der Häuser waren reparaturbedürftig und wirkten ungepflegt. In manchen Vorgärten stand das Gras fast hüfthoch.

»Interessante Gegend«, murmelte Simon, doch ihm war nicht zum Lachen zumute. Er glaubte jetzt zu verstehen, weshalb Karla sie noch nie zu sich eingeladen hatte.

»Hier sollten mal die Querxe heran«, flüsterte Herkules in sein Ohr.

Vor dem schäbigsten Haus in der Straße blieb Karla stehen. Das Gartentor hing schief in den Angeln und quietschte, als sie hindurchtrat. Simon beeilte sich, um ihr zu folgen.

»Hier wohnt sie?«, murmelte er entsetzt.

Einige Fensterscheiben des Hauses hatten Risse und wurden nur noch durch Paketklebeband gehalten. Mehrere Dachziegel fehlten, durch die es bei schlechtem Wetter sicher hereinregnete.

Karla zögerte einen Moment, dann öffnete sie die Haustür und trat ein.

»Wird aber auch Zeit, dass du kommst«, brüllte eine raue Männerstimme aus dem Haus. »Ich habe Hunger. Geh in die Küche und mach etwas von deinem Fraß.«

Dann hörte man ein klatschendes Geräusch.

»Du bist schon wieder voll«, rief Karla mit schriller Stimme. »Kannst du das Saufen nicht lassen?«

»Das geht dich gar nichts an«, brüllte die Männerstimme zurück.

Noch einmal ertönte das klatschende Geräusch, dann öffnete sich die Tür und Karla stürzte tränenüberströmt heraus. Eine Wange glühte auffällig rot.

Zwei Sekunden später stand ein schäbig gekleideter Mann in der Tür. In seiner Jugend hatte er sicher gut ausgesehen. Doch der Alkohol hatte tiefe Spuren in dem hochroten Gesicht hinterlassen.

»Komm wieder zurück, oder du kannst was erleben!«, grölte er Karla nach. Sie hörte nicht und rannte weiter. Schließlich verschwand sie um die nächste Häuserecke.

Der Mann in der Haustür brabbelte eine Weile vor sich hin. Simon konnte nicht glauben, was er da gerade miterlebt hatte. Betroffen stand er neben der Haustür und starrte auf den Mann.

»Da ist ein Eimer«, piepste Herkules laut.

Simon hörte ihn zuerst nicht.

»Da ist ein Eimer!«, wiederholte Herkules lauter.

Neben Simon stand ein alter Blecheimer, der zur Hälfte mit abgestandenem Wasser gefüllt war. Zumindest nahm Simon an, dass es Wasser war.

»Nimm ihn!«, forderte Herkules ihn auf. »Los!« Seine Stimme zitterte vor unterdrückter Wut. »Oder ich tue es.«

Der gleiche Zorn erfasste nun auch Simon. Er tat, wie Herkules ihn geheißen hatte, und ergriff den Eimer. Dann schüttete er den stinkenden Inhalt über den betrunkenen Mann aus.

»Bravo!«, spendete Herkules laut Beifall und kicherte schrill.

Vor Schreck stolperte Karlas Vater nach hinten und fand sich mit dem dümmlichen Gesichtsausdruck eines Betrunkenen auf seinem Hosenboden wieder. Es dauerte eine Weile, bis er wieder auf den Beinen stand.

Dann sah er aus der Haustür zum Himmel und streckte die Hand aus. Als er merkte, dass es nicht regnete, schüttelte er schimpfend den Kopf und verschwand wieder im Haus.

Bevor er lallend die Tür schloss, drängte sich Simon in das Haus und betrat den Flur. Es war finster und es roch muffig und feucht.

Die Küche glich eher einem Schlachtfeld. Zweifellos rührte der übelriechende Gestank von dem dreckigen Geschirr her, das aussah, als läge es schon seit Wochen hier herum. Alles sah klebrig und schmuddelig aus.

Im Wohnzimmer hingen die Tapeten von den Wänden oder waren abgerissen. Die ehemalige Farbe konnte man nur noch erahnen. In den Ecken hatte sich Schimmel gebildet.

Durch das Fenster sah man auf einen ehemaligen Garten, der jetzt aber nur noch als Müllabladeplatz diente. Gemüse wurde hier schon lange nicht mehr angebaut.

Simon dachte an seine Mutter. Ihr wären die Tränen bei dem Anblick gekommen.

Das Schlafzimmer des Mannes stank nach Alkohol, und auf dem Boden lagen einige leere Flaschen herum. Er hatte das Bettzeug garantiert seit Monaten nicht mehr gewechselt.

Simon erschauderte. Er wollte gar nicht wissen, was oder wen das Zimmer alles noch beherbergte. Sogar Herkules schien es die Sprache verschlagen zu haben. Er hatte nichts mehr gesagt, seit sie die Wohnung betreten hatten.

Langsam stieg Simon die Treppe hoch. Hier oben befanden sich neben einer Toilette und dem Bad zwei weitere kleine Zimmer. Vorsichtshalber ignorierte Simon die Toilette und das Bad und betrat einen der Räume. Das musste Karlas Zimmer sein.

»Was suchst du?«, fragte Herkules.

»Ich weiß nicht«, murmelte Simon. Auch hier waren keine Tapeten mehr an den Wänden, doch im Vergleich zur restlichen Wohnung war es ordentlich und das Bett war anscheinend frisch bezogen.

Jemand hatte ein paar alte Bretter zu einem Bettgestell zusammengeschraubt. Es stand neben einem kleinen Fenster. In der Mitte des Raumes befand sich ein wackeliger Tisch und ein schmaler, leerer Kleiderschrank, der aussah, als würde er gleich zusammenbrechen, stand an der gegenüberliegenden Wand. Sonst gab es keine Möbel.

Über dem Bett an der Wand hingen drei Fotos. Zuerst glaubte Simon, es seien Familienfotos, doch beim näheren Hinsehen erkannte er, dass es Bilder von Nico, Boris und ihm selbst waren. Auf seiner Schulter war Herkules zu sehen.

Simon konnte sich nicht erinnern, dass Karla jemals Fotos von ihnen gemacht hatte. Er schluckte.

Herkules kicherte nach langer Zeit wieder. »Hat sie auch nicht. Die Bilder habe ich für Karla gemacht.«

»Du hast einen Fotoapparat?«, staunte Simon, der sich Herkules mit einer Kamera vorstellte, die fast so groß war wie er selbst.

Herkules kicherte kreischend. »Natürlich nicht, das geht auch so«, amüsierte er sich.

Mit einem Mal kam Simon sich schlecht vor. Kein Wunder, dass Karla sie nie eingeladen hatte. Wer hätte sie hier schon freiwillig besucht? Und er hatte sich jetzt wie ein Dieb hereingeschlichen und erfahren, was niemand wissen sollte.

Ihm war nicht klar, wie er Karla mit diesem Wissen jemals wieder unbefangen begegnen konnte. Simon wurde elend, wenn er sich vorstellte, dass ihre Freundin hier wohnen musste. Wie hielt sie das nur aus?

Er hatte genug gesehen. Leise ging er die knarrende Treppe hinunter. Karlas Vater lag wieder in seinem Bett und schlief laut schnarchend seinen Rausch aus. Schnell verließ Simon das Haus. Draußen blieb er stehen und atmete tief die frische Luft ein.

Eine Weile stand er nur zornbebend da.

»Die arme Karla«, sagte Herkules mit weinerlicher Stimme.

»Du hast recht«, sagte Simon nur. Er nahm sich fest vor, ab heute netter zu seinen Eltern zu sein.

Niedergeschlagen machten sie sich auf den Rückweg. Doch jetzt nahm er an der nächsten Haltestelle den Bus. Für heute war er genug gelaufen.

Erschüttert und bedrückt saß Simon im Bus. Er konnte immer noch nicht glauben, was er da eben gesehen hatte. Das hatte er nicht erwartet.

»Davon sagen wir Nico und Boris aber nichts!«, sagte Simon seinem Beschützer, bevor sie „Luigis Café" betraten.

»Meinst du nicht, dass sie es erfahren sollten?«, fragte Herkules.

»Ich weiß nicht, ich denke, wir hätten nicht dort sein dürfen. Karla muss es ihnen selbst sagen!«, sagte Simon.

Nico und Boris überschütteten ihn gleich mit Vorwürfen, weil er so spät gekommen war.

»Wie sollen wir Karla finden, wenn du dir keine Mühe gibst?«, schimpfte Boris.

Simon schwieg bedrückt.

Seine Niedergeschlagenheit ließ seine Freunde wohl glauben, er hätte ein schlechtes Gewissen.

»Du hättest dich wenigstens melden können«, sagte Nico etwas versöhnlicher.

Simon nickte. Eine Weile sagte keiner etwas. Erst ein köstliches Eis beruhigte Simons Nerven langsam wieder. Anscheinend hatte auch Herkules Nervennahrung nötig, denn der kleine Teller, auf den Simon etwas von seinem Eis gelöffelt hatte, leerte sich zügig. Zwischendurch hörten sie ihn schimpfen und hicksen. Dann verschwand der Rest von Simons Portion wie durch Zauberhand.

»Nicht so schnell!«, schimpfte Simon. »Da ist Milch drin.«

Herkules hatte inzwischen wieder auf Simons Schulter Platz genommen.

»W-wir m-müssen die a-ame Kaala h-h-holn«, piepste er.

»Nein, nicht schon wieder«, rief Simon verzweifelt.

Bevor jemand Verdacht schöpfen konnte, flüchteten sie in Nicos Zimmer.

»D-doch, wia müssn ssie holn«, lallte Herkules, der nicht verstanden hatte, was Simon meinte.

»Dazu müssen wir sie aber erst finden«, sagte Boris ungehalten.

»Das müsn wir vielleicht n-nicht«, nuschelte Herkules geheimnisvoll. »Hat einer v-v-von euch w-was, w-was Kalla gehört?«

Sie verstanden zwar nicht, wozu, doch sie überlegten. Simon war sicher, dass er nichts besaß, was jemals Karla gehört hatte.

Nico fiel nach einigen Sekunden ein, dass er noch einen Bleistiftstummel besaß, den Karla ihm im Unterricht mal geliehen hatte.

»Aber wie soll uns so ein blöder Bleistiftstummel helfen?«

»H-hat Kalla ihn d-dir lie-gliehen oder g-schenkt?«

»Ähm, nur geliehen, denke ich«, sagte Nico leicht schuldbewusst. »Aber ich wollte ihn ganz bestimmt zurückgeben«, fügte er schnell hinzu.

Herkules kicherte wieder. »V-von mi auss gans du ihn k-kochen un esen. Wichtich isss nur, dass er immer noch Kalla gehört!«

»Und wie hilft uns das?«, wollte Boris genervt wissen.

»D-das erglär ich euch M-Morgen«, antwortete Herkules mit schwerer Stimme. »Ich muss ins Bett.«

Sprachs und dann hörten sie nur noch ein leises Schnarchen aus Simons Rucksack.

»Na super. Warum hast du ihm Eis gegeben?«, sagte Boris vorwurfsvoll zu Simon.

Doch Simon hatte für heute genug erlebt.

»Ich gehe nach Hause«, sagte er mürrisch. »Wir sehen uns morgen früh.«

Am Samstagmorgen stand Simon früh auf und machte sich mit einem stark verkaterten Herkules auf den Weg zu Boris. Dessen Mutter hatte die Nachtschicht beendet und würde den ganzen Tag schlafen.

Deshalb konnte Herkules ihnen ungestört seinen Plan erklären. Jedenfalls hoffte Simon, dass er einen Plan hatte, so betrunken, wie er gestern Abend war.

Der Kleine hatte den ganzen Weg nicht ein Wort gesagt und sich noch nicht einmal beschwert, dass er kein Frühstück bekommen hatte, was wirklich ungewöhnlich war.

Damit Frau Spaltmann nicht um ihren verdienten Schlaf gebracht wurde, betrat er gemeinsam mit Nico die kleine Wohnung.

Simon setzte Herkules auf dem kleinen Tisch in Boris' Zimmer ab.

»Kannst du es etwas dunkler machen?«, piepste Herkules kläglich.

Boris zog die Vorhänge zu. Nico kam sofort zum Thema.

»Was hast du gestern Nachmittag damit gemeint, dass ein Bleistiftstummel Karla zu uns führen würde?«

Herkules erklärte es ihnen.

»Zwischen euch und allen Dingen, die ihr besitzt, besteht ein unsichtbares Band. Bei wichtigen Dingen ist das Band stärker als bei unwichtigen. In der Regel bemerkt man diese Verbindung nicht. Aber mag sie auch noch so gering sein, sie hilft uns, Karla zu erreichen.«

»Und wie?«, erkundigte sich Nico.

»Dazu genügt ein kleiner Zauber«, erklärte Herkules weiter. »Aber diese noch so kleine Verbindung reicht aus, um bei ihr den Wunsch zu wecken, den Bleistift wiederzubekommen.«

»Und du meinst wirklich, Karla kommt, nur um diesen blöden Bleistift zu holen?«, meinte Boris zweifelnd.

Herkules begann, sich wieder aufzuregen.

»Bei dir würde es wohl nicht ausreichen. Bei dir besteht das einzige Band zu einem Brathähnchen, selbst wenn du es gegessen und wieder verdaut hast.«

Bevor der Streit ausufern konnte, unterbrach Simon ihn.

»Erzähl bitte weiter«, bat er Herkules.

Als Herkules sich wieder beruhigt hatte, fuhr er fort.

»Es reicht ein kleiner Zauber, und das Band erinnert Karla immer wieder an den Bleistift. Mit der Zeit wird der Wunsch immer stärker und irgendwann wird sie dem Verlangen nachgeben, auch wenn es sich nur um diesen blöden kleinen Bleistift handelt.« Böse sah er Boris dabei an.

Nico legte den Bleistiftstummel vor sich auf den Tisch.

Herkules fixierte den Stift, hob beide Hände und rief:

»*possessorum*«

Gebannt starrten alle auf den Bleistiftrest.

»Das war alles?«, fragte Nico verwundert, als nichts passierte.

Boris sah zur Tür. »Wie geht der? Opossum? Und wo ist Karla?«

Herkules schien sprachlos. Gerade setzte er zu einer Schimpftirade an, als Simon ihm vorsichtig den Finger auf den Mund legte.

»Bitte, Herkules – nicht.«

»Was glauben die beiden denn? Dass ich hier einen Feuerzauber veranstalte und Karla mit einem Knall erscheinen lasse?« Bei den letzten Worten erhob er wieder die Stimme.

»Pst!«, machten jetzt Boris, Nico und Simon gemeinsam.

»Der Zauber beginnt ganz schwach und wird bald immer stärker. Es ist ein sich selbst verstärkender Zauber«, wisperte Herkules.

»Und wann kommt Karla?«, fragte Simon.

»Tja, bei wichtigen Gegenständen geht es schnell. Bei dem Bleistift allerdings kann es zwei bis drei Tage dauern.«

»Und wenn wir nicht hier sind?«, wollte Nico wissen.

»Dann geht sie wieder«, meinte Herkules trocken.

»Ist ja ein toller Zauber«, murmelte Boris mürrisch.

Herkules sah Simon an. »Wie fast alle von uns wissen, wird Karla immer wieder auftauchen, bis sie ihren Besitz hat.«

Dann brachen sie zum Zauberunterricht auf.

Es dauerte aber noch drei Tage, bis Karla im Eingang von Luigis Café erschien. Blass und unschlüssig stand sie da, als Boris sie als Erster bemerkte. Simon ging ihr entgegen und holte sie an den Tisch.

»Mensch Karla, wo hast du denn gesteckt?«, rief Boris erleichtert.

Karla sah Nico traurig an. »Mir ist eingefallen, dass du noch irgendetwas von mir hast«, sagte sie leise zu ihm.

Nico grinste und legte den Bleistiftstummel auf den Tisch.

Verblüfft sah Karla auf den Stift, als könne sie nicht glauben, deshalb hier hergekommen zu sein. Dann steckte sie ihn ein und atmete tief durch. Als sie aufstand und Anstalten machte, das Café wieder zu verlassen, saßen die drei sprachlos da.

Erstaunt rief Nico: „Karla, wo willst du denn wieder hin?"

»Anscheinend bin ich ja wohl ein Dieb und ein Brandstifter«, meinte sie mit regungslosem Gesicht.

»So ein Unsinn!«, rief Boris empört. »Wie kannst du annehmen, wir hätten diesen Quatsch geglaubt.«

»Wir haben das auch dem Ziegler erzählt«, meinte Nico. »Der weiß aber nicht, was er glauben soll.«

»Aber ihr habt doch gesehen, wie sie die Arbeiten aus meinem Spind geholt haben.«

»Ja und?«, meinte Simon. »Mit ein bisschen Geschick kann sie jeder da hineingelegt haben.«

»Wir glauben ja, dass deine ehemaligen Freundinnen dahinterstecken«, sagte Nico. »Die haben dich angeblich gesehen.«

»Diese dummen Ziegen«, zischte Karla. »Das sähe ihnen ähnlich.«

Simon zog Karla auf den Stuhl zurück.

»Ja …«, meinte er. »Das haben wir uns auch gedacht. Wir haben sie und ihre Gorillas mehrere Wochen beobachtet.«

Grinsend legte er die Kappe auf den Tisch. »Leider ohne großen Erfolg. Die haben nur wenig darüber gesprochen. Und wenn, dann fast nur wirres Zeug.«

Simon spürte, wie Herkules von seiner Schulter kletterte. Kurz darauf hatte er sich auf Karlas Schulter niedergelassen. Sie hörte seine piepsende Stimme an ihrem Ohr.

»Karla, du liebreizendes Geschöpf. Ich bin so froh, dich zu sehen. Sage mir, wen ich für die schmähliche Verleumdung bestrafen soll.«

Zum ersten Mal schien sich Karla nicht über das Süßholzgeraspel des Wichtels zu ärgern. Vorsichtig griff sie an ihre Schulter und stellte ihn vor sich auf den Tisch.

»Das ist sehr lieb von dir«, flüsterte sie und sah freundlich lächelnd auf die Stelle, wo Herkules stehen musste.

»Wir haben dich alle vermisst«, ergänzte Simon.

Jetzt schien alle Anspannung von Karla abzufallen. Sie saß ganz still da und Tränen liefen ihr die Wangen herunter.

Dann, nach einer Weile, stand sie auf und umarmte jeden von ihnen.

Kurze Zeit später kam Herr Campari und stellte einen Kakao vor Karla ab.

»Schöne, dasse du auch mal wieder gekommene biste, Karrla. Wir habene dich schon vermisst«, begrüßte er sie. »Lasse es dir smeckene.«

Dann eilte er zu einem neuen Gast, der gerade das Café betreten hatte.

EINE BÖSE ÜBERRASCHUNG

Als sie am folgenden Samstag wieder zum Unterricht in Sindrikum erschienen, erlebten sie eine weitere böse Überraschung. Kaum hatten sie Querxenrund betreten, erfüllten Gebrüll und wütende Rufe die Luft.

Eine große Anzahl Querxe hatte sich versammelt, die sich ihnen sofort nach ihrem Eintreten wütend zuwandten.

»Da sind sie ja!«, schrie einer mit wutverzerrtem Gesicht und deutete mit dem Zeigefinger auf sie.

»Schnappt sie euch!«, brüllte ein anderer.

Mit finsteren Gesichtern kamen die Querxe auf sie zu. Entsetzt sah Simon seine Freunde an.

»Was haben die nur?«, rief Nico mit sich überschlagender Stimme.

Wilde Rufe flogen hin und her.

»In den Karzer mit ihnen«, hörte Simon heraus. »Niemand sollte Menschen trauen«, gab ein anderer von sich und der Kreis der Querxe begann sich, um sie zu schließen. Die ersten Hände griffen schon nach ihnen, als ein lauter Ruf ertönte.

Widerwillig teilte sich die Menge und zu ihrer Erleichterung schritt Magister Alberich langsam und würdevoll auf sie zu, gefolgt von Eugel, der seine Axt mit beiden Händen festhielt. Drohend sah er sich um.

Der Magister stellte sich vor die Freunde und blickte in die Menge. Die Rufe verstummten.

»Was habt ihr gegen unsere Menschenfreunde vorzubringen?«, fragte Magister Alberich und lächelte freundlich. Betreten sahen die vordersten Querxe zu Boden.

Tothand trat nach vorn und baute sich vor dem Magister auf.

»Das sind nicht unsere Freunde«, schrie er zornig. »Das sind Nescii. Und alle Nescii sind verräterisch und falsch, ob magisch oder nicht.«

Zustimmende Rufe ertönten.

»Sie haben den Brunnen zerstört, das hast du doch gesehen«, rief eine Stimme aus der Menge.

»Natürlich habe ich den Brunnen gesehen«, antwortete der Magister freundlich. Obwohl er nicht laut sprach, schien man ihn bis in die hintersten Reihen zu verstehen.

»Aber wer sagt, dass es unsere jungen Freunde hier waren.«

»Wer soll es sonst gewesen sein?«, fragte Tothand, der mutiger geworden war.

»Das kann ich dir nicht sagen«, antwortete der Magister. »Doch zum Zeitpunkt der Zerstörung waren sie nicht bei uns. Soweit ich weiß, trafen sie gerade erst ein.«

»Das heißt gar nichts«, erregte sich Tothand. »Dank dir haben sie jederzeit Zutritt in unsere Welt. Wer weiß, ob sie nicht heimlich eingedrungen sind. Wahrscheinlich haben sie auch unsere Poststelle verwüstet.

Außerdem ...«, er holte tief Luft. »... wer soll es sonst gewesen sein? Derartiges ist seit vielen Jahrhunderten nicht mehr passiert.«

»Oder willst du sagen, einer von uns sei es gewesen?«, rief jemand aus dem Hintergrund.

»Natürlich nicht«, meinte Magister Alberich, der weiterhin freundlich blieb. »Und es besorgt mich sehr, dass solches passieren konnte. Doch unsere Freunde hier haben sicherlich nicht die magischen Fähigkeiten, um diese Verwüstung anzurichten.«

Dann schritt er durch die Menge. Vorsichtshalber hielten sich Simon und seine Freunde dicht hinter ihm, gefolgt von Eugel. Als sie freien Blick hatten, sahen sie, was die Menge so zornig gemacht hatte.

Der wunderschöne Brunnen Querxenfeuer war völlig zerstört.

»Oh nein«, stöhnte Karla.

»Wir waren das nicht«, verteidigte Simon seine Freunde und sich.

Der Magister legte ihm die Hand beruhigend auf die Schulter.

»Das glaube ich dir«, sagte Magister Alberich so laut, dass alle Umstehenden ihn verstanden.

Wieder ertönte unwilliges Gemurmel.

Er umkreiste die Überreste des Brunnens. Dabei legte er immer wieder eine Hand auf ein Bruchstück und schloss die Augen.

Über den Trümmern flimmerte die Luft noch in leicht schillernden Farben, als wenn von irgendwoher noch etwas Wasser floss.

»Das ist Menschenmagie«, sagte der Magister und zog die Augenbrauen hoch.

»Oho!«, rief Tothand triumphierend.

Magister Alberich schüttelte den Kopf.

»Trotzdem waren sie es nicht, dahinter steckt eine überaus starke Magie.«

Simon fragte sich, ob das die Wahrheit war oder ob der Magister versuchte, sie damit zu schützen.

»Aber es ist in der Tat beunruhigend«, fuhr der Magister mit erhobener Stimme fort. »Ein dunkles Geheimnis liegt auf diesen Trümmern. Wer konnte so etwas vor unseren Augen tun und vor allem warum? Natürlich sind die Schäden mehr als ärgerlich. Dieser schöne Brunnen wurde von unseren Altvorderen gebaut. Doch was bezweckt der Unhold damit. Er schadet uns nicht wirklich.«

»Dann frag doch die da«, brüllte Tothand wütend. »Die werden es dir schon sagen können. Du bist unser Magister, also tue deine Pflicht und beschütze uns. Wenn du das nicht kannst oder willst, werden wir bei der nächsten Wahl einen anderen, einen Besseren wählen.«

»Du meinst wohl, du wärst ein besserer Magister als Magister Alberich?«, mischte sich jetzt Eugel ein. Er lachte auf. »Mach dich nicht lächerlich.«

Einige der Umstehenden nickten.

Ein großgewachsener Querx ergriff Simons Arm. »Warum warten, sperren wir sie ein!«

Vergeblich versuchte Simon, sich aus dem Griff zu befreien.

Ein Schrei ertönte. Es war Karla. Mit vor Wut verzerrtem Gesicht stürzte sie sich auf den Querx und bevor jemand reagieren konnte, warf sie ihn zu Boden und hämmerte mit den Fäusten auf den Verdatterten ein.

Erschrocken sah Simon sich um. Doch wenn er geglaubt hatte, die Querxe wären noch aufgebrachter, täuschte er sich. Stumm standen sie da und betrachteten Karla, die sich wieder erhoben hatte, mit glänzenden Augen. Doch er war sicher, dass der Zustand sicher nicht lange andauern würde.

»Wir müssen verschwinden«, flüsterte er seinen Freunden zu. Sie nickten stumm.

»Wenn du sie nicht in den Karzer bringst, werden wir es tun«, drohte Tothand jetzt.

Einige Querxe zogen ihre Zauberstäbe.

Simon konnte nicht sagen, ob sie für oder gegen Magister Alberich waren. Er wollte es aber erst gar nicht herausfinden.

»Lauft!«, rief er seinen Freunden zu.

Alle vier liefen los. Sie hörten den Magister noch etwas rufen, verstanden jedoch kein Wort. Zum Glück waren Querxe keine guten Läufer, und so legten sie rasch einen großen Abstand zwischen sich und den Verfolgern zurück.

Unbehelligt überquerten sie die Brücke und rannten an Eugels Haus vorbei zum Feldweg.

Nico, mit seinem frisierten Rollstuhl, hängte seine Freunde rasch ab. Als er merkte, dass sie nicht mithalten konnten, fuhr er langsamer.

»Zum Wald«, brüllte Simon. »Da können wir uns verstecken.«

Keuchend erreichten sie den Waldrand und machten eine Pause. Boris hielt die schmerzende Seite und beugte sich nach vorn.

»Ich mu-muss unb-unbedingt me-mehr Sport treiben«, japste er.

Nur Karla wirkte immer noch frisch, als hätte sie einen Spaziergang hinter sich.

Über den Bergen zogen einige Wolken auf.

Niemand war ihnen gefolgt und so warteten sie, bis sie sich einigermaßen erholt hatten. Dann blickten sie zum Wald.

»Da wollen wir wirklich rein?«, fragte Boris unbehaglich.

»Hast du eine bessere Idee?«, knurrte Karla.

Unschlüssig standen sie am Waldrand.

»Eigentlich komisch, findet ihr nicht auch?«, meinte sie.

»Was soll komisch sein?«, fragte Boris. »Dass wir nicht im Karzer hängen?«

»Ja«, sagte sie. »Es waren so viele Querxe und wir waren sicher noch lange für sie sichtbar. Komisch ist, dass keiner von ihnen versucht hat, uns aufzuhalten oder zu verfolgen.«

»Karla hat recht«, meinte Nico. »Sie hatten genug Zeit, um uns mit einem Fluch zu stoppen. Einige waren echt wütend auf uns.«

»Vielleicht hatten sie Angst vor dem Magister. Vor ihm scheinen alle großen Respekt zu haben«, sagte Boris.

»Kann sein«, sagte Karla zweifelnd.

Simon gab sich einen Ruck. »Auf jeden Fall müssen wir im Wald verschwinden. Wer weiß, wann der erste Querx hier erscheint?«

Unsicher blickte er zum Himmel. Die Wolken waren dunkler geworden und näherten sich.

Bitte nicht jetzt, flehte Simon verbittert.

Die ganzen Monate hatten sie hier unten nur wolkenlosen Himmel gesehen, und ausgerechnet jetzt zog ein Gewitter auf.

Der Wald war erfüllt von Vogelgezwitscher, als sie dem Pfad folgten. Auf der großen Lichtung machten sie halt.

»Was jetzt?«, fragte Nico und sah sich um.

»Sollen wir uns in Eugels Blockhaus verstecken?«

Sehnsüchtig sah er zum Haus hinüber.

»Da werden sie uns als Erstes suchen«, warf Boris ein.

Das vermutete Simon auch. Bestimmt kannten viele Querxe diese Lichtung und es war nur eine Frage der Zeit, bis die Ersten hier erschienen. Allerdings führte von hier aus kein Weg weiter. Mit ziemlicher Sicherheit würden sie sich verlaufen. Eugel hatte ihnen ja gesagt, dass der Wald riesig sei. Doch zurück konnten sie nicht.

»Wir werden noch ein Stück weiter gehen«, sagte Simon. »Wir müssen darauf achten, dass wir in der Nähe des Waldrandes bleiben. Heute Nacht kehren wir dann heimlich zurück und versuchen durch den Gang zu verschwinden.«

»Falls er nicht bewacht wird«, wandte Karla ein.

»Aber wir können uns nicht für alle Zeit hier verstecken«, erwiderte Simon. »Dann hätten wir uns gleich einsperren lassen können. Übrigens, danke für eben.«

Karla grinste.

Da keinem etwas Besseres einfiel, machten sie sich auf den Weg. Zum Glück meisterte Nicos frisierter Rolli alle Untergründe mit Leichtigkeit und sie kamen gut voran. Im Gegenteil, immer war er es, der zur Eile mahnte.

Um Wasser brauchten sie sich keine Sorge machen. Sie hatten alle ihre Zauberstäbe dabei, und jeder von ihnen beherrschte den Zauber mittlerweile perfekt.

Zum Essen hatten sie allerdings nur ihren Tagesproviant und der reichte kaum bis zum Abend. Sie mussten auf jeden Fall in dieser Nacht wieder verschwinden.

Mit der Zeit wurde der Wald dichter. Die ersten Wolken schoben sich vor die Sonne, und am Waldboden herrschte Dämmerlicht.

Mehrmals schraken sie zusammen, wenn es in den Büschen krachte und knackte. Jedes Mal rechneten sie damit, einem Querx oder einem unbekannten Tier gegenüberzustehen. Doch meistens bekamen sie nichts zu sehen.

Nur einmal, als sie in die Nähe einer kleinen Lichtung kamen, erhaschten sie für kurze Zeit einen Blick auf ein Einhorn. Als jedoch einige Zweige unter ihren Füßen knackten, verschwand das schöne Tier sofort.

Der Wald war inzwischen auch hügeliger geworden und erschwerte das Vorwärtskommen. Karla entdeckte ein riesiges Erdloch, das in einen Hügel führte. Einen Moment überlegten sie, ob sie sich hier nicht bis zum Einbruch der Dunkelheit verstecken sollten.

Als sie näherkamen, sahen sie, dass der Boden um den finsteren Eingang aufgewühlt war. Etwas Großes musste hier wohnen. Da sie dem Bewohner der Höhle nicht begegnen wollten, zogen sie weiter.

Später bekamen sie Hunger und aßen ihren Proviant.

Am frühen Nachmittag gerieten sie zufällig an den Waldrand. Sie hatten sich ein ganzes Stück ostwärts bewegt, konnten aber in der Ferne noch das Städtchen erblicken.

Der Himmel hatte sich mittlerweile vollends zugezogen und ein immer wiederkehrendes Leuchten zeigte ihnen, dass über den Bergen die ersten Blitze zur Erde zuckten.

Sie beschlossen, noch eine Weile weiterzulaufen, um dann auf die Nacht zu warten. Irgendwann erreichten sie eine kleine Lichtung und machten Halt.

Nach ein paar Minuten horchte Boris auf.

»Hört ihr das auch?«, fragte er seine Freunde.

Simon lauschte, konnte aber nichts hören.

»Das ist es ja«, sagte Boris aufgeregt. »Man hört nichts. Kein Vogel singt mehr.«

Boris hatte recht. Sogar das Rauschen der Blätter schien leiser geworden zu sein. In der Ferne heulte etwas.

»Jetzt fehlen nur noch Werwölfe«, unkte Boris.

Simon stutzte einen Moment. »Es ist heller Tag und die soll es ja nur bei Vollmond geben.«

»Na, hoffentlich wissen die hiesigen Werwölfe das auch«, meinte Boris ironisch und biss in sein letztes Brötchen. Essen beruhigte ihn immer.

Es schien eine Ewigkeit zu dauern, bis es dunkel wurde. Simon blickte sich um. Durch die Bäume und Büsche hindurchdrang ein schimmerndes Leuchten.

Erst glaubten sie, es sei eine weitere Lichtung, doch als sie näherkamen, erkannten sie, dass sich hier über alle Bäume ein schillerndes Gespinst wie ein riesiger Schleier gelegt hatte.

Selbst die Luft schien zu schimmern, und Nebelschwaden zogen umher. Der Anblick machte einen gespenstischen Eindruck und erinnerte Simon an seine Begegnung mit Barikor im Stadthaus, nur dass damals kein Silberschleier über den Dingen gelegen hatte. Außerdem war der Nebel deutlich dichter gewesen. Ein kalter Schauer lief ihm über den Rücken.

Vorsichtig trat er durch den Schleier. Es fühlte sich an, als wäre er durch ein Spinnengewebe gelaufen. Augenblicklich wurde die Luft kälter. Dann ertönten dumpfe Geräusche. Simon huschte zurück und sie verbargen sich zwischen den dicht stehenden Büschen.

Es klang, als lief ein Elefant durch den Wald. Dann sahen sie es durch den Nebel hindurch. Das Wesen war mindestens drei Meter groß und wanderte an der Grenze des eingehüllten Waldteils entlang.

Der Körper war massig und in Fell gehüllt. Die Oberschenkel und Arme hatten die Dicke eines Baumstammes. Der große, kugelförmige Kopf war haarlos. Zwei handtellergroße rote Augen saßen nahe beieinander und eine klobige Nase zierte das Gesicht. Seitlich vom Kopf standen zwei lächerlich kleine Ohren ab.

In der Hand hielt das Ungeheuer eine riesige Keule, als hätte sie kein Gewicht, und gab grunzende Laute von sich.

Erschrocken starrten sie dem monströsen Wesen nach, bis es im Nebel wieder verschwand. Die Geräusche wurden leiser.

»Ob der hier lebt?«, fragte Karla mit zitternder Stimme.

»Schätze mal, dass die Querxe mit dem nicht befreundet sind«, sagte Boris.

»Eugel hätte uns sicher davon erzählt«, meinte Nico unsicher.

»Ich hoffe nur, dass es nicht noch mehr davon gibt. Was der hier wohl treibt?«, sagte Simon, als es in der Ferne schon wieder zu krachen begann und dröhnendes Stampfen sich näherte.

Erst glaubten sie, das Wesen käme zurück, doch der neue Besucher war etwas kleiner, dafür massiger und seine Nase war völlig platt gedrückt. Die Keule in seiner Hand hatte es lässig über die Schulter gelegt, während es grunzend und schnaufend an ihnen vorüber stampfte.

»Es gibt noch mehr?«, stöhnte Karla entsetzt.

Dann krachte es direkt über ihren Köpfen und ein greller Blitz erleuchtete den Wald. Dicke Regentropfen prasselten auf das Blätterdach.

Sie sahen erschrocken hoch. Es schien, als hätte sich das Tor zur Hölle geöffnet. Ein Donner nach dem anderen dröhnte und die unaufhörlich aufleuchtenden Blitze ließen den Wald nicht mehr dunkel werden. Zu allem Unglück begann ein heftiger Sturm und half der Regenflut durch das Blätterdach. Innerhalb weniger Sekunden waren sie völlig durchnässt.

»Wir sind vorhin an einer Höhle vorbeigekommen«, schrie Karla, um das Donnern zu übertönen. »Wir sollten uns dort verstecken.«

Sie rannten los, aber die nasse Kleidung erschwerte das Laufen. Nach wenigen Minuten erreichten sie das Erdloch. Ohne lange zu überlegen, huschten sie hinein. Drinnen war es stockdunkel.

»Pfui Teufel, das stinkt hier aber«, beschwerte sich Boris und hielt sich die Nase zu. Der üble Gestank verschlug ihnen den Atem.

»Üch hoffe, hür wohn'n koine großen Raobtiere«, nuschelte Karla mit zugehaltener Nase.

»Sag mal …«, sagte Boris angriffslustig. »Wo nimmst du nur immer deine Ideen her? Hast du noch ein paar Schreckliche davon auf Lager? Das würde mich ungemein beruhigen.«

Als Karla schon eine zornige Antwort geben wollte, ging Nico dazwischen. Er hatte seinen Zauberstab gezogen und eine kleine Leuchtkugel erscheinen lassen.

»Schauen wir uns mal um«, fiel er Karla ins Wort.

Die Höhle war größer, als sie gedacht hatten. Auf den ersten Blick war kein Ende des Ganges zu sehen.

»Ich hoffe, das Gewitter dauert nicht die ganze Nacht«, sagte Simon beklommen, während es draußen unaufhörlich krachte. Der Sturm schien noch an Stärke zuzulegen.

»Am besten trocknen wir uns erst einmal.«

Kurze Zeit später war der Raum in Wasserdampf gehüllt. Die unaufhörlich aufleuchtenden Blitze warfen ihr schauriges Licht in die Höhle.

»Pst!«, sagte Nico plötzlich und lauschte.

»Was ist denn jetzt wieder?«, rief Boris erschrocken.

»Pst!«, sagte Nico noch einmal, dann erhob sich am Höhleneingang ein riesiger Schatten. Karla schlug die Hand vor den Mund und stöhnte auf. Panisch rannten sie tiefer in die Höhle hinein.

Grunzend kroch eines der riesigen Wesen durch das Loch in die Höhle. Es konnte nur gebückt im Gang stehen. Scheinbar war es von der kleinen Lichtkugel fasziniert, die es mit seinen winzigen roten Augen regungslos anglotzte.

Simon stöhnte. Auch das noch. Sie hatten vergessen, das Licht auszumachen.

Die Gedanken schienen nur sehr langsam durch den Kopf des Ungeheuers zu kreisen. Gemächlich neigte es den riesigen Schädel zur Seite. Nach endlosen Sekunden schien es endlich einen Entschluss gefasst zu haben.

Behäbig hob das Ungeheuer seinen baumdicken Arm und versuchte, nach der winzigen Lichtkugel zu greifen. Doch da sie keinen festen Körper hatte, entzog sie sich ständig seinem Zugriff, was den Koloss immer zorniger machte.

Schließlich stampfte es vor Wut auf und brüllte ohrenbetäubend, dass die Höhle erbebte.

»Hoffentlich stürzt die Höhle nicht ein«, keuchte Simon besorgt.

»Mach das Licht aus!«, zischte er. »Los, mach schon!«

Hastig bewegte Nico seinen Zauberstab und das Licht erlosch. Jetzt war es wieder finster.

Sie hörten das Wesen noch eine Weile grunzen, dann gab es einen Krach. Wieder erbebte die Erde. Das Ungeheuer hatte sich da fallen lassen, wo es sich befand. Damit war der Ausgang versperrt. Kurze Zeit später dröhnte lautes Schnarchen durch die Höhle.

»Was machen wir jetzt?«, wisperte Nico entsetzt.

»Wir müssen irgendwie an ihm vorbei«, sagte Boris leise.

»Gehst du voran?«, frotzelte Karla.

»Erst wenn das Ding dich gefressen hat, vielleicht kümmert es sich nicht mehr um uns«, zischte Boris böse.

»Ihr fesselt Boris und ich werfe ihn dem Ungeheuer hin, an Boris ist mehr dran«, kicherte Karla.

Simon stand auf.

»Wir müssen hier raus. Wo der Gang hinführt, wissen wir nicht. Also bleibt nur der Weg an ihm vorbei.«

Langsam tastete er sich vor, während er sich bei jedem Blitz neu orientierte. Vorsichtig betrachtete er den riesigen Körper des Kolosses. Plötzlich drehte es sich im Schlaf auf die Seite und traf den überraschten Simon mit seiner riesigen Pranke. Alle Knochen schmerzten ihn, als er sich wieder aufrappelte.

Dafür hatten sie jetzt Platz genug, um die Höhle unbemerkt verlassen zu können.

»Hättest du ihn nicht gleich bitten können, Platz zu machen?«, grinste Nico.

Kaum waren sie draußen, erfasste sie eine heftige Sturmböe und sie verloren das Gleichgewicht. Wenige Sekunden später waren sie wieder vollkommen durchnässt. Mühsam kämpften sie mit den Elementen und nach scheinbar endlosen Minuten erreichten sie den Waldrand. Hier machten sie eine Verschnaufpause.

Die unablässig zuckenden Blitze erleuchteten ein abgeerntetes Feld. Durch den Regen war der Boden völlig aufgeweicht und ihre Füße sanken tief im Morast ein. Keuchend kämpften sie sich vorwärts, während Nicos Rollstuhl dahinglitt, als führe er auf einer Straße.

In der Ferne leuchteten einige wenige Lichter durch den Regenvorhang. Das musste die Stadt sein. Dann erreichten sie endlich einen Feldweg.

Schnaufend hielten sie an, um sich zu orientieren. Nach rechts schien der Pfad am Waldrand zu verlaufen. Ausgerechnet in Richtung der Stadt gabelte sich der Weg.

»Oh nein«, stöhnte Boris, während er vergeblich versuchte, die am Körper klebende Kleidung zu lösen. »Weiß jemand den Weg?«

Auch das Licht der Blitze half ihnen nicht weiter. Sie suchten nach einem Hinweis, fanden aber nichts, was ihnen die Richtung zeigen konnte.

Gerade hatten sie sich auf einen Weg geeinigt, als sie seltsame Laute hörten. Irgendwo vor ihnen in der Dunkelheit ertönte ein klagender und misstönender Gesang. Vorsichtig folgten sie dem Singsang.

Ein besonders heller und lang andauernder Blitz ließ sie eine kleine Gestalt erkennen. Sie war kaum einen Meter groß und sah erschreckend dünn aus. Die stummelförmig ausgebildeten Ohren und die beiden Augen standen weit auseinander. Das ganze Gesicht war völlig verrunzelt und das Wesen machte einen bedauernswerten Eindruck. Langsam näherten sie sich ihm.

»Entschuldigung?«, rief Simon laut, um die Donnerschläge zu übertönen. »Fehlt Ihnen etwas?«

Das Wesen verstummte. Es gab nur noch ein leises Wimmern von sich. Dabei sah es sie kläglich an. Vorsichtig traten sie näher.

»Können wir Ihnen helfen?«, brüllte jetzt Boris gegen den Donner an und machte einen Schritt auf das Wesen zu.

In der kurzen Dunkelheit zwischen zwei Blitzen glaubte Simon, eine Bewegung zu erkennen. Im nächsten Moment lag Boris schreiend am Boden. Das seltsame Wesen hatte mit dem klagenden Gejammer aufgehört und saß auf seiner Brust.

»Gib mir dein Gold, Querx, ich will dein Gold«, grunzte es, während Boris vergeblich versuchte, sich zu befreien.

Sie sprangen hinzu, um Boris zu helfen. Nicos Rollstuhl bewegte sich um keinen Millimeter vorwärts. Simon, der das Wesen ergreifen wollte, erhielt einen gewaltigen Stoß, der ihm den Atem raubte, und landete im Schlamm. Sein Gesicht war mit Matsch verschmiert und er konnte nichts mehr sehen.

Dann ertönte ein grässlicher Schrei. Einen furchtbaren Moment lang befürchtete Simon, dass Karla oder Boris etwas Schlimmes passiert sei. Mühsam rieb er sich den Schlamm aus den Augen.

Doch es war das kleine Wesen, das jetzt jämmerlich schrie. Karla hatte es ergriffen und schüttelte es mit zornigem Gesicht durch. Dann ließ sie es fallen und kniete auf seiner Brust.

Boris hatte sich aufgesetzt und tastete sich ab. Anscheinend war ihm nichts passiert.

»Es wollte mich beißen, ich glaube es nicht«, rief er ungläubig.

Das Wesen versuchte aufzustehen, doch Karla fauchte es an.

»Du bleibst liegen, oder es passiert was!«, drohte sie mit funkelnden Augen.

Eingeschüchtert rührte sich das Wesen nicht. Mittlerweile kam Nico herbei gerollt. Sein Rolli funktionierte wieder. Anscheinend besaß das Wesen magische Kräfte.

»So ein mieses Frettchen«, empörte sich Boris wieder, während er aufstand. Drohend ging er auf das Wesen zu.

»Wir wollten dir helfen, du Knalltüte«, rief er entrüstet.

Er erweckte den Eindruck, als wolle er sich auf das am Boden liegende Wesen stürzen, das mitleiderregend zitterte. Simon trat dazwischen.

»Du zeigst uns jetzt den Weg!«, sagte er drohend.

Das Wesen zitterte noch mehr, doch Simon hatte jetzt kein Mitleid mehr mit ihm. Er war sicher, dass es bei der nächsten Gelegenheit wieder versuchen würde, sie zu berauben.

»Los, sag uns, welcher Weg der richtige ist!«

»Schick sie erst weg«, meinte das Wesen mit zitternder Stimme und deutete auf Karla.

»Wenn du uns den Weg zeigst, vielleicht«, drohte jetzt Nico.

Das Wesen deutete jetzt auf einen Weg, wobei es Karla nicht aus den Augen ließ.

Karla erhob sich. »Wenn du uns belügst, komme ich ganz sicher wieder. Hast du verstanden?«

Dann drehte sie sich um. Simon sah, dass sie sich das Lachen verkneifen musste.

Sie folgten dem Feldweg und rannten los. In der Stadt waren alle Lichter erloschen. Kurz darauf sahen sie ein einsames Licht, das durch die Straßen zu wandern schien.

Das musste der Nachtwächter sein, von dem Eugel erzählt hatte. Er hatte zwar erklärt, dass der Nachtwächter sehr freundlich sei, doch sie wollten jetzt nichts mehr riskieren und liefen an den Feldern vorbei am Stadtrand entlang.

Zum Glück lag Eugels Haus direkt am Rande der Stadt und so erreichten sie es unbehelligt. Ein Fenster war leicht geöffnet und heraus erklang ein dröhnendes Schnarchen, sodass sie schon glaubten, eines dieser Wesen aus dem Wald sei in Eugels Haus eingedrungen.

Vorsichtig klopfte Simon an das Fenster. Nichts rührte sich. Er probierte es noch einmal. Wieder ohne Erfolg.

Karla drängte ihn zur Seite und klopfte so heftig gegen die Scheibe, dass Simon schon befürchtete, sie würde zerbrechen. Das Schnarchen verstummte.

»Was issn«, hörten sie Eugels schlaftrunkene Stimme. »Wer issn da?«

»Eugel, wir sind's«, rief Simon verhalten.

Einen Moment lang war es still.

»Donnerwetter, wo kommt ihr denn her?«, rief Eugel. Anscheinend war er jetzt hellwach.

»Schnell, kommt zum Hintereingang!«, rief er. Dann hörten sie an der Gartenseite eine Tür aufgehen.

Rasch rannten sie um das Haus und traten aufatmend ein. Da stand Eugel in seinem weißen Nachthemd und starrte sie erstaunt an.

»Was ist denn mit euch passiert?«, rief er erschrocken, als er sie sah.

Sie blickten an sich herab. Ihre Kleider waren völlig durchnässt und schlammbeschmiert.

»Wir müssen zum Magister«, riefen sie durcheinander.

»Ihr braucht erst einmal einen Tee«, brummte Eugel und schlurfte in die Küche, während sie sich trockneten.

»Setzt euch, ihr seht müde aus!«, rief er ihnen aus der Küche zu. Dann hörten sie den Wasserkessel pfeifen und wie durch Zauberei stand Eugel wenige Sekunden später mit einer Kanne heißem Tee und vier Tassen in seiner Hand im Wohnzimmer.

Nachdem er noch mehrere dicke Scheiben Brot und ein Stück Käse für jeden von ihnen vor sie hingestellt hatte, setzte er sich zu ihnen.

Die grünliche Farbe des Käses sah nicht sehr gesund aus. Vorsichtig knabberte Simon daran. Er schmeckte leicht süßlich, mit einem säuerlichen Nachgeschmack, der aber nicht unangenehm war.

Er fragte Eugel erst gar nicht, was er da aß, sondern biss kräftig hinein. Seine Freunde folgten seinem Beispiel. Erst jetzt bemerkten sie, wie hungrig sie waren.

Eugel hatte sich selbst einen großen Krug Ragnarök eingeschenkt. Er ließ sie in Ruhe essen und trinken und blickte sie nur an, während draußen immer noch der Sturm heulte. Durch das Sprossenfenster sah man die Blitze durch die Nacht zucken.

»Warum seid ihr denn weggelaufen?«, wollte er wissen, nachdem sie alles verputzt hatten.

»Na ja, wir hatten keine Lust auf den Karzer«, antwortete Boris grimmig.

Eugel grinste. »Als ihr weggerannt seid, haben einige versucht, euch einen Fluch auf den Hals zu hetzen. Der Magister hätte das nie zugelassen. Natürlich habt ihr die Sachen nicht zerstört. Da hättet ihr den Magister aber sehen sollen.

Es gibt niemanden, der einen derartigen Schildzauber hervorbringt. Die ganzen Flüche, die man hinter euch herjagte, prallten mühelos ab. Und Magister Alberich stand nur da und lächelte. Ihr hättet die anderen Querxe mal sehen sollen. Einzelne sind auf eurer Seite, aber der Rest ist vor Wut fast geplatzt.«

Dann wurde er wieder ernst.

»Doch durch euer Fortlaufen sind sie jetzt erst recht überzeugt, dass ihr die Täter seid.«

Simon kam sich dumm vor. Sie waren also völlig umsonst geflohen und hatten alles nur noch schlimmer gemacht. Als sie Eugel aufgeregt von ihren Erlebnissen im Wald erzählten, wurde sein Gesicht immer finsterer.

»Und ihr habt euch wirklich nicht getäuscht?«, wollte er wissen, als ihre Geschichte zu Ende war.

Sie versicherten ihm, dass alles, was sie erzählt hatten, der Wahrheit entsprach.

»Bergtrolle im Wald, und dann so nahe an der Stadt, das ist wirklich ungewöhnlich«, murmelte er in seinen Bart. Er schien wirklich beunruhigt zu sein.

Leise gingen sie zum Magistratsgebäude.

Eugel hatte jedem von ihnen eine dicke lederartige Decke übergelegt, die sie über den Kopf hielten.

»Guten Abend, Eugel, so spät noch bei der Arbeit? Du hast Glück, dass der Magister noch arbeitet«, gähnte die Eingangstür und öffnete sich.

Als sie in das Büro traten, saß der Magister grübelnd vor seinem Schreibtisch.

Lächelnd erhob er sich.

»Ah, meine jungen Freunde. Ich hatte gehofft, euch heute noch wiederzusehen.«

Dann setzte er sich wieder.

»Ihr seht ziemlich mitgenommen aus. Hast du ihnen schon etwas zu essen gegeben?«

Dann strahlte er sie zufrieden an. »Ich muss mich bei euch entschuldigen für das Verhalten der Bürger dieser Stadt. Leider haben wir Querxe manchmal ein hitziges Gemüt.«

Mit keinem Wort ging er auf ihre morgendliche Flucht ein. Er wirbelte den Zauberstab und vor jedem Stuhl erschien aus dem Nichts ein Tischchen, auf dem ein dampfender Krug stand.

»So, ich glaube, ihr habt mir eine überaus spannende Geschichte zu erzählen und bin ganz begierig darauf, sie zu hören.«

Sie schilderten noch einmal die Erlebnisse des vergangenen Tages. Aufmerksam und ohne sie zu unterbrechen, hörte der Magister ihnen zu. Als sie fertig waren, wandte er sich sofort an Eugel.

»Gehe bitte zum Nachtwächter. Ihr beide sucht die beschriebene Stelle auf und seht, was ihr dort findet. Ich fürchte, wir dürfen in dieser Angelegenheit keine Zeit verlieren. Aber bitte seid vorsichtig. Ich denke, die Stadt kommt ein paar Stunden auch ohne Nachtwächter aus.«

Eugel schlug mit der Hand auf seine Axt. »Jawoll, wird gemacht!«

Eilig verließ er den Raum.

Der Magister wandte sich wieder an die Freunde.

»Wenn das stimmt, was ihr erzählt habt, und ich hege keine Zweifel daran, stehen wir vor einem ernsten Problem. Bergtrolle so nahe an unserer Stadt hat es seit Jahrhunderten nicht mehr gegeben. Es ist kaum zu glauben, dass sie aus eigenem Antrieb handeln, zumal sie scheinbar etwas bewacht haben, wenn ich eure Schilderung richtig deute.

Es ist gut, dass ihr ihnen aus dem Weg gegangen seid. Sie mögen weder Kobolde noch Querxe oder Menschen besonders. Doch sie sind nicht sehr intelligent und machen alles, wenn man ihnen genug Fleisch anbietet.«

Magister Alberich machte eine kurze Pause und seufzte.

»Ich muss euch danken. Nachdem, was ihr erzählt habt, ist die Sicherheit unserer Welt nicht mehr gewährleistet. Ohne eure Flucht hätten wir nichts davon erfahren. Ihr seht, in allem Übel steckt oft noch etwas Gutes.«

Er überlegte kurz.

»Ach ja, ihr wollt sicher wissen, wer versucht hat, euch zu überfallen. Das kleine Wesen ist ein Röchelbarde. Sie liegen bevorzugt nach Mitternacht auf Wegrändern und röcheln mitleiderregend. Sie singen schrecklich, aber das ist Teil ihres Plans. Will ihnen jemand helfen, fällt der Röchelbarde über ihn her und raubt den Gutmütigen völlig aus.«

Wieder schwieg er.

»Das ist alles sehr sonderbar«, sagte er nach einer Weile.

Er stellte ihnen noch einige Fragen, als Eugel nach überraschend kurzer Zeit wieder auftauchte.

Er war gänzlich durchnässt und Wasser tropfte aus seinen Haaren und dem Bart zu Boden.

»Nichts«, meinte er nur. »Es ist nichts da.«

Nachdenklich sah Alberich die Jugendlichen an.

»Ungewöhnlich, äußerst ungewöhnlich.«

Ächzend erhob er sich.

»Doch das soll jetzt nicht eure Sorge sein. Ihr hattet für einen Tag genug Aufregung und müsst euch ausruhen. Ich halte es für besser, wenn ihr mit dem Unterricht wartet, bis sich die Gemüter wieder etwas beruhigt haben. Ich lasse euch informieren, wenn es neue Entwicklungen gibt. Aber erst einmal müssen wir das Geheimnis dieser überaus seltsamen Vorgänge klären.«

Er hob seinen Zauberstab und dann stand Simon vor seinem Haus. Es war erst später Nachmittag. Da er allein war, vermutete er, dass seine Freunde ebenfalls vor ihrem Zuhause gelandet waren.

Ihm fielen fast die Augen zu. Todmüde schlurfte er ins Haus. Am liebsten wäre er gleich ins Bett gegangen.

Doch als seine Mutter ihn so völlig verdreckt durch die Wohnung schleichen sah, fiel sie aus allen Wolken. Sie drückte ihm einen Schrubber in die Hand und ließ ihn hinter sich sauber machen. In seinem Zimmer erwartete ihn bereits Herkules. Er war begierig, zu erfahren, was sich ereignet hatte.

»Nicht jetzt«, murmelte Simon nur.

Danach sank er völlig erschöpft in sein Bett und fiel in einen unruhigen Schlaf.

Als Simon am Sonntagmorgen erwachte, schmerzte sein ganzer Körper. An der Stelle, an der der Troll ihn getroffen hatte, befand sich jetzt ein leuchtender Bluterguss. Schlaftrunken setzte er sich auf.

Auf dem Boden lagen seine verdreckten Kleidungsstücke. Müde, wie er war, hatte er sie gestern dort fallen lassen.

Langsam sammelte er sie ein und warf sie in den Wäschekorb. Er stöhnte, als er sah, dass sich der Matsch des Waldes in seinen Teppich festgetreten hatte. Na, da konnte er sich ja auf was gefasst machen.

In diesem Moment krabbelte Herkules aus seinem Karton. Er gähnte und reckte sich, als es klopfte.

»Die Post ist da«, piepste er und deutete auf das Fenster. Urplötzlich tauchte er auf der Fensterbank auf und ließ den Brief aus dem Querxenland herein. Der Umschlag war halb so groß wie Herkules und mühsam zerrte er ihn zu Simons Bett.

Wie Simon vermutet hatte, war der Brief vom Magister. Immer noch nicht ganz wach, versuchte Simon, die verschnörkelte Handschrift zu entziffern.

Lieber Simon,
ich hoffe, ihr habt euch von den Ereignissen erholt. Bitte sage Herkules, dass er dich auf keinen Fall mehr aus den Augen lassen soll. Es wäre vorteilhaft, wenn Karla eine Weile bei euch wohnen könnte.

Bis zur Klärung der Ereignisse seid ihr in eurer Welt am sichersten.

Alberich – Magister von Sindrikum

Er hielt Herkules den Brief vor die Augen. Nachdem sein Leibwächter ihn gelesen hatte, sah er Simon verdutzt an.

»Was ist denn gestern passiert?«, wollte er wissen.

Simon erzählte ihm alles. Als er seine Erzählung beendete, kicherte Herkules.

»Dachtet ihr wirklich, der Magister hätte zugelassen, dass Tothand euch in den Kerker werfen lässt. Der Rat der Sieben ist eine uralte Einrichtung, die früher vielleicht mal Sinn gehabt hatte. Die meisten von ihnen sind Wichtigtuer, außer zwei oder drei von ihnen. Tothand ist der Schlimmste von allen. Sie können Magister Alberich nicht das Wasser reichen und die meisten anderen Querxe wissen das.«

»Ja, ich weiß«, sagte Simon unwirsch. Er wollte nicht schon wieder hören, wie dumm sie gewesen waren.

Ihm war klar, welches Risiko der Magister für sie eingegangen war, als er sie damals unbehelligt nach Hause gehen ließ, und erst recht, als er Eugel anwies, ihnen das Zaubern beizubringen.

»Auf der anderen Seite war es eine glückliche Fügung«, fuhr Herkules fort. »So hat der Magister von den Vorgängen im Wald erfahren.«

»Ja, aber Eugel konnte nichts finden. Meinst du, Magister Alberich glaubt uns?«

»Natürlich glaubt er euch«, piepste Herkules. »Es ist sicherlich eigenartig, dass Eugel nichts finden konnte. Vielleicht ist es ein unbekannter Zauber«, meinte er nachdenklich.

»Aber der Magister wird alles in Bewegung setzen, um herauszufinden, was dort vor sich geht.«

Seine Worte beruhigten Simon ein wenig.

»Er möchte, dass Karla bei uns wohnt. Wie soll ich das meinen Eltern erklären?«

»Lass uns essen gehen, ich habe Hunger«, quengelte Herkules plötzlich.

Eigentlich hatte Simon keinen Appetit, doch er konnte Herkules nicht hungern lassen, weil es ihm schlecht ging. Er streifte sich frische Kleider über und hinkte in die Küche.

Seine Eltern und sein Bruder hatten das Frühstück schon beendet und plauderten.

»Na«, schmunzelte sein Vater. »Noch erschöpft von der gestrigen Orkjagd?«

»Die Überreste musst du aber gleich noch wegwischen«, meinte seine Mutter und sah ihn strafend an. »Die Hälfte des Drecks liegt noch im Flur herum.«

Und die andere Hälfte auf meinem Teppich, dachte Simon bedrückt, sagte aber nichts.

»Ist ja gut«, brummte er stattdessen. »Ich mach's nachher.«

Seine Mutter sah ihn an. »Was ist nur los mit dir?«, fragte sie besorgt.

»In der letzten Zeit hast du dich verändert. Und auch deine Schulnoten rutschen langsam in den Keller.«

Am liebsten hätte sich Simon wieder in sein Bett gelegt. Doch er wusste, dass seine Mutter keine Ruhe geben würde. Sie kannte in solchen Dingen kein Erbarmen.

Er bestrich eine Scheibe Brot und legte Schinken darauf. Damit war Herkules eine Weile beschäftigt.

»Es ist aber nichts«, meinte er halbherzig.

Sein Vater sah ihn erstaunt an.

»Das kannst du jemand anderem erzählen«, meinte er. »In den vergangenen Wochen bist du kaum noch zu Hause. Schaffst du es, deine Hausaufgaben noch zu erledigen? Dein Klassenlehrer meinte beim Elternsprechtag, dass er den Eindruck hat, dass du mit den Gedanken ständig woanders bist.«

»Lass mich mit ihm mal in den Garten gehen«, grinste Martin. »Ein paar blaue Flecken bringen sicher wieder alles ins Lot.«

»Warum sollte ich dich schlagen?«, fragte Simon. »Bist du aus dem Lot geraten?«

Sein Bruder drohte ihm mit der Faust.

»Rede keinen Unsinn«, schimpfte ihre Mutter mit Martin, der aufgesprungen war, weil ihm unerklärlicherweise der heiße Inhalt seiner Teetasse auf die Hose gelaufen war.

Trotz seines Kummers musste Simon grinsen, als Martin »Mist« brüllte und dann in sein Zimmer rannte, um sich umzuziehen. Das lenkte seine Eltern von dem unleidigen Thema Schule ab.

Leider konnte er sich jetzt nicht bei Herkules bedanken. Er musste zugeben, dass seine Eltern recht hatten. Auch die Noten von Boris waren nicht gerade besser geworden. Selbst bei Nico machte sich der Stress bemerkbar. Er war zwar weiterhin Klassenbester, doch längst nicht mehr so souverän wie früher.

Karla verpasste keinen gemeinsamen Hausaufgabennachmittag, um nicht wieder ins Hintertreffen zu gelangen. Doch Simon bezweifelte, dass sich Karlas Vater für ihre Noten interessierte. Außerdem konnte Karla in der kurzen Zeit kaum alles nachholen, was ihre Freunde in den langen Schulstunden mehr oder weniger gelernt hatten.

Mit dem Zaubertraining war erst einmal Schluss. Simon glaubte nicht, dass es dem Magister so schnell gelingen würde, die Hintergründe für die Vorkommnisse aufzudecken. Und so lange war ihnen der Weg nach unten versperrt.

»Mums, Paps, meint ihr, Karla könnte einige Tage bei uns übernachten?«, fragte er scheinbar beiläufig beim Mittagessen.

»Klar, wenn ihre Eltern nichts dagegen haben«, sagte seine Mutter.

»Haben die Eltern sich schon um eine neue Schule für Karla bemüht?«

»Och, ich glaube nicht«, meinte Simon. »Sie sind nur selten zu Hause«, versuchte er möglichst nahe an der Wahrheit zu bleiben.

Sein Vater musterte ihn lange. »So schlimm?«, fragte er nur.

Simon nickte.

»Sie könnte im Gästezimmer schlafen«, überlegte der Vater.

»Wir könnten es gleich mal herrichten. Komm mit, wir legen gleich los.«

Simon half seinem Vater, so gut sein geschundener Körper es zuließ. Zur Begründung erzählte er ihm etwas von einem Sturz mit dem Fahrrad. Er sah seinem Vater an, dass er ihm kein Wort von der Geschichte glaubte. Doch immerhin stellte er keine weiteren Fragen.

Dann wischte Simon die Reste des gestrigen Ausfluges auf und war heilfroh, als er sich wieder in sein Zimmer zurückziehen konnte. Doch hier wartete der verschmierte Teppich auf ihn. Niedergeschlagen ließ er sich auf sein Bett sinken. Zum Glück hatte seine Mutter noch nichts von dem Malheur bemerkt. Womit hatte er das verdient?

»Munter ans Werk«, forderte Herkules ihn auf.

»Du bist auch keine große Hilfe«, murmelte Simon missmutig.

Herkules kicherte. »Ich bin schließlich nicht zum Arbeiten hier.«

Verdrossen versuchte Simon, den Teppich zu säubern. Es war wie verhext. Je mehr er die Schlammflecken bearbeitete, umso größer schienen sie zu werden. Verzweifelt betrachtete er den Teppich. Wenn das seine Mutter sah.

Herkules hatte immerzu grinsend zugesehen.

»*purgaris*«, sagte er plötzlich.

Es gab ein schlürfendes Geräusch, und sämtlicher Dreck war vom Teppich verschwunden. Simon staunte. So sauber war der Teppich noch nie gewesen.

»Kannst du mir den mal zeigen?«, fragte er begeistert. Dann sah er Herkules vorwurfsvoll an.

»Moment mal, hättest du das nicht schon vorhin im Flur machen können, bevor ich mir die Seele aus dem Leib geschrubbt hatte?«, schimpfte er.

»Selbst ist der Mann«, kicherte Herkules. »Wie willst du sonst durchs Leben kommen?«

»So wie du vielleicht?«, fragte Simon grantig.

So einfach es gewesen war, seine Eltern zu überreden, dass Karla eine Weile bei ihnen wohnen durfte, so schwierig wurde es bei Karla.

Es bedurfte der ganzen Überredungskünste ihrer Freunde, um sie davon zu überzeugen, dass es für sie am besten war.

Letztlich gab die dringende Bitte des Magisters den Ausschlag, dass sie endlich zustimmte.

Zwei Tage später, am Freitagabend, zog eine fröhliche Karla mit einer kleinen Tasche in das vorbereitete Gästezimmer ein.

Die Mutter hatte extra für sie ein aufwendiges Essen vorbereitet. Simon hatte mit Herkules besprochen, dass es für Karla vielleicht schön wäre, wenn Nico und Boris dieses Wochenende ebenfalls bei ihnen übernachten würden, und hatte im Dachgeschoss mehrere Matratzen ausgelegt.

Es wurde ein fröhliches Abendessen. Später setzte sich Martin noch dazu.

In den ersten Tagen nach Armidas rätselhaftem Fortbleiben war er Karla aus dem Weg gegangen, weil er ihr eine Mitschuld darangab. Inzwischen hatte auch Martin erkannt, dass Karla wohl kaum für Armidas Verschwinden verantwortlich war. Eine Weile hatte er sich selbst Vorwürfe gemacht, doch mittlerweile war er nur noch zornig auf seine ehemalige Freundin.

Simon musste zugeben, dass ihm sein Bruder so wesentlich besser gefiel. Am Schluss des Abends, als alle müde waren, hob Herr Keller noch sein Weinglas.

»Liebe Karla, bevor wir alle müde ins Bett sinken, möchten wir dir sagen, dass wir uns freuen, dass du hier bist. Wir alle hoffen, dass du eine gute Zeit bei uns hast.«

Karla war es nicht gewohnt, derart im Mittelpunkt zu stehen, und errötete.

Viel später saßen alle auf den Matratzen beisammen. Sie hatten ihre Freundin noch nie so fröhlich gesehen.

»Was hast du denn deinen Eltern gesagt, wo du die nächste Zeit sein wirst?«, wollte Nico wissen.

Betreten sah Simon auf seine Füße. Seine Freunde wussten immer noch nichts von seinen Erlebnissen bei Karlas Vater.

Für einen Moment legte sich ein Schatten auf ihr Gesicht, der aber sogleich wieder verschwand.

»Och, die sind dauernd unterwegs und haben gar nicht viel gefragt«, log sie.

»Das kenne ich«, meinte Boris. »Hat aber auch Vorteile, nicht wahr?«

»Auf jeden Fall kann ich euch nun besser beschützen«, piepste Herkules und wechselte schnell das Thema. »Eine Nacht schlafe ich bei Simon und eine Nacht bei der allerliebsten Karla.«

Karla streckte die Hand aus und Herkules stellte sich darauf. Zärtlich setzte sie den Kleinen auf ihre Schulter.

Beim Frühstück am nächsten Morgen dachten alle mit Wehmut an Eugels Zauberunterricht.

»Welche Laus ist euch denn über die Leber gelaufen?«, fragte Martin, der gut gelaunt neben Karla saß.

»Es war sehr spät heute Nacht«, flunkerte Karla lächelnd.

»Ist mit deinem Zimmer alles in Ordnung?«, erkundigte sich Frau Keller. »Hast du gut geschlafen?«

»Super, Frau Keller«, sagte Karla. »Es ist alles wirklich bestens. Es ist sehr nett, dass ich eine Weile hier wohnen darf.«

»Wir müssen noch eine Wäschekommode auf dein Zimmer bringen«, sagte Herr Keller. »Je nachdem, wie lange du bei uns bleibst, könntest du einen Schrank sicher gebrauchen.«

»Das ist nett, aber ich habe alles hier, was ich benötige«, murmelte Karla etwas verlegen.

Simon war dankbar, dass sein Vater nichts weiter dazu sagte. Er wusste von seinem damaligen Rundgang durch Karlas Haus, dass alles, was sie besaß, in ihren kleinen Koffer passte.

Zum Glück erhob sich die Mutter vom Frühstückstisch und beendete damit das Thema. Sie musste noch zu einer Frau, die gerade erst ihr Baby bekommen hatte.

Später überredete Nico seinen Freund Boris zu einem Stadtbummel, damit Karla und Simon unbemerkt ein Geburtstagsgeschenk für ihn besorgen konnten. Zur Auswahl stand ein neues Computerspiel oder ein neuer Film. Karla fand beides doof und hoffte, dass sie etwas Besseres finden würden.

Wie gewöhnlich saß Herkules auf Simons Schulter. Er spürte das Gewicht seines Leibwächters nicht mehr und immer wieder tastete er nach ihm, um sicher zu sein, dass er noch anwesend war.

Wenige Minuten später hörte er ein leises »chrrr chrr« an seinem Ohr. Nur eine mittlere Explosion konnte den kleinen Mann jetzt aus seinem Schlaf reißen.

Nach dreißig Spielen und fünfundfünfzig Filmen ließ Simon sich schweren Herzens überreden, noch ein weiteres Geschäft aufzusuchen.

Als sie auf den Brunnen am Kaiserplatz zuliefen, sahen sie schon von Weitem, dass Helga und Viktoria mit ihren beiden Freunden dort saßen und sich lebhaft unterhielten.

Simon verspürte keinerlei Lust auf ein Zusammentreffen und wollte bereits einen anderen Weg einschlagen, doch Karla hielt ihn auf.

Ihr Gesicht hatte sich verfinstert und ein trotziger Zug lag um ihren Mund. Es dauerte nicht lange, und ihre ehemaligen Freunde hatten sie erkannt.

»Ach, sieh an …«, kreischte Helga. Sie hatten anscheinend immer noch nicht verkraftet, dass Karla sie vermöbelt hatte, und im Beisein der beiden Jungen fühlte sie sich wieder stark.

»Geht ihr jetzt miteinander?«

Viktoria kicherte.

Die beiden Jungen saßen auf dem Brunnenrand und grinsten einfältig.

Greg hielt Karla seine Bierflasche hin.

»Willst 'n Schluck?«, fragte er Karla und grinste.

»Du kannst mich«, erwiderte sie abweisend.

Simon war nicht überzeugt, dass das die richtige Strategie war, schwieg aber vorsichtshalber.

Unauffällig zog er seinen Zauberstab aus der Jackentasche. Mittlerweile war Herkules wieder wach geworden und hielt sich an Simons Haaren fest.

»Hey, so kannste nich mit mir reden«, protestierte Greg wütend und stand leicht schwankend auf.

Karla sah ihn drohend an.

Simon hörte Herkules etwas flüstern und im selben Moment stand Ben auf und rief: »Liebste Karla, du bist so wunderschön, so ganz anders, als diese Angeber immer wieder behaupten. Ich weiß gar nicht, weshalb ich mit diesen Deppen zusammen bin. Viel lieber möchte ich mit dir zusammen sein.«

Für einen Moment herrschte verblüffte Stille. Simon sah sich um, doch es war wirklich Ben gewesen, der gerade gesprochen hatte.

Karlas Augen bildeten einen Spalt. Anscheinend wusste sie nicht, was sie davon halten sollte. Herkules kicherte in Simons Ohr.

Helga und Viktoria schauten fassungslos auf ihren Freund. Nicht nur, dass er gestochenes Hochdeutsch sprach und sie alle beleidigte, er sah Karla auch noch verliebt an.

Greg war mit einem Wutschrei aufgesprungen und stellte sich vor den verwirrt aussehenden Ben, was dessen Gesichtsausdruck nicht intelligenter machte.

»Sag mal, was fällt dir eigentlich ein? Biste bescheuert? Wer is hier ein Depp?«, schnauzte Greg seinen Freund an und auch die beiden Mädchen stießen wüste Beschimpfungen aus.

Verständnislos sah Ben sie an.

»Wa …, äh …«

Viktoria stieß Ben vor die Brust und er landete mit lautem Klatschen im Brunnen.

Das war zu viel für Helga. Sie verstand zwar nicht, was da eben geschehen war, aber dass Viktoria ihren Freund in den Brunnen gestoßen hatte, konnte sie nicht einfach hinnehmen.

Kurze Zeit später schimpfte jeder auf jeden und Simon glaubte schon, dass die vier gleich übereinander herfallen würden.

Schnell ergriff Simon Karlas Arm und zog sie mit sich.

Als ein weiterer Klatscher ertönte, blickten sie zurück und sahen Viktoria kreischend und prustend aus dem Brunnen auftauchen.

Sie hasteten weiter, während Herkules laut kicherte.

»Diese Trolle sollten sich wirklich mal einen anderen Ort für ihre Treffen suchen«, prustete Simon. »Einen, wo sie nicht dauernd ins Wasser fallen können.«

Karla grinste. »Was war das?«, fragte sie Herkules neugierig.

»Och, nichts weiter, nur ein winziger *regaris*.«

»Hast du ihn hypnotisiert?«, fragte Simon.

»Nicht wirklich«, meinte Herkules. »Der *regaris* unterwirft dir jede Person, auf die du ihn anwendest.»

»Ist das denn erlaubt? Ich denke, das ist verboten?«

»Nicht wirklich verboten«, meinte Herkules vergnügt. »Mit ihm kann bei intelligenten Wesen viel Missbrauch getrieben werden. Aber ich glaube nicht, dass das bei denen möglich ist.«

Er kicherte in sich hinein.

»Können wir den lernen?«, fragte Karla und sah gespannt auf Simons Schulter.

»Es gibt erst einmal wichtigere Dinge, die ihr lernen müsst«, piepste Herkules. »Wahrscheinlich wird der Magister es auch nicht erlauben.«

Karla wirkte enttäuscht und ging nicht weiter auf das Thema ein, doch Simon glaubte zu wissen, was ihr durch den Kopf ging.

Nach diesen Erlebnissen beeilten sie sich, noch ein Geburtstagsgeschenk für Boris zu finden. In einem kleinen Computerladen wurden sie fündig. Sie fanden ein Spiel zu einem herabgesetzten Preis, sodass sie auch noch genügend Geld für eine Musik-CD seiner Lieblingsband hatten.

Als sie Boris und Nico von dem Treffen am Kaiserplatz erzählten, bekam Boris große Augen.

»So etwas gibt es?«, hauchte er.

Dann flüsterte er Herkules zu, den er auf Simons Schulter vermutete: »Meinst du, du könntest mir den *„legulas"* oder so ähnlich beibringen?«

Aus Karlas Richtung ertönte Herkules' kichernde Stimme: »Sag einmal, mit wem redest du da?«

Er hatte sich mittlerweile auf Karlas Schulter niedergelassen.

»Wofür benötigst du den Zauber denn?«, fragte er dann neugierig.

Boris bekam glänzende Augen.

»Stellt euch vor, nur Einsen auf dem Zeugnis, mit einem Minimum an Einsatz. Das wär's doch.«

»Du fauler Kerl!«, schimpfte Herkules. »Bevor ich ihn dir beibringe, übernachte ich lieber in einer Trollhöhle.«

»Sagt der, der sich den ganzen Tag herumtragen lässt«, murmelte Boris verstimmt.

Der Dezember stand vor der Tür und die Ungewissheit über die Vorkommnisse in der Querxenwelt ließ Simon nicht mehr zur Ruhe kommen.

Selbst Herkules, der in regelmäßigen Abständen Magister Alberich aufsuchte, um Bericht zu erstatten, konnte immer nur lapidar berichten, dass der Magister noch keine weiteren Erkenntnisse gewonnen hatte und sie weiterhin in der Menschenwelt bleiben sollten.

Doch was war, wenn die Querxe sich in einer unbekannten Gefahr befanden? Eine, die selbst Eugel nicht finden konnte. Schließlich hatten sie alle drei die Trolle gesehen.

Irgendwann hielt Simon die Ungewissheit nicht mehr aus.

»Ich muss wieder hinunter«, sagte er zu seinen Freunden, nachdem sie die Hausaufgaben erledigt hatten.

»Bist du verrückt?«, hustete Boris, der gerade einen Schluck Kakao getrunken und sich vor Schreck verschluckt hatte. «Wenn sie uns erwischen, lassen die uns nie wieder hoch, geschweige denn hinunter.»

»Ich habe auch nur mich gemeint«, entgegnete Simon. »Je mehr wir sind, umso leichter werden wir entdeckt.«

»Alberich hat euch absolute Ruhe verordnet«, meinte Herkules in einem Anflug von Verantwortungsbewusstsein.

Simon war aufgefallen, dass Herkules der Einzige war, der Magister Alberich immer beim Namen nannte. Alle anderen redeten immer nur respektvoll vom Magister, bestenfalls von Magister Alberich.

»Das ist keine gute Idee«, schloss sich Karla an.

»Dort unten ist etwas oder jemand und hält sich vor den Querxen verborgen. Findet ihr das nicht beunruhigend? Außerdem könnt ihr nach mir schauen, falls ich nicht zurückkehren sollte«, sagte Simon.

»… wir nicht zurückkehren sollten«, meldete sich Nico zu Wort.

Verwundert sahen die anderen ihn an. Nico schüttelte nur den Kopf.

»Glaubst du wirklich, du hättest allein eine Chance dort unten? Ich gehe mit, ist doch klar. Und ihr drei versucht den Magister zu erreichen, wenn wir nicht zurückkehren sollten.«

»Der wird aber nicht erfreut sein, wenn er davon erfährt«, gab Herkules zu bedenken.

»Wenn du dabei bist, hört der Magister sicher eher auf das, was wir zu sagen haben«, schmierte Karla ihm Honig um den Bart.

Damit hatte sie ihn um den Finger gewickelt. Geschmeichelt lächelte er sie an.

»Du kannst dich ganz auf mich verlassen, schönste Karla«, zwitscherte er.

»Es kann natürlich sein, dass das Tor bewacht wird«, überlegte Herkules. »Tothand rechnet sicher damit, dass ihr nur am Wochenende kommen könnt. Es wäre bestimmt besser, wenn ihr mitten in der Woche hinuntergeht.«

»Wenn Magister Alberich sich bis dahin nicht gemeldet hat, gehen wir am Montag hinunter«, sagte Simon entschlossen.

»Wird uns der Türwächter durchlassen?«

»Der Türwächter wird euch jeden Wunsch erfüllen«, winkte Herkules ab. »Er hat mir mal verraten, dass ihr seine besten Freunde seid. Er findet es großartig, dass ihr ihn immer besucht. Außerdem ist er froh, wenn mal etwas Außergewöhnliches passiert.«

Simon nickte zufrieden.

HEIMLICHER BESUCH

Der Sonntagabend war da und es gab immer noch keine Neuigkeiten vom Magister. Nach dem Mittagessen, zu dem Frau Keller auf Simons Wunsch auch Nico und Boris eingeladen hatte, machten sie sich auf den Weg zum Türwächter.

»Bei meinem Steinmetz, ihr wollt da wirklich hinunter?«, fragte er entsetzt, als er von ihren Vorhaben hörte.

Simon war überzeugt, dass der Türwächter, wenn er denn richtige Hände besessen hätte, sie erschrocken vor den Mund geschlagen hätte.

Nachdem der Türwächter sich wieder beruhigt hatte, erzählte er, dass jetzt Nacht bei den Querxen sei. Der Einzige, vor dem sie sich in Acht nehmen mussten, war der Nachtwächter, der bis in die frühen Morgenstunden mit seiner Laterne durch die Straßen lief. Dabei kontrollierte er auch regelmäßig das Eingangstor zur unteren Welt.

Schweigend eilten Simon und Nico den Gang entlang, der nur von ihren Leuchtkugeln erhellt wurde. Ungehindert gelangten sie bis vor das große Holztor. Zögernd blieben sie stehen.

»Was, wenn jemand an der anderen Seite steht?«, flüsterte Nico besorgt.

»Dann sieht er, dass sich das Tor öffnet, aber keiner hindurchgeht«, sagte Simon und setzte sich die Nebelkappe auf.

»Aber alle Querxe wissen, dass du die Nebelkappe besitzt«, warf Nico ein.

»Wir müssen es wagen«, meinte Simon beharrlich und wuchtete den großen Riegel beiseite. Leise knarrend öffnete sich das Tor.

Es kam ihnen vor, als müsste das Geräusch die ganze Stadt aufwecken. Rasch ergriff Simon die Hand seines Freundes und sie betraten gemeinsam den Platz.

Wie vom Türwächter vorhergesagt, herrschte Nacht.

Nico hatte immer wieder versucht, eine mathematische Wahrscheinlichkeit zu finden, um Tag und Nacht in der Querxenwelt voraussagen zu können. Doch bis heute war er erfolglos geblieben.

Zu ihrer Erleichterung waren sie allein. Rasch löschten sie die Lichter, die sie jetzt nur verraten würden.

Die kristallenen Trümmer des Brunnens, die immer noch herumlagen, leuchteten und funkelten geheimnisvoll im fahlen Schein des Mondes und warfen ein beklemmendes Licht auf den Platz.

Aus einer Seitenstraße blitzte kurz die Laterne des Nachtwächters auf, um gleich wieder zu verschwinden. Außer ihm schien niemand mehr wach zu sein, alle Fenster waren dunkel.

Vorsichtig schlossen sie das Tor und machten sich auf den Weg. Unterwegs mussten sie feststellen, dass doch noch nicht alle schliefen.

Durch die Ritzen der Fensterläden vom „Drachentod" fiel Licht auf die Straße und drinnen ging es munter her. Der Lärm, der nach draußen drang, war beträchtlich. Sie überquerten den Fluss, dessen Wasser im Mondlicht glitzerte, und erreichten den Feldweg, der zum Wald führte.

Nach wenigen Minuten waren sie sicher, dass man sie nicht mehr sehen konnte, und Simon nahm die Kappe vom Kopf.

Das helle Mondlicht ließ sie rasch vorwärtskommen. Dann stand dunkel und drohend der Wald vor ihnen.

Während ihrer Flucht im Herbst waren sie immer in der Nähe des Waldrandes geblieben, sonst hätten sie sich in dem riesigen Wald verirrt. Dabei waren ihnen die Trolle über den Weg gelaufen. Wenn sie den Waldrand im Auge behielten, mussten sie eigentlich diesen seltsamen Platz wiederfinden.

Doch an dem Tag hatten unzählige Blitze immer wieder den Wald erleuchtet. Das Mondlicht drang kaum durch das dichte Blätterdach, und es war stockfinster. Wenn sie sich nicht den Hals brechen wollten, waren sie gezwungen, etwas Licht zu machen.

Um kein Risiko einzugehen, benutzten sie die Nebelkappe und wie erhofft, standen sie nach einiger Zeit wieder vor dem Seidengespinst, das sich wie ein Schleier über diesen Teil des Waldes gelegt hatte.

»Und das hat Eugel nicht gesehen?«, fragte Nico zweifelnd.

Das Gespinst sah fest aus, als sie aber hindurchschritten, fühlte es sich wie kalter Nebel an. In diesem Moment hörten sie wieder das dröhnende Stampfen eines Bergtrolls.

»Schnell, mach das Licht aus!«, zischte Simon Nico zu.

Sofort waren sie in Finsternis gehüllt. Nur der Schleier schimmerte gespenstisch von den Bäumen. In einigen Metern Entfernung stapfte der Koloss durch das Unterholz und entfernte sich langsam wieder.

»Dann los«, flüsterte Simon aufmunternd und stand auf, »Gehen wir weiter!«

Bevor sie losgehen konnten, krachte es bereits wieder im Unterholz.

Dann schien endlich der Weg frei zu sein. Simon hoffte inständig, dass die Kolosse immer die gleiche Strecke abliefen. Sie bemühten sich, leise zu sein, und hielten zwischendurch an, um zu lauschen.

Unvermittelt standen sie vor einer Senke. Sie musste groß sein, denn das andere Ende lag verborgen im Nebel. Etwa in der Mitte der Senke lagen drei riesige Felsbrocken, zwischen denen ein kleines Lagerfeuer brannte. Vier Personen saßen um das Feuer herum.

Erschrocken traten sie etwas zurück und verbargen sich hinter einer Reihe dicht stehender Büsche.

Gesprächsfetzen drangen zu ihnen herauf. In einer der Stimmen glaubte Simon, den Kobold Barikor wiederzuerkennen. Die anderen schienen Menschen zu gehören.

»Wie ist das möglich?«, fuhr es Simon durch den Kopf. Kobolde und sogar Menschen hier unten?

»… müsst zerstören, aber nicht er …«, hörten sie abgehackt die Stimme des Kobolds. Er schien der Tonangebende zu sein, während die Männer unterwürfig antworteten.

Zustimmendes Gemurmel ertönte.

»Die …«, den Namen konnte Simon nicht verstehen, »… besten sterben … kein Verdacht … müsst vorsichtig …«

Etwas krachte im Gebüsch und sofort verstummte das Gespräch. Dann hörten sie wieder den Kobold sprechen. »Ihr … nachschauen … noch steht.«

Zwei der Männer hatten sich aufgemacht und kletterten die Senke hoch. Sie trugen beide wehende Umhänge.

Weglaufen war jetzt nicht mehr möglich, und so drückten sich Simon und Nico tief in die Büsche hinein.

»Der traut seinem eigenen Zauber nicht«, lachte einer der beiden Männer mit fistelnder Stimme. Er war nicht sehr groß, sodass man ihn leicht für einen Querx hätte halten können.

»Mir schmeckt der ganze Auftrag nicht«, sagte jetzt der andere mit heller Stimme, die so gar nicht zu seinem

Körper passte. Er war groß und bullig gebaut und trug einen dichten schwarzen Vollbart.

»Wenn es nach mir ginge, könnten wir die ganze Zwergenbagage ausrotten. Was wir hier machen, sind nur Spielereien.«

»Finde ich auch«, sagte der Kleinere wieder. »Aber nach uns geht es nicht. Komm, hier ist sowieso niemand. Lass uns irgendwo ein Pfeifchen rauchen. Keiner wird uns hier finden. Und wenn doch, so machen die Trolle ihm den Garaus. Außerdem lasse ich mich nicht gerne von einem hässlichen Kobold herumkommandieren. Nach meinem Geschmack lässt sich Caladrius zu viel gefallen.«

Der andere lachte. »Ja, die Trolle freuen sich immer, wenn sie jemandem mal den Schädel einschlagen dürfen.«

Dann wurden die Stimmen wieder leiser.

Die Freunde warteten noch eine Weile, bis die Fremden verschwunden waren, dann krochen sie aus den Büschen heraus.

»Wir müssen näher heran«, flüsterte Simon.

»Bist du verrückt?«, stöhnte Nico. »Die Trolle sehen aus, als könnten sie einen Nachtisch gut vertragen.«

»Ja, aber wenn der Magister nichts davon erfährt, sind die Querxe vielleicht in Gefahr«, entgegnete Simon.

»Dann gehe ich«, meinte Nico. »Selbst, wenn sie mich entdecken, bin ich mit dem Rolli immer noch viel schneller als du.«

»Genau deswegen sollte ich gehen«, widersprach Simon. »Wenn sie mich erwischen, kannst du Eugel informieren, bevor die überhaupt mitbekommen haben, dass ich nicht allein war.«

Nico wog bedenklich den Kopf. Schließlich war er einverstanden.

Sie schwiegen eine Weile, dann fasste sich Simon ein Herz und schlich im Schatten der Nebelkappe hinunter zur Senke.

Wie er vermutet hatte, saß Barikor am Lagerfeuer. Er konnte das Gesicht des Kobolds deutlich im Licht des Feuers erkennen. Mit dem Rücken zu Simon saß ein Mann, von dem er nur das graue Haar sehen konnte.

»Wir werden das Lager in der nächsten Nacht noch abbrechen! Die Gefahr, dass wir nach so langer Zeit doch noch entdeckt werden, wird stündlich größer«, krächzte der Kobold gerade. Der grauhaarige Mann nickte.

»Wir lassen noch einige Zeit verstreichen und dann legst du die Falle so aus, wie besprochen. Sie werden alle sterben.«

Wieder nickte der Grauhaarige zustimmend.

»Ich werde alles so veranlassen, wie ihr es wünscht, Herr«, antwortete er.

Die Querxe sollten sterben? Vor Schreck hätte Simon fast das Gleichgewicht verloren. Er konnte sich gerade noch an den Zweigen des Busches festhalten, sonst wäre er Barikor vor die Füße gerollt. Allerdings gab das Gebüsch ein gehöriges Rascheln von sich.

Der Kopf des Mannes ruckte herum und äugte in die Finsternis. Leider konnte Simon beim Gegenlicht des Feuers das Gesicht nicht erkennen. Er hielt den Atem an, als der groß gewachsene Mann aufstand und genau auf seinen Strauch zukam. Er umrundete einmal den Busch und setzte sich dann, anscheinend beruhigt, wieder hin.

»Ich hoffe, Caladrius, die Menschen, die du ausgesucht hast, sind vertrauenswürdig«, sprach Barikor jetzt weiter.

»Sie sind nicht besonders klug, aber für Geld tun sie alles, Herr«, antwortete der Mann. »Und sie wissen, was mit ihnen passiert, wenn sie mich verraten sollten. Seid unbesorgt.«

Zufrieden nickte der Kobold.

»Dann werde ich jetzt wieder die Zentrale aufsuchen. Die beiden anderen sollen mit den ersten Vorbereitungen beginnen!«

Dann verschwand Barikor mit einem Plopp.

Der Mann mit dem Namen Caladrius blieb noch eine Weile am Feuer sitzen.

So leise er konnte, entfernte sich Simon wieder. Aufgeregt schilderte er Nico alles, was er erfahren hatte.

Betroffen schwiegen sie eine Weile.

»Wir werden Herkules heute noch zu Magister Alberich schicken«, flüsterte Simon. »Er muss unbedingt davon erfahren.«

»Na, hoffentlich dürfen wir dann jemals wieder herunter. Wir haben gegen seinen ausdrücklichen Wunsch verstoßen«, entgegnete Nico leise.

»Ja, aber uns blieb keine andere Wahl, oder?«

Langsam zogen sie sich wieder zurück. Als sie glaubten, sich weit genug entfernt zu haben, trauten sie sich, ein wenig Licht zu machen, und schritten rascher aus.

»Es hat besser funktioniert, als ich dachte«, meinte Simon erleichtert. Das hätte er besser nicht gesagt.

Sie sahen schon das Seidengespinst vor sich. Doch dann, als wäre bis jetzt alles viel zu glattgelaufen, passierte es.

Simon stolperte über einen Felsbrocken. Jedenfalls glaubte er zuerst, es sei ein großer Stein, auch wenn er ihm seltsam weich vorkam. Als der Stein dann ein grunzendes Brüllen von sich gab, wäre er vor Schreck fast in den nächsten Dornenbusch gehüpft.

Ein Bergtroll hatte es sich zwischen mehreren dicht stehenden Büschen gemütlich gemacht und wohl ein Nickerchen gehalten. Schwerfällig richtete sich das Ungeheuer auf. Voller Panik flohen sie.

Das Brüllen des Ungeheuers hatte die Zauberer alarmiert. Ihre aufgeregten Rufe kamen schnell näher. Und zu allem Übel ertönte noch das Stampfen eines weiteren Bergtrolls. Schließlich hallte das aufgeregte Brüllen beider Trolle durch den Wald.

Simon und Nico hatten sich schnell mit der Nebelkappe unsichtbar gemacht, als die Trolle gleichzeitig auf der kleinen Lichtung erschienen, um den vermeintlichen Gegner zu suchen.

Der größere der beiden Trolle lief dicht an Simon und Nico vorbei, die sich noch dichter in die Büsche drängten.

Bei dem Lärm konnten die Trolle sie nicht hören, doch einer von ihnen schien einen ausgeprägten Geruchssinn zu besitzen. Er begann zu schnüffeln und näherte sich immer mehr den Büschen, hinter denen sich Simon und Nico versteckt hielten.

Simons Herz pochte bis zum Hals. In der Hoffnung, dass Nico nicht gesehen würde, sprang er hinter den Büschen hervor. Er hörte Nico, der plötzlich wieder sichtbar war, einen Schreckensruf ausstoßen.

Geschwind ergriff er einen Steinbrocken und warf ihn dem Troll so fest er konnte auf den Fuß. Gerade noch rechtzeitig, denn der Bergtroll stand kurz davor, Nico zu entdecken.

Tobend vor Schmerz brüllte das Ungeheuer auf. Zu Simons Glück war der Troll nicht sehr helle. Da niemand sonst zu sehen war, kam er zu dem Schluss, sein Kollege wäre für seine Schmerzen verantwortlich und schwang seine riesige Keule, um auf ihn einzuschlagen. Der fühlte sich natürlich zu Unrecht so schlecht behandelt und keilte wild zurück.

Die Schläge der Trolle hätten mehrere wilde Eber getötet, aber diese beiden Riesen schienen sie gar nicht zu bemerken. In kürzester Zeit war der Waldboden durch ihre großen Füße aufgewühlt, und sie brüllten so laut, dass Simon überzeugt war, man könne sie in der Stadt noch hören.

Mittlerweile waren die beiden Zauberer herbeigeeilt und schimpften auf die dummen Trolle, trauten sich aber nicht in deren Nähe. Sie zogen ihre Zauberstäbe und versuchten es mit einem Zauberspruch. Doch das schlug völlig fehl und hatte nur zum Ergebnis, dass sich die Wut der Trolle jetzt gegen sie richtete.

Bevor noch mehr Trolle erschienen, suchten Simon und Nico das Weite. Sie schlüpften durch das Gespinst und erreichten im Nu den Waldrand.

Nachdem sie noch einige hundert Meter den Feldweg entlang gerannt waren, fühlten sie sich sicher genug und hielten an.

»Das war sensationell«, rief Nico lachend. »Die sind sicher noch eine ganze Weile mit sich beschäftigt.«

Beflügelt durch ihren Erfolg, eilten sie weiter. Als sie die Wegkreuzung erreichten, ertönte wieder der keuchende, klagende Gesang eines Röchelbarden.

Vorsichtig näherten sie sich dem Wesen. Misstrauisch beäugte sie das dürre Kerlchen. Dann schien es sie erkannt zu haben. Nicht mehr jammernd, sondern laut schreiend rannte der Röchelbarde in Richtung Wald davon.

Simon und Nico grinsten sich an.

»Na, dem hat Karla aber einen schönen Schrecken eingejagt«, gluckste Nico.

Simon grinste.

»Jetzt müssen wir nur wieder durch das Tor«, sagte Nico. Nach ihren bisherigen Erlebnissen schien ihnen das die leichtere Aufgabe zu sein.

Kurz vor der Stadt setzte Simon die Nebelkappe wieder auf, und sie schlichen vorsichtig durch die finsteren Gassen.

Im „Drachentod" leuchtete immer noch Licht, aber anscheinend war jetzt Ruhe eingekehrt. Zwei Querxe, die einander stützten, verließen gerade singend die Kneipe.

Sie hatten Querxenrund fast erreicht, als von dort ein Lichtschimmer in die Straße hineinleuchtete.

So leise wie möglich betraten sie den Platz.

Simon stöhnte auf. Es war zum Verzweifeln. Sie hatten alle Abenteuer dieser Nacht überlebt und jetzt standen Tothand und der Nachtwächter vor dem Tor und verhinderten ihre Rückkehr. Langsam näherten sie sich.

Der Nachtwächter schüttelte gerade den Kopf.

»Nein, niemand ist durch das Tor gekommen. Die Nacht war ruhig wie immer.«

»Bist du sicher?«, bohrte Tothand nach. »Diese Nescii haben genug Schaden angerichtet. Und sie haben einen schlechten Einfluss auf unseren Magister.«

»Nein, ich habe nichts gesehen«, wiederholte der Nachtwächter. »Aber ich erstatte gerne dem Magister eine Meldung und teile ihm deine Zweifel mit.«

Simon grinste Nico an. Der Nachtwächter war nicht auf den Kopf gefallen.

»Nein …«, ruderte Tothand zurück. »Das ist nicht nötig. Aber ich werde das Tor für den Rest der Nacht bewachen.«

Nico stieß ein verzweifeltes Schnaufen aus. Das hatte ihnen gerade noch gefehlt.

»Meinst du, das ist noch nötig? Der Himmel graut schon und bald beginnen die Bäcker ihr Handwerk.«

Tatsächlich schien es ein wenig heller geworden zu sein.

„Bitte verschwinde", flehte Simon in Gedanken.

»Sicher ist sicher«, meinte Tothand, hockte sich neben das Tor und zog etwas Proviant aus seiner Tasche. Es sah aus, als hätte er das von Anfang an geplant.

»Der Rat der Sieben hat beschlossen, das Tor von nun an jede Nacht bewachen zu lassen«, fügte er noch hinzu.

Der Nachtwächter zuckte mit den Achseln und verschwand.

Nun war guter Rat teuer. Nicht nur, dass sie auf keinen Fall unbemerkt in den Gang gelangen konnten, waren weitere heimliche Besuche nicht mehr möglich, wenn Tothand sie erwischte.

Sie zermarterten sich ihr Hirn, ohne dass sie eine Idee hatten. Es wurde immer heller, als eine kleine Gestalt aus der Bäckergasse auf das Tor zuflog. Simon stutzte, doch er hatte richtig gesehen.

Es war Berylune, die Fee, die sie bei ihrem ersten Besuch im Büro des Magisters gesehen hatten. Simon erinnerte sich noch gut daran, wie schnell seine Angst verschwunden war, bloß, weil die Fee sie angelächelt hatte.

Sie flog einmal dicht über den Boden um den Platz. Dabei kam sie nahe an Simon und Nico heran und lächelte ihr geheimnisvolles Lächeln. Erschrocken blickte Simon an sich herab. Konnte sie ihn etwa sehen?

Dann schwebte sie direkt auf Tothand zu, der sich hastig erhob und vor ihr verneigte. Sie musste eine wichtige Persönlichkeit sein.

Mit hell klingender Stimme sprach sie zu ihm und deutete auf eine der Straßen. Tothand verneigte sich noch einmal und verschwand rasch in die angezeigte Richtung.

Berylune flatterte hoch über das Tor und sah zu ihnen herüber. Knarrend öffneten sich die riesigen Türflügel wie von selbst.

Simon und Nico konnten ihr Glück nicht fassen und hasteten zum Durchgang. Dankbar sahen sie hoch zu der immer noch lächelnden Fee.

»Danke!«, riefen sie und traten rasch in den dunklen Gang, der sich sofort hinter ihnen wieder schloss.

Tief durchatmend, blieb Simon stehen und nahm sich die Kappe vom Kopf. Nico strahlte ihn an.

Ohne Licht zu machen, eilten Sie den dunklen Gang zurück und traten erleichtert durch das Tor nach draußen, das der Torwächter bereitwillig geöffnet hatte. Es musste später Nachmittag sein, denn die Sonne begann bereits zu sinken.

Sie berichteten ihm von ihren Erlebnissen und machten sich dann rasch auf den Weg zu ihren Freunden. Anscheinend ging Nico das nicht schnell genug, denn er forderte Simon auf, sich hinten auf die Stützen zu stellen. Fast wäre Simon hintenüber gestürzt, als der Rollstuhl beschleunigte.

»Holla«, rief er noch erschrocken, und dann rasten sie los. Immer wieder sprangen Passanten beiseite und schimpften über den Rowdy im Rollstuhl.

Nach kurzer Zeit standen sie vor dem Haus der Kellers. Während sie aufgeregt von ihren Erlebnissen berichteten, hörten Karla und Boris mit großen Augen zu. Man sah ihnen an, dass sie jetzt bedauerten, nicht an diesem Abenteuer teilgenommen zu haben.

Herkules wurde ganz hibbelig, als er hörte, dass Kobolde und Menschen sich im Wald versteckten.

»Seid ihr ganz sicher?«, vergewisserte er sich ungläubig.

Sie nickten heftig.

»Dann muss ich gleich fort, um Alberich zu informieren. Aber erzählt zuerst zu Ende.«

Als sie an die Stelle mit den Trollen kamen, meinte Nico strahlend. »Ich dachte doch zuerst, Simon wollte mich allein lassen.«

»Entschuldigung«, meinte er, als Simon ihn empört ansah.

»Doch dann stürzte er sich mitten unter die Trolle und mischte die Typen auf.«

Simon lächelte verlegen, als Nico die Geschichte erzählte.

Herkules kicherte wieder. »Na, daran werden die Zauberer noch lange denken.«

»Wer ist eigentlich diese seltsame Frau?«, fragte Simon.

»Berylune? Sie ist eine Elfe«, erklärte Herkules. »Es gibt verschiedene Arten von Elfen und alle haben besondere Gaben. Berylune ist eine Buchen-Elfe und hat die wunderbare Fähigkeit, Angst zu nehmen.«

»Kann es sein, dass sie uns sehen konnte?«, fragte Nico. »Ich bin sicher, dass sie uns angesehen hat, obwohl wir unsichtbar waren.«

Herkules kicherte. »Nebelkappen wirken bei Elfen nicht. Buchenelfen wohnen im Wald. Wahrscheinlich hat sie euch dort gesehen und ist euch bis zum Tor gefolgt.«

»Sie hat etwas zu Tothand gesagt und der ist dann verschwunden«, meinte Simon. »Sonst wären wir nicht wieder hochgekommen.«

»Elfen sind hoch angesehene Wesen und selbst ein Mitglied vom Rat der Sieben wird sich niemals weigern, einer Elfe einen Wunsch zu erfüllen«, erklärte Herkules.

Dann verschwand er, um dem Magister Bericht zu erstatten.

Erst spätabends tauchte Simons Leibwächter unvermittelt wieder auf.

Simon hatte ihm etwas von dem Abendessen aufs Zimmer geschmuggelt. Und zur Stärkung einen Fingerhut voll Milch.

Simon und Karla ließen den erschöpften kleinen Kerl erst einmal essen. Dann berichtete Herkules, dass der Magister Eugel mit einigen Gehilfen sofort in den Wald geschickt hatte.

»Sie haben den ganzen Tag und die ganze Nacht gesucht, aber nichts gefunden.«

»Aber sie waren wirklich da«, beschwor Karla.

»Der Magister glaubt euch und ist mehr als beunruhigt darüber, dass Eugel immer noch nichts finden konnte. Er gibt die Suche nicht auf. Ihr sollt euch jetzt aber ruhig verhalten.«

»Dann war alles umsonst«, meinte Simon niedergeschlagen.

»Nichts war umsonst. Immerhin weiß der Magister jetzt, dass es in dem Wald nicht mit rechten Dingen zugeht. Er wird euch regelmäßig mit der Post Bericht erstatten«, versuchte Herkules sie zu trösten.

Falls sie etwas finden, dachte Simon beklommen.

DER HINTERHALT

Die Wochen vergingen und Simon vermisste die Zauberstunden so sehr, dass es ihm fast Schmerzen bereitete. Da Karla jetzt bei ihnen wohnte, saßen sie abends oft zusammen, um zu üben. Die zuvor gelernten Zauber beherrschten sie mittlerweile ganz gut, nur der Schildzauber bereitete ihnen immer noch Schwierigkeiten.

Magister Alberich hielt Wort und informierte sie regelmäßig. Simon war jedes Mal enttäuscht, da der Magister nichts Neues zu berichten hatte.

Manchmal fragte er sich, ob sie nicht zu viel Ärger verursacht hatten. Vielleicht wollten die Querxe wieder in Ruhe leben. Auch die Versicherungen seines Leibwächters, dass Magister Alberich sie schon längst zurückgerufen hätte, wenn es so wäre, konnten ihn nicht beruhigen.

In all der Zeit geschah nichts Außergewöhnliches, wenn man die gelegentlichen Späße seines Leibwächters als normal bezeichnete, und in Simon keimte schon die leise Hoffnung, dass die Kobolde sich nicht mehr für ihn interessierten.

Bis zu den Weihnachtsferien war es nun nicht mehr lange und der Winter hatte Einzug gehalten.

Nach dem ungewöhnlich heißen Sommer schien der Winter mit einem plötzlich hereinbrechenden Kälteeinbruch alles wieder ausgleichen zu wollen. Seit zwei

Wochen waren die Stadt und das Ufer des Rheins von einer weißen Puderschicht überzogen.

Tag und Nacht herrschte eine klirrende Kälte und langsam regte sich bei Simon die Vorfreude auf die Weihnachtsferien, die nur getrübt wurde durch die Tatsache, dass sie nicht mehr in die Querxenwelt kommen konnten.

Sehnsüchtig warteten sie auf eine positive Nachricht vom Magister Alberich, doch die Wochen verstrichen und in den Briefen standen weiterhin nichts, als die üblichen Bitten, nicht ungeduldig zu werden.

Simons Mutter war sehr erfreut, wie gut sich Karla eingelebt hatte. Jeder Tag schien für sie ein besonderer Tag zu sein. Ihre anfängliche Befangenheit war verflogen, und Simon hatte sie noch nie so gut gelaunt erlebt.

Es dauerte nicht lange und es war, als hätte sie schon immer dazu gehört. Er hatte seinen Eltern von Karlas Lebensumständen so viel erzählt, wie er glaubte, vor Karla vertreten zu können. Sie schienen aber verstanden zu haben und stellten keine weiteren Fragen.

Karla half Frau Keller, wo sie nur konnte, und eines Abends, als sie noch alle beisammensaßen, erklärte Simons Mutter, dass sie beschlossen hatten, ihr ein Taschengeld zu zahlen.

»Das mache ich gerne«, wehrte Karla verlegen ab.

»Das freut mich sehr«, sagte Frau Keller. »Aber Simon macht nicht mal die Hälfte von dem, was du tust, und bekommt auch Taschengeld.«

»Ist ja gut«, brummte Simon eingeschnappt.

»Wie wäre es, wenn du sein Taschengeld halbierst?«, fragte Martin schadenfroh.

»Aber nur, wenn ich auch deins kürze«, sagte die Mutter. »Dich sehe ich nämlich auch nicht hier unten, wenn Arbeit anfällt.«

»Ich muss mich halt auf meine Prüfungen vorbereiten«, verteidigte sich Martin entrüstet.

»Vorm Fernseher«, hustete Simon undeutlich in seine Hand.

Böse sah Martin ihn an.

»Wie wäre es, wenn Martin dich ein wenig unterstützt, bis du eine neue Schule gefunden hast?«, schlug Herr Keller Karla vor. Sie versäumte zwar nie die gemeinsamen Hausaufgabenstunden bei Nico. Doch das war kein Ersatz für den regulären Schulunterricht. Der gemeinsame Unterricht mit ihren Freunden hätte ihr Glück vollkommen gemacht.

Unsicher blickte sie Martin an. Sie wusste, dass er ihr eine Zeit lang Mitschuld an dem Verschwinden seiner Freundin gegeben hatte.

Sein Gesicht überzog sich mit einer zarten Röte. Mittlerweile war er aus seinem Kummerloch heraus und sah ein, dass es einen anderen Grund für Armidas Verschwinden geben musste.

»Wenn du Lust hast?«, sagte er gut gelaunt zu Karla.

Sie nickte glücklich.

Karla hatte sich überreden lassen, Boris bei der Suche nach einem Weihnachtsgeschenk für seine Mutter zu helfen, und so machten sich Nico, Simon und Herkules heute allein auf den Weg zum Türwächter.

Wegen des Wetters besuchten sie ihn nicht mehr so häufig wie früher und hatten deswegen schon ein schlechtes Gewissen.

Herkules hatte es sich zwischen den Lagen von Simons Schal gemütlich gemacht. Seit dem frühen Samstagmorgen schneite es wieder und der Schnee knirschte unter ihren Füßen und Rädern. Den ganzen Tag wurde es nicht richtig hell und nur wenige Spaziergänger waren unterwegs.

Als sie den Türwächter erreichten, war es fast dunkel. Eine kleine Gruppe von Menschen hatte sich dort versammelt, wo sie sich gewöhnlich mit ihm unterhielten. Sie beugten sich über irgendetwas, was am Boden lag, und diskutierten aufgeregt. Beim Näherkommen erkannten Simon und Nico bestürzt, dass es Bruchstücke des Türwächters waren, die über mehrere Meter verstreut herumlagen. In der Wand, an der sonst das Bildnis hing, klaffte ein großes Loch.

Die Anwesenden schimpften über die Zerstörungswut der jungen Leute und sahen dabei Simon und Nico an, als seien sie die Verursacher allen Vandalismus auf der Welt.

Dann gingen sie langsam weiter, nicht ohne ihnen noch einen bösen Blick zuzuwerfen. Den weit offenen Durchgang in der Mauer hatten sie anscheinend nicht bemerkt.

Was war hier nur passiert? Wo war der Türwächter? Fassungslos sah Simon sich um. Nico betrachtete stumm die Zerstörung. Plötzlich hörten sie seine knarrende Stimme. Sie klang dumpf, als würde ihm der Mund zugehalten werden.

»Ohjeohjeohje«, ertönte es nicht weit von ihnen. Simon rannte aufgeregt herum und bewegte einen Steinbrocken nach dem anderen. Einige Meter weiter entfernt lag ein größeres Trümmerstück.

Er wuchtete es herum und zu seiner Erleichterung erkannte er das Gesicht des Türwächters. Es war tief in den Boden gedrückt worden, über und über mit Lehm beschmiert, aber unbeschädigt.

Hastig versuchte Simon, den schlimmsten Dreck notdürftig zu entfernen.

»Was ist passiert?«, fragte er aufgeregt.

»Bei meinem Steinmetz, ich weiß es nicht«, jammerte der Türwächter. »Als ich gestern Abend ein wenig döste, gab es plötzlich einen lauten Knall, gefolgt von einem heftigen Stoß. Ich konnte gerade noch einen Schatten im Gang verschwinden sehen, da lag ich auch schon mit dem Gesicht im Gras.«

Er schnaubte etwas Erde aus der Nase. »Ich dachte schon, ich müsste die nächsten Wochen so verbringen. Aber jetzt seid ihr glücklicherweise gekommen und ich danke euch sehr.«

»Wer kann denn wissen, dass hier ein Durchgang ist? Kein Mensch kann ihn sehen?«, fragte Nico den Türwächter.

»Ich weiß es nicht«, murmelte er.

»Klar«, sagte Simon gedehnt. »Das stimmt. Aber was, wenn der Eindringling kein Mensch ist, sondern ein Kobold?«

»Kann sein«, piepste Herkules nachdenklich. »Aber vergiss nicht, es gibt auch unter den Menschen Zauberer.«

Sie zerrten den schweren Stein des Türwächters zur Mauer und lehnten das Gesicht aufrecht dagegen. So hatte er wenigstens einen freien Blick auf den Fluss und dem Schneetreiben.

»Was passiert jetzt mit dem Durchgang?«, fragte Simon ihn.

Die Vorgänge schienen den Türwächter sichtlich mitgenommen zu haben. Er machte einen erschöpften Eindruck.

»Ich kann den Durchgang nicht mehr schließen«, murmelte er. »Ich muss repariert werden.«

Dabei schielte er auf die restlichen Trümmerstücke, die herumlagen. »Jeder Zauberer und jeder Kobold kann ihn jetzt durchqueren.«

»Ist denn der Eindringling wieder herausgekommen?«, wollte Herkules jetzt wissen.

»Ich habe niemanden gesehen«, klagte der Türwächter. »Aber ich lag seit gestern mit dem Gesicht im Schnee.«

Wie zum Beweis nieste er ein paar Grashalme aus.

Nachdenklich betrachteten sie die geborstene Wand.

Zögernd zog Simon seinen Zauberstab heraus.

»Du willst doch jetzt nicht etwa da rein?«, fragte Nico ungläubig und zeigte mit ausgestrecktem Arm auf das Loch in der Wand.

»Ich glaube nicht, dass der Eindringling sich seit gestern darin versteckt hat. Entweder ist er bei den Querxen oder schon wieder weg. Er hatte keine Angst, in aller Öffentlichkeit die Wand zu sprengen«, piepste Herkules.

Langsam näherten sie sich dem Loch. Jetzt zückte auch Nico seinen Zauberstab.

»Meine jungen Herren, ich muss dringend von diesem Vorhaben abraten«, murmelte der Türwächter fast nicht mehr hörbar.

Sie beachteten ihn nicht und traten durch die Reste des Eingangs. Ihre Lichtkugeln erleuchteten den Gang. Es war nichts zu hören oder zu sehen, sodass sie nach einer Weile mutiger ausschritten.

Ohne Zwischenfälle erreichten sie das Tor, oder das, was davon noch sichtbar war.

Entsetzt betrachteten sie den eingestürzten Gang. Große Steinbrocken hatten das Tor fast völlig verdeckt, nur das obere Halbrund war gerade noch zu sehen.

Auf einem Stück heiler Wand war in grellroter Leuchtschrift der Satz „Tod allen Zwergen" geschrieben.

Erschrocken sahen sie sich an.

»Wer weiß, wie es dahinter aussieht?«, flüsterte Nico. »Ich hoffe, ihnen ist nichts passiert!«

Voller Angst dachte Simon an Magister Alberich, an Eugel und an das schöne Städtchen mit seiner lieblichen Landschaft.

»Hier stimmt etwas nicht«, meinte Herkules.

»Wieso, was ist?«, fragte Simon und sah sich argwöhnisch um.

»Es ist mir nicht gelungen, auf die andere Seite zu kommen. Der Durchgang ist magisch versperrt.«

»Wir müssen Boris und Karla holen!«, sagte Simon entschlossen. Hastig verließen sie den Gang und bestürmten den Türwächter.

»Die Querxe sind in Gefahr, die Querxe sind in Gefahr. Jemand will sie umbringen. Wir müssen sie retten! Hörst du? Die Querxe sind in Gefahr!«

Doch der Türwächter murmelte nur noch einige unverständliche Worte.

»Nicht«, und »Gefahr« waren das Einzige, was sie verstanden.

»Er ist völlig weggetreten«, sagte Simon zu Nico. Der nickte nur. Vom Türwächter hatten sie keine Hilfe zu erwarten.

Dann rannte Simon los und Nico rollte neben ihm her. Die Angst um die Zwerge trieb ihn an, doch nach kurzer Zeit war er völlig außer Atem und konnte nicht weiter. Weiße Wölkchen verließen in schneller Folge seinen Mund.

»Beeil dich«, rief Nico. »Stell dich hinten drauf!«

Keuchend sprang Simon auf eine Verstärkung auf der Rückseite des Rollis und hielt sich an den Griffen fest. Rasch lenkte Nico das Fahrzeug auf den Radweg.

Dann ging die Fahrt erst richtig los. Der kalte Fahrtwind traf auf Simons Gesicht und ließ ihm die Tränen in die Augen steigen. Weder der Schnee noch das zusätzliche Gewicht bildeten für den Rollstuhl ein Hindernis. Während Simon die Ohren abfroren, summte Nico fröhlich das alte Kinderlied.

„Eins, zwei, drei im Sauseschritt …"

Völlig durchgefroren erreichten sie endlich das Café.

»Wow!«, meinte Simon beeindruckt. »Ist ja fantastisch.«

Nico grinste. Karla und Boris hatten den Weihnachtseinkauf beendet und saßen schon gemütlich bei einer heißen Tasse Kakao zusammen.

»Ist etwas passiert?«, fragte Karla, die ihre Anspannung bemerkt hatte.

»Ich glaube, die Querxe sind in Gefahr«, keuchte Simon.

»... oder vielleicht tot«, rief Nico aus dem Hintergrund.

»Was!!!«, riefen Karla und Boris wie aus einem Mund.

Abwechselnd schilderten Simon und Nico, wie sie den Türwächter vorgefunden hatten, von dem zerstörten Eingang, dem verschütteten Tor und der Schrift auf der Wand.

»Wir müssen runter!«, schloss Simon die Erzählung ab. »Und zwar heute Nacht! Vielleicht können wir helfen?«

Das Problem war nur, dass keiner von ihnen einfach über Nacht wegbleiben konnte. Deshalb beschlossen sie, bis Mitternacht zu warten, um sich dann am Fuß der Kennedybrücke zu treffen.

Beim Abendessen fiel es Simon schwer, ruhig sitzenzubleiben. Alle sahen ihn verwundert an, als er auf seinem Stuhl hin und her rutschte. Und auch Karla war die Anspannung ins Gesicht geschrieben.

»Da hat jemand Hummeln im Hintern«, spottete Martin am Tisch. Simon war viel zu aufgeregt, um sich jetzt mit seinem Bruder zu streiten. Das erstaunte wiederum seinen Vater.

»Ach, das ist nur die nächste Mathearbeit«, schwindelte Simon.

Um weiteren Fragen zu entgehen, gingen sie früh zu Bett.

Als sie sich um Mitternacht trafen, hatte der Neuschnee ihre Spuren vom Nachmittag bereits wieder zugedeckt. Schweigend stapften und rollten sie vorwärts. Gegen das

Laternenlicht sahen sie die Schneeflocken herumwirbeln und langsam zu Boden sinken.

Als sie den Türwächter erreichten, hatte er die Augen geschlossen und schien zu schlafen. Karla ging in die Hocke und sprach ihn an. Er murmelte nur unverständlich vor sich hin und schlief weiter.

Gemeinsam stellten sie sich mit gezückten Zauberstäben vor den zerstörten Eingang und sahen sich besorgt an. Nach kurzem Zögern nickte Simon. Er atmete tief durch und starrte noch einmal in den finsteren Durchgang.

»Okay, seid ihr bereit?«, fragte er seine Freunde.

»Äh, eigentlich nicht«, meinte Boris, dann zuckte er mit den Schultern und folgte Simon in den Gang.

Schließlich standen sie vor dem verschütteten Eingang zur Querxenwelt.

»Du liebe Güte!«, rief Boris entsetzt. »Ist hier eine Bombe explodiert?«

Karla krempelte die Ärmel hoch. »Na dann los!«, meinte sie entschlossen.

Da sie das Bewegen von Gegenständen leider noch nicht gelernt hatten, begannen sie, einen Steinbrocken nach dem anderen mit der Hand vom Eingang zu entfernen.

Herkules hockte auf einem besonders großen Trümmerstück und ließ Steine mit seinen magischen Kräften an ihnen vorbeifliegen.

Zwischendurch machten sie eine Pause, um sich den Schweiß von der Stirne zu wischen. Rasch wuchs der Steinhaufen hinter ihnen, während das Tor immer noch so verschüttet aussah wie am Anfang.

Plötzlich schrie Nico entsetzt auf.

»Hier liegt jemand«, rief er erschrocken.

Rasch räumten sie die Steine beiseite. Es war Tothand, der unter den Trümmern begraben lag. Vorsichtig drehten sie ihn auf den Rücken.

Dann schlug Tothand die Augen auf. Er schien sich ein Bein und einen Arm gebrochen zu haben und konnte sich nicht bewegen.

Simon wunderte sich, dass der Querx sich überhaupt noch regte, ein Mensch hätte das Ganze nicht überlebt. Querxe mussten unglaublich widerstandsfähig sein.

Sie bestürmten ihn mit Fragen. Es stellte sich heraus, dass auch Tothand nicht mitbekommen hatte, wer da in den Gang eingedrungen war. Er hatte sich heimlich hier postiert, um Simon und seine Freunde zu erwischen, falls sie versuchten, in die Querxenwelt zu gelangen.

»Existiert die denn noch?«, fragte Simon düster.

»Ich weiß es nicht«, stöhnte der Querx, der anscheinend starke Schmerzen hatte.

»Wir müssen unbedingt nachsehen!«, rief Simon aufgeregt. »Vielleicht können wir helfen.«

Hastig arbeiteten sie weiter, während Tothand sie beobachtete.

»Es tut mir leid«, murmelte er nach einer Weile.

»Bitte?«, fragte Simon, der ihn bei dem Lärm nicht verstanden hatte.

»Es tut mir leid, dass ich euch verdächtigt habe«, wiederholte Tothand etwas lauter.

»Macht nix«, meinte Boris, gespielt großmütig. »Hätte jedem passieren können.«

Simon grinste.

»Erst einmal müssen wir den Durchgang freilegen, damit Sie Hilfe bekommen.«

Der Querx nickte schwach, dann wurde er wieder bewusstlos.

Simon, der vor einem besonders großen Brocken stand, rief seine Freunde zu Hilfe.

»Bei drei!«, rief er. »Eins, zwei …« Alle legten Ihre Hände auf den Stein. Bevor er „drei" sagen konnte, flammte die Luft um sie herum auf und sie hatten das Gefühl, eine Starkstromleitung angefasst zu haben. Sie schrien gleichzeitig auf, als sie den Boden unter den Füßen verloren und durch die Luft gewirbelt wurden.

Es war, als ob sich jede einzelne Zelle in Simons Körper zusammenziehen würde. Dann erlosch das Licht und sein Körper schien zu explodieren.

Im nächsten Moment stürzten sie kugelnd über einen harten Steinboden. Doch sie waren nicht mehr in dem dunklen Gang, in dem sie eben noch Schutt beiseite geräumt hatten; sie lagen auf dem Boden eines großen Stollens.

Die Wände bestanden aus grob gehauenen Felsen, nur der Erdboden war einigermaßen eben. Der Stollen war in Halbdunkel getaucht. Anscheinend war er sehr hoch, denn die Decke war nur undeutlich zu erkennen.

Sie rappelten sich wieder auf und betasteten ihre Gliedmaßen. Glücklicherweise hatten sie sich nur ein paar Schrammen und blaue Flecken zugezogen, sonst waren alle unverletzt.

»Wo sind wir?«, fragte Nico fassungslos, nachdem er sich vergewissert hatte, dass sein Rolli bei dem Sturz heil geblieben war. Seine Stimme warf ein eigenartiges Echo.

Boris fluchte halblaut vor sich hin. Zitternd sahen sie sich um. Was war eben passiert? Simons Gedanken überschlugen sich. Geistesabwesend wischte er sich den Schmutz von den Schultern.

Zuerst konnte er es nicht benennen, aber es hatte sich noch etwas verändert. Dann fiel es ihm wie Schuppen von den Augen, Herkules war nicht mehr da.

»Herkules!«, rief er entsetzt in den großen Raum und das Echo hallte von den Wänden wider. Seine Freunde sahen ihn erstaunt an.

Erneut rief Simon nach seinem Leibwächter, doch der kleine Mann war weder zu sehen noch zu hören, was allein schon ungewöhnlich genug war.

»Herkules ist verschwunden«, sagte er beklommen zu seinen Freunden. Ratlos sahen sie sich an. So klein und nervig, wie Herkules sein konnte, hatte seine Gegenwart immer etwas Beruhigendes für Simon gehabt.

Und nun waren sie auf sich allein gestellt, und die Nebelkappe befand sich noch in seinem Rucksack vor dem verschütteten Tor. Es war zum Verzweifeln. Doch es half alles nichts.

»Wir brauchen mehr Licht.«

Simon zog seinen Zauberstab heraus und die anderen folgten seinem Beispiel. Obwohl er wusste, dass sie im Umgang mit dem Zauberstab Anfänger waren, verlieh ihm der Stab ein wenig Sicherheit. Als die bunten Lichtkugeln über ihren Köpfen schwebten, verlor das Halbdunkel etwas von seiner Unheimlichkeit.

Langsam schritten sie voran. Die Dunkelheit des vor ihnen liegenden Ganges schien sie anzustarren und jeden Moment rechnete Simon damit, dass irgendetwas Bedrohliches aus ihr herausspringen würde.

Nach etwa hundert Metern bog der Gang nach rechts ab. Langsam folgten sie ihm, wobei sie immer wieder besorgte Blicke über ihre Schultern warfen.

Bis jetzt hatte sie anscheinend niemand bemerkt. Simon lief ein eisiger Schauer über den Rücken. Keiner von ihnen hatte eine Vorstellung, wer dieser jemand war. Was wussten sie schon, welche Geschöpfe es in der magischen Welt noch gab?

»Was ist das für eine seltsame Decke?«, fragte Karla plötzlich und deutete nach oben.

Simon erkannte, was sie meinte. Die Decke wirkte nicht stabil und schien in ständiger Bewegung zu sein. Aus weiter Entfernung hörten sie ein leises, dumpfes

Geräusch. Es klang ein bisschen wie das Tuten einer alten Dampflokomotive.

»Was kann das denn nun wieder sein?«, flüsterte Nico besorgt und sah seine Freunde an.

»Auf jeden Fall haben wir hier nichts Gutes zu erwarten«, meinte Karla.

»Musst du das gerade jetzt sagen?«, meckerte Boris.

Karla zuckte nur mit den Achseln.

Nach kurzer Zeit erweiterte sich der Gang und auch die Sicht wurde etwas besser. In der Mitte vor ihnen stand ein Monolith.

Einige Meter hinter ihm befand sich ein großes Loch in der Breite des Ganges im Boden, über dem ein dickes und langes Brett lag.

Vorsichtig gingen sie auf den Felsbrocken zu. Simons Nerven waren zum Zerreißen angespannt. Plötzlich blieb er stehen.

»Habt ihr das auch gehört?«, flüsterte er fragend.

Alle lauschten gespannt. Dann ertönte ein Schnaufen aus dem Gang vor ihnen. Hinter dem großen Felsen bewegte sich etwas, und ein kleines Wesen trat hervor.

Schnaufend und kläglich piepsend schleppte es sich schwerfällig auf seinen kurzen Stummelbeinen vorwärts, während der kleine Kopf mit den riesigen Glupschaugen dabei hin und her wackelte. Das wirkte so unbeholfen, dass Simon schon vor Mitleid hinzueilen wollte.

Doch das Gefühl hielt nicht lange an, und er glaubte, seinen Augen nicht zu trauen. Das Wesen begann zu wachsen. Es war, als ob jemand Luft hineinpumpen würde. Der Körper dehnte sich nach allen Seiten aus. Es piepste auch nicht mehr mitleiderregend, sondern brüllte jetzt ohrenbetäubend.

Ihr Blut gefror in den Adern.

Panisch schrien die vier auf und rannten den Gang zurück. Sie hatten erst wenige Meter hinter sich gebracht, als er sich vor ihnen schloss und den Weg versperrte.

Voller Angst drehten sie sich wieder um und sahen das Monster, das mittlerweile die Größe eines Elefanten erreicht hatte, langsam auf sie zukommen. Es war das hässlichste Wesen, das Simon je gesehen hatte.

»Was sollen wir tun?«, schrie Boris und versuchte das Gebrüll des Ungeheuers zu übertönen, das immer weiterzuwachsen schien.

»Ich weiß auch nicht!«, antwortete Karla mit sich überschlagender Stimme.

»Denkt doch nach, denkt nach!«, rief Nico.

»Du bist doch unser Genie!«, krächzte Boris panisch. »Fällt dir nichts ein?«

Mittlerweile hatte das Ungeheuer sie erreicht und sah mit untertassengroßen Augen auf sie herab. Brüllend hob es einen seiner riesigen Füße, um sie zu zertrampeln.

Schreiend stoben sie auseinander.

Der Fuß verfehlte sie knapp und das Monster brüllte ärgerlich. Immer wieder trat es nach ihnen, als wären sie lästiges Ungeziefer.

»Wir müssen über das Brett. Los kommt!«, rief Simon und rannte los. Seine Freunde folgten ihm.

Doch mit langen Schritten holte das Wesen sie schnell ein. Wieder und wieder trat das Ungeheuer nach ihnen und verfehlte sie jedes Mal nur knapp.

»Jeder in eine andere Richtung!«, rief Karla mit schriller Stimme.

Sie folgten ihrem Beispiel und rannten in unterschiedliche Richtungen davon. Es machte den Anschein, dass es wirkte, denn das Ungeheuer sah sich verwirrt um. Glücklicherweise schien es nicht der Hellste zu sein und benötigte einige Sekunden, bevor es entschied, wem es folgte.

Simon war auf dem Weg zum Übergang, als das Ungeheuer den Entschluss fasste, ihn als Erstes zu jagen. Die dröhnenden Schritte kamen rasch näher. Kurz bevor Simon das Brett erreichte, stolperte er über eine Unebenheit im Boden. Fieberhaft drehte er sich auf den Rücken und sah das Ungeheuer auf sich zukommen.

Seine Freunde brüllten ihm etwas zu, aber er konnte sie nicht verstehen. Ohne nachzudenken, riss er den Zauberstab hoch und rief: »*aqua grandis*«

Ein mächtiger Wasserstrahl fuhr aus der Spitze seines Zauberstabes und traf das Ungeheuer mitten ins Gesicht.

Simon rechnete schon damit, dass er das Wesen nur noch wütender gemacht hatte, stattdessen gab es einen quietschenden Laut von sich und schrumpelte zusammen, als wenn jemand die zuvor hineingepumpte Luft wieder herauslassen würde.

Erst als es nur noch halb so groß wie Simon war, schrumpfte es nicht mehr. Es war wohl noch genauso hässlich wie vorher, kreischte jetzt aber wieder mit heller Stimme und rieb sich die Augen. Anscheinend hatte der harte Wasserstrahl ihm wehgetan. Jetzt wirkte es gar nicht mehr Furcht einflößend. Fasziniert sahen die vier auf das geschrumpfte Ungeheuer.

Boris bemerkte es als Erster und schrie auf. Das Wesen begann erneut zu wachsen.

»Schnell, hierher!«, rief Simon entsetzt seinen Freunden zu. Gerade noch rechtzeitig überquerten sie das Loch. Boris und Karla zogen gemeinsam an dem schweren Brett und ließen es in den Abgrund stürzen. Das Loch musste sehr tief sein, denn obwohl sie horchten, konnten sie das Brett nicht aufschlagen hören.

Auf der anderen Seite stand das Monster und drohte wütend brüllend mit der Faust zu ihnen hinüber. Schwer atmend setzten sie sich auf den Steinboden, um sich von dem Schrecken zu erholen.

»Das hast du gut gemacht«, japste Boris.

»Ich konnte nichts dafür«, schnaufte Simon zurück. Mühsam versuchte er, das Zittern seiner Hände zu unterdrücken. »Ich habe gar nicht nachgedacht.«

»Na, dann hoffe ich, dass du heute noch öfter das Denken sein lässt«, sagte Nico mit bebender Stimme.

Der Schreck saß allen in den Gliedern. Karla begann zu kichern, und sie richteten sich mühsam wieder auf.

DAS RÄTSEL

Da sie keine Wahl hatten, folgten sie dem Gang. Allmählich wurde das Gebrüll des Ungeheuers leiser. Irgendwann standen sie vor einer Wand.

»Na toll«, schimpfte Nico. »Und was nun?«

Verzweifelt suchte er nach einem Durchgang. Plötzlich ertönte eine krächzende Stimme.

Gehe ich in mich hinein, so bleibe ich allein
will mich einer mehrfach sehen, werde ich wie er so
schön
rate, wer ich bin, und ich öffne mich
rate falsch und du überlebst es nicht
kannst du mich nicht mehr verstehen
wird es dir ebenso ergehen

»Was soll denn der Quatsch jetzt wieder?«, stöhnte Boris.

»Ein Rätsel«, sagte Nico.

»Ach«, spottete Boris bitter. »Ist das eine Vermutung?«

»Es wäre besser, wenn du mit nachdenken würdest«, sagte Karla. »Das scheint eine ernste Drohung zu sein.«

Regelmäßig wiederholte die Stimme das Rätsel. Und nach jeder Wiederholung wurde sie etwas leiser.

Simon traute sich nicht vorzustellen, was passieren würde, wenn die Stimme verstummte.

»Wer kann in sich hineingehen, um dann allein zu bleiben?«, fragte Boris seine Freunde.

»Vielleicht, wenn ich zu viel über mich nachdenke, dann beschäftige ich mich nur mit mir und habe bald keine Freunde mehr«, sagte Simon nachdenklich.

»Oder jemand vor einem Spiegel?«, schlug Karla vor.

»Könnte sein«, meinte Boris. »Aber wer wird so schön wie ein anderer, der ihn mehrfach sehen will. Was bedeutet das überhaupt?«, stöhnte er.

Während die Stimme mit jeder Wiederholung etwas leiser wurde, überlegten sie fieberhaft weiter.

»Jemanden mehrfach sehen …, jemanden mehrfach sehen, könnte ein Foto sein«, murmelte Boris.

»Oder ein gemaltes Bild«, sagte Nico.

»Ja, aber alles zusammen ergibt nur Unsinn, oder?«, sagte Simon verzweifelt.

»Könnt ihr euch vielleicht mal beeilen, sonst ist es mit euch vorbei!«, meckerte plötzlich die krächzende Stimme mit normaler Lautstärke. Dann begann sie wieder mit den immer leiser werdenden Wiederholungen.

Verdutzt sahen sie sich an.

»Ach, halt's Maul oder hilf uns!«, schimpfte Boris entnervt.

»Vielleicht ist kein Mensch gemeint, oder ein Ding«, sagte Karla, während sie die anderen unsicher ansah.

»Wie meinst du das?«, wollte Simon wissen.

»Ja, vielleicht …« Karla schien sich nicht zu trauen, ihre Idee auszusprechen.

»Nun sag schon!«, stöhnte Boris ungeduldig. »Ich höre die Stimme fast nicht mehr.«

»Vielleicht ist es ein Rechenrätsel«, platzte es jetzt aus Karla heraus.

Die Jungen sahen sie verblüfft an.

»Eine Zahl! Es ist eine Zahl«, rief Nico aus, während er sich die Hand klatschend vor die Stirn schlug. »Es ist kein Mensch gemeint, das ist ein Rechenrätsel! Mensch, Karla, du bist genial.«

Karla strahlte.

»Bin ich der Einzige, der nix versteht?«, meckerte Boris.

»Ich verstehe auch kein Wort«, versuchte Simon ihn zu beruhigen und sah Nico fragend an.

»Es ist ganz einfach«, sagte Nico. »Wenn ich eins durch sich selbst teile, kommt eins heraus. Multipliziere ich eins mit einer anderen Zahl, ergibt das immer die andere Zahl. Versteht ihr nicht. Die Eins ist dann die andere Zahl.«

Dann drehte er sich zur Wand und rief laut. »Du bist die Eins!«

Karla schlug vor Aufregung die Hand vor den Mund und Boris stöhnte laut auf. Kurze Zeit passierte nichts und sie rechneten schon mit dem Schlimmsten, als sich plötzlich die Wand mit einem knirschenden Geräusch zur Seite schob.

»Na endlich«, nörgelte die Stimme.

Zuerst standen sie starr da, als könnten sie ihr Glück nicht fassen. Dann traten sie rasch durch die Tür, gerade rechtzeitig, denn der Durchgang begann sich bereits wieder zu schließen.

»Was ist das nur für ein verrückter Irrgarten?«, stöhnte Boris. Simon hatte dasselbe gedacht. Jeder Gang sah aus wie der vorherige, und ein Ende war nicht abzusehen.

Am schlimmsten für Simon war aber, dass er keine Ahnung hatte, wo sie sich eigentlich befanden. Man konnte in diesen Gängen verhungern und niemand würde es jemals bemerken.

Sie beschleunigten ihre Schritte. Wieder hörten sie einen lang gezogenen Ton wie kurz nach ihrem Eintreffen, nur etwas lauter. Besorgt sahen sie sich an.

»Ich hoffe, das ist nur eine Lokomotive«, sagte Karla, nicht sehr überzeugt.

Nach einer Weile begann der Boden sich zu neigen, dann schwenkte der Gang nach links und sie standen vor einem riesigen Tor.

»Und jetzt?«, fragte Nico nach einigen ratlosen Sekunden.

»Zurück können wir nicht, also müssen wir da rein«, sagte Karla entschlossen.

Sie trat vor, legte den schweren Riegel um und zog an einem großen Eisenring. Eilends traten sie in den nächsten Raum. Das schwere Tor hinter ihnen schloss sich so schnell, dass sie hineingestoßen wurden. Erschrocken rappelten sie sich auf und sahen sich um.

Der Raum, in dem sie sich jetzt befanden, war kreisförmig und hell erleuchtet. In der Mitte des riesigen Felsendoms lag ein mächtiger Felsbrocken. Ein gigantischer Drache mit weit ausgebreiteten Flügeln ruhte auf ihm. Die rotfunkelnden Augen blickten drohend auf sie herab.

Erschrocken fuhren sie zurück. Das aufgerissene Maul schien jeden Moment Feuer speien zu wollen.

Dann erkannten sie, dass es sich um eine riesige Statue handelte. Der unbekannte Künstler hatte die Figur aus einem tiefgrünen Stein gemeißelt. Der schuppenbedeckte Körper des Drachen wirkte so lebensecht, dass sie eine Weile benötigten, um sich von dem Schrecken zu erholen. Ein Stachelkranz umrundete den mächtigen Nacken und bis zur Schwanzspitze wuchsen riesige Widerhaken aus dem Rücken.

Simon stöhnte auf. »Puh, für einen Moment dachte ich schon, der wäre lebendig.«

Einige Deckenstützen hatte der Erbauer dieses Felsendoms stehen lassen. Große Felsbrocken lagen verstreut auf dem Boden und in die Wände waren in regelmäßigen Abständen Tore eingebaut.

Wie in den Gängen schien auch hier die Felsendecke in ständiger Bewegung zu sein. Dort oben flog etwas herum.

»Sind das – sind das Fledermäuse?«

Angewidert starrte Boris an die Decke.

»Jetzt ist guter Rat teuer?«, seufzte Nico angesichts der vielen Ausgänge.

»Wir müssen uns für einen Gang entscheiden! Fragt sich nur, für welchen«, sagte Boris.

»Wir nehmen einfach den Nächsten, wir wissen ohnehin nicht, was uns erwartet«, entschied Simon.

Ein helles Lachen ertönte und warf ein schauriges Echo von den Wänden. Erschrocken sahen sich die Freunde um. Dann hörten sie leise Schritte, und neben dem Drachen erschien eine zierliche Gestalt. Simon glaubte, seinen Augen nicht zu trauen, und seine Freunde stöhnten auf.

Es war Armida.

»DU?«, rief Simon überrascht. »Wie kommst du hierher?«

Sie lächelte ihn an. »Ach, das war gar nicht so schwer«, sagte sie, ohne seine Frage zu beantworten.

Erst jetzt bemerkte Simon, dass sie einen Zauberstab in der Hand hielt. Während sie sprach, ließ sie ihn nicht aus den Augen und hielt den Stab unverwandt auf ihn gerichtet.

»Was machst du denn hier? Wie kommst du hierher?«, wiederholte Simon, der es nicht fassen konnte, die ehemalige Freundin seines Bruders hier zu sehen.

»Du verstehst es nicht?«, sagte sie immer noch lächelnd.

»Bist du, bist du …«, stotterte Simon.

»Sie kann zaubern, sie ist eine Hexe!«, rief Karla triumphierend und sah Armida verächtlich an.

»Kluges Kind. Du hast recht, ich bin eine Hexe. So wie du auch. Ja, du hast mich von Anfang an nicht gemocht, auch wenn du nicht wusstest, wer ich wirklich bin. Das war nicht zu übersehen.

Aber der Holzkopf von Martin war viel zu hingerissen von mir, so wie ihr alle. Natürlich habe ich meine Rolle auch vorzüglich gespielt, findest du nicht?«, sagte sie zu Simon und grinste abfällig. Verächtlich sah sie die Jungen an.

»Leider hast du mich in deinem Zimmer erwischt. Da wusste ich, dass du misstrauisch geworden bist. Nicht sehr, aber genug, um mich von nun an zu beobachten.«

»Mein Bruder ist kein Holzkopf. Was wolltest du überhaupt von ihm?«, knurrte Simon wütend.

»Von deinem Bruder wollte ich nichts. Zuerst sollte ich nur herausfinden, wie viel du über die Kobolde wusstest. Als wir bemerkten, dass du Kontakt mit den Zwergen bekommen hattest, war meine Aufgabe, herauszufinden, wie weit sie bereit waren, dir zu helfen. Bedauerlicherweise hast du mich überrascht, bevor ich mehr herausfinden konnte«, erklärte sie bereitwillig.

»Und wer hat dich beauftragt?«, wollte Nico wissen.

»Das war ich«, ertönte jetzt eine Männerstimme.

Simon zuckte zusammen. Diese Stimme hatte er schon einmal gehört. Sie gehörte zu dem grauhaarigen Mann, der damals mit Barikor im Wald gesessen hatte, um den Tod der Querxe zu planen.

Eine Gestalt trat hinter einem Felsen hervor. Der Mann war groß, schlank und hatte graue Haare. Aus dem hageren Gesicht sahen zwei stechende Augen die Freunde an. Auch er hielt einen Zauberstab in der Hand.

Er trug einen schwarzen Anzug, der nicht so aussah, als wäre er von der Stange gekauft und verlieh ihm das Aussehen eines Bankdirektors.

»Darf ich vorstellen?«, sagte Armida und deutete auf den Mann. »Mein Vater, Caladrius von Roden, Zaubermeister 1. Grades und erfolgreicher Börsenmakler.«

Herr von Roden nickte ihnen zu und schürzte verächtlich die Lippen.

Alle möglichen Gedanken schossen Simon durch den Kopf. Wie konnte das sein? Was war hier überhaupt los?

Eine Weile standen sie sich gegenüber und niemand sagte etwas.

Dann fragte Simon: »Wo sind wir hier? Und was macht ihr hier?«, setzte er hinzu, wobei er versuchte, seine Stimme ganz ruhig klingen zu lassen.

»Wir haben auf euch gewartet«, antwortete Armida und lächelte wieder.

»Auf uns gewartet?«, fragte Boris verblüfft. »Woher hättest du wissen können, dass wir hier auftauchen. Das wussten wir ja nicht einmal selbst.«

Ihr Lächeln vertiefte sich noch.

»Ach, wir vermuteten schon, dass ihr versuchen würdet, euren neuen Freunden zu helfen. Deshalb hat mein Vater euch in diese Falle gelockt.«

»Was habt ihr mit den Querxen gemacht?«, fragte Simon, der allmählich richtig wütend wurde.

»Oh, denen geht es leider gut. Ihnen ist nichts passiert«, antwortete Armidas Vater. »Ihr solltet nur glauben, sie seien in Gefahr«, erklärte er.

»Aber damals im Wald haben Sie doch mit dem Kobold den Tod der Querxe geplant.«

Das Gesicht des Herrn von Roden verfinsterte sich.

»So, ihr habt uns also belauscht. Aber ihr habt nichts verstanden. Nicht den Tod der Zwerge haben wir geplant, sondern euren. Es war nur wichtig, dass euch die Zwerge nicht mehr unterstützten.

Deshalb haben wir nacheinander das Gebäude und den Brunnen zerstört. Sie sollten denken, dass ihr es gewesen seid. Und das hat ja auch funktioniert. Danach war alles ganz einfach. Ihr musstet nur noch glauben, den Zwergen wäre etwas zugestoßen.

Barikor war sich sicher, dass ihr versuchen würdet, ihnen zu helfen. Wie geplant habt ihr dann begonnen, den Eingang zur Zwergenwelt freizulegen. Durch den Transportstein wurdet ihr dann alle unter diesen Berg versetzt.«

Während er das sagte, breitete er die Arme weit aus und betrachtete den Raum.

Simons Gedanken überschlugen sich. Konnte es sein, dass die beiden nichts von Herkules wussten? Dann befand sich sein Leibwächter noch vor dem Tor. Simon war sich sicher, dass Herkules nichts unversucht lassen würde, um sie zu befreien.

Er schöpfte bei dem Gedanken neue Hoffnung. Auf keinen Fall durften sie Herkules erwähnen. Er hoffte nur, dass seine Freunde zu dem gleichen Schluss gelangten.

»Diese Gänge befinden sich tief unter dem Drachenfels im Siebengebirge. Sie sind der Zugang zur Kobold-Zentrale in Deutschland. Von hier aus steuern sie das Geld- und Aktiengeschehen in diesem Land. Sie sind zwar hässlich und widerwärtig, aber man macht mit niemandem bessere Geschäfte als mit ihnen.«

Während er das sagte, lächelte er hinterhältig.

»Wie ihr schon bemerkt habt …«, sprach Armida jetzt wieder, »… sind die Zugänge hier im Gegensatz zu denen der Zwergenwelt mit tödlichen Fallen gesichert. Ihr könnt nicht entkommen.«

»Aber warum habt Ihr uns hierhergeholt? Was haben wir Ihnen getan?«

Fieberhaft überlegte Simon, wie sie aus diesem Berg entkommen konnten. Doch sie wussten noch nicht einmal, wo hier ein Ausgang war, geschweige denn, wie sie dorthin gelangen konnten. Auf jeden Fall musste er versuchen, Herrn von Roden so lange wie möglich in ein Gespräch zu verwickeln.

»Weil ihr dabei seid, die Geschäfte der Kobolde zu stören. Und wer die Geschäfte der Kobolde stört, stört auch meine. Und das kann ich nicht zulassen. Außerdem will Barikor euch sehen. Er ist ganz begierig darauf«, sagte Herr von Roden mit spöttischem Lächeln.

Simon hörte aufmerksam zu, als der Zaubermeister weitersprach.

»Barikor verlangt sein Eigentum zurück. Und er freut sich darauf, denjenigen zu bestrafen, der ihn vor allen Kobolden gedemütigt hat. Dass ich ihm dazu verholfen habe, wird sich natürlich auszahlen. In solchen Fällen erweisen Kobolde sich als sehr großzügig.«

»Sie sind ein geldgieriger Verräter«, zischte Karla verächtlich. »Kein Wunder, dass die Querxe mit Menschen nichts zu tun haben wollen.«

Armidas Gesicht hatte sich zu einer wütenden Fratze verzogen.

»Sprich noch einmal so mit meinem Vater und ich verwandle dich in eine Kröte«, drohte sie.

»Na na, Armida«, wies Herr von Roden seine Tochter zurecht. »Wir wollen doch Barikor nicht den ganzen Spaß verderben. Er hat noch viel mit euch vor.«

Dabei grinste er böse.

»Wenn er will, kann er beides zurückhaben«, sagte Simon hastig.

»Dafür ist es jetzt zu spät«, entgegnete Herr von Roden gehässig.

»Es sei denn ...«, er machte eine Pause. »Es sei denn, ihr würdet euch uns anschließen.«

»Warum sollten wir das tun?«, rief Karla wütend.

»Weil ihr Menschen seid. Was habt ihr mit den widerwärtigen Zwergen zu tun. Bei uns würdet ihr eine richtige Ausbildung erhalten. Seid nicht dumm. Ihr gehört weder zu den Zwergen noch zu den minderwertigen magielosen Menschen«, bellte Armida.

Simon hatte genug gehört.

»Die Querxe haben völlig recht«, sagte er zähneknirschend. »Die Menschenzauberer sind nichts anderes als fiese Verräter. Wir werden uns euch nie anschließen.«

»Damit habt ihr kleinen Dummköpfe euer eigenes Urteil gesprochen«, erwiderte Herr von Roden kalt.

Aus den Augenwinkeln bemerkte Simon, dass Nico sich seitwärts bewegte. Sogar Armida und Herr von Roden wurden von der Geschwindigkeit überrumpelt, mit der er plötzlich hinter einem der Felsbrocken verschwand.

Simon und Boris nutzten die Überraschung, um sich ebenfalls einen Brocken als Schutz zu suchen, während Karla um den Felsen mit der Drachenstatue rannte und behände hinaufkletterte.

Sie hörten Herrn von Roden arrogant lachen. »Glaubt ihr, ihr könntet so entkommen?«, rief er belustigt.

DIE JAGD BEGINNT

»Darf ich sie jagen?« Armida bettelte ihren Vater an. Der Gedanke schien ihr ungeheuren Spaß zu machen.

»Gerne«, antwortete ihr Vater. »Aber denke daran, Barikor will sie lebendig und unverletzt.«

»Ich werde mein Spielzeug doch nicht kaputt machen«, kicherte sie.

Fieberhaft suchte Simon nach einem Ausweg. Ihre Künste mit dem Zauberstab konnten sich schwerlich mit denen eines ausgebildeten Zauberers messen. Und Herr von Roden würde sich nicht von einem Wasserstrahl erschrecken lassen. Selbst seine Tochter musste ihnen im Umgang mit Magie weit überlegen sein. Den Gedanken, dass Barikor noch auftauchen würde, wollte er erst gar nicht zu Ende denken.

Leise Schritte näherten sich dem Felsbrocken, hinter dem Simon sich verbarg. Armida hatte die Jagd begonnen und Simon offenbar als erstes Opfer auserkoren.

Das Herz klopfte ihm bis zum Hals.

»Denk nach, denk nach«, schimpfte er mit sich. Doch ihm wollte nichts einfallen.

Als er vorsichtig um den Felsbrocken spähte, war von ihr nichts zu sehen. Ein Geräusch hinter ihm ließ ihn erschrocken herumfahren. Armida war nur wenige Meter von ihm entfernt aufgetaucht.

Er machte mehrere Sätze und erreichte gerade noch einen der riesigen Pfeiler, bevor ein gleißender Strahl aus Armidas Zauberstab ihn knapp verfehlte. Stattdessen traf er auf den Stein und zerplatzte in tausend Funken.

»Du kannst nicht ewig weglaufen«, höhnte sie.

»Wenn du weiterhin so schlecht zielst, vielleicht doch«, spottete Simon, obwohl ihm gar nicht danach zumute war.

Er hörte Boris glucksen, während Armida wild einen weiteren Fluch auf seine Deckung schoss. Dann war es eine Weile still.

Wieder ertönte das mittlerweile vertraute Plopp, wenn jemand aus dem Nichts auftauchte. Abermals verfehlte ihn der Fluch, aber so knapp, dass er von dem Druck des Fluches auf den Rücken geworfen wurde.

Ihre Augen blitzten triumphierend.

»*scutumos*«, rief Simon in höchster Not und der Schild erschien unmittelbar vor Armida.

Sie stieß einen Schrei aus und wurde mit Gewalt zurückgestoßen.

»Brauchst du Hilfe?«, hörte er jetzt die spöttische Stimme von Armidas Vater, der immer noch lässig an dem Drachenfelsen lehnte.

»Ich schaffe das allein«, kreischte sie rasend vor Zorn.

Simon äugte vorsichtig um den Pfeiler und sah gerade noch, wie sie im hinteren Teil des Felsendoms verschwand. Was hatte sie vor? Niemand von ihnen befand sich dort.

Zwanzig Meter weiter erhaschte er einen Blick auf Karlas roten Haarschopf. Sie war einen der riesigen Felsbrocken hochgeklettert und hatte sich in eine Nische gedrückt. Nico spähte zwischen zwei dicht stehenden Felsen hervor und winkte ihm zu. Nur von Boris war nichts zu sehen.

Eine Weile war es so still, dass man eine Stecknadel hätte fallen hören können. Sein eigenes Atmen kam Simon wie das Schnaufen einer Dampflokomotive vor. Immer wieder sah er sich besorgt um, doch Armida blieb verschwunden.

Dann hielt er es nicht mehr aus. Irgendetwas mussten sie unternehmen. Er nutzte die vielen Felsen, um unbemerkt zu Nico zu gelangen.

Sein Freund grinste ihn an. »Der war klasse«, flüsterte er.

Simon sah auf seinen Zauberstab.

»Ich bin mir nicht sicher, ob ich das war«, meinte er zweifelnd. Wenn er recht überlegte, war es noch keinem von ihnen gelungen, einen derart starken Schildzauber zu erzeugen. Es war Barikors Zauberstab.

Er kam nicht dazu, sich weitere Gedanken zu machen. Von der gegenüberliegenden Seite hörten sie Boris einen Schrei ausstoßen. Dann rief er mit sich überschlagender Stimme: »*mutare!*«

Im selben Moment kam Armida panisch kreischend hinter einem Felsbrocken hervorgestürmt. Simon bedauerte, dass er nicht sehen konnte, was Boris ihr vorgegaukelt hatte.

In ihrer Angst rannte sie genau auf den Felsen zu, auf dem Karla sich versteckt hielt, während Boris im Zickzack auf Simon und Nico zustürmte. Herr von Roden stand immer noch regungslos an der Drachenstatue.

Boris strahlte, als er sie erreichte. „Ein wilder Elefant unter dem Berg wirkt Wunder", flüsterte er keuchend.

Simon feixte. Der Zauberunterricht machte sich jetzt bezahlt. Sollten sie hier wieder herauskommen, würde er sich als allererstes bei Eugel und dem Magister bedanken. Wenn sie wieder herauskamen, verbesserte er sich.

Bevor die immer noch vor Angst kreischende Armida Karlas Versteck erreichte, gellte Karlas Stimme durch den Raum.

»*labitus*«, rief sie und Armida schlug der Länge nach hin. Vor Schmerz stöhnend, rappelte sie sich wieder auf.

»Wie hat dir das Gefallen, du Schlampe?«, hörten sie die schadenfrohe Stimme ihrer Freundin.

Armida stöhnte, diesmal vor Wut und verschwand wieder.

Dann sah Simon aus den Augenwinkeln, wie sie auf dem Felsblock oberhalb von Karlas Versteck wieder auftauchte.

Er schrie laut auf.

»Vorsicht, Karla, sie ist auf deinem Felsen!«

»*aqua grandis*!«, hörte er Boris mit wutverzerrtem Gesicht brüllen.

Er hatte das Versteck verlassen, um Karla zu Hilfe zu eilen. Es gelang Armida noch, sich wegzuducken, doch ein Teil des armdicken Wasserstrahls erwischte sie.

Pitschnass geriet sie ins Straucheln und wäre fast vom Felsen gestürzt.

Jetzt geschahen mehrere Dinge gleichzeitig. Karla stürzte sich zornig auf Armida, warf sie zu Boden und schlug heftig auf sie ein, während die Stimme des Herrn von Roden durch den Raum schallte und Boris von einem Fluch getroffen wurde.

Anscheinend hatte Armidas Vater die Geduld verloren und ebenfalls die Jagd begonnen.

Boris' Körper wurde von dem Strahl erfasst, leuchtete auf und schlug mit einem hässlichen Krachen zu Boden. Regungslos blieb er liegen, während sein Körper unheimlich pulsierend strahlte.

Simon und Nico waren wie gelähmt.

»Hey, Lackaffe«, brüllte Karla wütend, die von Armida abließ. Dann rief sie: »*aqua grandis*«, und ein starker

Wasserstrahl jagte auf Herrn von Roden zu. Mit einer lässigen Handbewegung wehrte er den Zauber ab.

Er verschwand und wurde neben seiner Tochter wieder sichtbar.

Karla versuchte noch herunterzuspringen, als ein Fluch von Armida sie in den Rücken traf.

Sie stieß einen schrillen Ruf aus und taumelte. Dann stürzte sie von dem Felsbrocken und schlug schwer auf dem Boden auf.

»Karla!«, brüllten Simon und Nico zugleich. Es war, als hätte man Simon in einen Kübel mit eiskaltem Wasser geworfen. Er konnte nicht glauben, dass ihre Freundin diesen entsetzlichen Sturz überlebt hatte.

Armida lachte verächtlich.

»Hat der kleine Simon seine kleine Freundin verloren?«, rief sie mit Kleinkinderstimme.

Im nächsten Moment tauchte sie mit ihrem Vater wieder am Fuß der Drachenstatue auf. Herr von Roden setzte sich sofort in Bewegung, um die Jagd fortzusetzen.

Entsetzt beobachtete Simon, dass Nico das Versteck verlassen hatte. Warum tat er das nur, fragte er sich. War er verrückt geworden? Unglücklicherweise schien auch noch sein Rolli beschädigt zu sein, denn Nico mühte sich verzweifelt ab, um vorwärtszukommen. Aber der Rolli schlich nur dahin.

»Verschwinde, Nico! Bist du verrückt? Was tust du denn da?«, brüllte Simon, als Nicos Rollstuhl genau zwischen Armida und ihrem Vater zum Stehen kam.

Mit bösem Grinsen erhoben beide gleichzeitig ihre Zauberstäbe. Wie erstarrt sah Nico von einem zum anderen. Dann jagten beide wie auf Kommando einen Fluch auf ihn.

Im selben Moment schrie Simon: »*aqua grandis!*«.

Er sah seinen Freund schon von einem Fluch getroffen, bewusstlos in seinem Stuhl zusammensinken, als der

Rolli mit unglaublicher Geschwindigkeit beschleunigte und hinter dem nächsten Felsen verschwand.

Das triumphierende Gesicht Armidas erstarrte, als der Fluch ihres Vaters und Simons sie gleichzeitig traf.

Sie stieß noch einen schrillen Schrei aus. Ihr Körper leuchtete durch den Fluch ihres Vaters gespenstisch auf, als ob sie von innen heraus strahlte, und der Wasserstrahl riss ihr die Beine weg. Sie überschlug sich, dann krachte ihr Körper mit einem hässlichen Geräusch nicht weit von Karla entfernt auf.

Zu Simons Bedauern entging Herr von Roden dem Fluch seiner Tochter durch einen Hechtsprung zur Seite.

Dieser Nico war ein Teufelskerl. Besorgt fragte er sich, wie lange sie noch hinter irgendeinem Felsen Deckung finden konnten. Irgendwann würde auch Barikor eintreffen.

Wenn er nur wüsste, was sich hinter den vielen Türen verbarg. Vielleicht konnten sie dort mehr Schutz finden. Doch dazu mussten sie erst dorthin gelangen. Er schlich vorsichtig von Felsblock zu Felsblock. Jeden Moment rechnete er damit, dass Herr von Roden vor ihm auftauchen würde.

Aus seiner Deckung heraus sah er, wie Armidas Vater sich über seine Tochter beugte, die leblos auf dem Boden lag. Trotz der Lebensgefahr brachte Simon es nicht über sich, ihn jetzt anzugreifen. Doch diesen Entschluss bereute er kurz darauf.

Im nächsten Moment kam Nico mit einem wilden Schrei hinter dem Felsen hervor gerast und rollte in atemberaubendem Tempo auf den Zauberer zu. Ein Rad fuhr über die linke Hand des Zaubermeisters, mit der er sich über Armida gebeugt abstützte. Es gab ein hässliches Knirschen und Herr von Roden schrie vor Schmerzen auf.

Für einen Moment glaubte Simon, sein Freund könne sich in Sicherheit bringen. Nico war schon fast wieder verschwunden, als ein Fluch ihn in den Rücken traf. Er sackte zusammen und rührte sich nicht mehr, während sein Rollstuhl langsam ausrollte.

Jetzt war Simon allein.

Doch es war nicht der Zaubermeister, der den Fluch auf Nico abgegeben hatte. Ein krächzendes Lachen hallte durch den Raum.

BARIKOR WAR DA.

Herr von Roden wehrte Simons hastig daher gesagten Zauber mit einer knappen Bewegung ab, während er die linke Hand an sich gepresst hielt. Anscheinend war sie gebrochen. Dann begann die Luft um ihn herumzuwirbeln und er verschwand.

Argwöhnisch sah Simon sich um, ohne dass er den Zaubermeister erblicken konnte. Aus einem anderen Teil der Halle hörte er Stimmengemurmel.

In Panik rannte Simon zur nächstgelegenen Tür. Etwas zischte an seinem Gesicht vorbei und prallte auf die vor ihm liegende Wand, wo der Strahl nach allen Seiten zerfloss. Hastig riss Simon die Tür auf. Noch bevor er sie wieder schließen konnte, stoben weitere Strahlen an ihm vorbei und flogen in den Raum vor ihm.

Ein kurzer Blick zeigte ihm, dass sich seine Lage nicht verbessert hatte. Im Gegenteil. In langen Reihen waren Tische aufgestellt. Blau gekleidete Kobolde saßen vor ihnen, in ihre Arbeit vertieft. Leuchtende rote und grüne Zahlenkolonnen schwebten über den Tischen und waren in ständiger Bewegung. Eine elektrisierende Spannung lag in der Luft.

Sein Eintreten wurde erst bemerkt, als die Flüche Barikors und des Zaubermeisters durch die Halle zischten und das geschäftige Treiben unterbrachen.

Ein Krachen ertönte und krächzende Rufe schwirrten durch den Raum. Ein ohrenbetäubendes Kreischen, wie von einer kaputten Alarmanlage, heulte auf.

Im hinteren Teil des Raumes war ein Tisch in Flammen aufgegangen. Ein Kobold versuchte hastig, die darauf liegenden Pergamente zu retten. Etwas weiter hing ein Kobold regungslos kopfüber in der Luft, während sein Körper sich langsam um die eigene Achse drehte.

Alle anderen Kobolde waren von ihren Stühlen aufgesprungen und sahen sich aufgeregt um. Einige deuteten auf Simon und krächzten etwas in einer unbekannten Sprache.

Simon rannte los und versuchte, den Saal zu durchqueren. In dem Moment stürzte Herr von Roden in den Raum und schoss mit wutverzerrtem Gesicht einen Fluch nach dem anderen auf ihn ab.

Eine der Säulen, die die langgestreckte Halle abstützten, wurde getroffen und ein lauter Gong ertönte. Der Boden, die Wände, alles vibrierte. Von der Decke lösten sich einige Brocken und prasselten auf die Tische. Das Geschrei der Kobolde wurde lauter.

Panisch suchte Simon hinter einem Schreibtisch Schutz. Ein Fluch Barikors zertrümmerte ihn, sodass Simon schutzlos am Boden hockte. Überall in dem Raum waren Tische in Brand geraten.

Barikor, der auf einem der Schreibtische stand, um eine bessere Übersicht zu haben, stieß einen triumphierenden Schrei aus. Noch einmal gelang es Simon, einen Fluch mit dem Schildzauber abzuwehren. Er schickte einen *aqua grandis* nach dem anderen und traf einige kopflos herumlaufende Kobolde.

Dann erschienen wie aus dem Nichts an mehreren Stellen des Raumes grüngekleidete Kobolde. Alle trugen Zauberstäbe in den Händen und wirkten sehr entschlossen. Einer stieß einen Schrei aus und wie auf Kommando schossen gelbe Strahlen durch die Luft. Noch bevor Simon zusammenbrach, sah er, dass auch Herr von Roden und Barikor bewusstlos zu Boden sanken.

»Aus«, war Simons letzter Gedanke. »Es ist vorbei.«

GERETTET

Als Simon erwachte, blendete ihn helles Licht. Zuerst glaubte er, er läge noch in der hell erleuchteten Halle der Kobolde. Nach und nach fiel ihm wieder ein, was sich zugetragen hatte.

Vor seinem geistigen Auge sah er nochmals, wie seine Freunde einer nach dem anderen von Herrn von Rodens Flüchen getroffen wurden. Simon konnte immer noch das fürchterliche Geräusch hören, als Karla aus mehreren Metern Höhe auf den Boden prallte und bohrende Angst um seine Freunde erfüllte ihn.

Dann fiel ihm auf, dass es still war. Der Lärm der Halle war verschwunden. Ein Geräusch wie ein leises Schnarchen drang an seine Ohren und er zwang sich, die Augen zu öffnen.

Über sich sah er eine Holzdecke. Überrascht richtete er sich auf, um sogleich wieder stöhnend in sein Kissen zurückzusinken. Jede Faser seines Körpers tat weh. Er konnte sich nicht erinnern, jemals solche Schmerzen gehabt zu haben. Langsamer als vorher versuchte er, sich aufzusetzen.

Zu seiner großen Überraschung saß Berylune am Fußende seines Bettes und sah ihn lächelnd an. Trotz der Sorgen um seine Freunde und den stechenden Kopfschmerzen stellte sich wieder ein tiefes Gefühl von Geborgenheit bei ihm ein und er lächelte zaghaft zurück.

Er lag in einem frisch bezogenen Bett. Durch mehrere Sprossenfenster an den Wänden fiel das Licht der Wintersonne und erhellte den großen Raum. Anscheinend hatte es in Sindrikum geschneit, denn von seinem Bett aus konnte Simon den Schnee sehen, der sich draußen auf den Fensterbänken wölbte.

Erst jetzt bemerkte er seine Freunde, die in den anderen Betten lagen. Das leichte Schnarchen kam von Boris, der mit geschlossenen Augen auf der Seite lag.

Unglaubliche Erleichterung durchströmte ihn, und er fiel in sein Kissen zurück.

Eine kleine knubbelige Frau in einem weißen Kittel hatte bemerkt, dass Simon erwacht war, und tippelte herbei. Sie machte einen resoluten Eindruck.

»Na«, meinte sie freundlich. »Wieder aufgewacht? Hier, trink das. Es ist gegen die Nachwirkungen des Fluches, der dich getroffen hat.«

Sie gab ihm etwas zu trinken, was so ekelig schmeckte, dass sich sein Magen verkrampfte. Er schüttelte sich. Wollte sie ihn nun endgültig umbringen? Die kleine Frau schmunzelte, als Simon vor Ekel das Gesicht verzog.

»Du wirst sehen, gleich geht es dir besser.«

Wie sie gesagt hatte, wirkte das Mittel rasch, denn einige Sekunden später ließen die Schmerzen allmählich nach. Als seine Krankenschwester sah, dass die Medizin die gewünschte Wirkung hatte, wandte sie sich seinen Freunden zu, die mittlerweile auch erwacht waren, und flößte ihnen ebenfalls das Getränk ein. Dann verschwand sie wieder in einem Nebenraum.

Kurze Zeit später betrat Eugel strahlend den Raum.

»Na, ihr Langschläfer, endlich wieder aufgewacht?«

»Wie kommen wir hierher?«, wollte Simon erstaunt wissen.

»Eine Weile nach eurem Verschwinden tauchte Herkules beim Magister auf und erzählte ihm alles, was sich zugetragen hatte«, klärte Eugel sie auf. »Aber das sagen sie euch vielleicht selbst.«

Die Tür hatte sich wieder geöffnet, und der Magister trat ein. Auf seiner Schulter hockte Herkules. Lächelnd trat Magister Alberich an ihre Betten.

»Die jungen Helden sind wieder aufgewacht, das ist gut«.

Herkules tauchte auf Karlas Bettdecke auf und machte es sich gemütlich.

»Womit wieder bewiesen wurde, dass man mehr Glück braucht als Verstand«, piepste er kichernd.

»Woher hast du gewusst, dass mit dem letzten Stein etwas nicht in Ordnung war?«, fragte Nico ihn.

»Habe ich nicht. Ich habe die Steine weggeräumt, ohne sie anzufassen, wisst ihr noch?«

»Nachdem Herkules das Tor freigelegt hatte, kam er gleich zu mir und erzählte, was vorgefallen war. Wir machten uns sofort auf und untersuchten den zerstörten Gang«, erklärte Magister Alberich. »Dabei fanden wir auch den schwer verletzten Tothand.«

»Wie geht es ihm?«, wollte Simon wissen.

»Seid unbesorgt«, meinte der Magister lächelnd. »Da ihr ihn von den Steinen befreit hattet, konnten wir ihn lebend bergen. Wir Querxe haben wesentlich dickere Schädel als ihr Menschen, wisst ihr.« Dabei zwinkerte er ihnen zu.

»Tothand ist auf dem Weg der Besserung und ...«, er machte eine kurze Pause. »... voll des Lobes über euren Mut.«

»Woher wussten Sie denn, wo wir waren?«, fragte Boris.

»Wir hatten schon eine Vermutung«, sagte Magister Alberich. »Aber eigentlich war es ganz leicht. Ich bin euch einfach auf dem Weg gefolgt, den auch ihr gegangen seid. Das magische Wurmloch des Steines hat mich zu den Kobolden geführt. Ihr seht, es hatte nichts mit Hellseherei zu tun.«

Er schmunzelte.

»Ich tauchte kurz nach eurer Gefangennahme auf. Die Kobolde waren ganz schön aufgebracht und wollten euch schon in ein Verlies tief unter dem Drachenfelsen einsperren. Zum Glück ließen sie sich überzeugen, euch mir zu überlassen.«

Das klang bestimmt viel einfacher, als es wahrscheinlich gewesen war, vermutete Simon.

»Glücklicherweise benutzen die Kobolde in all ihren unterirdischen Räumen *„parus videra"*«, fuhr der Magister fort.

»Was sind *„parus videra"*?«, fragte Simon verwundert.

»Das ist eine seltene kleine Vogelart. Sie treten immer in großen Scharen auf, fliegen ständig herum und beobachten alles, was unter ihnen vorgeht. Sie verstehen das Gesehene nicht, aber sie haben die nützliche Gabe, dich alles sehen zu lassen, was nicht länger als vierundzwanzig Stunden her ist. Und es gibt Mittel, diese Bilder festzuhalten. Habt ihr Menschen nicht auch solche Vögel, nur dass ihr sie auf Stangen befestigt?«

Simon überlegte, ob der Magister wohl Videokameras meinte.

Magister Alberich schmunzelte wieder.

»Was ich gesehen habe, hat mich zutiefst beeindruckt. Nicht nur, wie ihr das Rätsel gelöst habt, sondern auch, wie ihr das bisher Gelernte angewandt habt. Ich glaube, kein Querx mit eurem Ausbildungsstand hätte eine derartige Verwirrung mit dem *„aqua grandis"* anrichten oder sich sogar gegen ausgebildete Zauberer zur Wehr setzen können.

Ich wurde wieder daran erinnert, dass es oft nicht die vermeintlich großen oder mächtigen Dinge sind, die uns im Leben weiterhelfen. Ihr alle habt da unten sehr viel

434

Mut bewiesen, nur um uns zu retten. Und ihr habt Barikor und Herrn von Roden zusammen mit seiner Tochter das Leben schwer gemacht.«

»Hat sie überlebt?«, fragte Nico besorgt. Simon konnte seinen Freund gut verstehen. Er mochte Armida nicht, doch es wäre ein schrecklicher Gedanke, an ihrem Tod Mitschuld zu haben.

»Seid unbesorgt«, beruhigte sie der Magister. »Sie hat überlebt, wird aber wohl noch längere Zeit brauchen, um zu genesen.«

Dann fuhr er fort.

»Zu eurem Glück trafen die Sicherheitskobolde noch rechtzeitig ein. Sie haben dich, Barikor und Herrn von Roden betäubt, bevor ihr den ganzen Drachenfelsen in Schutt und Asche legen konntet.«

»Und die haben uns einfach so gehen lassen?«, wunderte sich Nico.

»Nun, du hast recht. Natürlich stellten die Kobolde noch einige Forderungen, die vorher erfüllt werden mussten.«

Er sah Simon ernst an.

»Sie bestanden zum Beispiel darauf, dass du die Nebelkappe und den Zauberstab seinem Eigentümer zurückgibst. Das war ihre Bedingung. Außerdem musste ich mich dafür verbürgen, dass ihr keinem Menschen die Existenz der Kobolde offenbart.«

Der Magister sah die große Enttäuschung auf Simons Gesicht und lächelte.

»Erst einmal ist es wichtig, dass ihr alle wieder gesund und munter zurück seid.«

Er tätschelte Simons Bein.

»Ihr hattet großes Glück, dass die Kobolde euch gehen ließen. Was Barikor angeht, so denke ich, hast du dir einen erbitterten Feind geschaffen. Er wird dich nur in

Ruhe lassen, weil es von den anderen Kobolden so gewollt ist.

Sein Gesichtsverlust ist größer, als ihr euch vorstellen könnt. Was die Kobolde mit Herrn von Roden machen, wollten sie nicht sagen. Wer weiß, ob er noch seine Geschäfte mit ihnen machen kann?«

»Ja dann ... vielen Dank für die Rettung«, meinte Simon. Die anderen nickten.

»Ohne Sie und Herkules wären wir wahrscheinlich nicht hier.«

»Ach ja, fast hätte ich es vergessen. Ich habe die Bilder dem Rat der Sieben gezeigt. Sie fordern euch auf, am nächsten Samstag vor ihnen zu erscheinen.«

Simon wurde blass. Auch die anderen sahen sich betreten an.

»So«, meinte der Magister. »Und jetzt rufen mich die Amtsgeschäfte. Ruht euch noch ein wenig aus. Nächste Woche werden wir noch genug Zeit finden, um miteinander zu reden. Wenn ihr etwas benötigt, wendet euch ruhig an Großmeisterin Hilgi. Sie ist eure Krankenschwester. Ihr dürft sie aber nicht so nennen. Sie ist da ziemlich empfindlich.«

Ein lautes Grummeln ertönte.

»Wann gibt es was zu essen?«, fragte Boris hoffnungsfroh.

»Ich habe noch etwas von dem kleinen Drecksack übrig. Ich hole dir etwas davon, wenn du willst«, sagte Eugel hilfsbereit.

Boris verzog das Gesicht. »Na ja, ein bisschen Fasten tut mir vielleicht ganz gut.«

Karla kicherte verdruckst. »Wie lange sind wir eigentlich schon hier?«, wollte sie von Eugel wissen, nachdem der Magister den Raum verlassen hatte.

»Drei Tage«, meinte er. »Ihr hab ganz schön lange geschlafen.«

Simon wurde blass.

»Drei Tage ...«, stöhnte er entsetzt. »Na, dann kann ich was erleben, wenn ich wieder nach Hause komme. Unsere Eltern haben sicher schon die Polizei benachrichtigt.«

»Keine Sorge«, beruhigte Eugel sie. »Eure Eltern haben euch jeden Tag gesehen«.

»Wie das?«, fragte Nico ungläubig.

»Natürlich nicht wirklich euch, sondern eure Schatten.«

»Schatten?« Simon verstand wieder einmal nichts.

»Schatten sind so etwas wie ein Abbild von euch. Sie sehen aus, wie ihr, sie reden, wie ihr und sie tun alles, was ihr auch tun würdet.«

»Wirklich alles?«, fragte Karla jetzt und wirkte etwas besorgt.

Irritiert sah Simon sie an.

»Ich glaube nicht, dass meine Mutter mich mit einem Schatten verwechseln könnte«, sagte Boris zweifelnd.

»Oder sie will den Schatten gar nicht mehr gegen dich eintauschen«, piepste Herkules.

»Wie ist es den Kobolden eigentlich gelungen, im Fänggenwald zu zelten?«, fragte Boris.

»Nur mithilfe eines mächtigen Zaubers«, erklärte Eugel ihnen. »Allerdings rief er beim Eindringen in unsere Welt eine magische Störung hervor.

Erinnert ihr euch noch an unseren ersten Unterricht im Fänggenwald? Der Blitz, den Simon damals gesehen hatte? Das war kein normaler Blitz. Genau in diesem Moment durchbrach Barikor unsere Schutzzauber. Kein Querx war in der Lage, das Lager zu finden. Sein Plan hätte funktioniert. Er hat nur nicht mit eurem Mut gerechnet.«

»Und mit eurer Dickköpfigkeit«, kicherte Herkules.

»Das auch«, stimmte Eugel lächelnd zu. »Ihr habt dafür gesorgt, dass Magister Alberich früher als erwartet misstrauisch wurde.«

Dann erschien Großmeisterin Hilgi wieder. Sie hielt eine kleine Flasche mit giftgrüner Flüssigkeit in der Hand.

»Die Besuchszeit ist zu Ende!«, forderte sie Eugel und Herkules energisch zum Gehen auf. Für eine Frau hatte sie eine erstaunlich tiefe Stimme. »Zeit für die Medizin!«

Herkules hüpfte auf Eugels Schulter.

»Wir schauen dann morgen wieder nach euch«, meinte Eugel.

»So und ihr nehmt jetzt eure Medizin und morgen werdet ihr wieder auf dem Damm sein«, sagte die Krankenschwester.

Am nächsten Nachmittag erschien Magister Alberich.

»Großmeisterin Hilgi teilte mir mit, dass ihr heute das Sanatorium wieder verlassen könnt. Dann sehen wir uns also am nächsten Samstag?«

Sie nickten. Simon sah sich um.

»Wo ist Herkules?«

»Dein Leibwächter und ich haben noch einiges zu besprechen«, sagte der Magister. »Da du ja jetzt nicht mehr in Gefahr bist, habe ich einen anderen Auftrag für ihn.«

»Das heißt, er wohnt nicht mehr bei mir?«, fragte Simon bestürzt.

Der Magister lächelte. »Oh, ich bin sicher, dass ihr ihn gelegentlich mal sehen werdet. Und er wird sich bestimmt noch selbst verabschieden wollen.«

Natürlich, das hätte er wissen können, dachte Simon. Herkules war nur zu seinem Schutz gekommen und der war nicht mehr nötig. Trotzdem würde er den frechen kleinen Kerl vermissen.

»Dann steht eurer Heimkehr nichts mehr im Wege«, sagte der Magister.

Kurze Zeit später fand Simon sich in seinem Zimmer wieder. Da er allein war, mussten seine Freunde in ihren eigenen Zimmern gelandet sein. Draußen war es bereits dunkel.

Dann erschrak er. Vorsichtig trat er näher. Das musste der Schatten sein, von dem Eugel gesprochen hatte.

Erstaunt sah er sich selbst in seinem Bett liegen. Sein Ebenbild lächelte ihm zu und löste sich einfach auf.

Sosehr Simon den Zauberunterricht auch genoss, das hier war unheimlich.

Er griff zu seinem Zauberstab, um ein wenig Licht zu machen, doch die Tasche war leer. Natürlich, er besaß ja weder die Nebelkappe noch den Zauberstab. Betrübt schaltete er das Licht an und setzte sich auf sein Bett, das noch ganz warm von seinem Schatten war.

Der Wecker zeigte dreißig Minuten nach Mitternacht an. Dann blickte er auf den Tischkalender. Welches Datum hatten sie eigentlich? Es war Mittwoch, der dreiundzwanzigste Dezember. Du liebe Güte, die Weihnachtsferien begannen heute. Er hatte jedes Zeitgefühl verloren.

Simon zog gähnend seinen Schlafanzug an. Ob Karla in ihrem Zimmer war, fragte er sich. Nicht, dass der Magister sie wieder zu ihrem Vater geschickt hatte.

Er klopfte leise an ihre Tür. Sie hatte schon auf ihn gewartet. Simon atmete auf. Es war schön, wieder zu Hause zu sein und jemanden zu haben, mit dem man das Erlebte teilen konnte.

Zwei Stunden später ging Simon zu Bett. Sein Kopf hatte noch nicht ganz das Kissen berührt, da schlief er auch schon ein.

Als er früh am Morgen erwachte, war es noch dunkel. Trotz der wenigen Stunden Schlaf fühlte er sich frisch und ausgeruht.

Im Haus war es noch ganz still. Gegen das Laternen-licht auf der Straße sah er, dass es in der Nacht zu schneien begonnen hatte. Der ganze Garten leuchtete in einem strahlenden Weiß. Die Johannisbeersträucher und einige Kohlköpfe erhoben sich in sanften weißen Hügeln.

Simon atmete tief ein. Weihnachten stand vor der Tür. Jedes Jahr freute er sich auf die Festtage, doch dieses Jahr war es anders. Die Weihnachtsgeschenke waren ihm egal.

Das Beste, was er jemals besessen hatte, war verloren gegangen. Es gab nichts, was der Nebelkappe und dem Zauberstab gleichkam. Er musste sich eingestehen, dass er neidisch auf seine Freunde war, die ihren Zauberstab behalten durften.

Andererseits verfolgten ihn die Kobolde nicht mehr und er musste keine Angst mehr haben. Und was für ein Abenteuer hatten sie erlebt? Ab jetzt würde er den Dra-chenfels mit anderen Augen sehen. Ob er jemals wieder unbefangen zur Ruine aufsteigen konnte? Tief atmete er durch.

Boris hatte recht gehabt, als er damals sagte, es würde nichts wieder so sein, wie es war. Aber das wollte Simon auch gar nicht mehr.

DAS URTEIL VOM RAT DER SIEBEN

Das Weihnachtsfest wurde trotzdem das Beste, das Simon bisher erlebt hatte. Sie stapften spätabends gemeinsam durch die verschneite Landschaft in die Weihnachtsmette. Danach hielten sie Bescherung.

Karla bekam drei Jeans, einen schönen Pullover, ein hübsches Kleid, das ihr wirklich gutstand (Martin machte große Augen, als er sie darin sah), einen schicken Wintermantel und von Simon einen Regenschirm geschenkt.

Sie fand keine Worte, um sich zu bedanken. Und es war auch nicht nötig. Jeder konnte sehen, wie glücklich sie war. Und als Frau Keller sie in den Arm nahm, begann Karla zu weinen.

Auch Simon hatte neue Kleidung geschenkt bekommen. Mehr hatte er sich zum Erstaunen seiner Eltern nicht gewünscht.

Sie lachten viel beim Fleischfondue, bevor sie satt und müde in die Betten sanken.

Als sie sich am nächsten Samstag auf den Weg machten, standen sie vor einem glücklichen Türwächter. Er war komplett restauriert und nichts erinnerte mehr an den Abend, als sie ihn zerstört vorfanden. Der finstere Gang mit seinen uralten Mauern, die den Eindruck machten, als würden sie jeden Moment einstürzen, war hell erleuchtet.

Am anderen Ende stand Eugel und erwartete sie bereits.

»Der Rat der Sieben wünscht, euch zu sehen!«, meinte er mit ernstem Gesicht.

Simon stutzte.

»Ist wieder was passiert?«, fragte er besorgt.

»Das soll euch der Rat der Sieben am besten selbst sagen«, antwortete Eugel kurz angebunden.

Bestürzt sahen sich die Freunde an. Konnte es sein, dass man ihnen wieder ein Vergehen vorwerfen wollte, von dem sie noch nicht einmal wussten, dass es passiert war?

Die gute Laune, mit der sie aufgebrochen waren, war dahin. Eugel schien es eilig zu haben und stapfte voran, während die Freunde beklommen hinter ihm her trotteten.

Ein wenig erinnerte Simon das Ganze an ihren ersten Besuch, nur dass sie heute nicht von einer aufgeregten Menge begleitet wurden.

Dann fiel ihm auf, dass sie bis auf Eugel noch niemanden gesehen hatten. Normalerweise war das Städtchen immer mit munterem Leben erfüllt. Den anderen war das auch aufgefallen.

»Wieso ist die Stadt heute so leer?«, rief Karla, doch Eugel brummte nur etwas in seinen Bart und stapfte mit großen Schritten weiter durch den Schnee.

Verwirrt sahen sie sich an. Auch die „Stumpfe Axt" war anscheinend geschlossen und alle Türen und Fenster waren verriegelt.

Das wiedererrichtete Posthaus war dem Alten sehr ähnlich, schien aber mächtiger zu sein. An der obersten und größten Etage waren seitlich einige Anbauten angebracht worden, die das ganze Gebäude noch zerbrechlicher erscheinen ließen, als es ursprünglich schon gewesen war. Auch ein steter Strom an Briefen und Paketen floss wieder in das Posthaus und wieder heraus.

Vorbei an dem Magistrat erreichten sie endlich das gläserne Gebäude, in dem der Rat der Sieben und Alberich schon versammelt waren.

Eugel schritt voran, während sich die vier hinter seinem breiten Rücken versteckten.

Schweigend und ernst blickte man sie an. Der ganze Rat der Sieben, einschließlich des anscheinend wieder genesenen Tothand, war anwesend.

»Egal, was es ist, wir waren es nicht!«, platzte es aus Boris heraus, der die Anspannung anscheinend nicht mehr ertrug.

Statt einer Reaktion legte der Magister mit ernstem Gesicht seinen Zauberstab vor sich auf den Tisch und die anderen Querxe taten es ihm nach.

»Wir versprechen, dass jeder nach bestem Gewissen und nach Recht und Gerechtigkeit sprechen wird«, erhob er die Stimme und sprach die gleichen Worte wie bei ihrem ersten Zusammentreffen mit den Patriziern.

»Wir geloben«, brummten die anderen Querxe auch heute.

»Wir geloben auf den Verzicht jeder Feindseligkeit, wie es das Thing gebietet«, rief Alberich.

»Wir geloben«, bestätigten sie im Chor.

Und wie damals stoben auch heute wieder farbige Funken aus den Zauberstäben hoch in die Luft und trafen über den Köpfen der Anwesenden aufeinander. Sie leuchteten grell auf, um dann unter dem Dach scheinbar ziellos hin- und herzufliegen.

Nach einer kurzen Stille sprach Alberich die einleitenden Worte.

»Ehrenwerte Mitglieder des Rates der Sieben!«, begann er. »Wie vor einigen Monaten beschlossen, versammeln wir uns heute erneut, um über die Folgen der unerwarteten Entdeckung unserer Welt neu zu diskutieren. Wie schon festgestellt, ist es diesen jungen Nescii gelungen, unsere über Jahrhunderte verborgene Welt zu betreten.«

Dann machte er eine Pause und sah die Mitglieder des Rates der Sieben an.

»Die Gründe hierfür sind mittlerweile allen Anwesenden des verehrten Rates bekannt?«

Alle Querxe nickten.

»In Anbetracht der Folgenschwere für unsere Welt bitte ich den Rat der Sieben, nun die Gründe für die möglichen Konsequenzen vorzutragen!«

Warlich begann als erster zu sprechen.

»Ich bringe vor, dass diese Nescii unerlaubt den Weg zu uns gefunden haben.«

Simon war entsetzt. Eigentlich hatte er Warlich zu denen gezählt, die am wenigsten voreingenommen waren.

Er hörte Boris leise stöhnen.

»Genau«, brummte Krassbart in seinen Bart.

Dann meldete sich Borgwark.

»Ich bringe vor, dass diese Nescii der Grund dafür sind, dass ein Kobold und mehrere Menschenzauberer unsere Welt heimlich aufgesucht haben.«

»Genau«, erklang es wieder von Krassbarts Platz.

Jetzt ergriff Rostich das Wort.

»Ich bringe vor, dass diese Nescii trotz Verbotes heimlich unsere Welt wieder aufgesucht haben.«

»Genau«, bestätigte Krassbart.

Das wurde ja immer schlimmer. Warum half der Magister ihnen nicht. Zuletzt erhob sich der dicke Kleineberg.

»Ich bringe vor, dass diese Nescii sich unserer Gerichtsbarkeit entzogen haben.«

»Genau.«

Simon rutschte ein Eisklumpen in den Magen. Als sie herkamen, hatten sie ja keine Belohnung erwartet. Aber das hier? Eigentlich hatte er eher damit gerechnet, dass Tothand oder Ferradum die Anklage vorbringen würden. Doch die saßen nur ernst am Tisch und starrten auf die Tischplatte.

Aber nun verlor Karla jede Fassung.

»Simon und Nico haben ihr Leben riskiert, um zu erfahren, was die Kobolde von euch wollten. Und ihr wollt uns dafür bestrafen? Ich hätte nie gedacht, dass ihr so undankbar und gemein seid.

Ihr könnt ja Freunde von Feinden noch nicht einmal unterscheiden, wenn euch gerade der Kopf abgeschlagen wird!«, schrie sie den Rat der Sieben an.

Es wurde absolut still im Raum. Simon erwartete bereits einen Wutausbruch des gesamten Rates. Doch nichts passierte. Alle starrten Karla mit seltsamem Gesichtsausdruck an.

Schließlich ergriff Magister Alberich scheinbar ungerührt wieder das Wort.

»Das sind schwerwiegende Gründe, die nach unserer Gesetzgebung bestraft werden sollen.

Doch das Gesetz gebietet auch, die Dinge zu berücksichtigen, die für die Angeklagten sprechen.

Da das als Magister meine Aufgabe ist, werde ich folgendes Urteil sprechen.«

Dann räusperte er sich.

»Wir alle wurden Zeugen, wie diese vier jungen Nescii unter widrigsten Umständen mit außergewöhnlichem Mut und ohne Rücksicht auf ihr eigenes Leben versucht haben, Schaden von unserer Welt abzuwenden.«

Dann wandte er sich direkt an die Freunde.

»Jetzt hört mein Urteil!«

Er machte eine Pause und sah sie ernst an.

Simon fühlte dicke Eisklumpen in seinem Magen.

»Die Nescii Karla, Simon, Nico und Boris bekommen ein lebenslanges Verbot, unsere Welt zu betreten ...«

Simon sackte in sich zusammen.

»Wir sind keine Nescii!«, schrie Karla mit hochrotem Kopf. Ihr roter Haarschopf schien zu brennen.

Es wurde still.

»Nein, das seid ihr wirklich nicht!«, sagte Eugel.

»Dafür werden die *Zauberer* Simon, Nico und Boris und die *Hexe* Karla als Zauberlehrlinge ab dem neuen Jahr jedes Wochenende pünktlich zum offiziellen Unterricht erscheinen.

Fernerhin wurde auf persönlichen Wunsch Eugels beschlossen, jeden Monat drei Fass Warkenmilch an die Besitzer von „Luigis Café" auszuliefern.«

Ungläubig blickten sich die Freunde an. Sie waren nun offiziell keine Nescii mehr. Simons Entsetzen wich einer riesigen Erleichterung.

»Und als Letztes, aber nicht als Unwichtigstes werdet ihr zu Ehrenbürgern der Stadt Sindrikum ernannt.«

»Genau«, ertönte wieder die brummende Stimme Krassbarts.

Es dauerte einen Moment, bis die Freunde wirklich verstanden, was der Magister eben verkündet hatte. Doch dann brach sich die angestaute Anspannung Bahn und jubelnd fielen die vier Eugel in die Arme. Der grinste nur verlegen.

»Und zu guter Letzt seid ihr in zwei Wochen zu einem Fest zu euren Ehren eingeladen. Pünktlich um achtzehn Uhr geht es los. Und wehe, ihr kommt nicht! Dann tritt nämlich der Rat der Sieben wieder zusammen.«

Magister Alberich zwinkerte ihnen zu.

Simon hatte bemerkt, dass nicht alle Querxe wirklich glücklich mit den Entscheidungen waren. Tothand und seine Kumpane saßen mit ernster Miene am Tisch. Aber das war Simon egal. Sie durften jetzt offiziell jederzeit

Sindrikum aufsuchen. Die Kobolde hatten ihren Plan, Simon zu töten, aufgegeben und sie erlernten nun das Zaubererhandwerk.

»Wie habt ihr es angestellt, dass Tothand und seine Freunde zugestimmt haben?«, wollte Simon von Eugel wissen, als sie in seinem Haus noch bei einer Tasse Tee saßen.

»Och, ihr habt ihn schon überzeugt. Aber begeistert ist Tothand natürlich nicht«, antwortete Eugel. »Er glaubt, dass es jetzt nur noch eine Frage der Zeit ist, bis weitere Menschenzauberer hier auftauchen.«

»Wir werden ganz bestimmt niemandem etwas verraten«, sagte Boris mit dem Brustton der Überzeugung.

»Das weiß ich doch«, sagte Eugel strahlend. »Doch so schnell verschwinden die Ängste nicht. Aber ein Anfang ist gemacht.«

Am nächsten Tag fand Nicos Vater ein Fass mit einem unbekannten Getränk im Keller. Zwei Tage später verbreitete sich in Bonn das Gerücht, dass ein Café in der Altstadt ein absolut cooles Getränk verkaufen würde, und die Gästezahlen wuchsen täglich an. Damit war der Umzug nach Italien kein Thema mehr.

Simon hatte mit seinen Eltern besprochen, dass Karla noch bis zum Beginn des neuen Jahres bei ihnen wohnen konnte.

DAS FEST

Der große Tag des Festes war gekommen. Als sie durch das Tor traten, fielen dicke weiße Schneeflocken vom Himmel und die Äste der mächtigen Eichen bogen sich unter der schweren Schneelast.

Die wenigen Fachwerkhäuser, die von hier aus sichtbar waren, sahen aus wie Hexenhäuschen. Es war eisig kalt und allen stiegen weiße Wölkchen aus dem Mund.

Der große Platz, auf dem vormals der wertvolle Springbrunnen gestanden hatte, sah aus, als hätte man ihn mit Zuckerguss überzogen. Die Querxe hatten hier extra für das Fest ein geräumiges kreisrundes Holzpodest aufgebaut. Es bot genug Raum für die angekündigte Musikgruppe und eine Tanzfläche.

Als sie den Platz betraten, begrüßte man sie freundlich. Ein seltsames Gefühl, wenn Simon bedachte, mit welcher Ablehnung man ihnen sonst begegnet war.

Um das Holzgerüst herum waren Bänke und Tische aufgestellt. Bibbernd fragte Simon sich, wie das Fest bei der schneidenden Kälte stattfinden konnte.

Dann kamen einige Frauen lachend und schnatternd auf sie zu und brachten Karla und die Jungen in getrennte Häuser.

Für jeden von ihnen lag eine derbe Garnitur der typischen Querxenbekleidung bereit. Drachenhauthosen aus echter Drachenhaut, ein grob wollenes Hemd und dazu für jeden ein Wams in einer passenden Farbe. Dann führte man sie wieder zum Festplatz.

Simon fragte sich schon, wie er in der Kälte dieses Fest durchstehen sollte. Die Drachenhauthosen hielten zwar angenehm warm, doch das Fest würde bis spät in die Nacht gehen. Und es wurde gewiss noch kälter.

Als er wieder den Platz betrat, traf ihn die Wärme wie ein Schlag. Erstaunt trat er einen Schritt zurück. Sofort umfing ihn wieder Eiseskälte.

Eugel kam schmunzelnd auf sie zu.

»Das ist eine magische Wärmeglocke«, erklärte er. »Ihr habt doch nicht wirklich geglaubt, wir würden in der lausigen Kälte feiern.«

»Ganz sicher war ich mir da nicht«, meinte Boris, dem man die Erleichterung ansah.

Dann führte man sie auf das Podest, wo sie mit Eugel auf Karla warteten. Als sie die Stufen hinaufstieg, wurde es still auf dem Platz. Sämtliche Männer hatten nur noch Augen für sie.

Simon musste zugeben, dass er sie noch nie so gesehen hatte. Er kannte sie nur mit abgetragenen T-Shirts und Jeans und die Haare zu einem Pferdeschwanz gebunden.

Karla trug ein grünes, samtenes Kleid. Ihr langes Haar fiel offen herunter. Die Haare an den Schläfen hatten die Frauen zu Zöpfen geflochten und am Hinterkopf zusammengebunden, und sie sah ausgesprochen hübsch aus. Boris blieb bei ihrem Anblick der Mund offenstehen. Überglücklich strahlte sie ihre Freunde an.

Mit Bedauern dachte Simon daran, dass sie bald wieder zu ihrem Vater ziehen musste. Aber es gab keine glaubhafte Begründung mehr, dass sie länger bei ihnen wohnen konnte. Für Simons Eltern war Karla zu einer Tochter geworden. Und heute war sie der Mittelpunkt des Festes.

Dann erschien die Kapelle. Fünf Feen aus dem Volk der Ellefolk waren für die Musik verantwortlich. Eugel hatte ihnen erklärt, dass die Feen mit den Elfen verwandt waren.

Simon fand, dass man das auch sehen konnte. Sie waren etwas größer und kräftiger als Berylune, aber sie besaßen das gleiche silberne Haar und die Körper schienen genauso von innen heraus zu leuchten wie bei ihr. Die leuchtendweißen Gewänder reichten bis zum Boden. Zuerst spielten sie schöne alte irische Weisen mit Querflöte, einem seltsam aussehenden Zupfinstrument und verschiedenen Rhythmusinstrumenten. Nach wenigen Minuten erhöhte sich der Takt und wer wollte, konnte nun tanzen. Karla kam von der Tanzfläche gar nicht mehr herunter. Sie musste mit jedem Mann mindestens einmal tanzen. Dann ging irgendwann das Licht aus.

»Jetzt sind die jungen Leute dran«, rief ihnen Eugel zu. Simon fragte sich, was das bedeuten sollte. Plötzlich zischten über ihren Köpfen kometengleich unzählige Feuerschweife in allen Farben herum. Das silberne Haar der Feen veränderte die Färbung. Von einem grellen Rot bis zu einem leuchtenden Violett waren alle Farbtöne vertreten, und sogar die Kleider strahlten in giftigen Farben. Die vorher goldenen Augen funkelten auf einmal rötlich und die schönen Feen sahen plötzlich wie Hexen aus einem Film aus.

Ihre Instrumente verwandelten sich und der Bass, ähnlich einer Art E-Gitarre, dröhnte auf.

Simon gingen die Augen und Ohren über, als über den Köpfen der Feen in großen Buchstaben der Name der Gruppe aufleuchtete:

„Die rockigen Feen des Tanzes und des Glücks".

»Ist der Name nicht etwas zu lang?«, brüllte Simon Eugel zu, um die Musik zu übertönen. Doch der lächelte nur glücklich und stiefelte auf die Tanzfläche, um endlich selbst einmal mit Karla zu tanzen. Drei kleine Querxenmädchen, die ihnen gerade bis zur Brust reichten, forderten Simon, Nico und Boris schüchtern zum Tanz auf.

Erst als der Morgen bereits graute, verschwanden die ersten Querxe in ihre Häuser und langsam kehrte Ruhe ein. Alle waren schweißnass vom Tanz und Karla schmerzten die Füße dermaßen, dass sie glaubte, nie wieder laufen zu können. Doch es war ihr deutlich anzusehen, wie überglücklich sie war.

Bevor sie sich auf den Heimweg machten, nahm Eugel Simon beiseite.

»Etwas fehlt noch«, meinte er grinsend zu Simon und nestelte etwas aus seiner Jackentasche.

Dann hielt er dem staunenden Simon einen völlig neuen Zauberstab und eine saubere und recht modern aussehende Nebelkappe hin.

»Das ist die Letzte, die wir haben«, brummte er. »Doch da wir keine mehr benötigen, waren alle der Meinung, dass du sie besser gebrauchen kannst. Vielleicht müsst ihr uns ja noch einmal retten.« Er zwinkerte ihnen zu.

Simon war völlig überwältigt.

»Danke, Eugel«, flüsterte er nur und betrachtete hingerissen das Geschenk.

Dann trat der Magister hinzu.

»So«, ächzte Eugel und erhob sich.

»Jetzt wird es aber Zeit fürs Bett, ich bin hundemüde.«

Als alle vor ihm standen, meinte er noch schmunzelnd:

»Wir sehen uns im neuen Jahr pünktlich zum Unterricht. Bitte nicht vergessen!«

Simon wollte ihn schon fragen, wie er so etwas vergessen könnte, da trug ihn schon der Wind wie einen Drachen fort, in sein Bett.

Der Tag, an dem Karla wieder nach Hause musste, kam viel zu schnell. So sehr Simon sich auch den Kopf zerbrach, er fand keinen stichhaltigen Grund, um seinen Eltern Karlas weiteren Aufenthalt zu erklären.

War Karla in den ganzen Wochen aufgeblüht, wirkte sie immer bedrückter, je näher der Tag des Abschieds kam. Am Abend vor ihrem Auszug hatten die Eltern alle Freunde zu einem kleinen Abschiedsfest eingeladen.

Trotz des traurigen Anlasses wurde es noch einmal ein lustiger Abend. Nico und Boris übernachteten wieder bei ihnen, und da sie nichts von Karlas Zuhause wussten, verbrachten die beiden den Abend ganz unbeschwert, während Simons Herz schwer wurde, wenn er an Karlas Vater dachte.

Zu gerne hätte er ihr gesagt, wie gut er sie verstand. Doch seine Freundin durfte nicht erfahren, dass er ihr Geheimnis kannte.

Als sie bei Familie Keller einzog, passte alles, was sie hatte, in eine kleine Tasche, und es war immer noch Platz. Am nächsten Tag liehen Simons Eltern ihr einen Koffer, damit sie ihre Sachen transportieren konnte.

Herr Keller bot ihr mehrmals an, sie mit dem Auto heimzufahren. Mit hochrotem Kopf lehnte sie immer wieder ab. Sie wollte auf jeden Fall allein zurückfahren. Als Frau Keller sie in den Arm nahm, weinten beide. Karla musste versprechen, so oft wie möglich bei ihnen zu übernachten.

»Wir lassen dein Zimmer, wie es ist. Wann immer du willst, kannst du bei uns übernachten«, versicherte Simons Mutter immer wieder.

Simon erging es ähnlich. So musste es sein, wenn man eine Schwester hatte. Sogar Martin schien es die Sprache verschlagen zu haben. Zu Simons Erleichterung machte er keinen seiner dummen Witze.

Alle begleiteten Karla noch zur Bushaltestelle. Herr Keller hatte darauf bestanden, dass sie wenigstens das Geld für die Heimfahrt annahm. Dann verschwand der Bus und nahm Karla mit.

Am zweiten Schultag nach den Ferien traten, zum Erstaunen aller, gleich zur ersten Stunde der Rektor und eine strahlende Karla in den Klassenraum.

Der Rektor erklärte der verdutzten Klasse, dass die „liebe Karla" von heute an wieder am Unterricht teilnehmen könne und wie sehr er die ungerechte Entscheidung im letzten Schuljahr bedaure. Sogar ihr Klassenlehrer schien nichts davon gewusst zu haben, denn er wirkte ehrlich überrascht. Alle rätselten, was passiert sein konnte.

Silke, die in der Bank hinter Simon saß, erzählte später in der großen Pause, dass am Morgen ein kleiner sonderbarer Mann im schwarzem Anzug und Zylinder auf dem Kopf in das Büro des Rektors gegangen sei.

»Er hatte langes schwarzes Haar und einen riesigen Vollbart. Zum Schießen sah der aus«, kicherte sie.

Bis auf Simon, Nico und Boris schenkte dem niemand weiter Beachtung.

»Eugel?«, flüsterte Boris.

Wer sonst, dachte Simon und grinste. »Wer sonst.«